国家社会科学基金一般项目“域外行旅与中国新诗的发生研究（1898—1927）”（16BZW116）；

中央高校基本科研业务费专项资金资助项目“域外行旅与中国新诗研究”（63243002）

国家社科基金丛书
GUOJIA SHEKE JIJIN CONGSHU

域外行旅与中国新诗的发生

Overseas Travel Experience and
the Emergence of Chinese New Poetry

卢 桢 著

人 民 出 版 社

人诗合一(代序)

罗振亚

2017年8月5日,清晨,北方冰城哈尔滨。雨后的天空一碧如洗。哈尔滨师范大学梦溪宾馆会议厅,来自四面八方的七八十位嘉宾济济一堂,“百年汉语新诗批评与罗振亚诗学思想”学术研讨会即将开始。这时,伴着一阵急切而又轻悄的脚步声,他的身影突然出现在会场门口。我快步上前,当我们双手紧握,望着他疲惫的微笑和衬得脸更为消瘦的长发,我心里一阵激动,也有一些酸涩,还有一丝心疼……他是我2006年初调入南开大学后招收的第一届博士生——卢桢。

卢桢正以南开大学副教授的身份在伦敦大学亚非学院做访问学者。事先考虑英国与中国之间往返机票价格不菲,主要是他的学术访问马上结束,所以商定后我不让他特意回国参加研讨会了。而他不顾旅途劳顿,风尘仆仆地直接杀到哈尔滨的意外“回马枪”,一如2008年他在荷兰莱顿大学做联合培养研究生时,为了抢在我赴日本爱知大学访学前见我一面不惜财、力专程从荷兰飞回的突然,令我一瞬间手足无措,竟有些语塞,眼睛也不自觉地模糊了。

卢桢本来是随著名性别文学研究大家乔以钢先生研究小说的,读我的博士以后,他的兴趣与方向才慢慢转向中国新诗。他一直生活在学苑之内,却绝对不是那种别人眼中的书呆子,或者说他爱好广泛,年轻人的时尚与现代的特征在他身上表现得都很明显。他大一时就出版了一部长篇小说,把一场青年男女失败的恋情写得跌宕而唯美;和年轻朋友神聊时侃起星座,十分内行,可以几个小时滔滔不绝;特别是酷爱旅游,若干年里的寒暑假都被"穷游"排得满满的,如今他的足迹已遍及全球八十多个国家,三百余座城市,其畅销火爆的著作《旅行中的文学课》就是最好的佐证。卢桢见过大世面,交往的名家大腕也不算少,但却不见攀附。他心中常念不忘的是普通的问业之师,把"师"放在重要的位置,觉得研讨导师学术思想的会议自己不在场,是一种"罪过"。这也是当初我和爱人自东北返津遭逢大雪的四十多个小时里他一遍遍焦灼地询问,看见我遭遇一次"小"车祸头部受伤他眼神里满是关切,到平素交往中每次斟茶、开关门都是他抢着来,疫情期间在我讲授的本科课程中他不厌其烦地在网上帮我布置作业、登录成绩等的全部根由。

一直认为,自古以来老师和学生的关系大体可以分为两种,一种是纯粹的师生关系,其结构完全靠知识和学术来维系,一旦学生毕业便走向淡然乃至疏离;一种则是亲人型的师生关系,在学问之外还渗透着许多情感的因子,其联系可以保持一生,感情会越来越密切与醇厚。在十七年点点滴滴的交往中,从一个二十六岁的毛头小伙子到如今的教授、博士生导师的卢桢,早已成为我的后天亲人,他的真诚良善,他的儒雅谦和,他开朗的笑与诙谐智慧的言谈,他身上重现的尚品性、讲伦理的古人遗风,让我感受到了不少人性的温暖和力量,每每想来就心热、欣慰不已,把什么事情交给他我都很放心,他有能力,更值得信赖。

都说卢桢是一个率真、阳光的大男孩儿,性格中有一种磁性的东西,师弟师妹们都喜欢和他交流。的确,他很性情,在我面前透明得从不掩饰什么。记得 2009 年 6 月中旬的一个晚上,卢桢博士毕业前夕,我刚刚结束日本爱知大学的学术访问回到天津。在南开大学东门附近的一家饭店,卢桢和他的同届师姐柴华为我接风。高兴至极,便要了一瓶高度白酒,考虑柴华是女性,卢桢很绅士地将二两倒给她,我俩杯中各四两。听说卢桢生平第一次喝白酒,我担心他可能会不适应,就不断劝他慢点儿;果然,他几大口下去脸已经开始红红的,而且不住地笑,口里却连说"老师,没事儿"。他喝得很快,我还剩半杯时,他一杯就完全见底了。第二天,柴华告诉我,昨晚卢桢喝得有点儿高,头脑虽然清醒,但却是摇晃着回的宿舍,喝高的理由是第一次和老师在一起喝白酒,落在老师后边没诚意,太丢人。我听后觉得又好笑又感动。

卢桢的说话、动作与办事速度之"快",在一些人看来是性格急躁,还不够成熟。其实不然,"快"是他头脑反应迅捷、做事用心和讲究效率所致。每年高考阅卷,卢桢都担任作文组小组长,除了督检组内成员外,自己还批阅许多份作文,被公认为快手。我曾数次抽查其质量,结果是又快、又稳、又准,是信得过的"标兵"。他做教研室主任以来,我发现他做到了"公"字当先,大到课程安排、开题与答辩设定,小至每位老师工作量的均衡、研究生答辩版本的更换,很多事情他都做得清晰细致、有条不紊,轻重缓急拿捏得恰到好处。2009年12月底,我爱人要从首都机场去日本探望我,说好的要坐天津的机场巴士前往首都机场,可是卢桢担心机场巴士人多拥挤,师母遭罪,硬是半夜时分亲自驾车送我爱人,没想到那天早晨大雾,在能见度很低的大雾中穿行,一路上他的心都提着,硬是凭敏捷、果决与沉着,有惊无险地抵达首都机场,提前完成了"护送"任务。卢桢做不少事情都看似云淡风轻,透着一股洒脱随性之气,实际上都沉淀着经过深思熟虑的踏实与严谨。

并且,有些时候卢桢更像一个"慢人",他的博士论文《现代中国诗歌的城市抒写》就出自典型的慢节奏。论文没在歧义丛生的"城市诗歌"概念上纠缠,而是以"城市抒写"这一文学行为做研究重心,沟通"文本中的城市"和"城市中的文本",建构起"城市诗学"的阐释体系和话语空间,被列入中国社会科学出版社"博士文库"面世后,产生了很好的学术影响。正是凭借"慢"功夫支撑的深度和高度,卢桢在毕业留校第二年就获批教育部人文社会科学研究基金项目。当他的文章在大大小小的刊物多点开花后,我郑重地和他说写文章不能只打快拳,追求数量,而要树立精品意识,盯紧大刊物,反复打磨。他认真听取了我的建议，像他的《域外行旅要素与胡适白话诗观念的生成》一文，和以前的研究成果相比，就表现出新的格局与大的气象，它聚焦胡适留美期间在行旅体验激发下创作的诗歌，通过胡适关于“诗与真”的关系、诗歌韵律等视角，考察其用“文的语言”观照具体风景、外化主体经验的实践，指认其叙事和说理成分的引进，给诗歌传统注入了新的美学活力，推动了早期新诗的思维转换。文章从写出到投稿，一而再、再而三地打磨，修改近十次，最终发表在《文学评论》上。

许多人羡慕卢桢的幸运，本科时就在《文艺争鸣》上发文，硕博也是一路保送，毕业则直接留校教书，殊不知他同样有专业上的苦恼，好在如今已完成自己的生活兴趣与专业研究的融合。我觉得在学术研究上一个人的力量极其有限，他只能以断代的方式介入并丰富人类文化的精神历史，一个学者的研究如果不能在学生那里得以延续就无异于失败，因此我在专业上对学生的要求有时是严而近于苛的，卢桢经受住了这种考验。他一毕业，博士论文即获批教育部项目，后来在国家社会科学基金项目的申报上连年“卡壳”，只是他轻易不把自己的困惑和苦恼说出，生怕因此打扰别人的平静。令人高兴的是一次我们师生同去参加“中国新诗百年论坛——走进娄底”的会议，找到了消除困惑和苦恼的机会。

那是2015年7月3日，从天津到湖南娄底的飞机因航空管制推迟一小时起飞，等待中的我们便天南海北地聊起了天。在谈及学术研究时，他不自觉地流露出对申报国家社会科学基金项目的为难乃至失望情绪。我仔细思考一番后说，你有关城市诗歌研究的话题在写作当年有时效性，现在应该调整一个领域。稍微思考片刻，我们不约而同地想到了旅行与中国新诗发生的问题，既是切中新诗出现的内在本质、别人尚未大面积涉足的学术沃野，又能够和他多年来爱好旅游、喜欢访问作家诗人墓地的爱好结合；并说到了应该运用什么方法、从哪些视角进入等核心问题。年底，卢桢即以“域外行旅与中国新诗的发生（1898—1927）”为题，吸收我和其他同行的意见，将几个关键点一一落实，上报了完善后的申报书。第二年,没费吹灰之力,他顺利地拿到了国家社会科学基金项目。如今,课题研究成果已经完成了国家社会科学基金项目结项,即将在人民出版社出版。

拿到《域外行旅与中国新诗的发生》的书稿,仔细阅读之后,我认为它至少体现出了三点优长:一是问题意识十分鲜明。该著作从历史线索入手,首次论证了域外行旅要素对早期新诗产生的整体性作用。同时,卢桢没有满足于把诗歌现象重新"历史化",而是集中探讨作家的域外行旅体验是如何在观物方式、情感向度、意象体系等方面多向度参与到新诗的历史建构过程,既回避了线性结构的呆板单薄,又利于观点揭示的深入丰富,立论平稳而又多有新意。二是视野开阔,整合性强,他以大胆的学术气魄,尝试还原新文学初期中外文学、文化关联的历史形态,并力求摆脱在文学范畴内探讨文学的窠臼,将诗学研究同旅行和风景研究糅合一处,使多重学理皆为我用,克服了年轻学者满口新语词却少内在化合功夫、语体风格驳杂的局限。三是在清晰而颇具深度地恢复行旅体验与诗歌互动、互喻关系的大观和微景的同时,不论是对早期新诗人域外行旅情况的宏观俯瞰,还是对异国风景的意象谱系和观看装置的具体阐释,都融汇着作者思想的创见和新解。此外,书中语言的诗性色彩和分寸感也很突出,它们是一个学者个性确立和成熟开始的标志。讲究问题意识、视野整合、创见新解与分寸感这四个方面,至今仍然是卢桢学术研究追求的个性和他逐渐形成的相对稳定的风格特点。

我一直觉得,一个学者要有一种"阵地"意识,先在学术上深挖"一口井",但若要成为一个大学者,不能一生死守着一块地方不动,他总应该有两三次乃至三四次的战略转移,卢桢的学术转移是必要的,也是及时的。任何问题的研究一旦专业化,可能都会变得枯燥无味;但是如果这个研究能够和自己的兴趣、爱好相一致,那将会是另一番幸福的样子。事实证明,卢桢几年前的学术"转场"是明智的,他找到的域外行旅与中国新诗的发生关系研究的选题,堪称一块学术富矿。课题中的部分内容如《域外行旅与中国新诗的发生》《早期新诗人的海外风景体验与文学书写》等，数次刊载在权威杂志《文学评论》《文艺研究》上，引起了学术界的广泛注意。2021年，卢桢又以“中国当代作家域外出访写作研究（1949—1966）”为题，再次成功申请到了国家社会科学基金项目。两个国家课题表明他不再拘囿于原有的学术阵地，而向诗歌文体以外的研究视域进行“扩容”了。这期间，卢桢顺理成章地被评为南开大学百名青年学科带头人、天津市宣传文化“五个一批”人才、中国现代文学馆客座研究员，由副教授晋升为教授、博士生导师。与专业研究的突飞猛进同步，卢桢在三尺讲台的翩翩风采更令人刮目，他十分受学生欢迎，多次获南开大学“良师益友”“魅力教师”奖。

有人说，一个学生一生中有个好老师是幸运的，我觉得一个老师一生中能有几个得意的弟子，更是难得的福分。也许是上苍厚待，我有好几个像卢桢这样的学生。记得胡适先生有言，“这个世界聪明人太多，肯下笨功夫的人太少，所以成功者只是少数人”。卢桢现在刚刚四十有三，诗学研究却已十七年，天长日久，人与诗在他那里彼此渗透，相互塑造，渐渐接近合而为一的理想境界了。我相信，凭着超群的直觉、丰厚的学养和特有的扎实刻苦、出色的创造力，卢桢的学术前景将一路风光无限，越走越精彩。

目　录

绪　论

在中国古代文学传统中,“行旅”一词是“行”与“旅”的结合。《说文解字·行部》对“行”的解释是“人之步趋也”,即取其“行走”之意。《玉篇》注为:“行,迹也。”[①]《广韵》解释为:“行,适也,往也,去也。”[②]而“旅”的含义最早指的是一种军事编制单位,正所谓“军之五百人为旅”(《说文解字·㫃部》)。由“旅”的军事含义出发,它又发展出诸多相关的义项,如驻扎、军令、军队等,并在军队调动的基础上引申出路途、旅游、旅行等意涵。《易》中也有“旅”卦,孔颖达的《正义》解释道:“旅者,失其本居而寄他方谓之旅。”[③]迟至战国时期,“行”与“旅”二词才联袂出现,如《孟子·梁惠王上》中的记载:“商贾皆欲藏于王之市,行旅皆欲出于王之涂。”受限于古代的物质条件特别是交通环境,古人行旅多是基于生存的现实需要,以经商、差旅、游学、游宦、戍边、遭贬谪为主要动因,而专门从“游”的角度或是纯粹为了满足精神需要而实践的行旅并非主流。

如果从文学的角度介入行旅,我们可以发现很多文人都注意到“行旅”经验对文学创作的激发作用,他们围绕相关的行旅经历展开了一系列文学实践,

① (南朝)顾野王:《大广益会玉篇》,中华书局1987年版,第48页。
② 余迺永校注:《新校互注宋本广韵》,上海辞书出版社2000年版,第187页。
③ 胡朴安:《周易古史观》,上海古籍出版社2006年版,第161页。

尤以纪游类散文为盛。一些钟情诗歌的写作者也开辟出行旅诗、游历诗、怀古诗、题壁诗等多种表现手段,记载游子羁旅他乡抑或行旅途中的所见所闻及心灵感悟,且多集中在那些具有仕宦经历的诗人身上。整体而观,古代诗人对行旅的文学抒写是他们观念化"行旅"的心理再现,寄托着诗人的文学理想。不过,就古典诗歌体制而言,这一讲求"诗缘情"的文体"贵情思而轻事实"①,而行旅抒写和相对应的文化心理表达需要以客观具体的风景物象作为描写对象,因而不易凸显诗歌文体自身含蓄空灵的神韵。这一对客观物象呈现的功能,在唐宋以后似乎更适宜由小说或游记来承担。况且,古典诗歌体制与农业经验的紧密联系,决定了中国古代文学只能是"农业文化型态的文学"②,难以发展出行旅文学的独立空间。当历史的车轮行进至现代,特别是在欧陆风雨的强势涤荡中,诗人们的域外出行愈发频繁,交通条件也趋于便利。通过对异邦国度的文化游历,他们意识到传统的抒情模式已然无法应对新的经验,于是试图调整诗歌的艺术向度,以增强文学对生存现实的还原与表现能力。以"行旅体验"为代表,在多种文化体验的综合触发下,诗歌的变革者们开始推动古典诗歌的体式转换,从而为新诗的出场奠定了契机。

一、"行旅抒写"的历史寻踪

昭明太子编纂的《昭明文选》中首次出现了以"行"为标准的分类,并单列出"游览""行旅""纪行"三种,使旅行类诗文获得了文学题材上的独立地位。从这种分类角度观察,《昭明文选》列出的三类旅行题材诗歌都具有"游"的特质,但侧重点各有不同。如"游览"始于自发的行旅,强调对自然景物的主动采撷和心理感应;"纪行"与"行旅"多为被动出游,行旅者的出行不以游览作为主要目的,因此情感表达的向度多集中在羁旅忧思抑或怀乡之情,如《六臣

---

① (明)李东阳:《怀麓堂诗话》,《李东阳集》第2卷,岳麓书社1985年版,第535页。原文为:"此诗之所以贵情思,而轻事实也。"

② 胡晓明:《传统诗歌与农业社会》,《文学遗产》1987年第2期。

注文选》诗“行旅类”李周翰注曰：“旅，舍也，言行客多忧虑，故作诗自慰。”①实际上，三类旅行题材的诗歌在情感主题、纪游风格和艺术向度上多有交叉，因此后人所采用的“行旅”诗歌概念，多为对叙写行旅过程、行旅路线、途中见闻、即时感受的一类诗文的统称，有时侧重“行旅”之艰难，有时偏向“游览”之愉悦，大多情况下则是兼而有之，形成一类稳定的诗歌主题。

自《昭明文选》开始，行旅主题进入后世各类文学总集的观照视野。编纂者们基本依照《昭明文选》所立的分类原则，处理他们眼中的行旅游览类诗文，并进一步做出各种细分。如唐代欧阳询编选的《艺文类聚·人部》中便有“行旅”一类，收录自魏到陈的 64 首行旅诗，其中多首涉及陆机、谢灵运、鲍照、谢朓的诗篇都与《昭明文选》相同。北宋姚铉编定的《文粹》（今称《唐文粹》）分有 23 类文体，其中也有涉及行旅题材的“行役”等类。北宋李昉等编《文苑英华》中也设立“行迈”“军旅”“奉使”等类别，均有对行旅题材诗歌的收录。如“行迈”类诗文，选入了多篇以“早发”“行次”“道中”等体现动态行旅过程的词语入题的诗歌。再如明代张之象辑著的《古诗类苑·人部》，也有“行役”“羁旅”“奔亡”等门类。可见，古人对行旅诗内涵与外延的定义，既沿袭了《昭明文选》所创立的原则，同时也在文学史的发展过程中不断进行着完善。胡大雷在《〈文选〉编纂研究》一书中谈到行旅诗这种诗歌类型时，指出所谓“旅”就是“出行中的停留”，而行旅诗指代的内容“或描摹叙写出行至某地的所见所闻所感，或描摹叙写出行途中的所见所闻所感”。② 他将行旅类诗歌分为三种类型：“其一，旅居于某地写某地之景事。其二，旅行至某地写某地之景事。其三，旅行途中写途中景事。”③亦即说，凡是抒发离家怀乡经验、记述外出游览经历的诗歌，都可纳入行旅诗歌的范畴，这也是从广义角度对其概念做出的框定。

---

① （梁）萧统编：《六臣注文选》，（唐）李善等注，中华书局 1987 年版，第 489 页。

② 胡大雷：《〈文选〉编纂研究》，广西师范大学出版社 2009 年版，第 239—240 页。

③ 胡大雷：《〈文选〉编纂研究》，广西师范大学出版社 2009 年版，第 240 页。

行旅诗歌属于纪游文学的范畴，曾有一种顽韧的观点认为，纪游文学在魏晋以前基本上是缺席的，即使有零星地出场，也尚未形成持续性的脉络，更缺乏代表性作品，进而武断地把谢灵运的《游名山志》或同代其他作品列为山水纪游文学的开端。实际上，如果跳出叙事类文学的视野，将目光集中在魏晋以前的诗赋，则会发现诗歌与行旅的联系可以追溯至古代文学兴起之初。早在《诗经》《楚辞》中便有涉及行旅的诸多描写，如《郑风·溱洧》一诗中既有对春游环境的渲染，也有对游乐场景的重现。再如屈原的《涉江》《哀郢》等篇章，多有对诗人流放行踪的记录和沿途见闻的叙写。《九歌》中更是采取借景写情、融情于景的艺术手法，表现出纪游文学的美学特质，这些文本均可视为纪游文学之滥觞。如刘勰在《文心雕龙·物色》中所说："及《离骚》代兴，触类而长，物貌难尽，故重沓舒状，于是'嵯峨'之类聚，葳蕤之群积矣。"①亦如清人恽敬所言："《三百篇》言山水，古简无余词，至屈左徒肆力写之而后瑰怪之观、远淡之境、幽奥朗润之趣，如遇于心目之间。"②

及至两汉，在乐府诗中已出现涉及各阶层行旅的内容，在辞赋中也产生专门的"纪行赋"和"写景赋"。前者用以记录文人的行役游踪，简单描述他们看到的人文现实或自然风景，偏重于对事实的记叙，如刘歆的《遂初赋》，班彪的《北征赋》《冀州赋》，蔡邕的《述行赋》等。袁行霈主编的《中国文学史》曾对这类文体的意义作出评价："纪行赋是汉赋发展过程中开辟出的一个新的境界，是赋家在抒情言志上别寻新途的一种大胆尝试，是后代游记文学的先声。"③后者"写景赋"则专门记载某次游览见闻，篇幅一般比纪行赋短小，如扬雄的《甘泉赋》、班固的《览海赋》（我国现存最早的写海的赋）等。这类赋

① （梁）刘勰：《文心雕龙》，郭晋稀注译，岳麓书社 2004 年版，第 381 页。

② （清）恽敬：《大云山房文稿》第 2 集卷 3《游罗浮山记》，转引自钱锺书：《管锥编》第 2 册，生活·读书·新知三联书店 2007 年版，第 936 页。

③ 袁行霈主编：《中国文学史》第 1 卷，高等教育出版社 2005 年版，第 246 页。

融合了更多作者自身的感怀，甚至在某种程度上"成为一种仪式化的行为，张扬着东汉士人高自标置、追求自由的精神状态。"[①]不过，从体量上观，这类作品在两汉文学中并未形成主流，直到魏晋时期，随着抒情小赋的兴起，行旅与山水纪游才成为士人普遍关注的写作题材，尤以"三曹"的成就为最大。如曹操的《观沧海》、曹丕的《芙蓉池作》、曹植的《驱车篇》等。在"三曹"之中，曹植是汉魏时期创作赋最多的诗人，其中三分之一为纪游赋，包括《登台赋》《游观赋》《临观赋》《节游赋》等。这些赋"不再像汉代纪行赋那样发思古之幽情，也不像曹丕的纪游赋多慨叹人生短促，及时行乐，而有较积极、深刻的思想意义"[②]，主要表现在对理想政治生态的向往。从"三曹"开始，魏晋以降的诸多诗人不再把他们观睹到的风景看作外在的愉悦对象，而将其化入文字内里和精神深处，使之上升到审美对象的层次，这标志着中国古典文学中"纪游诗"这一门类开始向成熟迈进。

魏晋南北朝诗歌逐渐走向"性情渐隐，声色大开"[③]，纪游文学也步入中国文学的宏观语境，并建构起专属自身的文脉特征。从题材和内容上，它突破了传统纪游[④]文学抒写徭役、征伐、仕宦的单一范围，开始向更为广阔的、私人化的日常生活扩展。彼时的大文学观念融合了佛教与老庄思想，士人群体中萌生出轻视世务之风，一些文人尤为崇尚超凡世外、倾心山水，进而促成山水诗歌一派的出现，这种趋势正是《文心雕龙·明诗》所概括的"宋初文咏，体有因革，庄、老告退，而山水方滋"。以纪游辞赋为例，诗人大都是从某一次具体的游历活动出发，记述游览之过程，着重表现人物在观景过程中生发出的思想信息，且情感由羁旅愁苦或是乡关忧思转移到了欣悦适性的层面。从魏至隋的

---

① 杨颖：《行行重行行——东汉行旅文化与文学》，中国社会科学出版社2014年版，第2页。

② 宋尚斋：《纪游文学的发展与曹氏父子的纪游诗赋》，彭庆生主编：《中华文化论丛（第一辑）》，中国文学出版社1998年版，第140页。

③ （清）沈德潜：《说诗晬语》卷上，霍松林校注：《原诗·一瓢诗话·说诗晬语》，人民文学出版社1979年版，第203页。

④ （梁）刘勰：《文心雕龙》，郭晋稀注译，岳麓书社2004年版，第49页。

三百多年间，参与行旅诗创作的诗人数量蔚为大观，行旅诗也成为一个独立的诗歌类别，诞生出一系列佳作，如阴铿的《渡青草湖》、陆机的《赴洛道中作》、颜延之的《北使洛》等。即便是在崇尚玄言诗的东晋，也出现了如湛方生的《帆入南湖》这样优美深沉的作品。其中，谢灵运和谢朓应该是这一时期行旅诗史上颇具典范意义的大家，《昭明文选》更是收有谢灵运行旅诗 10 首，堪为行旅诗人之冠。谢灵运的游历大都主动率性而为，或是于山间探奇览胜，或是在水边体道适性，其景物描写清新可喜，给人灵动流畅之感。相较而言，谢朓的山水行旅诗则在艺术探求上用思更深，其诗文看似平静，却不断透露出“朝隐”之思。在艺术手法上，他多以移步换景、散点透视的方式描写景物，以萧索冷清和清丽明秀两类对峙式的意象群组组成诗行，使其诗文展现出圆美流转的艺术魅力。可以说，从“三曹”到“二谢”，中国的行旅文学逐渐步入了一个高峰。

唐代旅行文化大盛，相对稳定的社会环境、雄厚的经济基础、政府的大力支持与开放的社会风气，①都极大地促进了旅游的发展，使“旅游”在休闲生活中获得了相对的独立性，进而自然影响了诗歌创作。唐代文学延续了前代行旅写作的热潮，诗歌中多有以“旅”“行”“游”作为诗题的篇章，这些涉及行旅的词语均含有旅行游览之意，相互之间的界限并不明显。盛唐的边塞诗派以及李白、杜甫、白居易等人的创作，从艺术手法和思想境界上均提升了行旅文学的高度，使行旅诗歌在边塞、山水、唱和、游览等多重向度上并进发展，佳作频出。“一生好入名山游”的李白便留有《望庐山瀑布》《将进酒》《黄鹤楼送孟浩然》《蜀道难》《登太白峰》等大量行旅纪游名篇。抒情者将行旅与景物、感怀融汇结合，在壮美的自然风光中吐露豪迈意盛之情，诗文气象宏大、精神开阔。再看杜甫的《春望》《羌村三首》《北征》等写于行旅过程中的诗篇，诗人将行旅活动与社会生活结合起来，表达忧国忧民之情，从而扩大了这类抒写

① 参见王玉成：《唐代旅游研究》，河北大学博士学位论文，2009 年。

的表现范围。尤其是被推为“古今七律第一”的《登高》一篇，专门叙写了万里悲秋之情，被认作中国古代行旅诗的佳作典范。严羽在《沧浪诗话》中云：“唐人好诗，多是征戍、迁谪、行旅、离别之作，往往能感动激发人意。”①此言足见行旅诗在唐代文学中的位置，如高适的《送浑将军出塞》《信安王幕府诗》《自蓟北归》《别冯判官》，岑参的《题金城临河驿楼》《凉州馆中与诸判官夜集》《登凉州尹台寺》《武威春暮闻宇文判官西使还已到晋昌》《河西春暮忆秦中》等，都是盛唐时期行旅文学的代表作。这些诗文突破了初唐时期行旅集中在军旅生活中的狭窄范畴，出现了访友、送别、羁旅等多重内容。从唐中后期开始，伴随着国家战略防御重心向京西京北地区的转移，诗人群体崇尚“游边”求名之风，他们希望得到幕府达官的推荐，以实现个人抱负。这一时期的行旅诗歌讲求对具体旅行背景和线路的写实记录，内容较为充实厚重，以李益、卢纶等边塞诗人为代表。中晚唐时期还有一类颇具特色的边塞行旅诗歌，即“敦煌唐人诗集残卷”中的部分文本。这些诗文的作者尚存争议，这些诗文记录的是一些游边入幕诗人的异域行旅，主要集中在与唐相邻的属国之间，可以视为早期诗人域外写作和异国形象抒写的端倪。

宋代之后文人的行旅活动更为频繁，关于行旅纪游的诗歌写作也趋向自觉，且对世俗人情的开掘更盛。如北宋的名臣蔡襄，他借鉴了来自盛唐诗歌的山水抒写传统，追求一种清迥粹美的风格，育有“清绮”之风。再如梅尧臣，他的纪游诗多为仕途迁徙中所作，如实反映了北宋的交通状况和百姓民生。而南宋的江湖诗人善用五律形式构建行旅中的清苦意境，追求自然的情感流露。到了元代，有丘处机写西域见闻的行旅诗作，彰显出“以诗示众”的创作观和“以道观物”的精神观，亦是元代道教文人西域书写的重要文本。同类题材还有耶律楚材在西域河中府（今属俄罗斯）创作的数十首描绘西域风貌的诗歌，这些文本具有较高的文化价值，开拓了元代异域纪行文学的审美空间。

---

① （宋）严羽：《沧浪诗话》，中华书局 1985 年版，第 40 页。

相较之下,明清两代的纪游诗创作延续了前代的美学观念和精神向度,随着交通条件的改善和异域之间联系的加强,中原与域外的人员往来与文化交流日益活跃,涉及域外行旅的作品出现明显增长。明代的海外纪游文学多以抒写在日本、朝鲜和东南亚诸国的见闻居多。清兵入关后,一部分明朝旧臣逃往日本,在海外写下一系列诗篇,形成一定的文本规模。如朱之瑜曾到日本东京借兵以图反清复明,其事未成,便留在东瀛讲学,留有《漫兴》《避地日本感赋》等怀念乡国之作。与前代相比,清朝诗人的行旅写作出现了两个新的特点:一是诗人们继承了先秦以来“观风知政”的思想,书写下一批描写边疆风光和民生风俗的文本;二是随着中国与海外、官方与私人域外交往活动的双向展开,抒写域外风景与人文风貌的诗歌较之前的数量激增。述异、纪游、抒怀诗文的大盛,为中国传统的行旅诗增添了一抹新奇的亮色。涉及清代的行旅诗歌,特别是晚清域外行旅诗作,将在本著第一章中专门探讨。

综上所论,古代诗歌与行旅文化的关系贯穿了古代文学发展的始终,且其状貌是错综复杂的,我们无法就此简单得出古代诗歌具有某种线性的行旅抒写传统这样的结论(尽管它在每个文学时段都有自身存在的面影)。通览古代诗歌中的行旅抒写,依然可以感受到的是诗人以其身心投入行旅行为之后,对人文与自然风景采撷、勾勒乃至描绘的一些共性视线交集,主要体现在五个方面:一是从“游”的精神闲适特质出发,像谢灵运那样借自然山水来寄寓怀抱,以闲适的轻松心态惬意赏景,在寻幽探秘之中发现自我,陶冶性情,表达愉悦忘忧之感;二是在殿宇飞檐间抒发盛世情怀,或是在断壁残垣中感喟繁华难恃,体悟人生的萧索无常,吐露对末世的衰瑟与哀伤之气,以及由此激发的人生如寄、及时行乐的情绪;三是融合乡关之思、仕途羁旅之情和人生如旅之叹三种情感向度,感叹行旅的艰苦与人生的艰难,着重抒发旅途中产生的心灵漂泊感;四是在寄情山川景物时流露出归隐自然山水之情,以此消解人生失意的焦虑和哀伤,凡此田园诗心,又多渗透着老庄思想之精髓;五是通过对寄赠送别的抒写,表达对亲友的怀念。从技法角度言之,诗人多灵活运用造景生情、触景生情、融情于景三种情景构思方式,不断调试“物”“我”关系多重存在的维度。不过,“士”的济世传统与“怀古”的千年母题使得诗人即使进入19世纪与20世纪之交,其所建构的旅行时空依然与“现代性”的感受无缘。正如杨云史笔下的《柏林怨》(一夜吹笳秋色高,柏林城里肃弓刀。宫嫔早识君王意,二十年前绣战袍)和《巴黎怨》(铜街金谷隔云端,闻道巴黎似广寒。草里铜仙铅泪冷,洛阳宫阙似长安),其所写之景,既有长门之恨,又含长安之哀,唯独缺乏异邦光电缤纷之色。传统诗歌的语言节奏及其意象符号系统已然无法处理纷繁的旅行体验,诗人的内在文化心理也与现代行旅行为本身出现巨大的断层。这就意味着要在传统的诗美空间之外,寻找新的想象素材和语言体式,一种“求新”的要求呼之欲出。

二、现代域外行旅抒写的多重背景

无论从哪个角度解读“行旅”的内在含义,人们都会注意到其“空间流动”的本质。行旅代表着人在动态的角度跨越时空阻隔,与异于所居之地的文化进行交流的行为,地理的位移和心理层面的激发构成行旅的重要表征。在漫长的古代文化发展进程中,行旅本身多具有一种内在的艰辛意味,“行万里路”固然可以体验山水之瑰奇,但路途的险阻和交通的不便使文人的游历充满了不确定性,因而古代行旅诗多有“自古叹行役,我今始知之”(陶渊明《庚子岁五月中从都还阻风于规林二首(其二)》)、“靡靡日夜远,眷眷怀苦辛”(陆云《答张士然诗》)这类慨叹。从文化心理的角度言之,“安土重迁”的文化特质使中国人不若西方人那样乐于冒险,去探秘未知世界,开辟新的领地,而是重视乡土情结,如非必要,则对地理上的迁徙保持非常审慎的态度。这种中西文化观念上的差异正如梁漱溟先生所说:“西方文化是以意欲向前为根本精神的,中国文化是以意欲自为调和持中为其根本精神。”①故而西方文化

① 梁漱溟:《东西文化及其哲学》,商务印书馆1922年版,第24页。

崇尚动态，而中国文化则表现为静态，加上“父母在，不远游”的儒家“近游”思想影响，在很大程度上阻抑了中国人的远游行为。再有，封建王朝的统治阶层（包括上层文化阶层）往往存有“天朝上国”的自我文化认知，对域外交流访问和互市通商往往并不积极，甚至在某些时段完全持否定的态度。如清代的闭关锁国政策，更是使国人走出国门的机会大为减少。直到清代中后期，随着近代中国的时局和国家政策的变迁，域外行旅才逐渐兴盛起来，进而影响了文学的品貌。

在西学东渐的时代氛围中，晚清至“五四”前后国人留洋之风日盛，形成一种独特的文化现象，异邦文化与本土文化的碰撞与融合，推动了文学观念的演进，参与了新文学的历史建构。正如有的学者指出：“在中国传统诗歌空间受困的诗人开始放眼世界，从异域吸纳新的诗意，补充接纳入自己的诗意空间，这里面有三种手段：阅读译本，阅读原文和直接去异域感知。而对人影响最大的无疑是置身异国空间，充满异国体验，进而改变自身原有的心理空间和诗意空间。”①如果说白话小说、散文较早地演变自中国文学的既有因素，那么白话新诗则较多汲取了外国诗的经验，尤其是诗人在异国的种种旅行、交流、访问经历，为他们与域外文学展开对话构建起有效的渠道。从文言诗歌到白话诗歌，行旅元素的参与和影响作用日渐凸显，这种影响的逐步加深，也得益于当时的政治、文化、外交、旅行等多重背景的改变。没有这些外部性因素的激发，也就很难产生文学观念的转换。如果要对这些重要的背景性因素进行透析，至少可以从以下几个方面展开。

首先是外交环境导致的政策调整，主要指向出境政策和教育政策。在鸦片战争之前，清政府严格限制国人出境，并以海禁政策和闭关政策作为保证。随着《南京条约》的签订和通商口岸的开放，中国被动型地展开与世界的交流，大批外国人涌入中国，但中国人的出国人数并没有显著提升。从 19 世纪

---

① 王天红：《中国现代新诗理论与外来影响》，吉林大学博士学位论文，2011 年，第 15 页。

40年代到60年代，出国人群主要由海外劳工、商人或海外买办（如写下《西海纪游草》的福建人林鍼、写下《漫游随录》的苏州人王韬等）、外国人士带领前往西方游历访问的少数中国官员以及由传教士带到西方留学的青少年这四部分组成，无论是规模还是人数都非常有限。从19世纪70年代开始，基于“师夷长技以制夷”的考虑，清政府主动向海外派遣外交使官，并令海外游历者“沿途留心，将该国一切山川形势、风土人情，随时记载，带回中国，以资印证……”①这些由驻外使节和游历官员写成的各类“纪略”类文字，为晚清文学的域外抒写贡献了一批丰硕的成果。

也是从19世纪70年代开始，清政府创办了“京师同文馆”等一系列新式学堂，同时向国外派遣留学生，这为中国知识分子主动走向世界提供了契机。1871年，曾国藩和李鸿章联名奏请派幼童赴美留学，获清廷批准。从1872年至1875年，清政府先后分四批派遣10岁至16岁幼童赴美留学，共计达120名之多，由此开启了近代留学运动的第一次高潮。此后的1876年到1897年，清政府又先后派遣了四批留学生，分别在英、德、法等欧洲强国学习军事、船舶等学科。1896年，清政府派出由13人组成的留日学生团队，自此拉开国人留日的序幕。1901年，清政府实行了新政，其中有一条便是大力加强对留学生的派遣，其中又以赴日本留学的居多。同时，政府开始支持自费留学：“自不必限以年岁，除到馆报名留书住址以便查询保护外，如无不安本分及别有过犯，使馆即无庸过为刻核。”②1904年又制定《奖励游学毕业生章程》，规定只要在日本国内取得文凭，就可以在通过官方举办的录用考试后获得举人、进士等头衔。清政府的这类政策推动，加上日本政府施行的多项吸引中国留学生的优惠措施，使得国人形成赴日留学的风气。

同样是在20世纪之初，美国开始以兴学的方式向中国退还庚款，从而导

---

① 钟叔河：《走向世界：近代知识分子考察西方的历史》，中华书局1985年版，第61页。

② 《奏议覆派遣出洋游学办法章程折》（光绪二十八年十一月），《民国丛书》第二编，上海书店1990年版，第170页。

致1909到1911年间,中国兴起了留学美国的热潮。早在1901年,清政府与以英、美、日为代表的十一国驻华公使签订了《辛丑条约》,规定了清政府需赔偿各国的具体款项,这一屈辱的历史事件被称为庚子赔款,又称庚款。出于对美国本国利益的考量,从1909年开始,美国退还部分庚款给中国,作为帮助中国开展文化教育事业的基金,并极力推动选派优秀的中国学生赴美留学。同年,清政府设立游美学务处,筹办派遣庚子赔款赴美留学生,进而形成第二次的留美高潮,与彼时中国学生的留日热潮形成分庭抗礼之势。入选庚款留学的第一批学生共有47人,包括后来的清华大学校长梅贻琦,第二届入选70人,于1910年在北京统一招考,另外还备取70人录入清华学校作为留美预备班,胡适便属于其中第二批的留美学生。到民国初年,留美学生已颇具规模。1914年,在男女平等观念的推动下,清华学校开始招考女留学生,陈衡哲等便在此列。

1915年以后,随着新文化运动的深入开展,在"民主""科学"等口号的激励下,李石曾、蔡元培、吴玉章等人号召青年"勤以做工,俭以求学",鼓励经济条件相对薄弱的学生赴欧勤工俭学。同样成立于这一时期的华法教育工会为这些青年学生提供了一定的物质资助,并帮助他们联系学校和工作机构,从而带动了赴法留学的热潮,赴法留学的人数曾达到1600人之多。① 及至20世纪20年代,留美、留日、留欧学生无论是公费还是自费,其数量都增长迅速。可以说,留学热潮从晚清贯穿到民国初期,并持续影响了20世纪30年代的出境游学热。大批出洋的文人也正是借助这一契机,接触到西方的器物文化和人文精神,从中读解出适应新文学变迁的有益符码,并通过个体的行旅与观看,构建出一种建立在比较意识上的新文化视野,从而成为20世纪初中国"文化/文学"变革的重要力量。

除了教育政策和留学观念的转变外,从晚清到民初的近现代交通业、商

① 参见李喜所:《中国近代社会与文化研究》,人民出版社2003年版,第649页。

业、工业和旅游业之发展，也为文人出境访学、游览提供了必要的物质保障。早在20世纪之初，英国的通济隆、美国的运通、日本的国际观光局等旅行社便已进驻中国各大城市，为国人办理中外旅行业务。1923年8月，上海商业储蓄银行建立旅行部，标志着中国现代旅游业的开始。1927年，上海商业储蓄银行的旅行部与银行分离，在原有基础上正式成立"中国旅行社"，"并与日本国际观光局、英国通济隆、(前)苏联国营旅行社、美国西雅图运通公司等建立了合作关系，相互承接国际旅行团队和出洋游学生以及国家使节、考察团队、会议代表、政府专使等等"①。现代文人的出国访学游历，基本上都是通过这些旅行社办理签证文件、兑换外币以及安排出行及线路。其中涉及出行的具体事项，又牵涉现代交通业的发展。

清末民初国人凡是出国，特别是越洋行旅，一般都是借助航运手段通过商业邮轮来回。早期的跨国航运市场由西方资本控制，从19世纪60年代开始，外国资本家开始在华设立轮船公司，经营中国内河及海外的航运事业，国人如有出行要求，需要通过这些西方公司在华的办事处联络订票事宜。如胡适留美时搭乘的"中国"号客轮(S.S.China)，属于美国的"太平洋航运公司"(Pacific Mail Steamship Company)。该公司从1867年便开辟了从旧金山到上海的航线，旗下有中国号、南京号等多艘邮轮。从胡适的日记中，我们能够了解到这条航线自上海出发，经由日本的长崎、神户和横滨，然后取道夏威夷，最后驶达旧金山。它在航行过程中会提供给乘客丰富的餐饮服务，以及扑克、麻将、社交舞等娱乐活动，现代气息浓郁。为了在航运领域分一杯羹，国内的有识之士也纷纷投资轮船交通事业，民营航运企业开始崭露头角。据统计，到1911年，经营轮船的华资企业已达596家，其中官僚资本企业10家，占全国总数的1.7%，民族资本企业586家，占全国总数的98.3%，其中包括了由国人经营的中国邮船公司的"中国"号、"南京"号等邮轮。② 1918年8月，徐志摩

① 王淑良：《中国现代旅游史》，东南大学出版社2005年版，第18页。

② 樊百川：《中国轮船航运业的兴起》，四川人民出版社1985年版，第617—618页。

即选择“南京”号前往旧金山，自此开启了世界游学之旅。到了 20 世纪 20 年代，上海成了一个海外邮轮母港，从这里到日本、英国、德国、法国、美国的航线已达数十条之多。交通条件的改善，解决了国人“行路难”的问题。大批诗人的海外访学之旅，几乎都是从上海港起步。跨越大洋的航行，也为诗人提供了想象的空间，一系列“写在海上”的作品大量涌现，为现代文坛呈现出新的气象。

三、本课题的研究现状、研究内容、主要观点与目标

从文学生成的层面看，域外行旅改变了大多数中国诗人认识、感觉、描述世界的基本模式，促进着他们的现代精神体验和审美经验的形成。大多数新诗开拓者都是域外行旅的实践者，如胡适、郭沫若、宗白华、刘半农、田汉、康白情、王独清、徐志摩、李金发等都有着域外行旅的经历。他们通过文化行旅缔造文本世界，抒写异邦游走中的见闻，复现域外物态风景和文化风情，吐露行旅者的即时感思，在文化比较中确立并完善了自身的象征系统和表意空间，其创作实绩与行旅文化体验关联密切。王光明曾指出，在强调诗歌回到“诗的本体”“回到语言”的进程中，研究它所产生的历史语境和地理场域仍然是有意义的。在当前的早期新诗研究中，评论家多热衷于分析新诗中的语体特征，注重其文本内质的美学转化，或是关注作家在古今之变中的观念更新，从思想史角度透视其写作。实际上，回归诗歌本体并不等于忽视它所发生的文学场域和历史语境，尤其是域外行旅对新诗生成所起的作用，理应成为早期新诗研究的必要论题。

揭示域外行旅与早期新诗的联系，当属“中国新诗的发生”之研究范畴。近年来，在西方理论浸染和海外汉学研究的双重刺激下，关于新诗发生学的研究已颇具规模，如许霆、姜涛、熊辉、颜同林、方长安、荣光启、伍明春、孟泽等学者，都取得了丰硕的研究成果，其主要成果包括，姜涛的《新诗集与中国新诗的发生》（北京大学出版社 2005 年版）、荣光启的《现代汉诗的发生：晚清至

"五四"》(首都师范大学2005年博士论文)、邓庆周的《外国诗歌译介与中国新诗发生的影响研究》(首都师范大学2007年博士论文)、胡峰的《诗界革命:中国现代新诗的发生》(山东师范大学2010年博士论文)、李怡的《日本体验与中国现代文学的发生》(北京大学出版社2009年版)、许霆的《中国新诗发生论稿》(人民出版社2012年版)等。而与本课题直接相关的研究多聚焦在作家海外行旅经历以及留学背景与新文学生成之间的关系层面,代表性成果有:张治的《异域与新学:晚清海外旅行写作研究》、方长安的《选择·接受·转化——晚清至20世纪30年代初中国文学流变与日本文学关系》、王一川的《中国现代性体验的发生:清末民初文化转型与文学》、李怡的《日本体验与中国现代文学的发生》、王德威和季进主编的《文学行旅与世界想象》、徐美燕的《"日本体验"与中国现代文学思潮》、郑春的《留学背景与中国现代文学》。除论著外,不少论文也给人留下了深刻印象,如林岗的《海外经验与新诗的兴起》、李丹的《留学背景与中国新诗的域外生成》。许多高校学生也纷纷以之为学位论文选题,较突出的有苏明的《域外行旅体验与中国近现代文学的变革》(南京大学博士学位论文,2009年)、李岚的论文《行旅体验与文化想象——论中国现代文学发生的游记视角》(华中师范大学博士学位论文,2007年)、陈璐的论文《中国早期新诗中的"留学生海外写作现象"论》(西南师范大学硕士学位论文,2003年)等,也都体现了相当的学术功力。

上述成果多立足于作家异邦体验对其创作产生的影响研究,论述范围包括从宏观上分析作家在不同地域写作表现出的相应文化特征,或是从微观上分析具体作家的域外创作、翻译、评论情况,作家留学时期的文化见闻和交往经历,以及作家归国后显露出的所受域外文化之影响。此类研究在一定程度上走进了中国现代文学的本质深处,但聚焦点多积聚于小说、戏剧、游记等文体,只有林岗、许霆、李丹等学者从域外经验与诗歌观念转型的角度进行的论述视海外经验为新诗发生最直接的主导因素,这些成果开拓了新诗发生学研究的空间,为本课题研究提供了借鉴。不过,针对一些具体的问题的讨论尚未充分展开,还有继续深入的必要,主要表现在以下方面。

首先,从域外行旅角度介入新诗发生学研究的论文多集中于对诗人个体的讨论,尚未形成整合性的线性串联与规律总结。不少研究侧重于黄遵宪和早期创造社留日诗人、新月诗派旅英诗人、象征诗派旅法诗人等个体或是局部的行旅行为与观念构成,不足以从宏观角度展现出新诗发生与行旅经验的关系全貌。其次,就个体研究而言,诗人的行旅行为往往被视为一种写作背景,较少有人对这一"行为"本身进行定性研究,也缺乏对诗人行旅行为、出游背景、旅行心态与其创作之间对应关系的细致梳理和深层分析。最后,一些研究盲点需要发掘,如对新诗人的"行旅线路"与域外观念接受、早期新诗中的"行旅"抒写和异国形象、新诗人对西方"风景美学"的平行借鉴等现象和问题的研究尚显薄弱,尤其是将中国新诗发生与域外行旅文化影响因素的关联上升到诗学高度的研究,更有待深入。

检视以往研究成果,本著力求在三个方面实现创新:第一,揭示域外行旅与中国新诗发生之间的内在联系和演变规律,指出自晚清以来海外行旅经验对诗人生活的介入最终促成白话诗的登场,并影响了后者的精神实质与方法生成,在结论上有所创新。第二,尝试从诗人的域外行旅经验入手,为新诗的兴起提出另一个解释。此外,扬弃了早期新诗重表现"物质文明"而轻"山水风景"的观念,认为旅欧诗人的风景抒写源于欧洲旅行文学中的风景美学之"激发",在观点上有所创新。第三,影响研究与平行研究并重,诗学研究与比较研究、文化研究等多重方法互汇贯通,从而与研究对象构成同位对应,在方法上有所创新。

从研究意义角度言之,从晚清"诗界革命"到"五四"早期新诗,诗人的域外行旅始终是新诗这一文体生成的重要推力。行旅经验不仅为新诗发生孕育了可能性,提供了生存场景,而且参与了新诗主体形象、精神情调、诗思方式和意象技巧的建构,对其进行历时性的梳理与研究,可以为研究早期新诗生成拓展出一条新的脉络线索,推进学界对于新诗现代情感世界和诗学生成逻辑的认识。此外,这项研究能够进一步廓清域外行旅与中国新诗生成诸多要素之间的互动联系,有利于形成一种较为宏大的域外文学史观,还原新文学初期中外文学、文化关联的历史形态,丰富中国新诗的研究内涵和视点,因此具有系统、深入研究的必要。本著聚焦晚清文学革命发生期到“五四”时期诗人的域外行旅与新诗生成、建构之间的对应联系,重点考察“域外行旅”写作的总体特征、个体形态、发生机制及运行规律。其中,“域外行旅”既包含诗人以愉悦身心为目的展开的观光旅行,同时也涵载了诗人在海外的出使访问、游学考察、探亲访友等带有地理迁徙、时空位移特征的行为。

本著进行研究的基本思路为:对晚清至新诗初期的诗歌刊物、诗集、域外游记,以及和课题有关的重要诗人全集或选集加以收集、整理,掌握研究对象的基本状况;对与课题有关的中外现代文学理论、现代诗歌及其关系研究资料进行梳理和分析,描绘出研究对象的发展轨迹和基本特征;对课题涉及的主要潮流、群落、诗人和重要文本进行分析和阐释,从创作层面把握研究对象的个性;对课题中的若干关联点逐个研讨,揭示关联点间的运动规律、总结其成败得失。在研究方法上,选择多重学理互汇的开放视角,将诗学研究、比较研究、传播学研究、文化研究、旅行理论研究、社会心理学与文化地理学等方法互汇结合;将研究对象视为相对完整的系统,尽量将其“历史化”,兼及域外行旅与中国新诗发生各要素之间的时空序列与历史脉络,展现其运行轨迹,把握其内在规律;注重发掘域外行旅与中国新诗发生关联中的若干“点”的特质,厘定它们各自的关联方式、样态和发生动因,侧重阐发不同关联“点”的创新处和异质点。

以诗人域外行旅与中国新诗发生之间的诸多关联性因素为框架,我们将选取具有代表性的现象“点”作为研究对象,包括行旅经验在文白诗语体式转换中所起的作用、诗人“行旅”行为的具体表现、行旅体验对写作者心物感应方式变革产生的内驱力、“行旅”抒写的美学内涵与意义等。通过辨析每个联系点的不同特征,揭示各对应点之间组构、融合的内在逻辑,认为域外行旅从文化行为层面触发早期新诗人参与中外“文学/文化”的交流，便于其在异邦“他者”的文化视阈中反思本土经验，确立契合时代文化语境的“主体性”美学理念和价值观念。同时，域外行旅文化在观物方式、情感向度、意象体系等方面参与了新诗的历史建构，并为新诗的精神实质与方法生成带来持续性的影响。在具体的论说过程中，本著拟从以下几个方面深入探讨与域外行旅诗学相关的诸类问题：

（1）“诗界革命”中的新派纪游诗。域外行旅体验带来的世界观念、时空意识、观物角度之变化，触发晚清诗人扬弃传统纪游文学那种追求闲适、风雅的情调，他们多以“上天”“入海”等主题复现域外行旅经验，同时尝试诗歌内质形式方面的变革。如黄遵宪等诗人采用杂事诗、竹枝词等体式实验“新语句”，力求客观描述异国风光、人情、礼俗、节庆之“新意境”，使诗歌承载更多的“社会相”，在思想上契合“经世致用”的社会思想主流。异彩纷呈的域外体验与诗歌这一传统的文学形式结合，拉开了晚清诗歌以通俗化表达新思想的序幕。

（2）行旅经验对白话诗观念的催生。在表现域外行旅题材时，旧体诗在音律结构体制、整体性审美经验、固形化象征传统等方面限制了遣意传情的畅达表现，也难以兼容诗人为了表现新经验而生成的跨体式语言，从而导致诗质、诗语和诗体之间产生裂隙。“言文失合”的矛盾促使一部分诗人继续在旧诗体格局内部求索，还有一部分诗人，尤以留欧美者质疑文言体式的表现能力，认为其难以承载行旅交往中产生的新文化元素与动态情感，由此萌发语体彻底变革之意识，通过对白话诗的不断“尝试”为其建立理论合法性，最终催生出新的体式。

（3）新诗人的“行旅线路”与域外观念接受。中国新诗人的域外行旅多发生于留学过程中，以英美、法德、苏联、日本为中心，在游学中与地缘文学观念相融合，表现出相应的地域文学思潮特征。如留英美的诗人意在探求诗体形式，留法德的诗人偏重追寻新诗的美学本质，留苏的诗人强调诗歌的社会功能与宣传效应,留日的诗人则游动于诗歌实用和审美的双重个性之间。很多诗人如徐志摩、刘半农、王独清的海外旅行未拘泥在一个国家或地域,因此可以在不同文化“对应点”的穿梭交流中获取更为多元的信息,形成开放性的美学观念。

(4)行旅体验与现代诗歌精神主体的形成。在异域行旅中,空间转换和构建的过程也是诗人现代主体性自我塑造的过程。由行旅带来的惯习之改变和精神之转化,为诗人提供了大量异于本土的感觉经验,激活了他们的文化感受力,并影响其感觉结构和诗情表达方式。如乘坐新兴交通工具的“速度”体验、跨越大洲的“世界”体验、对现代科技的“惊羡”体验、对城市文明的“异化”体验、回望中国的“怀乡”体验等,均参与了新诗人的情感空间建构,其表现出的知性、感性因素之消长促进了现代诗歌精神主体的形成与完善。

(5)早期新诗中的“行旅”抒写和异国形象。抒写域外是中国知识分子汲取异域营养、表达现代观念的重要方式,他们有意识地将“行旅”行为以及与之相关的域外风物作为诗歌的语象资源,为行旅做出意象化的诗意呈现,并通过古典诗学传统、故国乡土记忆、异国文化视角和民族国家观念这四种滤镜,更新了观景的“装置”。诗人在抒写异邦自然景观和都市景观两大主题的同时,还将自身的启蒙与家国之思纳入意象塑造中,由“异邦”回望“本土”,使意象空间与现实经验之间同步与偏离并存。

(6)文本行旅者的观察视角。对习惯在稳定、凝固的静态自然文化模式中寻求诗意的诗人来说,从域外行旅过程中体验到的时空感受改变了他们的观物方式。写作者有意从域外诗学借鉴观物视角,如摄像机式的“客观”还原视角、蒙太奇式的拼接视角、波德莱尔式的“闲逛者”视角、异域消费空间内部的“静观”视角等。他们还时常以“旅行者”的视角选择、组织视觉信息和想象素材,既从多视点拟现真实立体的风景,又注重由“旅行”所指涉的漫游、漂泊等心理体验出发,将其沉淀为一类稳定的象征模式,从而扩大了早期新诗中写景一脉的表现范畴,对后继者产生了深刻的影响。

(7)新诗人对“风景美学”的平行借鉴。异域行旅抒写为诗人设置出一个课题,即如何表现他们看到的“风景”,并将既往文化记忆与新锐视觉经验熔铸于诗。域外风景充当了新诗人重要的写作资源,特别是旅英诗人普遍接受了雪莱、济慈式的“英式趣味”和“如画”美学,追随先贤诗人的旅行线路,刻画旅途中的自然形象,企慕和谐与崇高之美。同时,他们无法完全割舍与传统抒情方式和审美模式的内在联系,在践行西式风景美学的同时,他们将古典诗歌的风景美学移至现代诗境,使其经验贯通中西,并有所侧重地形成自己的审美态度。

(8)行旅抒写与早期新诗的形式建构。早期新诗人对行旅行为和风物的再现、对行旅者情感世界的呈现,正是以其生存态度和审美经验在“语词世界”间建立隐喻的过程。作为诗学行为的“行旅”在多重层面上与新诗内质的美感构成方式形成合鸣,如跨体式的语言、蒙太奇式和速写式的意象结构、个体化的象征模式等方面,进而参与到诗歌意象选择、语言节奏、分行排列等蕴涵诗美特征的运作流程。由此,与新诗行旅抒写相关的文本不仅具备了专属性的意象群落和诗学主题,而且也拥有与这些主题恰如其分的现代诗形和美感传达方式。

(9)域外文化行旅对新诗发展的持续性影响。作为文化行为的“域外行旅”对新诗的影响主要体现在诗人现代感受力生成、诗学精神主体形成、美学体系构成等层面,并在孙大雨、艾青、戴望舒、冯至、辛笛等人笔下持续发酵,形成绵延不断的诗学脉络。诗人在文化行旅中收获的与异邦文化的交流方式、由其触发的心理模式和摹拟风景的艺术形式已成为新诗可资借鉴的重要资源与传统。

在研究重心上,本书侧重全面扫描检视从晚清至“五四”时期的文化现场,展现中国新诗发生和诗人域外行旅关联的轨迹,把握各关联“点”间组合、递进的矛盾运动及规律,展现其承续与变异、错杂又互补的结构形态。探讨中国新诗从诗人的域外行旅行为和文化发现中择取了何种要素,如何择取与变异，它们在新诗发展中如何化为自身血肉，起了什么作用，总结中国新诗发生过程与域外行旅要素相互影响而产生的经验教训。通过对中国新诗生成与域外行旅文化诸多“关联”点的描述揭示和系统阐发，探讨新诗在生成与建构过程中与异域进行跨文化交流的意义价值，突破既有成果的局限性，使人们一方面从参与新诗生成的高度重新审视早期新诗人的文化行旅，另一方面为当下诗歌更好地融汇本土与外来资源、再度出发寻找强有力的历史和理论支撑。

第一章　“诗界革命”背景下的晚清域外纪游诗

晚清以降的文学生态与行旅要素的参与关涉紧密，基于对“夷祸之烈”的反思，清政府开始向海外大量派遣使官，异域出访之风日盛。① 留洋者对行旅过程和域外风情的记载与描述，构成晚清文学一个重要的写作向度，也为现代域外纪游文学的萌发提供了必备的思想和文化资源。彼时凡涉及域外行旅体验的文学，基本由两部分构成：一为王韬、单士厘、李圭等，包括康有为、梁启超二人在内的私人出访文学，多为游记、日记、信札；二为文本规模更为庞大的“使官文学”，主体是“使官日记”②，由出使人员依规定期汇总域外的政治、经济、民俗世情，也涵载了当地生态、地理、天气等科学信息。基于“官文”性质和“游以致用”的功利性观念，其文字机械实录居多，虽有“著作如林”之盛，却鲜有文学光彩。在旅行日记之外，为了排遣异国行旅过程中的怀乡忧思、家国情怀，及时表达遭遇新奇景观之后的惊羡体验，诸多有着出访经历的官员（或

---

① 自同治五年（1866 年）起，清廷首度派遣代表团赴欧考察，同治七年（1868 年）首次派出外交使团，随着“外务日繁”，带有官方背景的海外出访渐成惯例。

② 按照光绪三年（1877 年）总理衙门在“出使各国大臣应随时咨送日记等件片”奏折所述：“是出使一事，凡有关系关涉事件及各国风土人情，该使臣当详细记载，随时咨报……务将大小事件、逐日详细登记。”见席裕福、沈师徐：《皇朝政典类纂》（四十七）（外交二），文海出版社 1982 年版，第 11214 页。

其随使人员）借海外纪游诗记录沿途风景和内心感怀，并希冀借此传递新知、启蒙民众，发挥文学的经世功能，在思想上契合了“师夷长技以自强”的改良观念，从而彰显出与域外文明互动的新气象。

第一节 晚清域外纪游诗的写作情况与内在矛盾

同治以前，清人鲜有涉及异域行旅的纪游诗作，文人的出行范围也多为邻邦。相较之下，晚清旅人的行旅场域则宽广许多，随着政府对海外政策的转变和出行条件的日益改善，清人出行之风日盛。异邦的人文风物、科技文明、政治体制等新锐信息开阔了诗人的眼界，触发他们在诗歌创作中引入“新意境”这一现代元素。传统诗歌与海外新鲜文化要素的汇合，使纪游诗文焕发出异样的光彩。此间意义正如康有为的诗句所云：“中原大雅销亡尽，流入天南得正声。”①也如有的学者所说：“只是在中国本土文学土壤和经验中寻找题材和灵感，境界与气魄终有局促狭小之感，真正为古典诗歌带来一缕清新空气的是那些远涉重洋的诗人们。”②其中，林鍼、斌椿、傅云龙、王韬堪为旅外诗人的代表，他们的创作也代表了晚清域外纪游诗写作的基本风貌。这类代表性作品有林鍼的《西海纪游草》，斌椿的《海国胜游草》《天外归帆草》，傅云龙的《不介集诗稿》、王国辅的《游美杂吟》等。

林鍼，字景周，号留轩，在美时自署天荡子，福建闽县人，随父辈迁居厦门。道光二十七年（1847年）春，他“受外国花旗聘，舌耕海外”③，前往美国教习中文，成为近代旅美进行商贸口译的第一人。此前，他以在洋商那里担任翻译和

① 康有为：《题菽园孝廉〈选诗图〉》，上海市文管会编：《万木草堂诗集——康有为遗稿》，上海人民出版社1996年版，第118页。

② 杨波：《域外行旅与晚清文学变革》，《河南大学学报》（社会科学版）2011年第2期。

③ 周见三：《西海纪游跋》，钟叔河主编：《走向世界丛书：西海纪游草、乘槎笔记·诗二种、初使泰西记、航海述奇·欧美环游记》，岳麓书社1985年版，第57页。

教授中文为生，且与西洋商人交往甚密，颇习通商事务，因此受到青睐。在美国的一年半时间里，林鍼除了工作之外，还游历了美国各大城市，亲眼见识了这一新兴资本主义国家的繁盛，由此萌生将所见所闻记录于诗的念头，最终在道光二十九年（1849 年）四月写成《西海纪游草》一书。书成之后，稿本在厦门、福州等地流传，曾为洋务派闽浙总督左宗棠等人存阅，大约在同治六年（1867 年）付梓刊刻。刻本正文由《西海纪游自序》和五言长诗《西海纪游诗》组成，附录包含《救回被诱潮人记》等二篇。作为中国第一部抒写美国风貌的纪游诗作，《西海纪游草》记录了美国的选举制度、司法制度、现代报业、电报电话、蒸汽技术、供水系统、博物馆事业等诸多社会生活内容和现代科学技艺。诸如"足迹半天下，闻观景颇奇；因贫思远客，觅侣往花旗……宫阙嵯峨现，桅樯错杂随；激波掀火舶，载货运牲骑；巧驿传千里，公私刻共知；泉桥承远溜，利用济居夷；战舰连城炮，浑天测海蠡；女男分贵贱，白黑辨尊卑；俗奉耶稣教，人遵礼拜规……"①这类诗句，最早完成了对纽约（文中写为纽约克）城市景观的述奇抒写，其开创之功如钟叔河的论述："指数 1840 年以来'走向世界'的报道，只能从林鍼的《西海纪游草》算起。"②

同治五年（1866 年）春，恭亲王奕䜣等上《奏派同文馆学生三名随赫德前往英国游览折》，折中提到清政府原计划遣派几名同文馆学生，令他们随时任大清海关总税务司的英国人罗伯特·赫德（Robert Hart）同赴欧洲游历，以"增广见闻，有裨学业"，后考虑到"学生等皆在弱冠之年，必须有老成可靠之人，率同前去"，于是择选年已 63 岁的斌椿带领其子广英及同文馆学生德明（张德彝）等三人与赫德同往。③ 这是近代中国派往西方的第一个考察团，使团一共访问了法、英、德等欧洲九国。作为文化使官，斌椿奉命将行程中遇到的风

① 林鍼：《西海纪游诗》，钟叔河主编：《走向世界丛书：西海纪游草、乘槎笔记·诗二种、初使泰西记、航海述奇·欧美环游记》，岳麓书社 1985 年版，第 43 页。

② 钟叔河：《从东方到西方——〈走向世界丛书〉叙论集》，上海人民出版社 1989 年版，第 5 页。

③ 沈云龙主编：《近代中国史料丛刊》（611），台北文海出版社 1971 年版，第 3670—3671 页。

土人情、水陆里程、山川形势等信息随时记载，写下日记《乘槎笔记》一卷，并辅以《海国胜游草》和《天外归帆草》诗稿二种，作为见闻之补充。缘于政府使官记录欧陆风情的政治使命，凡是游历、访问过程中的新异之物，斌椿都作了详尽的记录，对于前人较少涉及的欧洲中小国家如荷兰、瑞典、丹麦、比利时等，他们的诗作也多有涉及。如《乘槎笔记》所载，1866 年 6 月，斌椿一行曾赴荷兰访问阿姆斯特丹、海牙、莱顿等城市。被誉为“北方威尼斯”的阿姆斯特丹（诗中称为“安特坦”）水系密布，运河纵横，两岸皆为三四层的房屋，小巧精美。斌椿赋诗数首，用以记录，如《寓楼即景》所写：

楼榭连云起，
雕栏照水明；
画船随处泊（每河大小船甚多处处可泊），
人在镜中行。
十里珠帘卷，
虹桥影正圆（通城有桥七百五十座）；
绿阴深树裹，
摇出卖花船。①

这是国人首次详细描述阿姆斯特丹这一“欧土大都会”，“虹桥”“花船”等景象准确还原了运河王国荷兰的城市风貌。诗人还特意写到当地人用“火轮机”（即蒸汽机）泄洪的场景，从中可以感受到彼时国人对西方科学的艳羡与惊奇。与斌椿同行的同文馆译员张德彝也写下大量纪游类作品，对于技术文明的景观抒写，他皆用“述奇”“再述奇”这类诗题，足见科技文化对时人造成的心理冲击。这种对技艺的“震惊”感受与“述奇”抒写，奠定了晚清海外纪游诗的写作向度，影响着后世中国人对异国的想象和再现。

1887 年，清政府通过考试选拔派遣 12 名游历使，分别前往亚洲、欧洲、南

① 斌椿：《海国胜游草》，钟叔河主编：《走向世界丛书：西海纪游草、乘槎笔记 · 诗二种、初使泰西记、航海述奇 · 欧美环游记》，岳麓书社 1985 年版，第 170 页。

北美洲的二十多个国家,令他们进行为期两年的考察,其涉及国家之多和路程之远,均属史无前例。这些游历使官们撰写了数十种海外游记和考察报告,尤其以傅云龙的业绩最为突出。北京大学历史系的学者王晓秋曾标点解说傅云龙的《游历日本图经余记》,他认为"1887 年清政府派遣海外游历使可以称得上是 19 世纪 80 年代中国人走向世界的一次盛举"①,其中仅傅云龙②一人就撰写了游历日本、美国、加拿大、古巴、秘鲁、巴西等国的调查报告《游历图经》、游记(《游历图经余记》)和纪游诗,共计 110 卷之巨。他自 1887 年 9 月 2 日从北京启程,至 1889 年 11 月 20 日回到北京销差,总共 26 个月,往返共经 11 国。其纪游诗篇集为《不介集诗稿》共 9 卷,包括《游古巴诗董》1 卷、《游秘鲁诗鉴》1 卷、《游巴西诗志》1 卷、《游日本诗变》4 卷、《游美利加诗权》1 卷、《游加纳大诗隅》1 卷。这些纪游诗歌或含蓄蕴藉,或灵动可感,所涉国家之新、意境之奇,均在诗文中充分展现。

以上所述三人,分属以商业身份留洋、公务考察、选拔公派三种方式出国。他们均较早涉猎纪游诗写作,留下了相当规模的文本。此外,如王韬、曾纪泽、郭嵩焘等人,亦有海外纪游诗作流传。这些诗作拓展了古体纪游诗的想象情境和表意空间,以诗文的形式向国人介绍了异国风情和游子心怀,因此兼具旅行史、心灵史、风俗史、交通史等多重价值。不过,很多写作者即使身居海外环境,也对风景进行了细致的描写,却终究受写作惯习的影响,把域外诗文纳入了中国式的山水宴游、羁旅行役等传统的抒情脉络。如王韬的《独登杜拉山绝顶》有云:

济胜惭无腰脚健,
探幽陡觉心胸开。

---

① 王晓秋:《晚清中国人走向世界的一次盛举——1887 年海外游历使初探》,《北京大学学报(哲学社会科学版)》2001 年第 3 期。

② 傅云龙(1840—1901),字懋元,号醒夫,浙江德清县钟管镇人。他是近代中国首次通过公开选拔公派出国游历的官员代表。

泉声若共石斗激，
岚影时与云徘徊。
眼前已觉九霄近，
足底忽送千峰来。
天悦羁人出奇境，
家乡不见空生哀。①

本诗作于1867至1870年作者旅欧期间，杜拉山是英国山名，尽管王韬自诩“游遍欧洲路八千”，但能入其诗笔的风景仍然还是类近故国山水的自然景观。诗歌首句所言“济胜”一词，来自《世说新语·栖逸》：“许掾好游山水，而体便登陟。时人云：许非徒有胜情，实有济胜之具。”②诗人化用典故，惭愧自己腰脚不健，没有济胜之具，喟叹之间透露出一个信息，即面对外国的自然山水时，诗人并没有以“异国风景”视之，也没有着力挖掘风景透露出的“异国感”。如王韬这般采景遣情之法，实则对应着写作者文化记忆深处的、对中华风景形成的观察范式，因此他们的域外诗文并没有和传统的山水诗拉开足够的审美距离。即便一些诗人有意去营造“述奇”的效果，大都也和“现代性”的感受无缘，既难以准确地解释物象，又无法尽然表达异国之“异”和现代体验之“新”。甚至走向极端，或用陈词旧典诠解新事物，刻板僵化；或是生搬硬入新名词，突兀难解。特别是当他们面临现代都市题材时，这种“力不从心”的感受便更为突出了。

受限于古典文学的传统母题和叙写策略，域外纪游诗的表情空间较为有限。如林鍼的《西海纪游自序》触目皆是“梦里还家，欢然故里；醒仍作客，触目红毛”以及“客楼危坐，树头空盼尽寒鸦；沟水长流，叶上只一通锦字”这类诗句。既不见异国都市的光电缤纷之色，也缺乏对现代人震惊体验的吸收与

① 北京大学中文系文学专门化一九五五级《近代诗选》小组选注：《近代诗选》，人民文学出版社1963年版，第196页。

② ［南朝宋］刘义庆：《世说新语》，万卷出版公司2009年版，第280页。

转化。再如《西海纪游诗》通篇五言古体诗，诗人将轮船描述为“激波掀火舶，载货运牲骑”，电报则是“巧驿传千里，公私刻共知”。如无后文的解释，那么“火舶”“巧驿”则显得语焉不详，让人无从读解。更有甚者将西文词语直接音译为汉字入诗，以便展示异域风物的“原貌”，然而就其接受效果而言，此般操作除了传递出某种陌生化的新鲜感之外，并不能达到准确传播新知的功用。如潘乃光的《海外竹枝词》“马赛”篇中，有一首诗写法国人“细腰健步走如飞，中样皮包信手携。迎面撞来说巴洞，偏蒙不怒笑声微”。所谓“巴洞”，源自法语“Pardon”，即“请原谅”的音译。再如张祖翼《伦敦竹枝词》有云：“销魂最是亚魁林，粉黛如梭看不清。一盏槐痕通款曲，低声温磅索黄金。”若无作者附加的注文，言及“亚魁林”乃是“水族园”（Aquarium）、“槐痕”谓“酒”（Wine），“温”指“一”（One），那么后人断然难以觅得诗歌的原意。就算英文好的读者可以从诗句本身破解字符之意，可是对大部分读者来说，这些诗句固然新意迭出，却不易使人透过字句直接抵达对海外世界的了解和认知，反而可能使其感到无所适从，于是只能把希望寄托于文后的详赡注语。这样一来，诗歌本体的表意效果反而被弱化了。

从写作方式上看，大多数域外诗人依然采取了传统的意象符号，并遵循着固型化的诗学传统讲述异国风物。如斌椿出访英国时，曾受邀参加皇太子和太子妃举办的宴会，听闻“乐人于楼上奏乐，音节铿锵”，窥见“男妇跳舞十余次”，细观在座贵妇“衣红绿杂色，袒肩臂及胸。珠宝钻石，项下累累成串，五色璀璨，光彩耀目”①，遂作诗云：“长裾窄袖羽衣轻，宝串围胸照眼明；曲奏霓裳同按拍，鸾歌凤舞到蓬瀛。”②及至宴饮环节，目睹“酒肴多品”③

---

① 斌椿：《乘槎笔记》，钟叔河主编：《走向世界丛书：西海纪游草、乘槎笔记·诗二种、初使泰西记、航海述奇·欧美环游记》，岳麓书社 1985 年版，第 117 页。

② 斌椿：《四月二十三日英国君主请赴宴舞宫饮宴》，钟叔河主编：《走向世界丛书：西海纪游草、乘槎笔记·诗二种、初使泰西记、航海述奇·欧美环游记》，岳麓书社 1985 年版，第 167 页。

③ 斌椿：《乘槎笔记》，钟叔河主编：《走向世界丛书：西海纪游草、乘槎笔记·诗二种、初使泰西记、航海述奇·欧美环游记》，岳麓书社 1985 年版，第 117 页。

之相，又写下“大枣如瓜千岁桃，玉盘王母赐蒲萄；归来夸向同人说，能到瑶池已足豪”①。诗人移用了中国的神话，以蓬瀛（蓬莱和瀛洲，神山名，相传为仙人所居之处）、瑶池（西王母所住的地方）比拟英国王室的宫殿之富丽和宴会之奢华，其中交织着古典与现代、实地观察与文学想象之间的错位。诗人们这般想象异域的方式，正如杨汤琛总结的，他们是“以中国传统文化的运思来容纳异域的相异性，虽然书写者置身于异域景观之间，但叠加了传统意象的异国事物却足以让主体刹那远离了西方的现实空间，借助固有的中土元素重新构筑审美空间，恢复其传统的审美情调”，这类“必须放入中国传统语境下方能领略其诗妙处的运思方式”与“游子思乡的苦旅慨叹相呼应，共同构筑了一个完整的以传统意绪作为抒发机制的抒情系统”，而西方“似乎只是一个被置放传统情绪的另度空间”②。亦即说，任何来自实地观察的新锐视觉经验，最终都要归入一个既有的、现存的写景模式中，西方景物必须经由传统语境这一观看“中介”，然后才能得到呈现。

客观而言，晚清海外纪游诗的写作者大都能意识到应该以现有的诗歌体式，尽量去承载更广泛的内容信息，力求真实地呈现给国内读者一个陌生而新奇的“异国”世界。但在实际操作的层面上，他们为诗语表达作出的局部调整，依然没有触及文言诗歌的核心要素。域外行旅体验带来的世界观念、时空意识、观物角度等变化，使诗人抒写现实的情感需要与传统言说方式之间的抵牾，即“言文分离”的矛盾愈发突出。一些诗人由此萌发出变更语体的思路，主动探求诗歌形式与内容的创新途径，意在使文言写作与彼时不断化生的新观念合拍，诗歌界的革命大幕由此徐徐拉开。

---

① 斌椿：《四月二十三日英国君主请赴宴舞宫饮宴》，钟叔河主编：《走向世界丛书：西海纪游草、乘槎笔记·诗二种、初使泰西记、航海述奇·欧美环游记》，岳麓书社1985年版，第167页。

② 杨汤琛：《文化错位下的书写——晚清首部域外游记〈西海纪游草〉分析》，《华文文学》2016年第3期。

第二节　海外竹枝词的兴盛

在海外纪游诗写作的激发下，诗人们自觉产生诗歌体式革新的要求并付诸实践。具体而观，大多数写作者扬弃了传统纪游文学那种追求闲适、风雅的情调，多以“上天”“入海”等主题复现域外行旅经验①，一改过往文学中望洋兴叹、对天忧歌的“情境——心境”模式，同时打破传统文体在表意内容上的封闭性，增强诗歌对新学新知的传播力度，正所谓康有为言及的“新世瑰奇异境生，更搜欧亚造新声”②。在日记、游记之外，诸多诗人尝试诗歌内质形式上的变革，试图在雅言文学的体系之外别求新声，采用杂事诗、竹枝词等体式模仿民歌、采风问俗，以之涵容更多的新造语词，力求客观描述异国风光、人情、礼俗、节庆之“新意境”，使诗歌承载更多的“社会相”，展现真实的异国形象。其中，一个值得引起重视的现象是“海外竹枝词”写作的兴盛。这些清新浅近、缤纷多彩的“竹枝词”文本构成了晚清海外纪游诗的主体，并在记述风土、抒发情志之外，平添了更多新鲜的元素，形成了独特的文化现象。

从尹德翔编纂的《晚清海外竹枝词一览表》中，我们能够窥见彼时有过出国经历的文人，大抵都采用过竹枝词的形式言咏行旅经历。③ 比较有代表性的作品是何如璋的《使东述略》、王之春的《东京竹枝词》和《俄京竹枝词》、黄遵宪的《日本杂事诗》、潘飞声的《柏林竹枝词》、张祖翼的《伦敦竹枝词》、许南英的《新加坡竹枝词》、潘乃光的《海外竹枝词》、丘逢甲的《西贡杂诗》和《槟榔屿杂诗》、单士厘的《日本竹枝词》等。此外，如斌椿的《海国胜游草》也

---

① 张治指出，清末爱国诗人的海外纪游诗作常有“上天”“入海”之题，分别代表了传统士大夫那种“救世”与“遁世”矛盾统一的情怀。见张治：《异域与新学：晚清海外旅行写作研究》，北京大学出版社 2014 年版，第 225 页。

② 康有为：《与菽园论诗，兼寄任公、孺博、曼宣》，郑力民编：《康有为集》，广东人民出版社 2018 年版，第 322 页。

③ 尹德翔：《晚清海外竹枝词考论》，中国社会科学出版社 2016 年版，第 290 页。

被尹德翔纳入海外竹枝词的范畴，其根据在于“《海国胜游草》中古、律、歌行各体皆具，集中咏‘洋泾浜’诸诗、《越南国杂咏》诸诗、《至印度锡兰岛》诸诗、咏‘西洋女’诸诗等，虽无‘竹枝词’之题，实真正的竹枝词之作也”①。

自清初期开始，海外竹枝词作品便已出现，以尤侗作于康熙二十年（1681年）的《外国竹枝词》为首创，描绘了日本、朝鲜、琉球、安南、爪哇、苏门答腊、欧罗巴等几十个国家和地区的奇风异俗。② “竹枝词”流传自古乐府的曲名，起源于唐代巴渝之地，亦称为“杂诗”“杂咏”“杂事诗”等。它富有鲜明的民间歌谣格调，流行于市井街坊之中，逐渐被文人学士所采用。其内容和风格讲求“质轻形杂”，“质轻”指它的内容取材多来自于日常生活，“形杂”是说它的形式，这类诗体普遍为七言四句，颇似七言绝句，但不求平仄，韵律灵活，用语自由，没有一般近体诗在语汇方面的精确限制，它的写作风格如清人王士禛的归纳：“竹枝咏风土，琐细诙谐皆可入。大抵以风趣为主，与绝句迥别。”③很多海外行旅文人正是借用竹枝词的形式，以之记录民情风俗、历史政治、文化宗教、城市建设、政事要闻，抒发个人感受。他们对新颖事物精心刻画，杂以感知，并辅以注文进行解释，使人如同身临其境，得到智识的启发。这些文本还具有较高的方志学、民俗学和历史学价值，其主要内容大致包含以下几个方面：

一是对异域国家盛典和官方活动的记录。清末赴海外者多为使官，其要职在于记录每日见闻，特别是异国政治、经济、文化、科技等情况。作为使官的必备功课，他们需要随时将见闻所得以“使官日记”的形式记录，以便日后向上提交。同时，他们也在更具个人色彩的诗歌写作中记述了这些官方活动。如张祖翼在《伦敦竹枝词》中描述了英国女王五十周年的在位大典：“五十年前一美人，居然在位号魁阴。教堂高坐称朝贺，赢得编氓跪捧经。”陈道华的

---

① 尹德翔：《〈海国胜游草〉考辨三则——兼议对斌椿海外纪游诗的评价》，《宁波大学学报（人文科学版）》2013年第5期。

② 尤侗所作的《外国竹枝词》是其参与编写《明史》的产物，他并未去过国外，他的诗作对所述地点和史实的记载疏漏颇多，且有不少虚构的成分，因而为后人所诟病。

③ 王士禛：《带经堂诗话》，《续修四库全书》1699册，影印清乾隆二十七年刻本，第207页。

《日京竹枝词》(一名《东京竹枝词》)中第五、六、七首记述上至天皇、下及平民共同参拜神社的盛况。通过诗人对“招魂春社纸灯明,市上人人拜故兵”之胜景的描述,可以窥见日本的尚武风气和军国主义的雏形。再如姚鹏图的《扶桑百八吟》重笔介绍第五届大阪博览会的规模与情况,借此表达“谁知异域伤心客,负手欢场独自归”的游子感怀。

二是对异国风光的描绘。如黄遵宪的《日本杂事诗》初印本第十五首《蜻蜓洲》云:“巨海茫茫浸四围,三山风引是耶非?蓬莱清浅经多少,依旧蜻蜓点水飞。”抒写诗人对日本自然景观的赞美和喜爱。再看袁祖志《海外吟》中的《泛舟天士河》一诗,描绘了天士河,即泰晤士河的景色:“百里潆洄水蔚蓝,沿堤风景似江南。呼朋镇日嬉游去,打桨鸣桡兴共酣。”张芝田的《海国竹枝词》亦有对伦敦名河的叙写,其诗云:“凌空矗起一飞桥,铸铁功成迹未消。泰晤士江江上望,彩虹双落画中描。”一般来说,涉及异国自然景色的篇章,写作者往往注重将个体浸淫在自然风景中,表达传统人文山水带给人的怡情悦性之感。而当他们描写人文风景尤其是城市物象时,其笔触则偏重于对景观客观细致的勾勒呈现,不愿漏掉与之相关的历史、文化乃至技术信息。如王之春的《巴黎竹枝词》写道:“桑西利涉大街头,屹立中央得胜楼。四达通衢信瞻仰,表功有意抗千秋。”诗文所涉桑西利涉大街和得胜楼,分别对应了香榭丽舍大道和凯旋门,均为巴黎的城市象征。诗人以“竹枝词”体式记载所观重要城市地标,使其纷纷跃然纸上,加强了人们对异国风物的具象认识。

三是对异国人情风俗的直观感受。诗人远涉重洋,初入异邦,文化的差异造成认知上的冲击,无论是生活习惯还是人际交往礼仪,都颠覆了写作者的既往经验。一些诗人力求用百科全书的思维方式,向国人推送极为详尽的民俗资料。如黄遵宪的《日本杂事诗》中有专门介绍饮食的《樱饼樱茶》《琼芝》《坚鱼》等,介绍服饰的《冠制》《角子》《蓄鬟》等,介绍娱乐的《冶游》《犬射》《歌舞》等,介绍民俗的《落语》《杂技》《猿乐》等内容,全方位展示了日本的文化风俗,特别是其在明治维新后的变化。诗文细节之具体,描述之透彻,无一不反映出诗人对日本文化的熟稔了解。再如张祖翼在《伦敦竹枝词》中专门写到英国人“浪掷金钱无下箸,何堪饮血更茹毛”,感叹他们吃半生不熟的带血肉排。对于英国男女见面和告别的情形,诗人也颇有感触,记载道:“握手相逢姑莫林,喃喃私语怕人听。订期后会郎休误,临别开司剧有声。”“姑莫林”即英文“早安”(Good morning),开司则是“接吻”(Kiss)之音译。“男女授受不亲”的传统观念,使诗人对英国人较为开放的礼仪颇感惊异。同样表达这类“惊奇”感受的文字,还有王之春的《俄京竹枝词》,其中一首有云:“每思选胜到芬兰,当作华清出浴观。易地皆然偏就近,天魔易得美人难。”诗歌写到彼得堡的男女共浴一池(实际很可能是温泉浴池),此等景象对诗人而言堪为“奇观”。当然,大部分诗人在文化的差异面前,既受好奇心的驱动,愿意去探求新鲜现象的内部肌理,却又不时受控于传统的观念,对一些文化现象缺乏包容的认知态度,甚至秉持“文化至上论”的思想,充当了道德和文明的终极裁判,彰显出文化上的优越感。如王以宣在《法京纪事诗》中以“从来保险本荒唐,更保斯人寿且康。若要保他长不死,除非君自作阎王”,讽刺西方的保险制度。张祖翼在《伦敦竹枝词》中嘲讽穿晚礼服参加茶会的女性:“怪他娇小如花女,袒臂呈胸作上宾”。对英国人所笃信的基督教,他也难以理解,有诗云:“七天一次宣邪教,引得愚民举国狂。”写到家庭女教师,他更有“每日先零三两枚,朝朝暮暮按时来。岂徒教习英文语,别有师恩未易猜”的诗句,揣测女教师必与学生产生私情,方才如此“敬业”。凡此文字,均缘于诗人“想象的偏差”对其认知造成的误导。究其根本,还是因为“当时的海外竹枝词所描述的西方风情,依然无一不是拿中国文化来衡量的,无一不是以中国文化为中心的”,彼时的海外华人很难全然以异域的文化更新己方的知识谱系,更奢谈重组自己的深层文化结构,“这也就是海外竹枝词中往往以中国文化为参照物来看外国事物的根本原因”①。

① 何建木、郭海成:《帝国风化与世界秩序——清代海外竹枝词所见中国人的世界观》,《安徽史学》2005 年第 2 期。

当然，在记载人文风俗时，一些诗人也表现出相对超前的认识，如潘飞声的《柏林竹枝词》有云："蕊榜簪花女塾师，广载桃李绛纱帷。怪他娇小垂髫女，也解看书也唱诗。"诗人写到德国教育制度可以保证所有女孩七岁入学，她们所学的知识较为广泛，引发作者对"教育平等"的企慕。再如王以宣《法京纪事诗》写道："箕裘弓冶虑全删，伯道无儿视等闲。散去黄金留德泽，真能勘破马牛关。"诗人对巴黎一些民众无所谓子嗣继承，且能捐献遗产用于公益的风俗甚为感慨，并在注文中比较中法文化之差异，对法国人的现代观念加以肯定。此类例证，可见西方游历对诗人精神观念的开放性影响和正向的激发。不过，从整体状况上考量，大部分诗人在使用竹枝词体式言咏西方时，往往还是存有"自我文化中心型"①的心理认知模式，加之近代以来中国与西方诸国在外交上的弱势地位，使他们面对异国的器物文化和人文风俗时，仍会受到强大的思维惯习影响，很难保持纯粹的客观姿态，难以对异国文化做出精准的理解和思考。

从功用上说，作为对严肃的使官文学的补充，竹枝词的语言更为清浅，格律自由，亦庄亦谐，少雕琢堆砌，因此艺术门槛较低，创作上的自由度较之其他纪游类文体也更大，从而成为晚清纪游诗中的主要表现形式。在情感内核上，诗人使用竹枝词文体吟咏域外风情时，心态往往轻松愉快，或是猎奇旁观，或是插科打诨，情感表达自然流畅，多以口语行之。这种操作在一定程度上满足了诗人抒写域外文化的需要，然而其单一性也非常明显：无论是含蓄深沉的文化反思还是剑拔弩张的观念交锋，都无法借助竹枝词的体式充分展示。形式本身对情感和思想的限制，加上海外竹枝词文本的愈发泛滥，使它出现了程式化的雷同趋向。因此，一些有着美学革新意识的诗人便试图从多种渠道入手，调整海外竹枝词的表述策略，按照尹德翔的观点，这些调整主要包含两条途径：一是如斌椿的《乘槎笔记》和王之春的《使俄草》，附说明性文字于诗文之

① 曾有学者提出精神反应的四种类型，即自我文化中心型、边缘型、迎合型、适应型。见章海荣：《旅游文化学》，复旦大学出版社2004年版，第227—229页。

内或文后，以诗歌与散文两种文体共同完成对旅行行为的言说和呈现，使之互相补充。二是像黄遵宪的《日本竹枝词》、张祖翼的《伦敦竹枝词》那样频繁使用“详注”，以提升诗文的阅读效果。更多诗人选择第二种途径。①

清代竹枝词整体上逐渐表现出“与地方志合流的趋势”②，这种倾向也体现在海外竹枝词的写作中。诗人们多在容量有限的七绝体式内回避具体的叙述和描写，而是力求在诗歌的文本之外采取多种方式，另辟蹊径地去解释异邦的物质文化符号。他们对“自来文人多不肯作自注，以为自注非古”③的写作习惯做出了变通，普遍为域外竹枝词穿插详赡注文，疏解新名词造成的阅读滞塞，正所谓“椟胜于珠”④。在海外纪游文学兴盛以前，诗歌序言抑或注释仅仅用来简要交代旅行的起止地点和时间背景，重点在于诗句自身，而海外诗人笔下的序言和注释则“成了诗句赖以传达情意的手段，颇有几分‘皮之不存，毛将焉附’的味道。”⑤如王以宣的《法京纪事诗》第八十二首写到巴黎南城郊外百戏云集的场面，竟然用了 1200 多字注文的篇幅，其记载包含戏剧、歌舞、蜡像、博彩、魔术、游乐场等多种活动信息，可谓丰赡至极。随着海外写作的日益兴盛，诗人们几乎都可以熟练地运用注解，以之解释出现在诗歌中的新物象与新名词。注文中大量专有名词和科学术语的涌现，彰显出文人观察世界的知识概念体系之变化。还有一些写作者有意地为注释赋予某种文学的“功能”，使之获得相对独立甚至完全独立的地位。比如，黄遵宪在写作《日本杂事诗》时，他对诗文所作的注释并非仅为注解诗歌，而是注重利用注释的自由篇幅，

---

① 尹德翔：《晚清海外竹枝词考论》，中国社会科学出版社 2016 年版，第 285 页。

② 孙杰：《竹枝词发展史》，上海人民出版社 2014 年版，第 208 页。

③ 徐震堮：《论欧游杂诗注》，吴宓：《吴宓诗集》，商务印书馆 2004 年版，第 14 页。

④ 对行旅文本的自注，最早见于林鍼的《西海纪游草》自序（写作时间在 1849 年他由美归国后，稿本大约在同治六年即 1867 年刊刻）及其纪游诗作，再如斌椿的《海国胜游草》和《天外归帆草》、何如璋的《使东杂咏》、张斯桂的《使东诗录》里也多自注。正所谓钱锺书评价黄遵宪《日本杂事诗》时所言：“端赖自注，椟胜于珠。”钱锺书：《谈艺录》，中华书局 1984 年版，第 347—348 页。

⑤ 杨波：《海外行旅与晚清文学变革》，《河南大学学报（社会科学版）》2011 年第 2 期。

尽可能多地介绍与注释条目相关的一系列文化信息，如日本的城市风貌、人情民俗等，都通过注释的方式得以展现。清光绪年间著名的编辑家王锡祺更是将黄遵宪为《日本杂事诗》所作的注解单独汇编为《日本杂事》。还有张祖翼为《伦敦竹枝词》所的注文，也被王锡祺汇总之后，专列为《伦敦风土记》，收入其编纂的《小方壶斋舆地丛钞》①中。大量注文的涌入，使竹枝词形成"以注为主"的局面，如夏晓虹评价《日本杂事诗》时所说："就实用性来评价，《日本杂事诗》一类带有记事诗性质的'竹枝词'更值得肯定；而就艺术性做判断，砝码却要移到那些不加注或极少加注的'域外竹枝词'一边。道理非常简单，依赖注解的诗歌，本身的可读性、完整性便很可怀疑。"②论者揭示了注解对诗歌阅读效果乃至完整性造成的障碍，但是反过来想，如果没有足以阐明器物信息的注解存在，那么诗人便依然难以准确清楚地描述物象。因此，"椟"与"珠"之间并非孰轻孰重的关系。"椟"所代表的"文"之文字，主要用以描写事物状貌，保证诗文本体的轻盈灵动，也能将诗人看到却无法尽然写入诗文本的复杂信息详尽地记录下来，而"珠"所对应的"诗"之文字，才更多指向他们的心灵，承载写作者的观察体验与感受。"椟"与"珠"相互依存的结构态势，构成了晚清域外纪游诗的重要特征。

第三节　黄遵宪的实践与"新派诗"的突围之困

借由以竹枝词为主体的晚清海外纪游诗写作，诗人们通过他山之石展开对本土文化的省察与反思，从而开启了新的眼界，萌发出新的观念。不过，从古体诗歌的美学角度而言，尽管诗人广泛调用穿插注解、诗文互释、灵活用韵

① 王锡祺编：《小方壶斋舆地丛钞》补编·再补编，清·光绪十七年（1891 年）上海着易堂铅印本。

② 夏晓虹：《吟到中华以外天——近代"海外竹枝词"》，《读书》1988 年第 12 期。

等形式革新的要素，但就其表现效果而言，依然是在古体诗的美学范畴内自说自话，难有大幅度的突破。受一些海外游历者自身的学养和写作能力的限制，他们的求新求变之举并未有效推进古体诗对新知新学的表现能力，更奢谈去引领新的文学风潮。唯有黄遵宪的写作以及梁启超等人对“诗界革命”的推动，方才使域外行旅抒写的文学变革功用得以凸显，其中尤以黄遵宪的“新派诗”实践最为突出。

1899年，梁启超在《夏威夷游记》中率先提出“诗界革命”的口号，并以“三长”理论为之赋形：“欲为诗界之哥仑布玛赛郎，不可不备三长，第一要新意境，第二要新语句，而又须以古人之风格入之，然后成其为诗……若三者俱备，则可以为二十世纪支那之诗王矣。”①“新意境”、“新语句”以及“古人之风格”三长兼备的总纲领，为诗界革命运动的开展奠定了理论基石。按照梁启超的理解，“诗界革命”的文本范例首推黄遵宪的创作，特别是他的海外竹枝词写作和对“新派诗”的思考。需要注意的是，黄遵宪的写作与“新派诗”概念的提出，均发生在梁启超提出“诗界革命”口号之前，也早于谭嗣同等人实践的“新学诗”②，但他的创作已被梁启超确立为“诗界革命”的理想图示。从光绪三年（1877年）到光绪二十年（1894年），黄遵宪以外交官的身份先后出访过日本、英国、美国、新加坡等地，他坚信“诗固无古今也”③，因而敢于摆脱古法的拘牵，沿着自己开创的道路持续探索，其实绩正如梁启超的评价“独辟境界，卓然自立于二十世纪诗界中”④，并引领了“诗界革命”的美学风潮。

---

① 梁启超：《夏威夷游记》，张品兴主编：《梁启超全集》第4卷，北京出版社1999年版，第1219页。

② 1897年，黄遵宪作《酬曾重伯编修》，诗文中“废君一月官书力，读我连篇新派诗”两句，标志着诗人正式提出“新派诗”的口号，并以此标明自己的创作。《酬曾重伯编修》一诗可参见吴振清、徐勇、王家祥编校整理，黄遵宪：《黄遵宪集（上卷）》，天津人民出版社2003年版，第229页。

③ 黄遵宪：《与朗山论诗书》，吴振清、徐勇、王家祥编校整理：《黄遵宪集（下卷）》，天津人民出版社2003年版，第412页。

④ 梁启超：《诗话·三十二》，张品兴主编：《梁启超全集》第18卷，北京出版社1999年版，第5310页。

在充满诗性变革与冲动的晚清时代，黄遵宪深感古典诗歌“自古至今，而其变极尽矣”，由此主张推陈出新，将“身之所遇，目之所见，耳之所闻，而笔之于诗”①，表现“古人未有之物，未辟之境”②。如诗人所言，他可谓“足遍五洲多异想”（《以莲菊桃杂供一瓶作歌》）之人，对于西方的新学理、新景致，黄遵宪都迫切地希望将其纳入诗歌的言说范围，给国人展现出一个他们尚未接触也不曾想象到的全新世界。因此，他的诗歌多触及域外制度名物，并有《香港感怀十首》《伦敦大雾行》《登巴黎铁塔》这样植入新锐城市意象的诗篇，既有“吟到中华以外天”③的行动，又有“锐意欲造新国”④的宏大气魄。相较于彼时兴盛的海外竹枝词写作，黄遵宪的创作在情感姿态上做出了较大调整。很多写作者都喜欢以“猎奇”的姿态观察异国，对于一些域外礼俗（如男女平等、民主政治、交往礼仪等）甚至多有讥讽嘲弄之言，时刻显露出道德和文化上的优越感，借此纾解海外物质文明施加给自身的心理压力。黄遵宪则清楚地认识到中国在文化和器物上双重落后的现实，希冀借纪游诗刊录更多的异域学理，彰显文学的经世致用功能。尽管依然受到古典诗歌平衡体制和诗意机制的影响，难以透彻展示现代器物的风彩，不过相较于传统意义上的诗歌美学，黄遵宪所追求的“新派诗”明显地提升了诗歌“功能的现代性”。其诗作“把诗歌从山林和庙堂世界，带到了嘈杂喧闹的人间现实世界，强调了诗文‘适用于今，通行于俗’的重要性”。⑤ 把这类文本置于域外行旅文学的范畴，可见其中

---

① 黄遵宪：《与朗山论诗书》，吴振清、徐勇、王家祥编校整理：《黄遵宪集（下卷）》，天津人民出版社 2003 年版，第 412 页。

② 黄遵宪：《人境庐诗草・自序》，吴振清、徐勇、王家祥编校整理：《黄遵宪集（上卷）》，天津人民出版社 2003 年版，第 79 页。

③ 黄遵宪：《奉命为美国三富兰西士果总领事留别日本诸君子（五首）》，其中“吟到中华以外天”一句来自第二首，全诗录之如下：“海外偏留文字缘，新诗脱口每争传。草完明治维新史，吟到中华以外天。王母环来夸盛典，《吾妻镜》在访遗编。若图岁岁西湖集，四壁花容百散仙”。参见吴振清、徐勇、王家祥编校整理：《黄遵宪集（上卷）》，天津人民出版社 2003 年版，第 148 页。

④ 梁启超：《夏威夷游记》，张品兴主编：《梁启超全集》第 4 卷，北京出版社 1999 年版，第 1219 页。

⑤ 王光明：《现代汉诗的百年演变》，河北人民出版社 2003 年版，第 45 页。

诸多篇章都准确捕捉到行旅者繁富逶迤、追新逐奇的内心体验，深度契合了“以旧风格含新意境”的“诗界革命”要旨。①

梁启超总结诗界革命前期的缺点时，指出其弊之一在于“挦扯新名词以自表异”②，令人无从臆解。他视新意境、新语句与古人风格为衡量标准，将“新意境”置于首位，由此高度肯定黄遵宪的《今别离》等诗篇：“时彦中能为诗人之诗而锐意欲造新国者，莫如黄公度。其集中有《今别离》四首，及《吴太夫人寿诗》等，皆纯以欧洲意境行之，然新语句尚少。盖由新语句与古风格，常相背驰。公度重风格者，故勉避之也。”③这首情思精微新颖、独树一帜的《今别离》，被陈伯严推为“千年绝作”④，杨香池赞其“首首俱以新思想入诗”⑤，袁祖光亦以“古意沉丽”⑥赞之。诗歌作于光绪十六年（1890 年），彼时黄遵宪在伦敦任驻英使馆参赞，看到英国交通与电讯行业的发达盛况，于是便有感而发，采用乐府杂曲歌辞崔国辅旧题《今别离》，以四首诗歌分别咏火车、轮船、电报、照相等新事物以及东西半球昼夜相反的自然现象。诗歌内容别开生面，令人耳目一新，如《今别离·其一》写道：

别肠转如轮，一刻既万周。

眼见双轮驰，益增中心忧。

---

① 梁启超曾说：“革命者，当革其精神，非革其形式。吾党近好言诗界革命。虽然，若以堆积满纸新名词为革命，是又满洲政府变法维新之类也。能以旧风格含新意境，斯可以举革命之实矣。”参见梁启超：《诗话·六十三》，张品兴主编：《梁启超全集》第 18 卷，北京出版社 1999 年版，第 5327 页。

② 梁启超：《诗话·六十》，张品兴主编：《梁启超全集》第 18 卷，北京出版社 1999 年版，第 5326 页。

③ 梁启超：《夏威夷游记》，张品兴主编：《梁启超全集》第 4 卷，北京出版社 1999 年版，第 1219 页。

④ 梁启超：《诗话·二十九》，张品兴主编：《梁启超全集》第 18 卷，北京出版社 1999 年版，第 5309 页。

⑤ 杨香池著，张寅彭校点：《偷闲庐诗话》（第一集），张寅彭主编：《民国诗话丛编》第 3 册，上海书店出版社 2002 年版，第 703 页。

⑥ 袁祖光：《绿天香雪簃诗话》卷二，张寅彭主编：《清诗话三编》第 10 册，上海古籍出版社 2014 年版，第 7254 页。

古亦有山川,古亦有车舟。
车舟载离别,行止犹自由。
今日舟与车,并力生离愁。
明知须臾景,不许稍绸缪。
钟声一及时,顷刻不少留。
虽有万钧柁,动如绕指柔。
岂无打头风?亦不畏石尤。
送者未及返,君在天尽头。
望影倏不见,烟波杳悠悠。
去矣一何速,归定留滞不?
所愿君归时,快乘轻气球。

诗文记录了人们搭乘火车、轮船远行的场景,叙写现代交通工具凭借其便利与快捷,早已打破了传统的人对于时间和距离的观念认知。其后三篇诗歌先后论及抒情者抵达异国之后用电报与家人联络、邮寄照片以解相思之情、最后回归离人思妇情调,写两人彼此互相思念,欲梦佳期,却因东西半球昼夜相反,难于梦中共时相遇。四首诗分别点明了异域器物或文化带给诗人的新感受,从内在逻辑上看,四首诗又贯穿了传统的"游子思妇"情思和"今别离"的主题,它已不再是单纯的别离怀人之诗,而是溢满了诗人透过"别离"观察新生事物,再从新事物中捕捉到的近代人的新感情。与古人之别离相比,其间变化可谓缤纷多端,诗文也氤氲着浓郁的现代气息。

作为"诗界革命"的代表作品,《今别离》将诗人所观新事物与传统文化观念完美融为一体,带给读者耳目一新之感。同时,其"新派诗"的特质还通过诗人对诗歌形式与语言的巧妙安排显现出来。一方面,诗歌采取整饬的五言体式和以"赋比兴"为主的传统抒情方式。另一方面,为了多向度地反映旅行中采撷的新现实,黄遵宪倡导吸取古人"以文为诗"的经验,"以单行之神运俳偶之体","用古文家伸缩离合之法以入诗"(《人境庐诗草·自序》)。"以文为诗”可以在传统诗歌的固形化抒情范式之外，涵容更多的社会内容，并以“伸缩离合”之法巧妙剪裁资料，使之得到精当呈现。如《今别离》第一首中，新名词与文言词汇融为一体，较好地传达出作者的思想情感，诗文也极尽口语化，句句相承，衔接流畅，表意明快。“新”与“旧”之别离效果，借由自然之语，达到通俗透彻的表意境界，与同时代的“同光体”抑或其他拟古诗的语言相比，可谓一股平易畅达的清冽新风。胡适曾说：“做诗与做文都应该从这一点下手：先做到一个‘通’字，然后可希望做到一个‘好’字。古来的大家，没有一个不是这样的；古来决没有一首不通的好诗，也没有一首看不懂的好诗。金和与黄遵宪的诗的好处就在他们都是先求‘通’，先求达意，先求懂得。”①胡适推崇黄遵宪，正因为他能够赏识民间白话文学的好处，以流俗之语入诗，黄遵宪的《今别离》等诗歌，便是富含新思想和新材料的文本典范。不过，胡适对黄遵宪的论说有些先扬后抑，在高度评价《今别离》之后，他又以《以莲菊桃杂供一瓶作歌》的末段为例，说黄遵宪追求的“新诗”是“用旧风格写极浅近的新意思，可以代表当日的一个趋势；但平心说这种诗并不算得好诗。《今别离》在当时受大家的恭维；现在看来，实在平常的很，浅薄的很”②。胡适指出黄遵宪存在的问题，的确也是当时借用谣曲体或竹枝词等民间形式的诗人之普遍局限。诗歌改良者对诗境的开拓力度受制于传统的诗学形式，造成他们的诗界“革命”之路困难重重。

新意境和旧风格的融合，即“革其精神，非革其形式”③的理念，的确有助于增强传统诗歌对新情境的包容力，但不触动关乎诗歌形式的核心要素，便始终无法彻底解决域外纪游类作品“文法”与“韵味”失合的矛盾。在表现域外

① 胡适：《五十年来中国之文学》，欧阳哲生编：《胡适文集》第3卷，北京大学出版社1998年版，第226页。

② 胡适：《五十年来中国之文学》，《胡适文集》第3卷，北京大学出版社1998年版，第226页。

③ 梁启超：《诗话·六十三》，张品兴主编：《梁启超全集》第18卷，北京出版社1999年版，第5327页。

行旅题材时，旧体诗在音律结构体制、字数和句法规则等方面仍受颇多掣肘，语词也经常超出传统文体本身的负载，对遣意传情形成阻滞，使诗质、诗语、诗体之间的裂隙逐渐扩大。进一步说，无论是输入新词还是更改句式，都很难将行旅者乍履他乡的新鲜体验还原成诗。种种声光电影、奇趣异闻的感官抑或心灵体验，最终还是被纳入传统心理呈现模式和典章故实，即固型化象征的传统中，亦是章太炎所谓"华言积而不足以昭事理"①，也如钱锺书在评价黄遵宪的《日本杂事诗》时说："假吾国典实，述东瀛风土，事诚匪易，诗故难工。"②即使像黄遵宪那样，在《日本杂事诗》中对注解苦心孤诣，往往也会造成新材料（散文体语言）与旧体式（文言诗语）之间的失衡，因其头绪万端，始末多方而陷入"旧瓶装新酒"的美学困境。郁达夫对此的评判是："即使勉强造成了五个字或七个字的爱皮西提，也终觉得碍眼触目，不大能使读者心服的。"③周作人的理解更为透彻：如黄遵宪《人境庐诗草》那样能窥见作者和他所处的时代，的确值得赏识和礼赞，但"若是托词于旧皮袋盛新蒲桃酒，想用旧格调去写新思想，那总是徒劳"④。又指出"黄君（指黄遵宪，作者加注）对于文字语言很有新意见，对于文化政治各事亦大抵皆然，此甚可佩服，《杂事诗》一编，当诗看是第二着，我觉得最重要的还是看作者的思想，其次是日本事物的记录"⑤。感触于时代的新旧变更，却无从描摹其形。操持雅言文学的文人在行旅场景的转换中产生捉襟见肘的窘迫感。形式框架的规训、阅读程式的制约，造成旧体诗难以揭示和传递新物象背后的深层理致，这是它在经验表达上的短板。不过，从语言建设层面总结，晚清诗人的一系列诗学探索，还是使旧体

① 章炳麟：《学变第八》，见章炳麟：《訄书》，向世陵选注，辽宁人民出版社 1992 年版，第 27 页。

② 钱锺书：《谈艺录》，中华书局 1984 年版，第 348 页。

③ 郁达夫：《谈诗》，吴秀明主编：《郁达夫全集》第十一卷，浙江大学出版社 2007 年版，第 139 页。

④ 周作人：《人境庐诗草》，《秉烛谈》，河北教育出版社 2002 年版，第 42—43 页。

⑤ 周作人：《风雨谈》，岳麓书社 1987 年版，第 104—105 页。

诗显露出由文言向白话过渡的新质。

客观上说，诗人在内容上纳入外来语和借词，大胆以方言口语入诗，更新了诗歌的语象资源；在形式上依靠竹枝词等民间文体，在“言志”传统和“韵律”规范之外，为抒情主体的情感建立起个人化的隐喻空间，使诗歌向通俗化过渡，便于情感的流通。而“自注”的广泛出现和“以文为诗”、民歌句式或更为自由的体式革新，打破了传统五言、七言诗歌的格律范式。这都鲜明地体现出一个趋势，即域外行旅经历启发了晚清诗人“言文一致”的想法，他们从心理体验反映到语言表现，不断探寻以“俗语”改良“古语”的可能性。其所践行的新名词、新语句等文体实验，很大程度上推进了诗歌抒情方式、语体结构和精神内蕴的递变，为现代新诗的诞生积累了可资借鉴的宝贵经验，也为孕育更为灵活自由的新诗文体作出了必要的铺垫。已有论者指出：“晚清旅行写作可作为汉语言文学实践的一个重要部分，使得旅行者个人性的主体经验，被潜移默化地纳入中国文化中去，成为策动新文化、新文学、新知识的语言资源。”①以晚清域外纪游诗歌为契机，“言文失合”触发的龃龉与矛盾，促使一部分诗人继续在旧诗体格局内部求索。还有一些知识分子（尤以留学欧美者居多）质疑文言体式的表现能力，认为它无力承载行旅交往等新语境中产生的文化元素与动态情感，由此在“诗界革命”以外的路上另起炉灶，倡导更为彻底的语体变革精神，白话新诗的观念呼之欲出。

① 张治：《异域与新学——晚清海外旅行写作研究》，北京大学出版社2014年版，第11页。

第二章 早期新诗人的域外行旅情况

新文学的传播者与实践者往往都具有留学生的身份与域外游历的切身体验,他们或是为了学习西方先进的科技文明,或是为了拓展自己的文化见识而游学海外。特别是对早期新诗人而言,域外游历的经历使他们可以直接感受到域外文学的新鲜风气,触发他们思考中国新诗的前途与出路。在以往的研究中,学界往往把诗人的海外游历视为一个整体性的跨文化交流背景,从宏观视角考察海外要素(尤其是域外现代文学观念)对创作主体产生的诗学影响,而对新诗人各自的游历路线,还有他们受行旅体验激发写下的具体作品,则缺乏必要的整理与爬梳。本章即从诗人个体角度厘清他们的海外游历线索,尽量完整地为其域外题材写作进行系统归类。

第一节 早期新诗人域外游历综述

早期新诗人的域外游历基本都是建立在留学的背景上,因此我们对这些诗人的考量也以他们各自的留学国家或是地域为基点,按照诗人首次留学的时间顺序,进行初步的归类,并简要介绍其海外游历期间涉及行旅题材的创作。这里有三个问题需要说明:一是海外行旅题材的诗歌指的是诗人在海外写成的涉及域外国家形象、游历过程、观景体验、文化感思的新诗作品，一些诗人如胡适、郭沫若、苏雪林等同时还有关于行旅的旧体诗作，本著也将其划入观照范畴，以建立一种诗学比较的视野。还有一些诗作并非在域外完成，而是诗人回国后对异邦景物的回顾式抒写，这类文本数量有限，我们会对其进行收录和简要介绍。二是一些文学家如朱光潜、叶公超等，他们在创作领域特别是域外行旅抒写方面并不突出，但其对新诗理论建构却作出了突出的贡献，而这种实绩的取得又离不开海外要素的触动和激发，因此也将这几位新诗理论家的域外游历纳入研究视域。三是像林徽因、方令孺等诗人均在 20 世纪 20 年代出洋留学，然其新诗创作主要发生在 20 世纪 30 年代，故不将其列为研究对象。以下将以域外行旅国别为版块，对早期诗人的域外出行情况展开综述。

一、留日诗人

1. 冯乃超（1901—1983）

1901 年，冯乃超出生在日本横滨一个华侨家庭。1924 年，在日本第八高等学校理科毕业后，考入京都帝国大学文学部哲学科，1925 年转入东京帝国大学文学部社会学科，后改学美学与美术史。1926 年 3 月开始，在《创造月刊》上发表组诗《幻想的窗》等具有象征色彩的诗歌。1927 年，受成仿吾约请，于 10 月毅然弃学回国，参与主持创造社的工作。对于冯乃超来说，因为自小在日本长大，故东洋风景对其而言并非异域景观，他的新诗作品多收入《红纱灯》中，涉及观景的诗文包括《泪零零的幸福升华尽了》《蛱蝶的乱影》《阴影之花》《幻影》《冬》《冬夜》《乡愁》《默》《短音阶的秋情》《十二月》《不忍池畔》《岁暮的 Andante》《礼拜日》等。受象征主义文学观念的影响，冯乃超的风景书写多集中于对幽秘的自然之境的描写，其诗歌中的景物总是若隐若现，富含丰富而复杂的暗示信息，潜隐着诗人精神上的压抑与苦痛之感。

2. 周作人（1885—1967）

1903 年，周作人入江南水师学堂学习海军管理，1906 年受江南督练公所公费派遣赴日留学，当年9月到达东京后先补习日语，后就读于日本法政大学预科，再入东京立教大学修希腊文。1911年9月，周作人结束日本留学生活，与妻子羽太信子一同返回绍兴。留学东瀛期间，周作人作过一些古体诗，直到1919年才开始新诗创作。1919年4月，他与妻子回日本探亲，因五四运动爆发提前回国，同年7月再赴日本接妻子回国，并在武者小路实笃陪同下参观日向新村，作《访日本新村记》，极力称赞这个“乌托邦”式的日本新村，并说：“我此次旅行，虽不能说有什么所得，但思想上因此稍稍扫除了阴暗的影，对于自己的理想增加若干勇气，都是所受的利益。”①同年8月，周作人回国，9月作新诗《东京炮兵工厂同盟罢工》，描写在日本所见的工人罢工事件，这是他唯一一首触及海外行旅的新诗作品。

3. 沈尹默（1883—1971）

沈尹默于1905年与其三弟沈兼士自费赴日本求学，1906年因家庭经济状况出现问题，不得不结束学业回国，他在游学期间并未入读任何高校，因此只有留学之愿却无留学之实。1913年，沈尹默任教于北京大学中文系，五四运动期间在《新青年》等刊物有《月夜》《鸽子》《人力车夫》等十数首新诗发表，但均与域外行旅经历无关。1921年，沈尹默因在北大任教授满七年，按规定可以出国进修一年，遂选择赴日本西京大学访学。整体而观，沈尹默虽为早期新诗主将，也有过留日经历，但无论是旧体诗还是新诗写作，均未留下涉及域外行旅见闻的诗篇。

4. 沈兼士（1887—1947）

沈兼士是中国文字学家、文献档案学家和教育学家，也是早期新诗的倡导者之一。1905年，他与兄沈尹默自费东渡赴日本求学，入铁道学校，后入东京物理学校，师从章太炎，并加入同盟会。1911年回国。有新诗《小孩和小鸽》《寄生虫》等，但均未涉及其域外行旅见闻。

---

① 张菊香、张铁荣编著：《周作人年谱（1885—1967）》，天津人民出版社2000年版，第147页。

5. 陈豹隐(1886—1960)

陈豹隐原名陈启修,笔名勺水、罗江。1905年东渡日本,1908年考入东京第一高等学校预科,次年正式就读,享受官费留学待遇。辛亥革命期间一度回国从军。1913年再赴日本,考入东京帝国大学法科大学政治科。1917年底,受蔡元培之邀回国,任北京大学法科教授兼政治门研究所主任。1923年曾赴苏联和西欧进修。1926年曾赴蒙古库伦(今乌兰巴托)游说冯玉祥参加国民革命。"七一五"政变后,他流亡日本,进行经济理论翻译和文学创作,1930年归国担任北京大学教授。在新诗领域,陈豹隐提出"有律现代诗"的主张,其涉及日本行旅的新诗作品包括《飞鸟山看花3/14》《和东林定湖同游东京郊外2/8》《病后的街树2/10》等,诗题右边的数字分别代表"逗数"和"音数"。

6. 成仿吾(1897—1984)

1910年,成仿吾随哥哥成劭吾同往日本留学。1914年在冈山第六高等学校学习,初步接触西方文学。1917年在东京帝国大学造兵科学习。1918年5月到10月短期回国。1921年放弃学业回国。1927年10月至11月短赴日本从事文学联络工作。1928年5月,成仿吾取道日本敦贺到海参崴的路线,再经莫斯科赴巴黎和柏林等地从事革命活动,1931年9月由欧洲回国。留日期间,成仿吾多与郭沫若等文友一同游历当地名胜,比如1916年春假他和郭沫若同游四国栗林公园和濑户内海,同年暑假在房州(又称"安居国",属东海道,在今日本千叶县南部)洗海水澡时结识了张资平。他涉及域外行旅的新诗集中在《诗十六首》。这是他1920年在房州海滨度假期间写成的,包括《海上吟》《房州寄沫若》《归东京时车上》《梦一般的》《静夜》《我想》《秋幕》《白云》《哦,我的灵魂!》《疲倦了的行路》《故乡》《冬天》《残雪》《冬的别辞》《春树》《一刻》。① 与诗人那些赞颂狂飙突进精神的昂扬诗篇相比,这类行旅诗

① 根据郭沫若的回忆:"他(指成仿吾,作者注)在那年(1920年,作者注)暑假,在房州洗海水澡,便做了不少诗给我。我替他集成《海上吟》,在《创造季刊》创刊号上发表了。"见史若平:《成仿吾传略》,载史若平编:《成仿吾研究资料》,知识产权出版社2011年版,第6页。

篇情调幽婉而悲哀,彰显出诗人在当时的思想矛盾。

7. 郑伯奇(1895—1979)

1910年,郑伯奇参加同盟会和辛亥革命,后以公费考入南京民国大学政治专修科,后转入上海震旦大学初级预备班读书。1917年,郑伯奇得几位友人资助赴日本留学,抱着"想学习些科学知识"以实现"实业救国"的理想,入东京第一高等学校留学生预备班学习。① 1919年升入京都第三高等学校。1921年加入创造社。1922年入京都帝国大学哲学科攻读心理学。1923年暑假曾回国协助郭沫若、成仿吾等编辑《创造周报》和《创造日》。1925年在京都帝国大学毕业,入研究院继续攻读心理学。1926年7月,应郭沫若之邀放弃学业回国任教。1927年2月至4月,曾短期赴日处理未完学业事宜。1920年春天,郑伯奇在京都送别田汉上火车后,在归途上"忽然有一种从未经验过的感觉,使心里宁静不下来"②,遂写下新诗处女作《别后》,他将京都的风景与起伏的情感混融杂陈,透射出淡淡的伤感情调,这在他的《落梅》《梅雨》等海外诗篇中表现得更为突出。

8. 张资平(1893—1959)

1912年夏,张资平被广东国民政府选派为留日学生。1919年,他考入东京帝国大学修习地质学。1921年和郭沫若、郁达夫、成仿吾等在日本成立创造社。1922年回国后任教于武昌师范大学,担任岩石矿物学教授。1928年10月16日至30日,张资平还曾短期赴日访问。他在自传中曾言及乘坐高架电车看到的城市风景、闻到的少女香气以及对社会现象的反思:"对于日本的女性,日本的风景,日本的都市社会现象,我觉得纵令无诗才加以吟咏,也应当用散文加以描写。"③其创作多涉及日本风物,域外气息浓重,不过记录域外行旅见闻的诗歌作品却是极少,仅能寻见《1919年新诗年选》中的一篇采用散文

---

① 王延晞、王利编:《郑伯奇研究资料》,山东大学出版社1996年版,第4页。
② 王延晞、王利编:《郑伯奇研究资料》,山东大学出版社1996年版,第172页。
③ 张资平著、朱寿桐编:《张资平自传》,江苏文艺出版社1998年版,第198页。

诗体写成的《海滨》。

9. 郭沫若(1892—1978)

郭沫若留学日本的时间为1914年到1923年。1913年12月28日,郭沫若乘火车由安东(今辽宁省丹东市)过境进入朝鲜,途经汉城(今韩国首尔)抵达釜山。1914年1月初在釜山乘船前往日本下关,继续乘火车往东京,其间在京都逗留约一周时间。1914年7月中旬,郭沫若考入东京第一高等学校特设预科三部。1915年5月7日,他归国回到上海,抗议日本对华"二十一条",5月11日返回日本。1915年9月,他由东京抵达冈山,入冈山第六高等学校学习医科。1918年夏天,郭沫若结束冈山第六高等学校学业,由冈山转到福冈,升入九州帝国大学医科继续学业。1921年4月,郭沫若回到上海,5月27日启程返回日本,7月再回上海,9月返回日本。1922年7月,郭沫若返回上海,为创造社事务奔忙,9月回福冈继续学业。1923年4月,郭沫若结束学业回国。其后又于1924年4月重返福冈,11月回到上海。1928年2月,郭沫若赴神户,3月与安娜迁居至千叶县市川市。

从诗人20世纪30年代之前的日本游历中,可以发现他频繁往来于日本和上海之间,其行旅经历特别是在日本期间的域外体验较为丰富,多与访友和游览风景相关。1914年8月29日,第一次领到留学生官费后,郭沫若便立即到房州休假游览,并特意去房州北条洗海水浴,还趁月夜划船去鹰岛和冲岛观光。在无风的天气下,北条的镜之浦如明镜般清澈平静,此般风景带给诗人极大的喜悦:"当我一跃入海中时,我不禁回忆到四川幽邃峨嵋山麓,我好象游入峨嵋山麓的水里。"①为此特作古体绝句。1915年4月,郭沫若与友人去飞鸟山观樱花。1916年春假期间,与成仿吾同往宫岛旅行,返回时船游濑户内海,经四国的高松上岸,游览栗林公园。他还经常与田汉等人一道乘坐火车游览日本的太宰府等地,观赏那里的自然风光,也与朋友一同感受过东京都市的

① 郭沫若:《自然底追怀》,载《中国现代文艺资料丛刊》第4辑,上海文艺出版社1979年版,第228页。

“咖啡馆”情调，这些早年的域外旅行经历，多记录在《自然底追怀》和《今津纪游》中。

郭沫若涉及域外行旅的诗作主要包括旧体诗《十里松原四首》等，以及新诗《日出》《晨安》《笔立山头展望》《浴海》《立在地球边放号》《电火光中》《雪朝——读 Carlyle：〈The Hero as Poet〉的时候》《登临》《光海》《梅花树下醉歌——游日本太宰府》《夜步十里松原》《太阳礼赞》《沙上的脚印》《新阳关三叠》《巨炮之教训》《春愁》《新月与白云》《鹭鸶》《晚步》《蜜桑索罗普之歌》《霁月》《晴朝》《岸上》《晨兴》《春之胎动》《日暮的婚筵》《新生》《海舟中望日出》《南风》《雨后》《留别日本》《春寒》《泪浪》《夕阳时分》《新月与晴海》《博多湾海琉璃色》等。这些域外行旅诗篇写到了东京与门司的城市脉动以及火车、电车等现代交通工具带给诗人的新锐感觉。但从整体上说，郭沫若的域外行旅抒写还是以描绘自然风景为主，集中于抒写博多湾的天空与大海，雪白的沙滩与千代松原等。他的游览方式暗合了日本彼时流行的登山与赏花文化，域外游览体验也激发了他对诗歌意象与节奏的全新认知。

10. 郁达夫（1896—1945）

1913 年，郁达夫随长兄郁华赴日本留学，转年 7 月考入日本东京第一高等学校，入医科部特设预科。1915 年预科毕业后于当年 9 月入名古屋第八高等学校（现名古屋大学）医学部，1916 年改读法学部政治学科。1919 年 7 月毕业后，同年 11 月进入东京帝国大学（现东京大学）经济学部学习。1921 年，与郭沫若、成仿吾等留日学生成立“创造社”。1922 年 3 月，郁达夫获得东京帝国大学经济学学士学位后，于同年回国。在日本期间，郁达夫的游历活动较为频繁，在其自传《雪夜（日本国情的记述）》里已有展现。除了流连于东京的公园与娱乐场所外，郁达夫还对日本的自然景观颇有兴致，其域外行旅观览诗作基本都以旧体诗写成，多抒写临水望乡、春游赏花、舟中观景、松亭小酌、公园赏月、夜宿温泉、登山揽胜、东都即景等行旅经历，数量颇丰，诗味醇美，从中可以读出日本茶道、观花、野游等文化对诗人的浸染。关于行旅的新诗，仅有《最后的慰安也被夺去》一首，乃是 1921 年诗人在京都一处墓地闲逛后有感而成。

11. 田汉（1898—1968）

田汉本名田寿昌，1916 年夏初由长沙师范学院毕业，同年 8 月 1 日随舅父由长沙启程赴上海，随后搭乘“八幡丸”号邮轮抵达日本神户，后考入日本东京高等师范学校，在外语系学习英文。1919 年，在东京加入李大钊等组织的少年中国学会，开始发表诗歌和评论，同年 7 月到 9 月曾短暂回国度假。1921 年与郭沫若等组织创造社，倡导新文学。1922 年 9 月与妻子一道回国，受聘于上海中华书局编辑所。他曾与郭沫若等留日青年广泛交流文学，并多次与郭沫若、郑伯奇、谷崎润一郎等朋友或是家人相约出游，足迹遍布京都、博多、二日、太宰府、镰仓、长崎、大阪、京都等。他也频繁出入神田、浅草一带的电影院和剧院，真切体验到日本繁荣的电影业和戏剧业，为东京的近代化和都会化所震撼。田汉关于域外行旅见闻的新诗作品可分为三类：一是如《黄昏》《败残者的胜利》《秋风里的白蔷薇》《暴风雨后的春朝》《珊瑚之泪》《落花》《月下的细雨》《落叶》《秋之朝》那样抒写自然风景的。二是像《一位日本劳动家》《东都春雨曲》之类记载他观察到的日本人形象的。三是记录日本文化风情，抒发诗人文化体验的，如《浴场的舞蹈》《银座闻尺八》《咖啡店之一角》《秋夜庵饮冰》等。此外，还有《七夕》《镰仓别康景昭女士》等反映诗人思乡或是别友之情的篇章。

12. 穆木天（1900—1971）

1920 年，穆木天入日本京都第三高等学校文科，同年在《新潮》第 3 卷第 1 期上发表处女作《蔷薇花》，开始文学创作，并在第二年加入创造社。穆木天回忆在京都的三年生活时曾说：“20 年遭了父丧、家境渐趋零乱。同时日本资本主义在欧战后，已到熟烂期。在这个时期，我已没有 1918 年前后那种斗争情绪了。于是从阳气变成忧郁的，由冲击变成回顾……一方面回顾着崩溃的农村,一方面追求着刹那的官感的享乐、蔷藤美丽的陶醉。”①这些心迹,可以在其诗集《旅心》的一些文本中感触到。1923 年,他考入东京大学攻读法国文学,诗风也深受象征主义诗歌的影响。1926 年夏天,穆木天结束留学生活,选择回国任教。他的新诗抒写日本的较多,如《伊东的川上》《雨后》《薄暮的乡村》《山村》《夏夜的伊东町里》《与旅人——在武藏野的道上》《雨后的井之头》《雨丝》《苍白的钟声》《鸡鸣声》等。诗人以“美化人生,情化自然”②的理念贯穿早期新诗写作过程,注重把风景“乡野化”之后,表达远离文化故土之后特有的心境与情感。其诗歌多触及日本的自然山水、乡野情致和民俗风情,如京都当地的“雨丝”“钟声”“雪花”“月光”等,都进入其诗歌的风景世界。诗人还想作表现“败墟”的诗歌,认为它既是“异国的薰香,同时又是自我的反映”③。穆木天将民族色彩投射在东洋风景上,发掘出新诗的暗示力与表现力。

二、留美诗人

1. 胡适(1891—1962)

胡适在 20 世纪初至 20 年代的域外行旅主要有两次,尤以在美留学的七年为主,可以说留美经历激活了作家的思想观念,塑造了他的文化立场。19 岁时,胡适考取庚子赔款官费生留学美国,因用“胡适”的名字报考,此后就正式沿用此名。1910 年 8 月 16 日,胡适从上海乘船赴美,9 月入康奈尔大学修读农科。1912 年 9 月转入文理学院,修哲学、经济、文学。1915 年 9 月,入哥伦比亚大学哲学系,师从哲学家约翰·杜威。1916 年 2 月起,与陈独秀、朱经农、梅光迪、任鸿隽、杨铨等讨论文学革命问题,并作白话诗。1917 年 6 月 21

---

① 戴言:《穆木天评传》,春风文艺出版社 1995 年版,第 13—14 页。

② 穆木天:《秋日风景画》,《良友》第 82 期,1933 年 11 月。

③ 穆木天:《谭诗——寄沫若的一封信》,蔡清富、穆立立编:《穆木天诗文集》,时代文艺出版社 1985 年版,第 265 页。

日乘“日本皇后”号邮轮经日本横滨、神户、长崎回国，7月10日到达上海，同年8月受聘为北京大学教授。

胡适的第二次游历发生在1926年7月下旬，他取道西伯利亚大铁路赴英国参加“中英庚款”全体委员会议，这也是他第一次游历欧洲。1926年7月28日，胡适一行经过乌拉尔山进入欧洲境内，次日下午到达莫斯科，路中所见“皆金顶之礼拜堂也。其数目之多，建筑之佳，均是惊人。及到莫斯科，所在皆见绝伟大弘丽之礼拜堂。此间人有一句俗话说‘四十个四十’，谓Moscow（莫斯科）有一千六百所礼拜堂。‘南朝四百八十寺’，此意可想。”①在莫斯科期间，除了会友之外，胡适还参观了革命博物馆和第一监狱。1926年8月1日，他乘火车离开莫斯科，一路西行抵达英国伦敦。胡适的伦敦出游主要集中在大英博物馆、汉普顿宫、温莎城堡以及威斯敏斯特教堂等名胜古迹，还有国家艺术画廊的美术馆。除此之外，他把更多时间用来在大英图书馆看敦煌卷子。1926年8月21日到9月23日，胡适在巴黎停留34天，自谓“游览的地方甚少，瑞士竟去不成；然在图书馆做了十几天的工作，看了五十多卷写本，寻得不少绝可宝贵的史料，总算不虚此一行。”②尽管如此，他还是在友人陪同下游历了卢浮宫、罗丹博物馆、卢森堡公园、小皇宫展览馆、红磨坊等游客必至景点。回到英国后，胡适曾赴牛津、利物浦、贝尔法斯特等地参观讲学。1926年12月31日，胡适乘船赴美国，于1927年1月到4月中旬在美国纽约、费城地游历并演讲，他把大量时间投入在哥伦比亚大学图书馆，没有展开更多的旅行游览。1927年4月12日，胡适由西雅图上船回国，途经日本时游历了京都、奈良、大阪等处。

胡适关于旅行感怀的文章并不多，涉及域外行旅的部分主要集中在《漫

---

① 胡适：《1926年7月29日日记》，见季羡林主编：《胡适全集》第30卷，安徽教育出版社2003年版，第218页。

② 胡适：《1926年9月23日日记》，见季羡林主编：《胡适全集》第30卷，安徽教育出版社2003年版，第342页。

游的感想》①一文中。由他的一些游记类作品,可以看到他很少发生主动的行旅,多是在朋友的带动下一起观光,而且注重对景点文化信息的考据。他涉及域外行旅的抒写主要集中在留美早期写下的一系列文言诗,多为对游学所观风景与见闻的抒写,如《久雪后大风寒甚作歌》《大雪放歌》《雪消记所见》《游"英菲儿瀑泉山"三十八韵》等。从 1916 年夏末到 1917 年归国前后,胡适遵循了"凯约嘉湖诗波"之后"不再作文言诗"的宣言,写下了一系列白话诗,其中颇多写景纪游之作,如《"赫贞旦"答叔永》《纽约杂诗》等。此外,还有英文诗歌《夜过纽约港》等。

2. 刘廷芳(1891—1947)

刘廷芳出生于基督教家庭,1911 年在司徒雷登帮助下赴美留学,先在哥伦比亚大学学习教育和儿童心理学,后赴耶鲁大学神学院取得神学学士学位,1920 年又获得哥伦比亚大学师范学院哲学博士学位。同年学成归国,任燕京大学神科教授和宗教学院院长。1926 年再次赴美在各大高校讲学,期间曾赴英国访问,1928 年回国。刘廷芳非常重视基督教文学的创作,在新诗、圣诗和翻译领域均有所贡献。他的新诗作品多为 20 世纪 20 年代写成,语句短小整齐,诗风清新自然,主要收录在诗集《山雨》(北新书局 1930 年出版)中。其中涉及域外行旅见闻的诗歌有《过落机山》《依路纯(Illusion)》《重游美南卓支亚省寄内子卓生》《依稀》《你的》《明珠》《过美洲新大陆即景》等。

3. 陈衡哲(1890—1976)

1914 年,陈衡哲考取清华留美学额,于 8 月 15 日乘"中国"号邮轮赴美,先在美国纽约州的普特南女子学校读预科。该校临近哈德逊河(即胡适笔下的"赫贞河"),风景与江南水乡类似,却有国内不可见的异国情调建筑。陈衡哲对环境适应很快,较为顺利地融入了当地生活。1915 年,她进入瓦沙女子大学主攻西洋历史,兼修西洋文学。后入芝加哥大学攻读西洋文学硕士。

① 原载 1917 年 8 月 13 日、20 日和 9 月 17 日《现代评论》第 6 卷第 140、141、145 期。

1920 年，陈衡哲结束学业，依旧乘坐“中国”号邮轮回国，之后任教于北京大学，专门讲授西洋史课程。在陈衡哲为数不多的几首早期新诗代表作中，《人家说我发了痴》与《散伍归来的“吉普色”》两首可以算得上颇具“域外”气息。前者来自诗人在毕业典礼上遇到的真实事件，后者缘于她对欧洲流民文化和战争悲剧的理解，诗作成于海外，且均应和了彼时中国的文化语境和时代精神。陈衡哲在美期间的行旅主要围绕自然景观展开，她对湖景颇为钟情，曾有七绝《五月二一日泛舟后湖》赠予胡适，也曾在散文《加拿大露营记》中表达过对美国露营文化的向往。后来她终于抵达加拿大安大略的鹿湖，在此获得真实的露宿体验，甚至在后来写成的《晚上的西湖》一诗中，还借此言彼地提到这段经历：“聪明的西湖呵！/你知道我所思慕的，/是那个静默而神秘的鹿湖，/你便抛弃了你的光华，/藏起了你的秀媚，/这样静悄悄的，/来给我赏受。”从中国的风景中看到西方，由西湖观到鹿湖，这种运思风景的方式可谓引领风气之先。

4. 陆志韦（1894—1970）

陆志韦 1913 年毕业于东吴大学，1915 年获得保送美国留学的机会，1916 年入田纳西州范德比大学皮博迪师范学院学习宗教心理学，1917 年转入芝加哥大学生物学部修习生理心理学，1920 年博士研究生毕业，同年回国任教于南京高等师范学校。诗人触及域外体验的诗作很少，主要包括《航海归来》《九年四月三十日侵晨渡 Ohio 河》《忆 MICHIGAN 湖某夜》等寥寥几首，均收入自印诗集《不值钱的花朵》和 1923 年由亚东出版社出版的诗集《渡河》，其中《忆 MICHIGAN 湖某夜》等作品写于诗人学成归国之后。他的诗歌讲求炼字炼意，既有古典的韵律之美，又富含现代人的新体验，特别是描述异国风景时，往往将现实风景与记忆中的故土风景两相杂糅，丰富了新诗写景一脉的运思手法。

5. 康白情（1896—1959）

康白情毕业于北京大学，是早期新诗人的代表和五四运动的主将之一。

1920年4月和6月，康白情曾组织北大游日学生团取道朝鲜访日，作宣传及视察的事业，游览了横滨、东京等城市和大阪的琵琶湖。归国后，恰逢上海棉纱大王穆藕初出资，保送北大毕业学生赴美国留学，康白情正在被保送的六人之列。同年9月27日，康白情搭乘"中国"号邮轮启航赴美，就读于加州大学伯克利分校，诗集《草儿》的"自序"便是1921年10月在此写成的。1924年，因政治上屡不遂愿，加上留学资助方倒闭，康白情结束学习返回祖国。在早期白话诗人中，康白情以"写景诗"见长，留有《庐山纪游37首》《暮登泰山西望》《日观峰看浴日》等以景写胜的名篇，涉及域外行旅的诗作包括1920年访日期间写下的《紫踯蠋花之侧》《日光纪游十一首》《幡》《归来大和魂》四首，以及写于"中国"号邮轮上的《别少年中国》《天乐》。按照当时的线路，"中国"号会在日本神户停靠，游客们往往乘火车前往东京游玩，再从横滨继续乘船赴美。因为耽于和田汉聚会，康白情错过了登船时间，只得在11月23日搭乘"尼罗"号（康白情诗中作"乃路"号）继续行程，他的《寄别高山义三》《太平洋上飓风》《一个太平洋上的梦》均是在"乃路"号上写成。抵达美国后，康白情的域外行旅文本有《旧金山上岸》《和平》等，因其逐渐转向文言诗写作，故此类新诗作品并不多。

6. 闻一多（1899—1946）

1912年，闻一多考入清华大学留美预备学校。1916年开始在《清华周刊》上发表系列读书笔记。1922年7月16日，闻一多乘坐邮轮取道日本赴美国留学，经停日本期间，闻一多在当地游览，认为"日本的山同树真是好极了"①。抵达美国后，他先后在芝加哥美术学院、科罗拉多大学和纽约艺术学院进行学习，专攻美术且成绩突出。同时，他还表现出对文学的极大兴趣，主要体现在诗歌方面。1925年5月回国后，闻一多任北京艺术专科学校教务长。对于美国，诗人的观念比较复杂，他一方面认为美国的工人不如中国工人

① 闻一多：《致吴景超、顾毓琇、翟毅夫、梁实秋》，1922年7月29日，孙党伯、袁謇正主编：《闻一多全集》第12卷，湖北人民出版社1994年版，第45页。

勤快，学生也不及中国青年善于思想，而不时受到的来自白种人的歧视使诗人无时无刻不在思念自己的故土，持续建构着“文化的国家主义”观念。另一方面，诗人推崇美国的自然风光，无论是落基山脉还是珂泉奇景，都留下了他的足迹。他曾重点介绍过当地的景观，言及“珂泉为此邦名胜之区，有曼图山、裴客峰、神仙园等胜景。夏日为避暑之地，气候全年皆如春日。地势既高，空气绝佳”①。为了排遣自己的孤寂感②，闻一多经常与梁实秋结伴，多次游览美国的自然胜地。他还钟情于芝加哥等地的电影院和艺术馆，以及纽约城气势恢宏的都市景象。留美期间，诗人涉及域外心态和行旅见闻的新诗作品首推作于旅途中的《孤雁》，这是他出国后作的第一首诗，后收入诗集《红烛》，并以“孤雁”的诗题作为“海外篇”的篇名。其他所涉行旅作品包括《太平洋舟中见一明星》《我是一个流囚》《寄怀实秋》《晴朝》《太阳吟》《忆菊》《秋色——芝加哥洁阁森公园里》《秋深了》《秋之末日》《渔阳曲》《大暑》《闺中曲》等。这些诗歌熔铸了浓厚的古典文化气息，所写美国景色多能联系到故土风光，暗含着游子的孤独和对家国的思念之情。

7. 刘延陵（1894—1988）

作为中国第一代白话诗人，刘延陵曾与朱自清等组织中国新诗社并创办《诗》月刊，此为中国最早的新诗杂志。他创作于1922年的《水手》文字朴实、情感真切，堪为早期新诗的成熟佳作，在当时影响颇大。1920年，刘延陵曾作为《时事新报》和《晨报》的特派记者短期赴法。1922年岁末，刘延陵申请官费留学美国，考入西雅图州立大学攻读经济学，1926年回国任教。抗战爆发后，辗转马来亚和新加坡，最后在新加坡定居。刘延陵的新诗创作数目不多，多以叙说恋情或是写景见长，为彼时的新诗坛带来一股瑰丽浪漫之风。遗憾的是，他的诗作涉猎角度虽广，却未曾写下具体的涉及域外行旅抑或留美见闻

① 闻一多：《致闻家驷（1923年9月24日）》，《闻一多全集》第12卷，第187页。

② 梁实秋曾说：“一多到珂泉不是为游历，他实在耐不了芝加哥的孤寂。”梁实秋：《谈闻一多》，见方仁念编：《闻一多在美国》，华东师范大学出版社1985年版，第113页。

的作品,这不能不说是一个遗憾。

8. 冰心(1900—1999)

冰心在20世纪20年代的游学集中在美国。1923年,冰心获得美国韦尔斯利学院颁给燕京大学学生的奖学金,8月17日,她由上海出发,乘"杰克逊"号客轮赴美,同船的还有许地山、梁实秋、吴文藻等人。韦尔斯利学院离波士顿不远,与湖滨为伴,风光秀美,冰心非常喜欢这里的校园环境,以"闭璧楼"命名学生宿舍(Captain John Beebe),以"慰冰湖"命名令她心动的Lake Waban。诗性的雅译,足见冰心对留学环境的钟爱,这在她的《寄小读者》通讯中可见一斑。冰心喜好在自然间漫游,体会精神的自由与畅快,她曾说自己"生平的癖爱是山水"①。在闲暇或是休养身体的时候,她便"一天一天的在林中游戏行走,有时经过林下冰湖"②,还曾与吴文藻一起游览过绮色佳(今译作"伊萨卡")的山光水色。1926年,冰心获得文学硕士学位回国。在三年留美期间,冰心的域外行旅诗作主要有《倦旅》《赞美所见》等。她的域外诗作数目廖廖,以抒写湖景为主,很少直接描摹所观景色的具体状貌,而是注重从景物中延伸出对自我心态的细腻解读。

9. 梁实秋(1903—1987)

1923年8月,在完成清华学校的学业后,梁实秋在上海乘坐"杰克逊"号客轮赴美留学,同船乘客除清华学校67名官费留学生外,还包括现代作家许地山和冰心。抵达美国后,梁实秋在科罗拉多大学攻读英文和文学理论,兼修美术。留学期间,他与好友闻一多经常相约游览科多拉多(今译作"科罗拉多")附近的仙园、曼尼图山、七折瀑等景点。为了在曼尼图公园游览得更远,刚刚学会开车三天的梁实秋甚至尝试与闻一多一道自驾游,差点造成坠崖事故。1924年,梁实秋赴哈佛大学继续修习西方文学和文学理论,闻一多则去

① 冰心:《〈平绥沿线旅行记〉序》,《冰心选集》第6卷,河北教育出版社1992年版,第113页。

② 卓如:《冰心传》,海峡文艺出版社1998年版,第129页。

纽约继续绘画事业。两人相约乘车东行，一路游览，在芝加哥便逗留了两个星期，足见二人均是喜爱旅行之人。1926 年，梁实秋结束学业回国任教。就域外行旅诗歌创作而言，梁实秋的作品很少，唯有写于乘船赴美途中的《海啸》一诗颇具代表性，主要寄托了游子对家国的思念。

10. 孙大雨（1905—1997）

1925 年，孙大雨毕业于北京清华学校高等科。1926 年 8 月下旬，他以清华留美学生身份乘“麦钦莱总统号”邮轮赴美国留学，就读于新罕布什尔州达德穆斯学院，1928 年以高级荣誉毕业。1928 年到 1930 年，孙大雨就读于耶鲁大学研究生院，专攻英国文学，1930 年回国。就读于耶鲁期间，孙大雨曾于 1929 年赴纽约自学，并多次游览纽约市立博物馆和刚成立的现代艺术博物馆。他倾心于现代艺术，并自觉将其与自身的古典文化背景结合，浸润了他的新诗创作。旅居纽约时，孙大雨还曾到加拿大蒙特利尔的麦吉尔大学短期访学。虽然学业紧张，生活压力较大，孙大雨还是利用有限的时间流连于诸多艺术场馆。学习之余，他还细致游览考察美国的各大城市，纽约尤其给他留下了深刻的印象。街道、高楼、舞场、贫民窟……纷繁芜杂的现代景观使他获得了新鲜的都市体验，触发他逐渐改变单纯崇尚古典艺术的审美品味。受艾略特和庞德的影响，孙大雨写下一系列涉及异域文化和行旅元素的新诗，如《纽约客》和《自己的写照》等①，还包括他写于留学途中的《海上歌》。从创作时间上看，孙大雨的域外行旅代表诗作超出了本著的研究时段，但就其艺术完成度和文学影响力来说，这些文本堪称早期新诗异国抒写特别是城市诗歌的典范，值得和前代作品进行比较研究与分析。

11. 朱湘（1904—1933）

1927 年，朱湘在清华大学毕业后，于是年 6 月搭乘“杰弗逊总统号”邮轮公费赴美留学，进入劳伦斯大学四年级，选修英文、拉丁文及英国文学。1929

---

① 《纽约客》写于 1928 年，《自己的写照》写于 1930 年，均超出了本课题研究的时间范畴，但这两篇文本是孙大雨域外抒写的代表作，文学影响力较大，故将其也列入观照视野。

年 9 月转入芝加哥大学修习希腊文、比较文学与德国文学。为求生计，朱湘不及获得学位便在同年归国任教。他的诗歌极少写具体的风景，也没有在本研究时段内的涉及域外行旅的诗篇。

三、留欧诗人

（一） 法国

1. 周太玄（周无）（1895—1968）

周太玄是中国著名的生物学家、教育家、翻译家和诗人，也是“少年中国学会”的主要创立者之一。1919 年 2 月 1 日，周太玄赴法国勤工俭学。1920 年和女友王耀群一起去蒙彼利埃大学读书，周太玄在此学习博物学。1924 年获教育硕士学位后，又进入巴黎大学研究院。1930 年 11 月，周太玄结束十年游欧生涯，从巴黎乘车一路向东至莫斯科，由西伯利亚大铁路回国，任教于四川大学。1936 年至 1937 年，周太玄曾赴法、苏进行为期半年的科学考察。周太玄在 20 世纪 20 年代的域外行旅主要集中在对法国特别是巴黎的文物古迹、名人故居、博物馆以及大学的探访，他也对法国南部的风光心向往之。在新诗写作方面，他的作品主要发表在《少年中国》杂志，《黄蜂儿》《去年八月十五》《夜雨》《小歌》等均是在留学期间写成，其中涉及域外行旅的诗篇主要是《过印度洋》（署名周无）。这首诗写于诗人赴欧乘船路过马六甲海峡之时，后经赵元任作曲，成为当时脍炙人口的歌曲，并受到胡适的肯定。

2. 李金发（1900—1976）

李金发早年就读于香港圣约瑟中学，后至上海入南洋中学留法预备班。1919 年 11 月，李金发赴法勤工俭学，先是由法华教育会安排在巴黎附近的枫丹白露市立中学学习法语，次年脱离法华教育会成为自费留学生，1921 年考入第戎国立美术专科学校，次年转入巴黎帝国美术学院。1925 年 6 月，李金发应刘海粟聘请归国，任上海美术专科学校教授。作为中国早期象征派诗歌的核心人物,李金发以海外诗集《微雨》《食客与凶年》《为幸福而歌》(1923年编定,诗人回国后正式出版)奠定了他在早期中国新诗史上的地位。受限于勤工俭学的有限经济条件,自谓"寒酸去国"的诗人无法像一些公费留学生那样倾情游玩,甚至住在巴黎五年,还没登过一次埃菲尔铁塔。在为数不多的行旅访问经历中,李金发尤其喜欢卢森堡公园,经常在那里读书作画。此外,他几乎每周都要游览各类博物馆和美术馆,观摩全市博物馆的名作,并在"第一次游卢森堡博物馆就醉心于美丽的石像,即有意从事雕刻"①。1922年冬天,趁德国马克汇率下跌,李金发赴德国柏林游学,他在这里编定了诗集《微雨》,并写下《食客与凶年》,自嘲为在德国经济的"凶年"享受低价马克之福的"食客"。在德国期间,他与好友林风眠遍访大小电影院和咖啡馆,也考察和了解了战后德国的社会状况。1923年冬天,李金发返回法国,并与在德国相识的女孩Gerta(李金发将这位德国恋人的名字翻译为"屐妲")结婚,写下第三本诗集《为幸福而歌》。因婚后的经济状况拮据,他无力去南法的海滨度假,只能选择相对较近、开销较少的圣凡拉利海滨与家人同游。② 1925年,李金发选择从意大利乘船回国,与妻子在意大利游玩了半年,足迹遍布威尼斯、罗马、那不勒斯等城市。在罗马逗留的四个多月中,诗人"看尽一切古迹、教堂、博物馆,每个名胜都留下不可磨灭的印象,那里是凯撒大帝纪念战功的凯旋门,那里是尼鲁王穷奢极欲的宫殿,那里是人与兽斗的演武场,那里是掩埋成千成万基督教徒的地下迷宫,骷髅犹在墙壁岩穴中,看了令人毛发悚然"。③

从行旅抒写上观察,李金发的三部重要诗集都成于域外,涉及行旅观察经历的诗篇数目繁多,比较有代表性的是《里昂车中》《景》《夜之歌》《卢森堡公园(重回巴黎)》《巴黎之呓语》《街头之青年工人》《寒夜之幻觉》《故乡》《悲》

---

① 李金发著、陈厚诚编:《李金发回忆录》,东方出版中心1998年版,第46页。

② 李金发著、陈厚诚编:《李金发回忆录》,东方出版中心1998年版,第185—188页。

③ 李金发:《靴国的回忆》,香港《文坛》月刊第122期,1955年5月。

《柏林初雪》《沉寂》《放》《明》《黄昏》《游 Posedam》《过去与现在》《完全》《秋》《柏林之傍晚》《秋兴》《Millendorf》《游 Wannsee》《红鞋人——在 Café 所见》《柏林 Tiergarten》《韦廉故园之雨后》《海浴》《Am Meer》《海潮》《Fontaine-aux-Roses(巴黎城南)》《初夜》《重见小乡村》等。李金发的域外行旅抒写多以象征主义技法,将异国景象与个人的孤独寂寥体验融合相生,文字充满朦胧与奇诡之感。他擅长捕捉现代人身处巴黎都市的情感细节,在一定程度上契合了波德莱尔等先贤的诗思,创立了新诗异域抒写的独特一脉。

3. 王独清(1898—1940)

1913 年,王独清考进三秦公学学习英文,1915 年离家前往上海,不久东渡日本,开始接触外国文学。两年后返回上海,任《救国日报》编辑。1920 年 5 月 9 日,王独清由上海出发,乘坐“阿尔芒勃西号”邮轮赴法国留学,研究和考察欧洲古典建筑艺术,还曾游历意大利、比利时和德国柏林,并特意游览了柏林的图书馆和博物馆。1925 年上半年,诗人的光阴“多半是消磨在浪游之中”,他想“有系统地考察欧洲各处最古的美术”①,于是有了第二次意大利之行。他在威尼斯、罗马、那不勒斯等地游览后,又在瑞士流连许久,在 1925 年底取道里昂由法国马赛登船回国。王独清的海外写作成果颇丰,诗集《圣母像前》《威尼市》中存有大量描写巴黎城市风貌和法国异域风情的篇章,其中涉及域外行旅和观览经历的经典文本有《圣母像前》《失望的哀歌》《我从 CAFÉ 中出来……》《最后的礼拜日》《我飘泊在巴黎街上》《吊罗马》《别罗马女郎》《但丁墓旁》《Seine 河边之冬夜》《来梦湖的回忆》《火山下》等。他的行旅诗篇多以漫游者的视角描述病态的都市,景物在他的诗歌中被碎片化地呈现,沾染着漂泊者的忧伤与孤独,一方面是诗人感伤主义的情感再现,另一方面是王独清运用象征主义技法的美学实验。

---

① 王独清:《我在欧洲的生活》,辽宁教育出版社 1998 年版,第 115 页。

4. 苏雪林（1897—1999）

苏雪林一生有两次长期赴法之旅。一次是1921年到1925年，另一次是在1950年到1952年。1921年，苏雪林考取吴稚晖、李石曾在里昂创办的中法学院，由上海乘“Porthos”号海轮赴法，入里昂中法学院，先后学习西方文学和绘画艺术。1924年转入里昂国立艺术学院学习绘画。1925年因母亲生病遂辍学回国。在其自传体小说《棘心》中，苏雪林记载了自己的几次行旅经历，比如她去法国南部城市都龙的来梦湖休养身体，感受自然之美，还在《法京游览与归国》一章中谈到在巴黎的游览经历。她在巴黎并无游伴，只是凭着一本旅行手册在街上乱闯，为了更为“经济”地游遍巴黎，她“照游览指南所示，将巴黎分为八区，每天游一区。按图索骥地逐一拜访区内的名胜，一天之间，可以经历八九处地方。虽然走马看花，不能详细领略那些名胜的好处，但巴黎的盛况，她终算得其大概了。”①饶有意味的是，苏雪林的域外诗歌写作是文言与白话并行的，按照作家自己的说法：“民国十年我赴法留学，为想专心学习外国的东西，故意不多带中国书籍，且亦真的无暇弄中国文学，诗炉的火真的熄灭了。第二年与几个男女同学共游法国名胜郭城（Grenobe），看犹丽亚齐（Uriage）的有名古堡E.R.，又游览卢丹赫（Lautaret）连山。数日清游，诗兴忽然大发，长歌短咏，一共做了三四十首。”②苏雪林晚年时将生平所作旧诗词结集为《灯前诗草》出版，其中第四卷《旅欧之什》便辑录了她早年留法游览郭城时的这些诗作，包括《溪行》《九日乘火车至郭城》《往看卢丹赫山》《记郭霍诺波城踪》等文本，共26首。1923年，苏雪林还一口气写成43首白话新诗，受当时“小诗”之风浸染，其诗体清新短小，题名《村居杂诗》，发表在1923年10月25日《晨报副刊》上，后又连载多期。她同时进行文言与白话两种诗歌体式记游，这可谓苏雪林行旅抒写的显著特色。

---

① 苏雪林：《棘心》，《苏雪林文集》，北京燕山出版社1998年版，第187页。

② 苏雪林：《我与旧诗》，《苏雪林文集》第2卷，安徽文艺出版社年版，第141页。

5. 林如稷(1902—1976)

1923年10月,林如稷自费到法国留学,先后在里昂大学、巴黎大学法科和文科听课,自修经济史和近代法国文学等课程,1930年秋从巴黎回国,次年任教于北平中法大学经济系。作为浅草社的发起人,林如稷的文学创作以小说为主,新诗作品多写于出国留学之前,并没有涉及域外行旅的诗文创作。

6. 梁宗岱(1903—1983)

1917年,梁宗岱考入广州培正中学,在校期间开始诗歌创作。1923年被保送入岭南大学文科。1924年秋,梁宗岱在家人支持下选择赴欧留学,先在瑞士日内瓦大学学习法语,一年后转入法国巴黎大学听课。留法期间结识了法国象征派诗歌大师瓦雷里,并将其诗作译成中文。1930年夏天曾赴德国海德堡大学访学半年,后经苏黎世进入意大利佛罗伦萨大学进修意大利语。1931年九一八事变后,为了共赴国难,梁宗岱由法国乘船回国,结束七年留欧生涯。留法期间,梁宗岱遍览各大美术馆和博物院,对巴黎了解颇深,他尤其推崇在大自然中体验和发现美。不过,诗人没有直接抒写域外行旅体验的原创诗作,他把更多的精力用在诗歌翻译和诗学理论建设上,留存下来的海外诗篇仅有1925年2月20日写于日内瓦湖畔的《白薇曲》。这是他致献法国姑娘安娜(梁宗岱给她起名白薇)的作品。

(二) 德国

1. 宗白华(1897—1986)

1920年5月,宗白华由上海出发,乘邮轮“阿尔芒勃西”号,与王独清、萧三等同船赴欧留学,先后在法兰克福大学、柏林大学学习哲学、美学等课程。1925年回国后在南京大学、北京大学任教。从幼时起,宗白华便对自然风景有着天然的热爱,他认为在自然中活动是养成诗人人格的重要条件,指出诗人的精神世界应该与自然景象交融互渗,由此方能进入艺术的境界。在德国留学期间,他遍游各个城市的美术馆,还在巴黎的博物馆流连甚久。在卢浮宫观看罗丹的雕塑，直接给予他“自然之美”的启示。他还建议青年人“多作山水中徒步旅行”①，以感悟自然与内心的遇合。1923年，宗白华创作了《流云小诗》，其中涉及行旅的诗篇包括旧体诗《海上寄秀妹》和新诗《夜》《晨》《秋林散步图》《柏林之夜》《雨夜》《郊游》《柏林市中》《不朽》《自题德国海滨小照》《德国东海滨上散步》《黑影》《东海滨》《冬景》《夜中的流云》《大城的情绪》《生命之窗的内外》等。除了《柏林之夜》等少数描绘德国都市景观的篇章外，宗白华的大部分涉及域外行旅观览的抒写都集中于对德国自然风景的描绘，他试图通过对自然风景的刻画为自然外物与人类的内心世界寻找交流的渠道。

2. 王光祈（1892—1936）

王光祈是中国著名的音乐学家，曾与他人一同提议建立“少年中国学会”。1920年，王光祈受上海《申报》驻德记者聘请赴德国访学，意在考察德国社会情况。4月1日，他乘船离开上海前往德国法兰克福，学习德语和政治经济学，并兼任《申报》、《时事新报》和北京《晨报》的驻德特约记者。1923年7月，王光祈迁居柏林，在那里专修小提琴和音乐学理论，并于1927年4月入柏林大学攻读音乐学。1933年起任波恩大学东方学院中国文艺课讲师，后病逝于德国波恩。王光祈的域外行旅集中于德国，他也是开创东方民族音乐理论先河的音乐学家。就新诗创作来说，王光祈的诗作极少，涉及域外行旅的诗篇主要是1920年赴德留学时在邮轮上写下的《去国辞》，讴歌了“少年中国”的澎湃精神。

（三）英国和德国

1. 傅斯年（1896—1950）

1919年夏，傅斯年在北京大学毕业后考取庚子赔款的官费留学生，赴英

① 宗白华：《致柯一岑书》，林同华主编：《宗白华全集》第一卷，安徽教育出版社1996年版，第414页。原刊于1922年6月7日《时事新报·学灯》（上海版）“通讯”栏上。

国伦敦大学学院研修实验心理学，同时涉猎数学、物理、哲学、文学等学科。1923年秋天，傅斯年由英赴德，入柏林大学哲学院，学习心理学和比较语言学等。1926年冬天应中山大学之聘回国，在中山大学任教。杨步伟曾以“宁国府大门前的一对石狮子”①比喻傅斯年和陈寅恪，肯定其学习生涯之清白与刻苦。除了曾赴巴黎会见胡适以及零星的游历外，傅斯年专心治学，几乎没有主动的旅行。其海外写作多为对学子内心多元复杂境况的揭示，有新诗《心悸》《心不悸了!》等，并有《留英纪行》《欧游途中随感录》等为数不多的纪行感悟类文章。

（四）英国、法国

1. 刘半农（1891—1934）

刘半农是新文化运动的先驱和白话文的倡导者。1920年2月7日，刘半农乘日轮“贺茂丸”号赴欧，初入英国伦敦大学学院学习语音学原理。1921年6月入法国巴黎大学学习，并在法兰西学院听讲，继续学习实验语音学。1922年春，德国马克大跌，刘半农选择到柏林大学短期访学三个月。归法后又于同年冬天重游柏林。1923年，他曾去比利时布鲁塞尔看望蔡元培。1925年获得法国国家文学博士学位，同年7月3日，刘半农一家乘坐法国邮轮“Paul Lecal”号由马赛启程回国，途中连作《归程中得小诗五首》，抒发游子思乡之情。因为经济状况始终不佳，刘半农的游历范围较为有限。初到伦敦时，他每周有两日游览大英博物馆，还喜欢光顾查令十字街的二手书店，搬至伦敦郊外居住后，也偶尔带家人去郊外旅行。作为白话新诗的实践者，刘半农涉及域外心路历程和游览经历的诗篇除了归国途中写成的小诗外，还有写于英国的《牧羊儿的悲哀》《一个小农家的暮》《稿子》《夜》《教我如何不想她》《在一家印度饭店里》，写于法国的《耻辱的门》《战败了归来》《巴黎的秋夜》《劫》《巴

---

① 杨步伟、赵元任：《忆寅恪》，《清华校友通讯》第2期，1970年4月29日。

黎的菜市上》《别再说……》《记画》《熊》《老木匠》《三唉歌(思祖国也)》,记载德国经历的《柏林》《我竟想不起来了!》等。

2. 朱光潜(1897—1986)

朱光潜的留学经历非常丰富。1925 年,他获得官费留英的资格,当年 9 月取道苏联赴英,在爱丁堡大学学习。1928 年获文学硕士学位后,转入伦敦大学就读,同时在法国巴黎大学注册听课。1931 年,朱光潜赴法国斯特拉斯堡大学进修。1933 年由马赛乘船回国,结束欧洲求学生涯。虽然经济条件有限,但朱光潜经常主动开展游历,意大利、比利时和瑞士等国家都留下过他的足迹。尤其是他对莎翁故居、卢浮宫等文学圣地和博物馆的多次探访,丰富了其对艺术与美的理解。在《谈美》等文章中,朱光潜曾多次谈及游历经验与美感获得的关系。他对新诗的主要贡献在于新诗美学建构,并没有涉及域外行旅的新诗作品。

(五) 英国

1. 邵洵美(1906—1968)

1925 年初,邵洵美乘“嘉多富”号邮轮赴欧洲留学,入英国剑桥大学依曼纽学院学习英国文学,曾利用假期赴法国巴黎进画院学习绘画。1926 年因家人召唤,邵洵美惜别剑桥,于 5 月下旬乘邮轮回国。初到欧洲的时候,邵洵美在意大利的那不勒斯登岸,游览博物院时发现了希腊女诗人萨福的画像,引发他对新诗诗格的思考与探索,并自觉开始写作新诗。他的诗歌词句新奇,辞藻华丽,音调多变,多以缠绵的欲望充当情感之肌理,抒发“颓加荡的爱”。他的诗集《天堂与五月》便是在欧洲留学期间完成的。1928 年他在上海出版的《花一般的罪恶》也收录了多首欧游之作,其中涉及域外行旅游历体验的文本包括《我只得也像一只知足的小虫》《病痊》《漂浮在海上的第三天》《红海》《爱》《To Sappho》《To Swinburne》《花》等。

四、留苏诗人

1.蒋光慈(1901—1931)

蒋光慈早年受无政府主义和社会主义学说影响,积极参加革命活动,较早学习并接受了《共产党宣言》等革命书籍。1921年5月,蒋光慈和刘少奇、任弼时等人携带上海社会主义青年团给第三国际的密信,由上海乘轮船经日本长崎至海参崴,再转铁路直达莫斯科,入莫斯科东方共产主义劳动大学中国班学习政治经济学,并取俄名乌特金,开始文学创作。1922年加入中国共产党。1924年初夏,与萧三等人一同归国,后经瞿秋白介绍,到上海大学社会学系任教,同时从事革命文学写作。1929年8月下旬,蒋光慈赴日本养病,期间号召成立太阳社东京支部,同年11月15日由东京回国。蒋光慈的海外写作主要包括留俄三年间的诗集《新梦》(1925年出版,收1921年7月4日到1924年7月6日诗人在苏联期间创作的新诗作品)和旅日日记《异邦与故国》(1930年出版)。蒋光慈的苏联游历主要集中在莫斯科,他把这座城市视为"亲爱的乳娘"和"第二故乡",《新梦》中涉及苏联行旅见闻与感思的篇章包括《红笑》①《十月革命纪念》《太平洋中的恶象》《复活节》《新梦》《秋日闲忆》《自题小照》《莫斯科吟》《哭列宁》《临列宁墓》《月夜的一瞬》等。这些诗歌多以如焚的激情高歌赤都红影,颂扬革命激情,莫斯科的城市面貌和诗人自身的激荡感怀融为一体,形成奔放昂扬的"红色鼓动诗"。蒋光慈也凭借诗集《新梦》而被钱杏邨称为"中国革命文学著作的开山祖"②。

---

① 1921年7月,蒋光慈在赴莫斯科途中经过乌拉尔山脉时写下《红笑》,这是诗人第一首歌颂苏联的诗歌。

② 《蒋光慈传略》,见方铭编:《蒋光慈研究资料》,宁夏人民出版社1983年版,第5页。

五、跨洲留学诗人情况

1. 叶公超(1904—1981)

1912年,9岁的叶公超便赴英国读了两年书。1914年他又在美国读书一年,14岁时回国。1917年入天津南开中学就读。1920年8月,叶公超搭乘“南京号”邮轮赴美国伊利诺伊州巴纳高级中学就读,中学毕业后曾回国住过一段时间,然后第三次赴美。先入贝兹大学,1922年考入麻省爱默斯特大学学习,1925年获学士学位后转赴英国剑桥大学攻读文艺心理学,1926年获得剑桥大学文学硕士学位。离英后,他曾短赴法国巴黎大学研究院修习,同年归国,任北京大学英文系讲师。他对新诗的贡献主要在于理论建设和批评,而非新诗创作。就其域外写作而言,仅有在爱默斯特大学读四年级时写下的一本英文诗集《Poems》,现已遗失。

2. 徐志摩(1897—1931)

徐志摩一生的出外游历共计四次,他的游学围绕美国和英国展开。早在幼年读书时,他就对美国产生了浓厚的兴趣,其记载少年经历的《府中日记》除了记录日常琐事外,还专门从《谦本图旅行记地理读本》中抄录了《尼亚哥拉》《仙都——加利佛尼亚》《落机山之奇观》《大湖》四篇北美游记。一来显现出他对美国的向往,二来也契合了他乐于游览自然、寻访胜迹之心。在导师梁启超的建议和父亲徐申如的经济支持下,徐志摩于1918年8月14日乘“南京号”邮轮从上海浦江码头出发,赴美自费留学。经过21天的海上旅行,终于抵达美国旧金山。他先是在马萨诸塞州的克拉克大学修习社会学(历史),后转入纽约哥伦比亚大学攻读经济学。为了追随精神导师罗素的步伐,徐志摩于1920年转至英国伦敦政治经济学院就读,后入剑桥大学国王学院学习政治经济学。其间多与当地文化名士交往,并在康桥美丽风景的触发下开始大量写作新诗。其行旅抒写文本包括《夏日田园即景(近沙士顿)》《春》《沙士顿重游随笔》《私语》《夜》《康桥西野暮色》《康桥再会罢》等。这些诗篇描摹了英国的田园风光，表现了诗人对自然之灵性的向往。可以说，康桥生活奠定了诗人的艺术观，使他确立了精神主体的自我意识。1922年8月，徐志摩结束英国学业乘船归国，在途中写下《威尼市》《马赛》《地中海》《梦游埃及》《地中海中梦埃及魂入梦》[①]等诗篇。1924年5月至7月，徐志摩陪同泰戈尔赴日本，写下《沙扬娜拉十八首》《留别日本》等诗作纪念日本友人，叙写文人情谊。1925年3月至7月，徐志摩为了排遣心中郁闷，选择“自愿的充军”[②]游历苏、德、意、法等欧洲国家，试图寻找创作的灵感。他给自己制定了详细的行旅路线：取道西伯利亚大铁路，乘火车一路往西，穿越西伯利亚的茫茫雪原。漫长的旅途上，苍茫的土地和贝加尔湖的美景给诗人留下了深刻的印象，他写下《西伯利亚道中忆西湖秋雪庵芦色作歌》《西伯利亚》等诗篇。到达莫斯科后，他特意拜访了托尔斯泰的家人，也拜谒了契诃夫的墓地，瞻仰了列宁的遗体，随后一路西行抵达欧洲。在欧洲游历期间，他在法国祭扫了波德莱尔、曼殊斐尔等人的墓地，在意大利拜谒了雪莱、济慈、勃朗宁夫人、但丁等诗人的坟茔，并在英国终于见到了罗素。此间写下《翡冷翠的一夜》《诗句》《在哀克刹脱教堂前（Exeter）》等。1928年，徐志摩决定进行一次环球旅行，想要“重走”一遍当年游学的路线，先是到日本，然后东渡太平洋到美国，再从大西洋到欧洲，最后经印度返回。当年6月15日，徐志摩先后抵达日本、美国、英国、印度、新加坡等国家，写下那首脍炙人口的《再别康桥》，以及《深夜》《在不知名的道旁（印度）》《他眼里有你》等。这次域外旅行是访问之旅，诗人所到的景点有限，也未能展开更为深入的游览与探访。整体上看，徐志摩的行旅抒写最为集中的地点均在欧洲，且以康桥为中心。他是喜好旅行之人，早在《府中日记》中便多有对登山、观湖、泛舟等游历的记载，并专设“游览地方”一栏以记录每日

---

① 《梦游埃及》《地中海中梦埃及魂入梦》这两首诗并非诗人真实的行旅记录，而是他在船行过程中的精神漫游，而这种文学想象的生成，或许又与徐志摩接触到的西方文人对埃及文明的想象传统相关。

② 徐志摩：《欧游漫录——西伯利亚游记》，《徐志摩全集》第2卷，天津人民出版社2005年版，第68页。

巡游景点，足见其对游历之重视。他在欧美留学时，也广为观览自然景点和人文景观，这种对“游”的痴迷伴随了诗人一生。如果说他是新文学家里钟情旅行的第一人，大概并不为过。

3. 萧三（1896—1983）

萧三在20世纪20年代的域外行旅有两次，其游学围绕法国和苏联展开。1918年，萧三赴京入勤工俭学留法预备班，后参加五四运动。1920年5月，他和126名勤工俭学学生一道，乘坐“阿尔芒勒西”号邮轮启程，赴法后入蒙达日公学学习，听说德国生活费用低，便又在德国居住了8个月，后因组织活动需要返回巴黎。1922年，萧三转赴苏联，在莫斯科东方劳动者大学学习，并于1924年8月经海参崴乘轮船回到上海。萧三的第二次出访是在1928年，他到莫斯科养病期间，在莫斯科东方大学任教，开始从事文学活动，直到1939年3月方才回国。在本著所涉的时间范畴内，萧三涉及域外行旅的诗作仅有写于赴法邮轮上的一首《过印度洋杂诗》，至于《我又来谒列宁墓——为列宁去世15周年作》《红场》《瓦西庆乐》等抒写苏联的诗作，均是20世纪30年代的作品，故不纳入本著的研究视域。

4. 罗家伦（1897—1969）

罗家伦是中国现代教育家、思想家和社会活动家，也是五四运动的命名者，他的游学围绕美国和德国、法国三国展开。1917年，罗家伦入北京大学，曾与傅斯年等组织新潮社，创办《新潮》杂志。1920年9月27日，他获得上海棉业大王穆藕初的奖学金资助，搭乘“中国号”邮轮赴美留学，入普林斯顿大学研习文学、历史、哲学以及教育学。1922年因慕杜威及Dean Woodbridge两教授之名，转入哥伦比亚大学。1923年冬，罗家伦离美赴欧，在德国柏林大学旁听历史和哲学课程。1925年他转入法国巴黎大学，仍主修历史和哲学，其间曾赴英国牛津大学查阅资料。1926年，罗家伦结束游学之旅，于6月18日由法国马赛搭船回国，后出任国立清华大学首任校长。相比于旧体诗写作，罗家伦的新诗创作数量较少，涉及域外行旅生活的主要包括《普林斯顿的秋夜》

《一个柏林的冬晓》《赫贞江上游的两岸》《战场的自由女神》《凯约湖中的雨后》等,收录在诗集《疾风》中。

六、留学背景之外的诗人

1. 刘大白(1880—1932)

1913 年,刘大白因在其主编的《绍兴公报》上发表讨伐袁世凯的文章,为避免遭受迫害被迫东渡日本避难。在东京期间加入同盟会,1915 年因公开发表反对“二十一条”条约的文章,受到日本警视厅的监视,不得不离开东京转赴新加坡、印尼等地,在当地华侨学校讲授国文。1916 年,袁世凯称帝失败而病亡后,刘大白方才回国定居。在日本期间,刘大白并没有被异国繁荣昌盛的景象所吸引,而是满怀忧国忧民之心,将大部分时间用在学习日语和关心时政上,他极少出门上街,更奢谈主动观赏游览风景。诗人在日本写下一系列旧体感怀诗篇,均收入《白屋遗诗 · 东瀛小草》中。其中 1914 年创作的《樱花》一首写道:“纵教偷得好春光,花到蓬莱竟不芳。有色无香非上品,流红未足误刘郎。”面对樱花盛开的景色,诗人却毫无赏花之兴,这足以证明他与异国风景之间的心理疏离感。伴随着与沈玄庐等人交游的展开,刘大白的游览视界逐渐扩大。他曾游历过富士山、太阳阁等当地名胜,留有《浪淘沙 · 登太阳阁观隅田川晚景》等文言诗词。从 1919 年开始,刘大白方才开始新诗写作,其抒情、说理之外另有写景一脉,注重倾心自然,追求物我交融,但均与域外风景无关,因此对刘大白域外行旅抒写的考察,还是以其旧体诗词创作为中心。

2. 傅彦长(1891—1961)

傅彦长原名傅硕家,又名傅硕介,字彦长。早年曾在上海专科师范学校、上海务本女校等地任教。1917 年,他只身一人游学日本。和一般选择出行海外的青年不同,傅彦长并未选择学校就读,他不看重文凭与证书,而是专注于对艺术沙龙与社团的探访,以此考察日本的人性与文化、学习日本文化中的艺术特质。1920 年 9 月,他以公派音乐家的身份赴美考察,游历之处均为美国各类音乐会和音乐团队,这为他日后从事音乐教育工作积累了大量第一手的资料。1923年2月,傅彦长由美归国任教,在上海艺术大学、同济大学等高校教授艺术理论和西方艺术史。从游历观念上看,傅彦长认为地理的迁徙不应带有功利目的性,对个人而言出国仅仅是换一个地方生活一阵那样简单,因此他的域外生活虽然艰苦,但精神上却充满了自由与自足。他对各种艺术形式均有涉猎,新诗方面涉及行旅经历的作品寥寥,比较有代表性的是发表在1919年《新诗年选》中的《回想》。该作品抒写了他在日本街道上散步时的感受。

3. 俞平伯(1900—1990)

1918年,俞平伯的第一首新诗《春水》在《新青年》上发表,标志着他正式投身新诗写作。1920年1月,刚刚从北京大学毕业的俞平伯与傅斯年一起赴英国留学,离别前写下新诗《别她》,抒发对祖国之爱恋,希望此次出国能够寻得一条救国之路。抵达英国后,因英镑汇率上涨,俞平伯难以负担留英开销,只得于当年4月回国,草草结束游英之行。因为并没有正式就读任何学校,因此我们未将俞平伯列入"留学诗人"的范畴。俞平伯的第二次出国之旅发生在1922年7月,作为浙江省视学,他受省教育厅委派赴美国考察当地教育,途中曾在东京上野公园参观东京博览会。抵达美国后,他先在纽约居住了一个月,后因病于当年11月提前归国。虽然在早期新诗创作特别是在纪游诗领域以及新诗理论上贡献颇丰,但俞平伯的海外经历却多被人忽略。这主要是因为他的出行时间过短,加之身体状况不佳,没有充分在当地展开游历,也几乎没有从中采撷诗歌创作的素材。这对擅长纪游题材的诗人来说可谓遗憾。尽管如此,俞平伯还是留下一些涉及域外之旅的诗歌,如1920年3月9日归国途中的《去来辞》《仅有的伴侣》,感叹自己欧游来去匆匆,"空负了从前的意"。还有1922年赴美后写成的《东行记踪寄环(七首)》,包括《吴淞江》《长崎湾》《横滨》《China船上之一》《Honolulu》《China船上之二》《Berkeley之圆月》)《Clifton Park中之话》《八月二十四日之夜》《Baltimore底三部曲》《到纽约后初次西寄》《车音》《占有——游博物院后所感》《去思——去纽约作》《坎拿大道中杂诗》《祈祷》《飘泊者底愿望》等。

4. 郑振铎(1898—1958)

1919 年,郑振铎参加五四运动并开始发表文学作品。1921 年与沈雁冰等人发起成立文学研究会,创办《文学周刊》与《小说月报》。1927 年,因白色恐怖加剧,郑振铎决定赴欧躲避,5 月 21 日,他乘 Athos 号邮轮赴法。他希望把这次出行当作一次学习的机会,因而到达巴黎后,除了参观博物馆,体验凡尔赛宫、巴黎圣母院、和平咖啡屋等当地文化地标外,他每日基本都在卢森堡博物馆和国立图书馆里收集资料。1927 年 9 月,郑振铎赴英国伦敦,在大英博物馆查阅敦煌"变文"以及开展相关写作活动。1928 年 9 月,到意大利访问罗马、那不勒斯、威尼斯、佛罗伦萨等地后回到巴黎,10 月中旬由巴黎乘船回国。旅居英、法等国期间,郑振铎将访学游览经历记入《欧行日记》,对自己的写作、访问、游览等情况作了非常细致的记录。特别是他对邮轮生活的描述,为我们了解彼时知识分子出洋的细节提供了鲜活可感的资料。不过,虽然身为早期新诗的主将,郑振铎却没有关于域外行旅的诗作留存。

第二节　域外行旅的基本特点

从第一节的诗人游历情况汇总可以看出,异域游学构成了大多数早期新诗人的写作背景,除了少数几位缘于政治原因出国避祸的诗人外,几乎所有行走域外的诗人都是源自海外求学的内心召唤,以留学生的身份出洋学习。如夏志清曾指出的:"当时较具影响力的作家,几乎清一色的是留学生,他们的文章和见解,难免受到他们留学所在地时髦的思想或偏见所感染。"①同时,这种"感染"还应体现在域外游历体验对诗人产生的影响上。结合早期新诗人

① [美]夏志清:《中国现代小说史》,刘绍铭等译,复旦大学出版社 2005 年版,第 17 页。

域外行旅的整体情况，我们不妨厘清其间细微的差异，提取共性的交集，探析诗人域外行旅的一些基本特点。

一、从留学到游学：行旅的目的性转换

身处新旧时代之交，彼时文人的出国远行往往源于国家富强观念的驱动，希冀从他国的自强之道中有所借鉴和吸收，以帮助中国走向现代之路。此种愿望承袭了传统“仕”文化的家国观念，又浸润了来自西方的现代国家意识。就早期新诗人而言，他们的出国初衷也与“强国”的理念相关，凡出外求学，多是为了获取经世致用的才能，尤其是先进的自然科学知识。无论是清政府还是民国政府，其派遣留学生出洋所学的学科，也都以交通、农业、桥梁等注重实际应用的科目为主，至于艺术哲学等门类则几乎没有涉及。如胡适修学农科、郭沫若学习医科、成仿吾则更为直接，他向日本学习造兵科，意在富国强兵。随着留学的深入，一些思想先行者认识到拯救国民精神的重要，进而调整了留学的学科方向，试图从思想上强健国人的灵魂。如鲁迅、郭沫若等选择弃医从文，都是基于这种观念的触发。伴随着对西方文化观照的渐次深入，在 20 世纪 20 年代出国的诸多文人开始以人文科学或者直接以文学作为求学目标，而把作为“五四”时代背景的自然科学话语理解为助力性因素，以自然科学的方法辅助其人文学科的思考，用科学的眼光展开人文的观察，这成为当时留学生（以留学欧美学生为主）的一种典型的方法论。

外在的、由国家富强观念构成的整体文化氛围，与诗人内在的对“游”文化的投合与向往，在当时形成一种合力，导致很多人萌发走出去看一看的强烈愿望。异国对于他们来说，散发着强有力的磁性魅力，使其无时无刻都想摆脱文化惯习的羁留，正如郭沫若所说：“景仰欧美，景仰日本，景仰京沪，景仰成都，就跟五牛崩尸一样，少年的心受着四方的牵引，他是没有一刻宁静过的。”①

---

① 《郭沫若自传第一卷——少年时代》，《郭沫若全集》（文学编）第 11 卷，人民文学出版社 1992 年版，第 168 页。

除了强国观念的外在驱使，诗人内心对“观察”世界的渴望也构成推动其走出国门的精神要素。留学德国的王光祈便认为一个人如果想要与“旧中国”隔绝，那一个方法便是出国留学或是做工：“我不是说外国社会都是好的——其实坏处亦正不少——亦不希望永久的离开中国社会，不过是我希望在短时期内，应该设法到外国去换一换空气……看见他国社会的好处，便联想到中国社会的坏处，看见他国社会的堕落，便联想到中国社会的特长，看见他国社会与中国社会的共同弱点，便想到人类的全体改造，总之外国的学术生活，都可以作我们的参考。”①观察他国，取法救国，是时代赋予学子的责任，王光祈试图“换一换空气”的初心，实际和郭沫若、成仿吾等人无异。他们选择出行，便是为了观察西方，窥见国家兴衰成败的端倪，精神中充满了崇高而豪迈的情愫。不过，细究王光祈的言语，还会发现另一端倪，他说：“别人出国的宗旨多系求学，我出国的宗旨则兼求学与修养两种。”②这句话中含有一个重要旨义，即他发现了出国对于个人精神世界亦即他所说的“修养”的建构作用，特别是留学游历之于自我人文精神的启迪效应。这种效应的获得，当然不仅限于观察异邦的政治情况和国家体制，还应融合更多从“游学”之“游”中收获的精神质素。

傅斯年在《欧游途中随感录》中曾论及他赴欧的目的，其中屡次谈到“改造自我”这一关键主题，如“我这次往欧洲去奢望甚多，一句话说，澄清思想中的纠缠，炼成一个可以自己信赖过的我。”③冷却政治热情之后，他期待通过留学之旅实现自我的精神改造，而他的留学方式也颇为有趣。在欧洲期间，傅斯年从不以学位为重，而是专心游学听课，这大抵代表了二十世纪二三十年代赴欧学子的普遍状态。比如罗家伦留学海外六年，先后在美国普林斯顿大学、英

---

① 王光祈：《旅欧杂感》，《少年中国》第2卷第5期，1920年11月15日。

② 王光祈：《旅欧杂感》，《少年中国》第2卷第5期，1920年11月15日。

③ 傅斯年：《欧游途中随感录》，收入《傅斯年文物资料选辑》，台北中研院史语所1995年版，第35页。

国伦敦大学、德国柏林大学、法国巴黎大学学习，却如傅斯年一样，并不以取得学位为目的，而是选择其所钟爱的导师，以及他所感兴趣的教育、文学、哲学、历史等人文学科课程旁听修习。他后来也为自己的游学方式做出说明："我们年轻时，在欧洲各地是游学而非留学，在出国的四五年中，我们不会固定地在任何一所大学里作过长达一年的停留，依照我们预定的计划，我们几乎访遍了欧洲所有著名的学府，也曾向许许多多大师级的学者当面请教。但是，一旦我们了解这所大学的传统和特点，而且与当地著名学人请教辩说，解决我们心里疑团后，我们随即又去访问另一所学府。"①

如罗家伦、傅斯年这样的"留学"，实际上便成为真正意义上的"游学"之旅，这正是20世纪20年代在中国知识界兴起的一股风潮。彼时学子留学海外，很多人只是在各大院校听课游走，搜集材料，书写文章，且兴趣不断转移，形成了开放性的"文学/文化"观念，出现了一批中西兼修、见识广泛且文史皆通的新型学者。郑振铎在他的《欧行日记》中曾吐露过出行的因由："这次欧行，颇有一点小希望。（一）希望把自己所要研究的文学，作一种专心的正则的研究。（二）希望能在国外清静的环境里作几部久欲动手写而迄因上海环境的纷扰而未写的小说。（三）希望能走遍各国大图书馆，遍阅其中之奇书及中国所罕见的书籍，如小说，戏曲之类。（四）希望多游历欧洲古迹名胜，修养自己的身心。"②从中可见，郑振铎观察西方的目标更加具体，他意识到行旅是一种独特的修习，因此对"学"与"游"的方案设置也更为翔实。综合而观，现代文人在追求西方知识、考察海外文明的同时，也颇为希望根据自身的现实条件，有选择性地游历异国的风光名胜。诸如徐志摩、闻一多、李金发、邵洵美、孙大雨等诗人更是从对行旅路程、景点的观察与感悟中，发掘出能够激活个人创造力的精神质素，为写作开启了一扇崭新的大门。

① 刘维开：《罗家伦先生年谱》，中国国民党中央委员会党史委员会1996年版，第203页。
② 郑振铎：《欧行日记》，《郑振铎全集》第17卷，花山文艺出版社1998年版，第5页。

二、域外行旅的交通情况与观光方式

（一）越洋邮轮与跨洲铁路

现代中国交通技术的改善主要体现在两个方面：一是国内铁路建设的全面展开，二是国际海运线路的开拓，而后者为现代文人出国求学提供了必要的交通条件。几乎所有早期新诗人的出洋留学都要借助海运交通，且集中于几条固定的线路。除却自晚清起便已渐趋成熟的中日航线外，中法（上海——马赛）与中美（上海——旧金山）定期航线的开通使跨洲的联系更为便捷。在中美航线中，如徐志摩（1918 年 8 月出发）和叶公超（1920 年 8 月出发）均选择搭乘“南京”号邮轮赴美，邮轮自上海浦江码头出发，在海上航行 21 天后，抵达美国西海岸城市旧金山。陈衡哲（1914 年 8 月出发）、罗家伦（1920 年 9 月出发）、康白情（1921 年 9 月出发）均搭乘“中国”号邮轮赴美。1923 年，冰心乘“杰克逊”号客轮赴美，同船的还有许地山、梁实秋、吴文藻等人。按照大多数邮轮公司的安排，赴美航线会在日本停靠，增加补给后再启行程。如“中国”号会在日本神户停留，船上所有游客需要前往横滨继续搭乘邮轮。至于中法邮轮行程，往往都是取道马六甲海峡，沿印度洋一路向西，经红海入地中海抵达南欧沿线，沿途会在香港、小吕宋（今菲律宾马尼拉）、新加坡、意大利的那不勒斯、热那亚等海港城市以及南法的海港停留，一般以马赛作为终点，航期约为 35 天。刘半农、朱光潜、李金发、苏雪林等都搭乘了此条线路上的邮轮，多是法国邮轮“Porthos”号或“Athos”号。而写于邮轮上的一系列“海上感思”诗篇，构成了新诗人域外抒写的集中主题。

在跨洲航空业尚未起步的年代，除了海上交通外，还有一条通过铁路入欧的方式，便是西伯利亚大铁路。西伯利亚铁路东起海参崴，西抵莫斯科，全长近一万公里，于 20 世纪初叶建成，横跨广袤的西伯利亚平原和乌拉尔山脉，是世界上最长的铁路。今天，国人如要借助西伯利亚铁路赴欧，可从北京一路乘火车北上,穿越蒙古后接续进入西伯利亚铁路。但在当时的交通条件下,国人必须借助陆路或是海路先抵达海参崴,方能搭上西伯利亚列车。文人如选择此法赴西欧,往往是乘车抵达终点站莫斯科,然后继续搭乘从莫斯科出发的国际列车一路西行,经东欧诸国,穿越德、法等国抵达目的地。由此赴欧,抵达柏林只需 11 天,抵达巴黎 13 天,抵达伦敦 14 天,比海路要节省半个多月的时间,但车票所含服务并不包含沿途的餐饮和莫斯科的住宿费用,加上频繁的护照签证检查,因而它远不如中法邮轮航线那般热门。选择铁路出行的诗人,要么是直接奔赴莫斯科,要么便是有着旅欧途中顺带考察苏俄的设想。如 1921 年 5 月,蒋光慈赴苏联学习,先由上海乘轮船经日本长崎至海参崴,再转西伯利亚铁路直达莫斯科。1925 年 3 月,徐志摩取道西伯利亚大铁路乘火车一路往西,穿越西伯利亚的茫茫雪原,短暂游览莫斯科后一路西行抵达欧洲。同年 9 月,朱光潜为了节省旅行时间,放弃了原先从海路经地中海、马赛赴英的设想,而改由西伯利亚铁路赴英,算上途中耽搁的时间,一共用时 26 天方抵达爱丁堡。1926 年 7 月下旬,胡适采取了和徐志摩、朱光潜相同的线路,也是取道西伯利亚大铁路到莫斯科,短期游历后继续西行。这些例证均与诗人的"赴欧"相关,也有一些诗人借西伯利亚铁路"回国"的例证。如 1930 年 11 月,周太玄结束学习生活,从巴黎乘火车一路东行抵达莫斯科,由西伯利亚大铁路回国。可以说,西伯利亚铁路成为时人赴欧的一条重要的通道,诸如徐志摩、胡适等诗人均有记述沿途风景见闻的诗篇,尤其是西伯利亚的荒原景象和东正教教堂的人文风光,成为其诗文言咏的重心。

(二) 异域旅行方式与旅行观念的影响

与艰辛的跨洋行旅和紧张的留学课业相比,域外旅行则为诗人们提供了更多自由闲适的空间,使他们收获难得的精神愉悦感,便于他们以轻松舒缓的心态观察异域。和传统的中国文人一样,留洋诗人的旅行多与自然山水游历相关,同时也或多或少地受到异国旅行文化的影响,触发他们采用当地人的旅行方式展开游览，这又分为两种情况。

一种情况是行旅线路对旅行方式的影响，比较典型的是从上海赴美的邮轮都要在日本停靠几日，因为停靠城市和再次出发的港口城市不同，乘客需要从停靠港搭乘火车前往东京等大城市，然后转赴另外的港口登船继续航程。于是，诸多诗人便参与了这种由邮轮线路决定的"日本行"。如康白情、闻一多、胡适、徐志摩等，均有借助此类"必须参与"的旅行展开的访友、游览行为。并且，邮轮本身就是一种新兴的旅行方式，人们可以观察不同海域的风光，体会停靠港口的风土人情，还能在漫长的航行途中专心阅读、思考、写作，很多海外诗篇正是在诗人出海途中诞生的。

还有一些诗人企慕欧洲文人的传统旅行线路，以追慕感怀的心态寻访先贤的道路，比较典型的是李金发、王独清、徐志摩、邵洵美等人的意大利之行。他们游走在威尼斯、那不勒斯、罗马、佛罗伦萨等历史古城，拜谒济慈、拜伦的坟茔，慨叹庞贝城的凄凉，想象古罗马的繁盛，其游历既源自他们对意大利文明的向往，同时也或多或少地受到西欧文化界流行已久的"文艺复兴圣地旅行"的影响。其所经之地和所览之景，均顺应了欧洲人游览意大利的传统线路。

另一种情况是当地的旅行观念对作家的熏陶。比如郭沫若、田汉留学日本期间，正是日本的"大正"时代，彼时的日本社会相对稳定，经济比较繁荣。在郭沫若、田汉、张资平等人的日记中，可以找到大量乘坐电车观看城市风物的记载。同时，他们还频繁游览当地的公园，登临著名的山川。游园登山的旅行方式看似与中国传统文人的取向一致，但细究其里，可勘其中差异。以登山为例，郭沫若屡次与朋友登山游览，实际上是受当时日本"大正"登山热的风气推动。在这样一个大的旅行观念背景下，审视郭沫若的"登山"行为和相关写作，便能发现它绝非中国传统意义上的"登临"题材那般简单，而是有了新的内涵。

再如徐志摩在1925年游历欧洲期间，拜谒了大量文学先贤的墓地，按照他自己的说法，“这次到欧洲来倒像是专做清明来的”，“不仅上知名的或与我有关的坟（在莫斯科上契诃夫、克鲁泡德金的坟，在柏林上我自己儿子的坟，在枫丹薄罗上曼殊菲儿的坟，在巴黎上茶花女、哈哀内的坟；上菩特莱《恶之花》的坟；上凡尔泰、卢骚、嚣俄的坟；在罗马上雪莱、基茨的坟；在翡冷翠上勃朗宁太太的坟，上密佗郎其罗、梅迪启家的坟；日内到 Ravenna 去还得上丹德的坟，到 Assisi 上法兰西士的坟，到 Mantua 上浮吉尔（Virgil）的坟）。我每过不知名的墓园也往往进去留连，那时情绪不定是伤悲，不定是感触，有风随风，在块块的墓碑间且自徘徊，等斜阳淡了再计较回家。”[①]直到今天，中国人也没有产生墓地旅行的习惯，但如果把目光移向欧洲，我们则会发现，从公元 4 世纪开始，便已产生专门赴那不勒斯朝圣诗人维吉尔墓地的旅行团。1375 年，文艺复兴之父，意大利诗人彼特拉克去世后，其位于阿克瓦的墓地也成为文学圣地，朝圣旅行者络绎不绝。在近现代文学旅行的发源地英国，人们对文学旅行的热衷也始于作家的墓地观光游，而后才发展到作家的故居游和文学博物馆游。在倾慕文学旅行的西方人眼中，作家的墓地应成为人们瞻仰伟大灵魂的圣地，墓地旅行也当构成文学旅行中最重要的一部分。从徐志摩早年的自我记述中，并未见其对墓地游有着过多的兴趣，更奢谈在“不知名的墓园”里流连，他在欧游过程中选择墓地旅行的方式，一方面是与“吊古”“伤时”的慕古情怀有关，另一方面很大程度上是受到了欧洲文学旅行文化中“墓地巡游”的影响。他的行旅多是以文学为本位，围绕作家生活地或文学发生地进行的游览活动，从而暗合了欧洲文人的“文学旅行”风尚，也为现代知识分子游览世界开辟出一条新的观察路径。而他对一些欧洲作家“独自旅行”观的倾心实践，又与普遍流行的那种结伴同游拉开了距离，便于他更为专心地体悟所观之物，以文学之心抒写世间风景。

除了郭沫若的“登山”与徐志摩的“观墓”之外，陈衡哲的露营之旅也颇为

---

① 徐志摩：《欧游漫录——西伯利亚游记》，《徐志摩全集》第二卷，商务印书馆 2019 年版，第 100 页。

典型。她赴美期间经常有想要去“露营”的愿望，而露营旅行正是美国当地的消暑方式。在朋友海德夫人的邀请下，她在加拿大安大略省北部的鹿湖曾有过为期一个月的露营旅行经历，终让其得偿所愿。鹿湖的景色和北美的风光多次出现在她日后的作品中，可见当地旅行观念对作家的行旅和写作的激发作用。

（三）风景的交集

纵览早期新诗人的海外旅行，虽然每个人对旅行投入的热情不同，对景点地标的选择也各有殊异，但行旅国度当地的文化风尚和艺术积淀使得很多诗人在观赏风景的过程中形成了视线的交集，主要体现在四个方面：

一是英法的博物馆。如英国伦敦的大英博物馆，曾吸引胡适和刘半农倾注大量时间来此查阅《敦煌抄本》。再如艺术之都巴黎，这里的卢浮宫、罗丹博物馆、卢森堡博物馆等景观几乎出现在所有走访巴黎的诗人文字中。李金发便经常在卢森堡公园中写生作画，在卢森堡博物馆里观摩雕塑。王独清也频繁出入卢森堡博物馆，于期中流连忘返。萧三、胡适、宗白华等都游览过卢浮宫博物馆，而罗丹的雕塑更是直接启发了宗白华的“自然之美”观念。除却博物馆这类宏大的文化地标，就连被称为“文学咖啡屋”的和平咖啡馆①，也多次出现在胡适、王独清的诗文里。历史悠久的文化空间，见证并叠合了诸位诗人在不同时间的游历身影，其文化厚重感不言而喻。

二是德国“马克”游。1922 年冬天，受“一战”失利的巨大影响，德国马克的汇率大幅度震荡下跌，一批诗人看到马克汇率对其较为“合适”，便选择赴德国访学或是游玩。李金发、刘半农等都有过一致的选择，他们在德国期间一面访问各大名校，同时也抓紧时间游览了柏林的博物馆和咖啡屋，体验到当地

① 和平咖啡馆（Café de la Paix）位于法国巴黎，曾吸引柯南·道尔、维克多·雨果、奥斯卡·王尔德等文人光临，在当地人气极盛。

的文化风情。①

三是意大利"名城"游。除了我们熟悉的徐志摩外，李金发、王独清、郑振铎、邵洵美、朱光潜等都有过游览意大利的经历，且行程多是由威尼斯到罗马，再一路往南行至那不勒斯，游览附近的庞贝古城遗址。选择到意大利旅行，一是"文艺复兴圣地"对文人的召唤；二是因为这里属于南欧，游人可以从那不勒斯港搭乘邮轮直接回国。如李金发的回国，便是选择了取道意大利的方式。

四是自然风光游。很多诗人对山水风景的爱好是发自天然的。留美期间，俞平伯与好友闻一多同在科多拉多（今译作"科罗拉多"）学习，便经常相约游览仙园、曼尼图山、七折瀑等景点，还曾选择自驾游出行。留日期间，郭沫若、田汉、成仿吾、张资平等文人都曾在房州海滨度假，在北条洗海水浴。他们还多次相约游览，如郭沫若曾与成仿吾游览四国栗林公园和濑户内海，与田汉乘火车探访太宰府的自然风光等。就自然风光游览而言，诸多诗人的交集聚合在"游湖"上，如王独清和苏雪林都有过游览位于法国南部的来梦湖的经历，前者写下诗歌《来梦湖的回忆》，后者则把游湖见闻在小说《棘心》中加以呈现。至于胡适、陈衡哲、任叔永等留美诗人频繁的游湖之旅，尤其是"凯约嘉湖诗波"，更是成为引起新诗变革的激发性因素。

---

① 对于德国马克贬值，李金发曾有这样的记述："C区（即夏洛藤堡区，笔者加）是所谓新柏林，房屋比旧柏林新些，从老旧的巴黎来的人看来，是美轮美奂了。房屋多是有雕刻装饰，绝没有被轰炸而破坏的痕迹，游客熙熙攘攘，多是世界各国来此'乘人之危'享受马克的便宜的，德国人虽然没有鹄形菜色，鹑衣百结，但已是外强中干，因为马克贬值，一切财富都失了价值，故有房主不得不将房子出租一二间，以补家用，自己暗地里吃假牛油假咖啡和黑面包。有的典当殆尽，只活在饥饿的边缘，苟全性命于乱世，或暗地里埋怨威廉皇帝的失策，或恨联军之侥幸成功，德国还是高于一切。他们的生活比中国抗战时期还要苦，因为没有平价米，物资配给，死活各人负责。外国游客，则以外国钱换廉价的马克，大吃大喝，大买照相机仪器，贪人的便宜。比方本星期去订购一套衣服，言明九十马克，但马克每况愈下，到第二星期则九十马克只值原来三分之二的价值了。外国人成了天之骄子，到处放银弹，有些思想过激些的德国人，真是怒目相视……"见李金发：《浮生总记（八）》，马来西亚《蕉风》月刊1965年5月第151期。

三、行旅的差异与新诗的展开

尽管留学海外的诗人都有着域外行旅特别是游览观光的经历,但就其具体情况来说,则又特点各异。如胡适本人虽游历颇多,却几乎都是在友人的带领下完成的,除了去图书馆之外,绝少有发自本心的专门游览。还有些诗人一心求学,根本没有闲暇顾及旅行。而郭沫若、徐志摩、邵洵美、俞平伯等则倾心旅行,即使无从寻找旅伴,也愿意以"独游"的方式探访欧陆美景。也有一部分诗人即使产生游历的冲动,却受限于经济的窘困,或是像李金发那样选择相对便宜的地方游览,或是干脆压抑了游览的冲动,把更多的时间用于钻研学业。如果从宏观角度审视诗人对行旅的选择与其出行的差异,会发现其留学国别背景和经济条件所起到的重要影响。比如留日、留法诗人多出身清寒,即便是去勤工俭学,也无法享受和官费或半官费学生同等的权利,更不能像公费生一样游览异国,而留欧美学生或是家境优渥,如徐志摩、邵洵美那样有家庭的经济支持,或是拥有清华、北大的学生身份,能够获得来自官方的奖学金资助,抑或是得到资本家的私人捐赠(如1920年5月,工商巨子穆藕初捐款五万银圆资助北大学子出国深造,资助对象便包括罗家伦、康白情等诗人)。我们不能轻易地说经济的差异决定了留学生的思想价值取向,但经济性因素的确会影响到他们的海外游览之多寡,使其对域外经验的摄取走向不同的向度,这自然也会在诗人文化心理的生成过程中有所体现。

一个早已被文学史接受的事实是,留学地域的不同造成了早期新文学家思想观念上的差异,尤以留欧美与留日学生的一系列论争为代表。如夏志清所认为的,20世纪初,中国留学生的中心是日本、美国和英国,"即便是把自由派与激进派的纷争看作留美、留英学生与留日学生的纷争也不为过。"①他的论述触及两个问题:一是现代知识分子大都具有留学背景,潜台词是海外经历

① [美]夏志清:《中国现代小说史》,复旦大学出版社2005年版,第17页。

对其文学启迪的重要性;二是留学国别的不同,对域外"文学/文化"信息接受的具体情况,导致选择不同地域留学的文人在思想观念和文学理念上形成各有向度的倾斜,诸多差异性文化信息的碰撞,引领了新文学早期的文学观念论争。同样关注现代作家海外留学背景的李怡则认为,简单地以"自由"和"激进"来定义留英美学生与留日学生的特征并不准确,他的观点更为客观具体:

五四新文学运动便是中国作家'日本体验'与'英美体验'共同作用的结果:日本体验为中国作家造成的生存压力激发了他们生命的内在活力,日本体验中所感知的西方现代文明景象则成了他们的理想目标;英美体验给了中国留学生比较完整的学科专业训练,英美文学发展中的具体文学策略也往往成为中国作家直接取法的对象(如胡适对意象派语言主张的摄取)。然而,自五四以后,由于归来的中国留学生社会地位与文化取向上的明显差距,他们各自所倚重的异域资源也更加显露出了彼此的分歧。充满社会改造热情但学科教育不够完整的留日知识分子常常只能在社会的中下层艰难求生,这在某种程度上拉近了他们与普通民众的距离,决定了他们的文学思想与文学追求带有更加明显的社会性、大众性与政治革命色彩,其中一些作家倾向于进一步切入本土的人生体验,视文学创作为现实人生的"苦闷的象征",以异域弱小民族的反抗意志当作现实批判的动力,鲁迅、胡风就是这样;另外一些作家则试图在日本或经由日本继续获取对抗现实压力的"先进武器",于是他们从日本找到了苏联,找到了激进的无产阶级革命理论,创造社作家就是这样。而英美留学生呢,因为一般都完成了令人羡慕的高等专门教育,在国内获得了较高的社会地位,所以便与社会的普通民众保持了相当的距离,同时倒是与国家的管理层达成了某种微妙的默契,在这种情况下,西方文化中原本存在的批判性资源被他们作了某些有意无意的淡化,而所谓理性、节制的新人文主义倾向与充满实用精神的经验主义倾向都得到了一定的强化,学衡派、新月派都是如此。①

夏志清的"接受的差异"和李怡的"体验的差异",均建立在留学文人与域外"文化/文学"的交流与碰撞基础之上。就新诗自身的发展状况观察,"接受的差异"体现在新诗人纷纷与地缘文学概念相遇合,表现出不同的接受特征。如留美诗人多以实验的态度探求诗歌的语体之变,留英诗人多聚焦于诗歌的抒情功能,留德法诗人普遍打磨文本的现代主义特质,留日苏诗人则注重诗歌的"为人生"的实用性。很多写作者(如徐志摩、刘半农、王独清等人)的海外旅行未拘泥在一个国家或地域,因此可以在不同文化"对应点"的穿梭交流中获取更为多元的信息,形成开放性的美学观念。而"体验的差异"则与诗人们的游历经验更为贴合,跨界的时空转换、新锐的视觉刺激拓展了诗人认知风景的视阈,促使他们自觉调整写作的方向,主动将现代旅行观念和西方风景美学融入新诗,推动了新诗精神主体和美学内质的同步成长。

① 李怡:《日本体验与中国现代文学的发生》,北京师范大学博士学位论文,第15—16页。

第三章　域外行旅要素对新诗观念的触发：以胡适为代表

以清末民初的海外纪游诗写作为媒，在新诗体式的发展过程中，海外文化要素的参与愈发显著，特别是留学生文化群体（在20世纪第一个十年以留美、留日学生为主体）的跨语际、跨文化实践，将语体问题从工具辨析的层面深化至创作本体，为全新诗歌观念的登场拉开了帷幕。梁实秋曾明确强调过留学生尤其是留美学生在白话文运动中所发挥的骨干作用："近来倡导白话文的几个人差不多全是在外国留学的几个学生，他们与外国语言文字的接触比较多些，深觉外国的语言与文字中间的差别不若中国言语文字那样的悬殊。"①在这方面，胡适的思考颇具有代表性。本章即以胡适早年在美国的留学游历为代表，探讨海外学人如何通过对行旅的抒写思考文学变革之可能，进而促成其诗歌观念的产生。

第一节　行旅意识与风景观念

胡适在早期新诗生成阶段，即20世纪初直至20世纪20年代的域外行旅

① 梁实秋：《浪漫的与古典的》，新月书店1931年版，第6—7页。

主要有两次。第一次是他考取庚子赔款第二批官费留学生，于1910年8月到1917年6月在美国康奈尔大学（1915年9月转入哥伦比亚大学）留学；第二次是1926年7月下旬至当年年底，经西伯利亚大铁路横跨亚欧大陆抵达英国，参加“中英庚款”全体委员会议，并先后游历英国、法国等西欧国家，12月31日乘轮船赴美国访问，1927年4月12日离美，经日本返回。回视两次域外游历，显然留美的七年时光对胡适文学思想的形成更为重要。在这期间，他游历了异国的自然景观，感受到现代的都市风情。全新的观景体验渗透进他的思想空间，锻造出诗人世界性的时空意识，在很大程度上触发了胡适白话诗观的生成。

所谓行旅意识，指的是经历地理迁徙和文化漫游的人在行旅中形成的精神观念，尤其是他看待旅行与探索世界的态度，直接影响着主体的文化感知方式和观察外物的眼光。作为远涉重洋的求学者，胡适的行旅自然与一般的旅行者不同，学业的目标与他本人的性情，决定了他的游历不以赏景览胜为主，而是带有纯粹的目的性指向。从日记、自传等材料中，也可窥见胡适并非像郭沫若、徐志摩那般热衷旅行。他曾自谓“懒于旅行”①之人，就算在北京待了九年，也没去过长城。② 虽然说的是自己归国后的体验，但纵观其行旅历程，胡适的确很少自觉追求这类经验。通过《胡适留学日记》，我们可以观察到，他在美期间涉及“域外行旅”的游历主要以访友、参加集会、宣讲会为主，专以观景休闲为旨趣的旅行次数则非常有限。1911年5月20日，胡适受郭守纯之邀泛舟凯约嘉（Cayuga，今译作“卡尤加”）湖，他在日记中记述道：“余来此几及一年，今日始与湖行相见礼。”③凯约嘉湖是伊萨卡（即康奈尔大学所在的Ithaca市，胡适翻译为绮色佳）的自然名胜，也是该城吸引游客的焦点所在，往

① 胡适：《平绥路旅行小记》，《独立评论》第162号，1935年8月4日。

② 这段论述可参见胡适写于1928年的《庐山游记》，《新月》第1卷第3号，1928年5月10日。

③ 胡适：《胡适留学日记（上）》，安徽教育出版社2006年版，第17页。

来旅行者络绎不绝。然而胡适旅居日久，方在朋友的陪同下踏游此地。这也许是因为康奈尔大学的学业压力过重，也许是源于他自身对旅行的淡漠态度。

以《胡适留学日记》为重心，梳理胡适详细论及或是以游记、旅行记形式记录下来的游历活动，大抵有如下几次，现加以列举：

1911年6月13日到24日，按照胡适的记载，这是他赴美以来第一次出门旅行，乃是去孛可诺松林城（Pocono Pines）参加“中国基督教学生会”的夏令会。参会期间，他游览了波科诺湖（Pocono Lake）、内奥米湖（Naomi Lake），并至尼格拉瀑布（Niagara Falls，今译作“尼亚加拉瀑布”）观飞瀑。

1912年6月末，胡适赴北田（Northfield）旅行，8月中旬游维廉城，并游览纽约。这段日记名为北田日记，但已遗失，只能从胡适给母亲的信中了解他原本的旅行计划。①

1912年12月25日，胡适写下《斐城游记》，并于27日抵达该地。他的目的是参加“世界大同总会”的活动，顺便访问旧友，游历斐城（Philadelphia，今译作“费城”）的历史古迹，但日记并未交代游览的细节。

1914年7月28日，胡适写下《游活铿谷记》，记载7月25日往游活铿谷（Watkins glenn）的经历，尤其着重描写山景之险要。

1914年9月13日，胡适写下《波士顿游记》，记载其9月2日至安谋司参加学生年会并游览波士顿的经历。年会于5日结束，胡适从年会举办地安谋司（今译作“阿默斯特”）赴波士顿，道中游唐山（Mt. Tom）并登临观景平台远望，当晚抵达波士顿。6日，至耶教医术派教堂（The First Church of Christ Scientist）瞻礼，归途至波士顿公家藏书馆、艺术博物馆。7日是这次游历最为丰富的一天，先是乘车赴康可（Concord）游览礼拜堂、爱麦生（Emerson，今译作

① 关于北田之行的计划，1912年6月胡适在给母亲的信中说：“本月廿一日拟往游‘北田’，约住十日可归……八月十几当往游维廉城，赴吾国学生大会，归途须至纽约一游。纽约者，世界第一大城也。儿居此邦已二年，尚未一至其地，可谓憾事。自纽约归时，约在八月之末。”见胡适：《胡适全集》第23卷，安徽教育出版社2003年版，第40页。

“艾默生”)旧居、女文豪阿尔恪特夫人(Louisa May Alcott)旧居、霍桑旧居“道旁庐”(The Way Side),午饭后又拜谒霍桑、阿尔恪特氏、爱麦生的墓地,试图寻找索虏(Thoreau)之墓却没有觅得,随后游览康可之战的古战场,下午游览克拉克故居。8日,胡适游览哈佛大学及三大校立博物馆、华盛顿榆树及佛兰克林(今译作“富兰克林”)公园。9日下午,游班克山(Bunker Hill),这也是独立战争最重要的一个古战场,随后游览海军造船坞。10日乘船游览波士顿港,至巴斯(Bass Point)。11日启程乘夜车返回绮色佳。纵观胡适的留学日记,这是他最为详尽地记载游览景点、描绘景物特征、抒写观景体验的一篇文章。

1915年1月4日,胡适追记其圣诞假期期间赴哥伦布城(Columbus, Ohio)参加世界学生会代表赴第八次总会年会的经历。他先乘车至水牛城周游城市,然后至尼格拉(今译作“尼亚加拉”)飞瀑城访卜郎博士夫妇,在友人家过圣诞节并与其游览瀑布,进入加拿大境。26日抵达哥伦布城,30日游览该城,主要游览杰弗里工厂(Geofrey Factory)及第一银行。31日返回绮色佳。

1915年1月27日,胡适写下《再游波士顿记》,记录其赴波士顿演讲始末。1月18日夜乘火车离开绮色佳,19日抵达波士顿,胡适特意提到“此余第二次来此也”①。20日至哈佛,重游大学美术馆(Foggart Museum),下午游览波城美术院(Boston Museum of Fine Arts)。21日至纽约,22日参观纽约美术院(The Metropolitan Museum of Art),此为胡适第二次来到纽约。24日晚上返回绮色佳。

1915年2月14日,胡适写下《纽约旅行记》,记载他第三次纽约之旅。这次是代表康奈尔大学应“美国限制兵备会”的邀请,共同讨论设立学校联合抵制增兵问题。此次出行,胡适以访友为主,日记中除了有游览自由女神像的记载外,并未记录更多的游览经历。

---

① 胡适:《胡适留学日记》(上),安徽教育出版社2006年版,第314页。

1917年,胡适写下《归国记》,此为其留学日记的最终篇。文章记载了他6月乘火车穿越美加边境,观览落机山(今译为落基山)以及邮轮上的见闻,对经停日本横滨等港口时的游访经历,也作了简略介绍。

胡适留美七年,日记所载见闻甚多,留意其中抒写行旅的文字,可以找到一个共通点,即无论是在康奈尔修业还是远途出行,只要是记录游览当地著名景点的内容,事件起因往往都是友人先发出邀请,他才会参与进来。除了1911年8月20日记载独游卡斯卡迪尔谷(Cascadilla Valley)外,胡适基本上没有主动且单独旅行观光的经历。虽然他从未明确言及自己的行旅观念,但诸多材料列出的事实本身或许已经透露出一些信息。这也能说明胡适诚如其自谓,确是"懒于旅行"之人。那么,在有限的游历中,在自然景色与城市景观之间,诗人更钟情于哪一类风景?何种景物才能激发他的好奇心,进入他的写作视阈?这些问题都涉及了胡适的"风景观"。

现代文人的风景观研究已成为现代作家研究的一门显学,当众多研究者意识到风景观与作家文学观、人生观的重要联系后,作家的风景观便上升到影响文学生成的显著层面。对一位作家而言,风景观至少应该包含两个方面,首先是什么样的景物对他来说属于风景,而且是"美"的风景;其次便是如何欣赏风景,即作家从哪个层面来阅读风景,以及精神主体与风景之间的物我关系,这牵涉到作家介入现实的视角和审美的基调。胡适的留学日记中出现自然风景的频次颇高,对于优美的景致,他的措辞基本都是"风景绝佳""风景佳绝""风景极佳"之类。如1911年5月游哥伦比亚河谷(Columbia Gorge),同年10月游秋溪瀑布(Fall Creek),1914年9月游佛兰克林公园(今译作"富兰克林公园"),1915年2月游赫贞河,1917年5月游水源湖(Reservoir Lake),1917年6月游加拿大落机山(今译作"落基山"),返国路上游览神户和长崎,均可见以上几种说辞。

1912年8月31日,胡适在给母亲的信中第一次介绍了绮色佳,谈起大学校园和周边的风景,说由学校"去山下约二里许,有小湖,名凯约嘉湖。湖面阔仅五里许，而长百余里，故又名曰指湖，以其长而狭如指也。湖上水波平静时，可荡舟，两岸青山如画，每当夏日，荡舟者无算，儿时亦往焉。”①他把 Ithaca 雅译为绮色佳，把 Cayuga 译成凯约嘉，从字面意义理解，已能感受到诗人与此间风景的精神投合。如前所述，胡适日记中记录的能够让他“叹绝”的风景大都是自然景观，以湖滨水景最为集中，单是泛湖乘船的游览，诗人便有多次记载。遥想日后他对任叔永《泛湖即事》的批评乃至由此引出的“诗波”，正与他从一次次游湖中获得的直接体验密切相关。长湖、溪流、飞瀑、奇峰……种种自然物构成诗人行旅观看的风景主体，潜移默化地滋养了他的艺术灵性，影响着诗人对行旅生活的感知和表达，特别是在几个点上形成意识的交集：

一是抒发“怀乡”之感，在异域景观中找寻故乡的面影。游玩北田时，胡适写此地“有清溪浅水，似吾国乡间，对之有故乡之思焉”②；观赏绮色佳的花田，他也有“惟对此佳景，益念吾故乡不已”③的感叹。二是探访当地胜景，吐露“叹奇”之情。如 1914 年 7 月胡适游览活铿谷，认为“此地真天地之奇境也”，进而与他不久前游英菲儿山的体验相比较，得出只有像英菲儿山那样，不由人工建设登山辅助步道，而是让探险者凭借才力去探寻秘境，方能达到“极夫游之乐”。④ 三是受中国古典美学濡养，推崇风景的调和之美。在这种美学观念的引导下，那些不够和谐的景致，自然引起胡适的关注甚至是反感。1911 年 5 月，他第一次与朋友荡舟游览凯约嘉湖，便发觉此地“景物亦佳，但少点缀”⑤。在抒写绮色佳风景时，诗人赞美了风景的调和之美，写道：“下午五时三十分离绮色佳。时大雨新霁，车行湖之东岸，日落湖之西山，黑云蔽之，久之见日。云受日光，皆作赤色。日下而云益红，已而朱霞满天半，湖水返映之，亦皆成赤色。风景之佳，真令人叹绝。”在他看来，风景的“如画美”需要不

---

① 胡适：《胡适全集》第 23 卷，安徽教育出版社 2003 年版，第 43 页。
② 胡适：《胡适全集》第 23 卷，安徽教育出版社 2003 年版，第 41 页。
③ 胡适：《胡适全集》第 23 卷，安徽教育出版社 2003 年版，第 53 页。
④ 胡适：《胡适留学日记》（上），安徽教育出版社 2006 年版，第 206 页。
⑤ 胡适：《胡适留学日记》（上），安徽教育出版社 2006 年版，第 17 页。

同景物彼此间的搭配与映衬，以自然和谐为旨归。甚至对于都市物质景观，胡适也保持了同样的观景思路。如他归国后游览广州，当欣赏中山纪念塔时，赞其简单而雄浑，而七十二烈士墓风格属于中西杂糅，特别是墓顶中间仿造了纽约的自由女神像，所以全不和谐。这种对调和之美的推崇，贯穿了胡适的一生，也是其风景观念的重要特质。

胡适曾在《山中杂记》中提到杭州的烟霞洞，说这里的风景打动了他的心，1924 年竟特意在此久住三个多月。[①] 这在诗人并不丰富的旅行生活中堪称重要一笔，亦直接印证出他在美国留学时对自然景观的热爱，依然有着持续的现实影响力。相较于对自然风景的偏重，胡适较少观照和抒写城市人文风景，既没有郭沫若、郁达夫那种对"黑色牡丹"的由衷赞叹，也无孙大雨、李金发那般对都市"恶之花"的感性揭示。或许正如他所言："可惜我没有惠特曼的伟大的诗才，不能歌颂这种物质文明的真美术。"[②]诗人无意于都市五光十色的炫目光华，也对消费景观兴味索然。如 1914 年游览波士顿累维尔海滨时，他记录道："此地为夏日游人麇集之所，为不夜之城，游玩之地无数，然皆俗不可耐，盖与纽约之空来岛同等耳。"[③]纽约的空来岛和波士顿的海滨风光甚好，然而赌场、酒吧、舞厅云集，在胡适看来应该是破坏了自然的和谐与宁静，方才有了"俗不可耐"的论断。可见，身处物质文明的中心，胡适并未产生过度的艳羡与震惊，喧嚣紊乱的城市空间反而一定程度上阻滞了他对诗意的提取和沉淀。

在大多数情况下，诗人都保持着与城市的情感距离，即便某些时候有所深入，往往也只是把它看作外在的文化考察对象。1915 年 7 月，他给母亲的信中谈到转学去哥伦比亚大学的原因，第一条就是"儿居此已五年，此地乃是小城，居民仅万六千人，所见闻皆村市小景。今儿尚有一年之留，宜改适大城，以

---

① 胡适：《胡适全集》第 30 卷，安徽教育出版社 2003 年版，第 180 页。

② 胡适：《胡适全集》第 30 卷，安徽教育出版社 2003 年版，第 208 页。

③ 胡适：《胡适留学日记》（上），安徽教育出版社 2006 年版，第 275 页。

观是邦大城市之生活状态，盖亦觇国采风者，所当有事也。”①由此能够看出，观察人文生活，采览异邦风物，正是胡适城市旅行的主要目标。他所涉足的城市景观多为历史古迹和艺术展馆，诗人或是观看大型博物馆中的东方藏品，或是以新闻记者般的视角，记录波士顿与纽约等大城市的交通科技，或是深入“辟克匿克”（野餐）、大学藏书楼和美术馆等文化风尚，从中探索思想学问的方法。他尤其喜好对景物或展品进行考据②，如他在游览康可时所说的“思历史之遗烈，念文人之逸事，感慨之情，何能自已”③。即使是在卢浮宫或是大英博物馆，他欣赏的焦点也不是那些来自西方的“镇馆之宝”，而是馆中收藏的中国展品和具有史料价值的文献抄本。总之，以自然审美为主体，以城市文明为参照系，比较异我的“文明/文化”差异，聚合成胡适行旅意识的核心向度，其观念背后也浮现出一个持续追求人文精神与科学理性的现代主体形象。

需要强调的是，域外行旅体验和胡适的自我发现乃至文学想象是一个同质同构的过程。作为偏好自然审美的写作者，“在自然中的活动是养成诗人人格的前提”④。也如里尔克所言，“世界的山水化”过程内蕴着“一个辽远的人的发展”。⑤ 越界的行旅更新了诗人对风景的认知体系，此外，行旅要素还在参与诗人内心世界建构的进程中，孕育了他的美学感受力，拓宽了他的审美视野。通过新奇的海外观物体验，胡适逐渐认识到亲身经历和实际观察之于文学表达的重要性，他把这种感受不断内化于情感和形式相互磨合的写作实

---

① 胡适：《胡适全集》第 23 卷，安徽教育出版社 2003 年版，第 85 页。

② 胡适在国内的游历多为古迹，如西湖、云冈石窟等。他曾多次表达对旅行考据的热爱，如《庐山游记》中，光归宗寺后的一个塔，胡适就用四千字的篇幅加以考据，这在诗人看来是一种性情的偏向，也是思想学问的方法，即教人疑而后信，考而后信，去分辨那些捏造的古迹。“一个塔的真伪同孙中山的遗嘱的真伪有同等的考虑价值。肯疑问佛陀耶舍究竟到过庐山没有的人，方才肯疑问夏禹是神是人。有了不肯放过一个塔的真伪的思想习惯，方才敢疑上帝的有无。”参见胡适：《庐山游记》，《新月》第 1 卷第 3 号，1928 年 5 月 10 日。

③ 胡适：《胡适全集》第 23 卷，安徽教育出版社 2003 年版，第 67 页。

④ 宗白华：《新诗略谈》，《少年中国》第 1 卷第 8 期，1920 年 2 月 15 日。

⑤ ［奥］里尔克：《论“山水”》，冯至译，《冯至全集》第 11 卷，范大灿编，河北教育出版社 1999 年版，第 330 页。

践，一方面丰富了作家的经验类型，为行旅抒写积累了丰赡的素材，储备了鲜活的意象；另一方面为他日后深入探讨诗与经验的联系、主客体空间关系的演变，以及诗歌内在写作机制的现代转化等命题进行了必要的铺垫。

第二节　行旅抒写中的变革尝试

游学美国的七年间，胡适的诗歌创作几近百首，多为对游学所观风景与见闻的抒写，兼有与任叔永、杨杏佛等朋友的唱和之辞，基本都以文言诗体呈现。他曾明言自己不喜欢作全然写景的诗，即使有对赴尼格拉瀑布观飞瀑、游活铿谷等名胜和伊萨卡、纽约、波士顿等城市的记述，也与晚清域外纪游文学那种抒发惊羡体验、熔铸新知入诗的路数相异。诗人并不刻意发掘域外风景的“异国感”，而专注于“写此间景物，兼写吾乡思”①，向怀乡的古典母题与即景写情的行旅写作传统靠拢，使得文本空间和现实经验之间贴近与偏离并存。如1911年1月末所作两首小诗，有“永夜寒如故，朝来岁已更。层冰埋大道，积雪压孤城”以及“雪压孤城寒澈骨，天涯新得故人书”②的句子。“孤城”意指胡适求学居住的绮色佳，第一次遭遇异国雪景的冷清寂寥，直接放大了他的孤独与艰辛感受。即使进入三月初春，绮色佳依旧一派寒气，甚至到了四月，河流中尚有浮冰，早晚温差极大，这触发诗人经常忆起家乡的融融暖意与新柳纤桃。现实的景色与记忆的风景对照相生，在胡适笔下凝聚成代表其心理处境的一座“孤城”。此时他的风景抒写较少关涉现实语象，异国风景往往充当了精神主体表达情感的提示性要素，文本的“造境”成分多于“写境”。面对绮色佳的自然美景，他的《孟夏》③一诗恰能表露心迹：“人言此地好，景物佳无伦。信美非吾土，我思王仲宣。”王仲宣即王粲，其《登楼赋》云：“虽信美而非

① 胡适：《胡适留学日记》（上），安徽教育出版社2006年版，第17页。
② 胡适：《胡适留学日记》（上），安徽教育出版社2006年版，第3页。
③ 胡适：《胡适留学日记》（上），安徽教育出版社2006年版，第17页。

吾土兮,曾何足以少留!”身居异国远境,胡适却生发出与先贤一致的感怀,甚至在诗的末尾写下“安得双仙凫,飞飞返故园”,足见他思乡情结之重。

或许是南方人的缘故,胡适真的不太适应美国的漫长冬季。随着留学时间的推移,他的诗文才逐渐淡化了初来乍到时的怀乡忧思,对现实景物的关注也开始增多,其中依然多见对大风雪的抒写。如《久雪后大风寒甚作歌》(1913)、《大雪放歌》(1914)、《雪消记所见》(1914)等,皆有对雪中景物的细致观察。诗人不以为苦,反而赋诗称乐,表达“风雪于我何有哉!待看冬尽春归来!”①的乐观情调。诗人愈发领悟到自然风景的美好:“吾向不知春之可爱,吾爱秋甚于春也。今年忽爱春日甚笃,觉春亦甚厚我,一景一物,无不怡悦神性,岂吾前此枯寂冷淡之心肠,遂为吾乐观主义所热耶?”②“乐观”的自谓,或可看出美国人的乐观精神以及布朗宁乐观主义思想对他的影响,也契合了诗人“爱春日甚笃”的心理状态。从1914年中期开始,胡适的书信文章中较少再出现“怀乡”或是“伤春悲秋”的感念。涉及行旅诗文,他的笔力倾向于记录景物的细节样貌,追求描写上的客观形似。多样驳杂的语言成分与情感元素汇入文本,影响了语词和诗体之间的张力平衡,促使诗人主动尝试调整与变革。

按照胡适《四十自述》中的记载,早年就读中国公学期间,他便有在代数课本上写作纪游诗的经历:“丁未正月(1907)我游苏州,三月与中国公学全体同学旅行到杭州,我都有诗纪游。但当时不知诗韵,后经杨千里先生点拨,才知道哪怕牺牲诗意,也要保证韵脚的均齐。”③从表面上看,胡适的这段记载是对诗体与诗意关系的初步理解,由其措辞亦可揣度到他对文与质失衡(牺牲诗意迁就体式)的早期质疑。在随后的写作中,胡适曾谈到他在戊申年(1908)后初学律诗,只觉得这种体裁是“似难而易的把戏;不必有内容,不必

① 胡适:《胡适留学日记》(上),安徽教育出版社2006年版,第87—88页。

② 胡适:《胡适留学日记》(上),安徽教育出版社2006年版,第125页。

③ 胡适:《胡适文集》第1卷,北京大学出版社2013年版,第78页。

有情绪，不必有意思，只要会变戏法，会搬运典故，会调音节，会对对子，就可以诌成一首律诗”①。从这些思考可以看出，刚刚接触古体诗歌写作的胡适，已经认识到俗语定式对诗歌内容造成的诸多限制，这种对“韵律”的反思始终留存在诗人的脑海中，成为他日后创格破体的突破口。

1913年，胡适惊叹于当地十年罕见的风雪天气，他以此为题材叙写寒冬景致，作《久雪后大风寒甚作歌》。诗人有意摆脱精研苛细的律体，而采取了西文诗歌中常见的“三句转韵体”，还将由关联词语组接的散文句法植入诗篇中，突破了传统格律写景诗感兴对举、物我相融的二元并置结构，增强了诗歌的叙事性特质。1915年，胡适作《老树行》，也采用了此种创调体式。不过，从频次上看，胡适的诗歌变体试验并未持续展开，他把更多的思考放在“诗与真”，即诗歌与现实的关系上。1911年，胡适第一次游览尼格拉瀑布（Niagara Falls，今译作“尼亚加拉瀑布”）期间，第一次观看到全景视角（General View）下瀑布“自高岩飞下”的奇崛气象，从而得出唐人诗所谓“一条界破”②的惯语实为“语酸可嗤”③。因其写不出瀑布真实的雄奇状貌，特别是飞瀑由高岩倾泻而下的瑰奇多变的云雾盛景，亦无法呈现由行旅体验所引发的感知新变。传统的人文化山水关联着古人共性的情感伦理结构，它的表现形式相对稳定，后人很难在这类崇尚神似美的文字中窥得当时的风景真貌，也无法完整追踪行旅者的视觉轨迹，因此令诗人感到不满。究其内里，源于理性认识和自我表达的需要，胡适希望将自己的视觉经验充分纳入文本的表现视界，其间蕴含的新的风景观念之觉醒，既是“后天的心理和感觉的熏陶的结果”，又是一个“文化建构的过程”④。

---

① 胡适：《胡适文集》第1卷，北京大学出版社2013年版，第79页。

② 胡适论及的“一条界破”，应该指的是庐山的青玉峡瀑布景观。他在《庐山日记》曾说：“徐凝诗‘今古长如白练飞，一条界破青山色’，即是咏瀑布水的。李白《瀑布泉》诗也是指此瀑。《旧志》载瀑布水的诗甚多，但总没有能使人满意的。”参见胡适：《庐山游记》，《新月》第1卷第3号，1928年5月10日。

③ 胡适：《胡适留学日记》（上），安徽教育出版社2006年版，第25页。

④ 吴晓东：《郁达夫与现代风景的发现问题——2016年12月13日在上海大学的演讲》，《现代中文学刊》2017年第2期。

作家通过这个过程确立了专属自我的“社会和主体性身份”①,所以“风景”的发现对应了个体“内心世界”的发现,两者是一体同构的关系。

1914年夏季,胡适与几位外国朋友共同游览英菲儿瀑泉山(Enfield Falls),归后立即以纪实的笔法追叙本次胜游,写下《游“英菲儿瀑泉山”三十八韵》②。尽管他自谦地认为“此诗虽不佳”,但他也明确指出作品的优点在于“不失真”,继而引申到“尝谓写景诗最忌失真”“又忌做作”③。此间之真,至少包括两重含义:一是音韵形式不可压制写景的内容,破坏诗歌的理趣,而本诗的理趣在于“佳境每深藏,不与浅人看。勿惜几两屐,何畏山神悭?”寻山乃是探奇求险,而非清平享乐,苏轼所谓“也知造物有深意,故遣佳人在空谷”,恰可解胡适所感。第二重含义是诗人需要把风景视作客观的认知对象,亲自感受景致的况味,定格即时的感悟,其文章应摒除套语,讲求“实际”④。如他在《诗贵有真》中的认识,诗歌的真“必由于体验”,而非沿袭甚至照搬前人语句。⑤ 依靠真实的观察所得分辨和描写风景,扬弃传统运思方式所对应的表达策略,构成胡适新诗思维的起点。

回览《游“英菲儿瀑泉山”三十八韵》,传统纪游诗侧重的对“一物一景”的定向观照被行旅者“移步换景”的游动视点所取代,胡适沿深壑、岩石、藤根、险径逐层探入,终于观到飞瀑“奔流十数折,折折成珠帘。澎湃激崖石,飞沫作雾翻”的绝代奇观。诗人将主体感知浸入风景,树立起独立于传统风景

---

① [美]W.J.T.米切尔编:《风景与权力》,杨丽、万信琼译,译林出版社2014年版,第1页。

② 胡适:《胡适留学日记》(上),安徽教育出版社2006年版,第133—134页。

③ 胡适:《胡适留学日记》(上),安徽教育出版社2006年版,第134页。

④ 胡适认为文学可以分为理想主义和实际主义,理想主义的特点是“不为事物之真境所拘域”,而实际主义则“以事物之真实境状为主”,纯粹的实际派诗人当推唐代的白居易。见胡适:《读白居易〈与元九书〉》,《胡适留学日记》(下),安徽教育出版社2006年版,第110—113页。在8月4日的日记《读香山诗琐记》中,胡适继续论及这一话题,认为白居易“写景之诗,亦无愧实际二字。实际的写景之诗有二特性焉:一曰真率,谓不事雕琢粉饰也,不假作者心境所想象为之渲染也;二曰详尽,谓不遗细碎(details)也。”见胡适:《读香山诗琐记》,《胡适留学日记》(下),安徽教育出版社2006年版,第113页。

⑤ 胡适:《胡适留学日记》(上),安徽教育出版社2006年版,第367页。

的现代行旅者形象,也使文化记忆中的固型化风景让位于真实具体的景物抒写。1914 年底,胡适赴哥伦布城参加世界学生会代表赴第八次总会年会,途中访问卜郎博士夫妇,与之再游尼格拉飞瀑。他从加拿大境内回望冬日瀑景,记载其“瀑飞成雾,漫天蔽日”,还特意在“漫天蔽日”后以括号加注,言“此 4 字乃真境”①,暗含着彼时他对现实主义诗歌的推崇。大概是游览美国瀑布带给胡适的“震惊”感受过大,即使回到国内游览庐山瀑布,他也觉得此间景致平平,无法与美国瀑布相比,并指出“前人如王世懋、方以智诸人对瀑布的惊叹文字有点不实在”②,可见他对诗要“求真”“忌做作”观念的一以贯之,还有对陈言套语的敏感和警觉。这也在很大程度上印证了柄谷行人对风景是“认识性的装置”③的论断,作家通过行旅改变了知觉的形态和观景的方式,才有机会发现深度的风景。以胡适为例,于世界性观景体验中萌发的比较意识,以及科学主义与实证精神的双重浸染,促使他反思传统的山水审美经验。他将人文化山水所对应的精神伦理和美学向度移接至现代诗境,还在古典诗学文化滤镜的外围,寻觅到建立在内心主体意识之上的观景角度与“崇真”的表达方式。诗人以此作为认知转化的“装置”,发掘出风景的异质性特征,从而拓展和更新了自我的想象视域。

在胡适的纪游诗序列中,还应留意他的英文诗文本。诗人在康奈尔大学就读期间,选修了大量英国传统文学的课程,按照江勇振的说法,这“就是胡适白话文学革命的灵感来源”④。受英诗影响,胡适也尝试过此类写作。在 1911 年 5 月 29 日的日记中,他便有这样的记载:“夜作一英文小诗(Sonnet),题为 Farewell to English I(《挥别“英文一”》,笔者加),自视较前作之《归梦》

---

① 胡适:《世界学生总会年会杂记》,《胡适留学日记》(上),安徽教育出版社 2006 年版,第 338 页。

② 胡适:《庐山游记》,《新月》第 1 卷第 3 号,1928 年 5 月 10 日。

③ [日]柄谷行人:《日本现代文学的起源》,赵京华译,生活·读书·新知三联书店 2003 年版,第 12 页。

④ 江勇振:《舍我其谁:胡适》第一部,新星出版社 2011 年版,第 582 页。

稍胜矣。"①关于诗的内容,作者并没有详尽展示,但这条信息已能证明一点,即在一年级的时候,胡适便开始了英文诗的写作,而且仿写的是经典的十四行诗体。他没有追逐当时流行的现代主义路数,而是贴合着西方古典诗学中的韵律与对仗法则布局谋篇。看《夜过纽约港》《今别离》等英文诗作,均可视为其行旅抒写的重要文本,特别是《夜过纽约港》这篇作品,或许要比《尝试集》乃至《尝试后集》中的诗歌更值得引起研究者的重视。1915 年 2 月 14 日,胡适写下《纽约旅行记》,记载他第三次纽约之旅,文中叙述了这样一段见闻:

餐后以车至车站。车停港外,须以渡船往。船甫离岸,风雨骤至,海上皆黑,微见高屋灯火点缀空际,余颇欲见"自由"之神像乃不可见。已而舟行将及车次,乃见众光之上有一光最明亦最高,同行者遥指谓余曰:"此'自由'也!"②

同年 7 月,胡适在日记中重述了这一段经历,以为同伴所言"此自由也"之语大有诗意,遂作一英文诗,并自译为中文,诗文如下:

CROSSING THE HARBOR

As on the deck half-sheltered from the rain
We listen to the wintry wind's wild roars,
And hear the slow waves beat
Against the metropolic shores;
And as we search the stars of Earth
Which shine so staringly
Against thevast, dark firmament,—
There—

① 胡适:《胡适留学日记》(上),安徽教育出版社 2006 年版,第 18 页。
② 胡适:《纽约旅行记》,《胡适留学日记》(上),安徽教育出版社 2006 年版,第 369 页。

Pedestalled upon a sphere of radiancy,
One light stands forth pre-eminent.
And my comrade whispers to me,
"There is 'Liberty'!"

〔中译〕夜过纽约港
我们驻足甲板，半侧身子淋着雨，
聆听冬日之风狂暴地怒号，
静听那海浪缓缓地拍击，
纽约这座大都市之海岸；
我们搜寻一地球之星，
她映衬在广袤、漆黑之苍穹里，
显得如此之耀眼、明亮，——
在那一团光辉之垫座上，
有一簇光是如此地灿烂、出众。
吾同伴在耳际低语：
"此即'自由女神'像也！"①

英文原诗与诗人自译依次相连，除了取消隔行的押韵外，译文形式和内容几乎与原文一致，并没有"二次创作"的痕迹。诗人以补录的方式还原了乘船旅行的现场，并回到当时的观察视角展开具体的铺叙。风声与海浪声，构成听觉的层次；夜空与雕像的光辉，构成视觉的层次。多重感觉与物象被观察者的主体意志统摄一体，将文本引入一种面向未来经验的宏阔境界。再看胡适的自译，所用皆为梅光迪曾与之谈及的"文之文字"（可译为 Prose Diction）。借助白话词句、英文自由诗体和相对自然的音节记录观景体验，显得清晰质直，透彻通达，也证明使用白话诗语和散文文法来讲述行旅见闻，的确增强了诗歌

---

① 胡适：《夜过纽约港》，《胡适留学日记》（下），安徽教育出版社 2006 年版，第 100 页。

的原创性与表现力。

从白话诗的写作水准上看,《夜过纽约港》堪称胡适的写景佳作,然而比对胡适一年后正式开启的白话诗写作,却感觉诗人之后无论如何尝试,均很难在音律结构和文体结构上彻底摆脱旧诗的影响。看《尝试集》的诸多篇章,仍然未能抵达白话诗应有的开放之境,甚至有"旧瓶装新酒"之嫌,无法形成对《夜过纽约港》的明显超越。这或许证明,处于"尝试前期"的胡适虽然找到了"反诗歌的'散文化'"与"反文言的'白话化'"两条路径,但他更为偏重对后者的观照,①尚未完全设想出中国诗歌也能借鉴西洋诗的自由体结构,根据需要表现的内容安排诗行长度。因此,对于《夜过纽约港》译文所蕴含的新诗方向性建构的意义,至少当时的胡适还没有产生充分自觉的认知。

客观而言,胡适的英文诗作品虽然仅有几首,但这类写作训练影响了他对诗歌语感、内容、结构的认识。像《夜过纽约港》这一类的写景诗尝试,为他日后思考、实践诗歌改良提供了经验。正如傅云博所说:"他的中文新诗就是从他实地的英诗写作的经验中转借、挪用过来的。"②回望胡适1911—1915年间的旅行与纪游诗写作③,他的诗文虽未脱离传统的诗格范畴,但已显露出由古典向现代过渡的趋势,进入了新诗诞生的"前史"形态。从多维度的破体试验中,可以窥见域外行旅要素对胡适的启发与引导。比如,精炼纯熟的旧诗体多以套语述景,无法恰如其分地揭示景物背后的深层理致,也无力涵盖鲜活多变的异国经验,因而"失掉达意尤其是抒情底作用"④,导致写景诗的"失真"。

---

① 康林:《〈尝试集〉的艺术史价值》,《文学评论》1990年第4期。

② 转引自江勇振:《舍我其谁:胡适》第一部,第566页。傅云博的原文出处如下:Daniel Fried:*Beijing's Crypto-Victorian:Traditionalist Influences on Hu Shi's Poetic Practice*, Comparative Critical Studies 3.3(2006), p.372.

③ 这些行旅诗作主要发表在《留美学生年报》(1914年更名为《留美学生季报》)的"文苑"栏目上。

④ 梁宗岱:《新诗底十字路口》,《大公报·文艺》1935年第39期。

胡适则通过亲身的行旅实践，强调观察和体验的当下性，终以“语必由衷，言须有物”①作为消除文学旧弊的根本途径。具体来说，文言诗语在新景物、新现实面前的力不从心，以及诗人表达现代人新型情感的自我诉求，使胡适意识到文学发展的关键在于突破“有文而无质”的“无物”状态。只有吸取前人以文为诗的经验，用“文的语言”描写景物，才能解放“物”的展现空间，使诗歌走出“以往‘兴会神旨’的虚幻”“像‘文’一样拥有具体、充实而自在的内容”，②进而疏解晚清域外纪游诗“言文失合”的困局。从 1915 年夏季开始，胡适尝试将大量的新名词纳入诗歌，增强文本的说理成分，使之涵载更多的风景民情。这种做法承接诗界革命“融会新知”的要旨，同时践行了诗人追求的“清楚明白”和“传神达意”等理念，推动了他由创作古诗到酝酿新诗的思维转换。

第三节　“凯约嘉湖诗波”的催化作用

胡适曾坦诚表示白话文学运动并非个人之力，而是诸多内在因子共同推动的结果，如古代白话文学作品的传播、官话区域的日益扩大、世界文化的渗入、科举制的废除等，均成为白话文学的激活要素，暗合着文学史发展的必然趋势。不过，关于他与陈独秀等人对新文学的助推之功，胡适也给予了充分的自我肯定：“白话文的局面，若没有‘胡适之、陈独秀一班人’，至少也得迟出现二三十年。”③他确定白话文学即将全面发展，并“认领”了自己之于新文学的贡献，进而指出文学革命的思想并非是从“产业发达，人口集中”的那种现代国家文化模式中产生的，而是在大量宏观因素的作用下，加上“许多个别的，

① 胡适：《〈沁园春〉誓诗》（1916 年 4 月 16 日第三次改稿），《胡适留学日记》（下），安徽教育出版社 2006 年版，第 213 页。

② 姜玉琴：《胡适新诗理论中的言物、说理与叙事》，《中国文学研究》2018 年第 3 期。

③ 胡适：《中国新文学运动小史》，《胡适文集》第 1 卷，北京大学出版社 2013 年版，第 111 页。

个人传记所独有的原因合拢来烘逼出来的”。也就是说,正是围绕在胡适身上的一系列多元而又个别的因素,催化了白话文的诞生。这些“独有的原因”,也就是偶然因素包括了“从清华留美学生监督处一位书记先生的一张传单①,到凯约嘉湖上一只小船的打翻;从进化论和实验主义的哲学,到一个朋友的一首打油诗②;从但丁(Dante)、却叟(Chaucer)、马丁·路德(Martin Luther)诸人的建立意大利、英吉利、德意志的国语文学,到我儿童时代偷读的《水浒传》、《西游记》、《红楼梦》:——这种种因子都是独一的,个别的;他们合拢来,逼出我的‘文学革命’的主张来”③。细细思量胡适列举的一个个偶然性事件,“凯约嘉湖上一只小船的打翻”颇值得引起我们的重视。从某种程度上说,由行旅引发的这次文学风波,竟然彻底把胡适“逼上了决心试做白话诗的路上去”④,促成了胡适白话诗观和“活的文学”观的生成,可谓意义重大。

1915年夏季以后,围绕“文学革命”的讨论成为胡适与朋友之间热议的话题,“文学革命”的口号就是在这时提出的。⑤“那个夏天,任叔永(鸿隽)、梅觐庄(光迪),杨杏佛(铨),唐擘黄(钺)都在绮色佳(Ithaca)过夏,我们常常讨论中国文学的问题。”⑥虽然胡适的朋友们普遍认同当今中国文学急需一场文

---

① 在《逼上梁山》一文中,胡适提到清华留美学生监督处一位书记叫钟文鳌,他经常借每月向留学生发放补助的机会配发一些传单,一次传单的内容说中国应改用字母拼音,引发胡适回信辩驳,认为钟文鳌不通汉文,需要先把汉文弄通方可言及其他。后来胡适感到这一行为的唐突,自我反省后觉得自己应该用点心思去研究这方面的问题。见胡适:《逼上梁山》,《胡适文集》第1卷,北京大学出版社2013年版,第127页。

② 1915年9月17日,胡适作了一首长诗《送梅觐庄往哈佛大学》给梅光迪,诗中用了11个外国人名,任叔永把这些名字连缀起来,也做一打油诗嘲笑胡适,引发二人相互以诗赠和,催生出胡适“作诗如作文”的想法。见胡适:《送梅觐庄往哈佛大学诗》,《胡适留学日记》(下),安徽教育出版社2006年版,第151页。

③ 胡适:《中国新文学运动小史》,《胡适文集》第1卷,北京大学出版社2013年版,第123页。

④ 胡适:《逼上梁山》,《胡适文集》第1卷,北京大学出版社2013年版,第137页。

⑤ 胡适的《送梅觐庄往哈佛大学》一诗中出现“文学革命其时矣”一句,这是“文学革命”一词首次在胡适笔下出现。见胡适:《胡适留学日记》(下),安徽教育出版社2006年版,第151页。

⑥ 胡适:《逼上梁山》,《胡适文集》第1卷,北京大学出版社2013年版,第130页。

学的“革命”，但白话是否可以用来作诗，即“文之文字”能否成为“诗之文字”（Poetic Diction），如何看待“有文而无质”等问题，构成他们激烈探讨与切磋的焦点。胡适曾在回顾这段经历时表示，文学革命之所以能够孕育而生，大致有三个偶然的因素①，而第三个因素，也就是前文言及的“小船的打翻”一事正与行旅体验相关。

1916年7月8日，任叔永同陈衡哲、梅光迪、唐擘黄等泛舟湖上，遭大雨翻船，有感写成一首四言古体诗《泛湖即事》，并把诗作寄给身在纽约的胡适，征求他的意见。任叔永泛舟的地点是凯约嘉湖，距康奈尔大学校园不远，也是胡适非常熟悉且时常踏足的景点。② 当日，来自沃莎女子学院的陈衡哲等女学生访问康奈尔大学，任叔永等“科学社”成员相邀陈衡哲一行共同乘船游湖，忽遇大风，他们匆忙驾船靠岸，但此时大雨已至，他们的小舟几近倾覆，虽无人受伤，但众人衣服都湿了。这本是任叔永与陈衡哲的第一次见面③，戏剧化的泛舟遇雨，终于给了任叔永挟伞于后、殷勤探问的机会，此般新奇而宝贵的体验，激起他作诗的冲动，据此写下四言长诗：

荡荡平湖，漪漪绿波。言櫂轻楫，以涤烦疴。

既备我馔，既偕我友。容与中流，山光前后。

俯瞩清涟，仰瞻飞艘。桥出荫榆，亭过带柳。

---

① 前两个因素一为胡适针对主张采用字母替代汉文的观点予以驳斥，得出白话才是活语言的观点；二是1915年夏天，胡适在与任叔永等人的辩论后，于9月20日在从绮色佳到纽约的火车上写下“诗国革命何自始？要须作诗如作文”之句，正式表明“中国诗歌开始革命”的念头，并从这个方案萌发了作白话诗的尝试。

② 胡适曾多次游历此湖，并有相关文字记录，如其日记所载：“二十一日为星期六，承此间律师罗宾生君（James.R.Robinson）招往其湖上夏季别墅为两日之留。别墅在sheldrake point，为凯约嘉湖之最空阔处。有小半岛深入湖心。在其上，南望，依稀可见康乃耳大学钟塔（天气清朗始可见之）；北望，则平湖浩荡。有时对岸烟雨昏蒙，则觉湖益小，山益大。而朝暮风送湖波，打岸作潮声，几疑身在海上也。”《凯约嘉湖上几个别墅》，《胡适留学日记》（下），安徽教育出版社2006年版，第131页。

③ 任叔永曾在回忆这次见面经历时说：“余心仪既久，一九一六年夏与陈女士遇于伊萨卡，遂一见如故，爱慕之情与日俱深……”任鸿隽：《五十自述》，《科学救国之梦：任鸿隽文存》，上海科技教育出版社2002年版，第685页。

清风竟爽，微云蔽喧。猜谜赌胜，载笑载言。
行行忘远，息揖崖根。忽逢波怒，鼍掣鲸奔。
岸逼流回，石斜浪翻。翩翩一叶，冯夷所吞。
舟则可弃，水则可揭。湿我裳衣，畏他人视。
湿衣未干，雨来倾盆。蒙蒙远山，漠漠近澜。
乃据野亭，蓐食放观。“此景岂常？君当加餐。”
日斜雨霁，湖光静和。曦巾归舟，荡漾委蛇。

任叔永寄送此篇给胡适，是两人多年来形成的文学默契，然而胡适对诗文的强烈反应，恐怕又是任叔永始料未及的。诗中“言棹轻楫，以涤烦荷”“猜谜赌胜，载笑载言”等句，恰好是胡适《诗三百篇言字解》一文曾涉及的问题，这类“陈腐”的“死字”让他顿时感到“有点不舒服”①，便立即执笔给任叔永写信评诗。他与任叔永交情笃厚，往日素有诗文唱和，因此敢于直抒胸臆，多次坦言其弊。1916 年 7 月 29 日，胡适在日记《答觐庄白话诗之起因》中，详细梳理了两人围绕此事几次通信的要点，如 7 月 12 日《胡适寄叔永书》写道：

……惟中间写覆舟一段，未免小题大做。读者方疑为巨洋大海，否则亦当是鄱阳洞庭。乃忽紧接‘水则可揭’一句，岂不令人失望乎？……‘岸逼流回，石斜浪翻’，岂非好句？可惜为几句大话所误。……

7 月 14 日叔永的回信答道：

……足下谓写舟覆数句“未免小题大做”，或然。唯仆布局之初，实欲用力写此一段，以为全诗中坚。……或者用力太过，遂流于“大话”。今拟改“鼍掣鲸奔”为“万螭齐奔”，“冯夷”为“惊涛”，以避海洋之意。尊意以为何如？

---

① 胡适：《胡适口述自传》，《胡适文集》第 1 卷，北京大学出版社 2013 年版，第 282 页。

7月16日胡适回信继续指出诗中谬误：

……"泛湖"诗中写翻船一段，所用字句，皆前人用以写江海大风浪之套语。足下避自己铸词之难，而趋借用陈言套语之易，故全段一无精彩。足下自谓"用力太过"，实则全未用气力。趋易避难，非不用气力而何？……再者，诗中所用"言"字、"载"字，皆系死字，又如"猜谜赌胜，载笑载言"二句，上句为二十世纪之活字，下句为三千年前之死句，殊不相称也。……以上所云诸病，我自己亦不能免，乃敢责人无已时，岂不可嗤？然眼高手低，乃批评家之通病。受评者取其眼高，勿管其手低可也。一笑。……①

从行旅的角度走入任叔永的这首四言古体诗，可以体会到诗人并非全然承袭"诗三百"之孤诣，而是力求在韵律节奏的限定内，尽可能地让诗文记载更丰富的行旅过程和场景细节。湖水的平静、游客的怡然、亭桥的风貌、风云的变化，乃至波动舟倾、大雨突袭带来的惊慌，风平浪静、临湖野餐时的欢愉，均在字句的延展中得以展现。充满叙事性的情节层层推进，使事件的始末清晰可观，读之不会令人产生费解。不过，正如前文的论述，通过游览飞瀑等当地景观，胡适已经敏感地发现：文人往往要借助古典风景的"拟像"描述眼前的实景，观察者的视觉经验无法经由传统语境这一观看中介准确传达，造成了诗文中的精神主体与现实的疏离。来到纽约之后，急遽变动的都市物象，交错杂糅的现代情思，使胡适对"'我手'不能'写我口'的焦虑聚积到了顶点"②，而任叔永的诗则为他释放情绪、表达观念创造了机遇。结合胡适对写景诗的失真、做作等问题的思考，重新检视任叔永的这首诗，一些问题便浮现出来。抛去最为明显的四言体制对自由表意和叙事节奏的限制不说，

---

① 胡适：《答觐庄白话诗之起因》，《胡适留学日记》（下），安徽教育出版社2006年版，第261—262页。

② 赵薇：《白话诗与"国语的文学，文学的国语"思想之发生论——以胡适1910—1917年的探索路径为中心》，《中国现代文学研究丛刊》2015年第3期。

单是写景一端，便能发现诸多问题。例如，“桥出荫榆，亭过带柳”一句，如果不是特意标注，就很难想象这是美国的风景。根据笔者的游历实践，现实中的凯约嘉湖确有西方古典园林中那种承袭古希腊、古罗马建筑传统的小型凉亭，但这种“西洋亭”和任叔永诗中之“亭”带给人的想象空间，大抵是不在同一个维度的。此外，任叔永以“鼍掣鲸奔”“冯夷所吞”叙写翻船过程，字面意为鼍龙闪转鲸鱼飞奔，黄河水神吞没小舟。动用翻云覆雨般的宏大气象表现凯约嘉湖的水波，明显是用格调古奥的“大词”言及小事，有小题大做之嫌，这些描摹水波风浪的传统套语，也很难使读者感受到鲜明实际的风景。

面对胡适的批评，任叔永并没有提出激烈的异议，他并非全然否定以白话入诗①，唯有对“言”“载”二字为“死字”的说法不太赞同。“载笑载言”见于《诗经·氓》“既见复关，载笑载言”，又可见汉代杨修《节游赋》：“于是迂回详观，目周一倦，御于方舟，载笑载言。”任叔永认为“载笑载言”这样的古语如果能够表达今天的情景，那么也可以视为今日之语，而非“三千年前之死语”。实际上，胡适的本意是在说“言”“载”二字在文法上的作用，《毛传》、《郑笺》都有“言”代表“我”的意思，任叔永诗显然也以此为意。言櫂轻楫，即为我划着轻桨，但胡适《诗三百篇言字解》中却提出“言”字所用与“而”字相似，不能与“我”的意思强同，②因而在这首诗中也不可轻易乱用。显然，任叔永并没有完全理解胡适关于“活字”与“死字”的观点，按照胡适指出的问题，他对诗文再次进行了修正，并寄送给胡适。诗歌的主要改动有四处，一是将原文中的“清风竞爽”改为“清风送爽”；二是改“行行忘远，息楫崖根。忽逢波怒，鼍掣鲸奔。岸逼流回，石斜浪翻。翩翩一叶，冯夷所吞”一段为“载息我棹，于彼

---

① 任叔永认为他与梅光迪虽然都反对白话，但立场并不相同，梅光迪从整体上反对白话为文，他“则承认除白话有其用处，但不承认除白话外无文学，且于白话诗之能否成立，为尤龂龂耳”。任鸿隽：《五十自述》，《科学救国之梦：任鸿隽文存》，上海科技教育出版社 2002 年版，第 684 页。

② 胡适：《诗三百篇言字解》，《神州丛报》第 1 卷第 1 期，1913 年 8 月。

崖根。岸折波回，石漱浪翻。翩翩一叶，横掷惊掣。进吓石怒，退惕水瘗”；三是将“畏他人视”改为“畏人流睇”；最后改“乃据野亭，蓐食放观”为“乃趋野亭，凭阑纵观”。① 从这些改动可以看出，任叔永虚心接受了胡适的大部分建议，对文章做出了切实有效的修改，特别是改用了一些更为通透的文字入诗（胡适认为的“活字”），增强了表达的通俗性，也更为接近现实的本相。这一改稿是否得到了胡适的嘉许，并没有确证的史料来证实，但可以想到的是，即使任叔永做出了相当规模的修改，也依然离胡适的诗歌标准距离甚远。

仔细揣度胡适在给任叔永两封回信中的批评，可以窥见他的评论焦点：第一，所写翻船一段“皆前人用以写江海大风浪之套语”，且为“大话”，与现实情境大相径庭，无法尽然达意；其次，“死字”居多，造成“全段一无精彩”，而更改方法不外乎用“活字”作诗，此为“文学革命”的真谛。因此，即使任叔永颇费了一番改动的功夫，可陈腐的“死字”与现代的“活字”并置一堂，还是无法根除文字上的突兀与失调。令胡适意想不到的是，他与任叔永的这番讨论竟然引起了泛舟的另一当事人——梅光迪的激烈回应。借胡适对任叔永“翻船”的批评，梅光迪“拔刀相助”，写信予以反击。在文学需要革新的层面上，其实三人的观念并无抵触，梅光迪唯独觉得以白话入诗，看似新奇，但缺乏“美术家”“诗人”及“文学大家”的锻炼和美化，便很难衡定它的价值，因此还应谨慎行事。② 再有，梅光迪坚守正统的诗歌观，认为白话只可用于小说词曲，不能用在诗的文字里。③ 诗与文各司其职，“诗的文字”与“文的文字”不可相通，即“诗文分途”，正是梅光迪与胡适在文学观念上的聚

① 摘自任叔永 1916 年 7 月 17 日答胡适信，见《胡适留学日记》（下），安徽教育出版社 2006 年版，第 262 页。

② 摘自《梅觐庄寄胡适书》（七月十七日），《胡适留学日记》（下），安徽教育出版社 2006 年版，第 262—263 页。

③ 摘自梅觐庄 1916 年 7 月 24 日寄胡适书，《一首白话诗引起的风波》，《胡适留学日记》（下），安徽教育出版社 2006 年版，第 264 页。

讼焦点。① 针对梅光迪的质疑，胡适作长书奉答，指出美术家的“美化”恰恰是他们这一代人应该去完成的使命。至于白话入诗，也并非他所首创，他列举了陆游的“温温地炉红，皎皎纸窗白，忽闻啄木声，疑是敲门客”等绝句，黄庭坚的《望江东·江水西头隔烟树》、辛弃疾的《寻芳草》、柳永的《昼夜乐》等词，还有诸多元杂剧，论证这些诗词都是以白话入诗，因此白话诗并非突兀诞生，它早已存有自身的文学脉络与传统，今人需要做的，则是不断去尝试和试验。胡适由此宣称：“自此以后，不更作文言诗词”②，而将笔力倾注在白话诗的尝试上，以“活字”入诗践行言之有“物”的构想。

从守旧、彷徨到突破，从“作诗如作文”到“白话作诗”，胡适的新诗观有了相对清晰的起点，它的确立又与行旅元素的推动不无关联。由“泛舟”这一微小的行旅事件引发的胡适与任叔永、梅光迪等人的笔战看似偶然，但事件本身既是他更新诗歌言说方式的突破口，也是他此前行旅游学中积累的写作观念的一次大爆发。一系列偶发事件带来的连锁反应，竟然引发了文学历史的变革，其间的斗争焦点大抵还是源自诗语旧格和现代体验之间的矛盾。如果继续停留在旧体诗的范畴，那么语词只能滑动和漂浮于经验表面，抓不住写作者期望表达的经验，也不能平实畅达地反映行旅。可见，胡适就“小事件”作出的“大回应”，实际上还是对“言文失合”问题讨论的延续。而他在论争之后，决意单枪匹马独辟蹊径的孤单心绪，恐怕也只有那首《蝴蝶》方能印证了。

---

① 在1916年8月8日寄给胡适的信中，梅光迪言及欧美新兴的自由诗体并未被西方诗歌主流所接受，以此论证白话诗无法成为文学变革的主流方向。值得注意的是，梅光迪并没有全盘否定白话诗，而是认为“‘白话诗’亦只可为诗之一种……非诗之正规”，因此“与诗学潮流无关”，能入选之白话，也必须是“有意义、有美术之价值者之一部分”。放在当时的历史语境中理解，这种观点具有一定的客观性，不能简单地理解为保守陈旧。梅铁山主编：《梅光迪文存》，华中师范大学出版社2011年版，第543页，第545页。

② 摘自胡适1916年7月26日给梅觐庄的回信，《胡适留学日记》（下卷），安徽教育出版社2006年版，第265—270页。

第四节　对“诗波”的重述及其意义

在《逼上梁山》以及《口述自传》等回忆性文字中,胡适比较详细地梳理了他走上白话文学道路的脉络。特别是《逼上梁山》一文,单从胡适设计的文题,便能感受到他的文学观是在与任叔永、梅光迪等好友的一次次笔战交锋中逐步成形的,而最终促使他另辟战场,即所谓“上梁山”的导火索,恐怕还得落于凯约嘉湖上的“诗波”。关于事件的经过和彼此观点的推演,胡适在《逼上梁山》中已有详细的叙说,他把这次事件整合进文学革命起源史的剧情主线,视之为催化白话诗观生成的激变性力量。在此之前,他已与朋友们围绕“诗之文字”与“文之文字”的论争以及关于“死字”与“活字”孰优孰劣的问题探讨了一年有余,除了对白话的历史乃至当前文学的弊端产生了一些渐进性的认识外,胡适尚未形成切实有效的推行白话文学、尤其是白话诗的方案。反而是借助“翻船”的契机,胡适对他们这一年多以来的论争进行了充分反思,并认识到无论是任叔永还是梅光迪,他们其实都不反对白话,也认同务去陈言、革除套语以扫文学旧弊的说法,三人往复辩难的焦点,实则集中于白话是否可以成为中国诗歌变革的主流方向,而不是作为诗歌的某一个门类。这场“诗波”之后,胡适决意不再耽于对单一问题的争论,而是以实证的态度开启作白话诗的尝试,探索由文言古体到白话新体的进阶路径。

由“翻船”一事引发的诗歌试验或可再次证明,作为晚清文学革命激发要素的海外行旅体验,同样也是推动新诗诞生的力量之一。虽然胡适没有加入凯约嘉湖的行旅,但他对古体写景诗“失真”问题的长久反思,为他参与这次重要的诗学讨论奠定了基础,使他的言说既是有感而发,又有充足的经验和理论支撑。尽管胡适一再说明他的文学革命思想来源于一系列偶然性因素的积累和刺激,但如果把各种因素条分缕析地加以梳理,或许最重要的一次“偶然”便是他与任、梅二人围绕“凯约嘉湖诗波”的争论。历史自然无法假设,但我们可以大胆揣想,如果当时任叔永没有极力邀请陈衡哲来绮色佳游玩,如果他没有即兴写下这首《泛湖即事》,又或者他写下了诗却未曾寄送胡适欣赏,那么便不会引起胡适之于这首纪游诗所作的任何批评,也便失去了"逼上梁山"的话语契机。也许在胡适的心中,这次争论恐怕不只是一个简单的"偶然",它的意义远比文学史对它的记录更为深远。

如果浏览一下胡适在这次论争期间写下的书信,除了与任、梅等好友的直接对话外,他还对韦莲司简单提及过这件事情。在1916年7月26日给韦莲司的英文信中,胡适写道:"我与绮色佳的朋友们正在火热地探讨着一些文学话题,因此我自感没热情去修改获奖文章了。"①待到8月3日,胡适再次提及:"我与绮色佳诸朋友的'笔墨战'现在暂时平息了,最终的结果还是令我满意的:我一直没有被那些朋友们的保守观念所束缚,而是坚持捍卫'白话'这一文学介质的功用,我也公开宣告再也不用那些被我称为'死字'的语言去作诗了,接下来的数年我都要对它展开'试验'(这个'它'指的是白话,作者注)了。"②留学期间,胡适与韦莲司通信频仍,两人多是探讨双方共同关注的话题,或是共知的生活细节,很少谈及与此无关的内容。由此观之,胡适在两封信中提到这场文学风波,即便语言非常简洁,也未必能够让韦莲司知晓"笔墨战"的来龙去脉,但两次"提及"本身,已从一个侧面证明了他对此事的重视。

还能印证此事在胡适心中地位的,则是他在历次文化活动中对这一事件的重述。自1920年起,胡适先后在国内多所大学和社会机构宣讲他的白话文主张与文学理论,如在南京高等师范学校演讲《白话文法》(1920年8月4日),在武昌大学演讲《新文学运动之意义》(1925年9月29日),在香港大学演讲《中国文艺复兴》(1935年1月4日)等。值得注意的是,在20世纪四五

---

① 笔者译自胡适1916年7月26日写给韦莲司的英文信,见《胡适全集》第40卷,安徽教育出版社2006年版,第168页。

② 笔者译自胡适1916年8月3日写给韦莲司的英文信,见《胡适全集》第40卷,安徽教育出版社2006年版,第172页。

十年代三次带有普及新文学常识的启蒙性质讲座中,胡适均谈起他提倡白话文的起因,并将凯约嘉湖上的"翻船"诗案作为重点陈述内容。这些内容大致相同,但他每次描述的内容与措辞还是有所差异和侧重,对比之下,颇有趣味。

1947 年 11 月 1 日,胡适在平津铁路局演讲《白话文运动》时,说起这则"有趣"的故事:

> 我的母校是美国康纳尔大学,学校在山上,下面有一小湖,那时我已离开学校。一年暑假来了一个女留学生入暑期学校,康纳尔大学学工科的多,为了巴结这女学生,几个男同学请这位女学生划船游湖。船在湖中的时候忽然起了大风,于是大家赶快向岸边划。到岸边的时候,大家因为抢着上岸,把船弄翻了,衣服全湿。幸而野餐没有湿,于是大家上岸,连烘衣服带野餐。天下的历史,不管是唯物,唯心,唯神的历史观,历史往往出于偶然。那里面有一位中国留学生任先生,把当时在湖中遇险的情形写了一首旧诗寄给我看,我接到一看,马上就回答他说:你写的很好,但是把小湖写的像大海,用的全是一些古老的成语。这些死的文字,不配用在二十世纪。对于这个批评,他很虚心接受,把原来这首诗改来改去。后来又有一位同学,看了我的信大为生气,反驳我,和我打笔墨官司,谈诗的问题,讨论到中国的文学要用什么文字的问题。我说不但是小说,戏曲都要用白话,一切文学乃至于诗,都应该是白话。①

讲演对象是铁路专业员工,非从事文学的专业人士,也未必具有新文学的背景知识,因此胡适没有言及任叔永和梅光迪的具体姓名,同时简化了他与梅光迪多次往复的争论,而是从"巴结一位小姐"这个故事性因素颇强的细节入手,逐步将论争焦点投射到"中国文学用什么文字"上,从而推出他的白话文

① 胡适:《白话文运动》,《胡适文集》第 12 卷,北京大学出版社 2013 年版,第 44—45 页。

学观。1952年12月8日，胡适在台北中国文艺协会演讲《提倡白话文运动起因》，继续提到了这次事件：

> 在1915年(民国四年)的夏天，美国康奈尔大学暑期学校，来了几个中国女学生，那时我已经离开了康奈尔大学，到了哥伦比亚大学，但还有许多朋友仍在康奈尔大学。那所大学的风景很美，有山、有湖、有瀑布。那个时候在美国学校中，中国的女学生很少。所以这许多男学生就很巴结这几位小姐。在一个星期天，男学生雇了一条船请女学生去游凯约嘉湖。这时正值夏天，天气变化很快。正在游湖的时候——天气忽然变了，于是他们赶快将船摇到湖边去。在刚要登岸的时候，大风来了，很幸运的没有发生意外事情，只是男学生和女学生的衣服被暴风雨打湿了。这是一件小事，偶然的事，却是中国文学革命、文字改革、提倡白话文字运动的来源。……湖上翻船是第一个偶然，任先生作诗是第二个偶然，我批评他是第三个偶然，他没有反驳是第四个偶然，梅先生骂我是第五个偶然。①

既然演讲对象换成了文艺协会的专业人士，胡适自然也就提升了内容的理论深度。引文中省略的部分是他系统介绍的与任叔永、梅光迪之间往复讨论的过程，也动态地呈现给听众一个信息，即围绕白话入诗的观念不是朝夕之间突然诞生的，而是长期思考、不断论辩才得出的。同时，胡适也为听众讲述了他对白话文学的看法，认为这一文学样态在中国古典文学中具有绵长的生命脉络，它并非在新的时代凭空诞生，而是在《诗经》、《论语》乃至黄庭坚、苏东坡、李白、杜甫的诗文中已有展现。从演讲稿的内容透视，胡适对“凯约嘉湖诗波”的论述有了一些新的特点：一是他没有提及“翻船”的细节②，而是简

---

① 胡适：《提倡白话文的起因》，《胡适文集》第12卷，北京大学出版社2013年版，第48—49页。

② 1953年1月7日，胡适在台北市“记者之家”演讲《报业的真精神——台北市报业公会欢迎会上讲词》时，又谈起这次在文艺协会上的发言，内容与文艺协会发言基本一致，唯有“翻船”事件被重新提到。

单带过事件之后,便把演说重心投射在学理性更强的内容上;二是把任叔永游玩写诗的事件赋予了一个标志性的、具有文学史演进意味的宏大意义,目之为“中国文学革命、文字改革、提倡白话文字运动的来源”。从现有的资料来看,这是胡适对“凯约嘉湖诗波”用语最重的一次论断,或许在他看来,“翻船”的偶然性已经具备了引导出某种必然的可能。不过,胡适的这次演讲也出现了一个时间上的误差,他强调任叔永游湖的时间是 1915 年,与事实并不相符。根据胡适留学期间日记的记载,可以清晰地查到这桩事件发生在 1916 年的夏天,况且胡适在演讲中强调自己彼时已离开康奈尔大学,转至位于纽约的哥伦比亚大学。如果事件发生在 1915 年,那时胡适还在康奈尔就读,自然也就和演讲中提到的时间产生了矛盾。也许是事隔日久的缘故,胡适似乎真的混淆了这件事的发生年份。1954 年 3 月 15 日,他在台北省立女子第一中学演讲《白话文的意义》,再次提到这一事件:

> 我的母校康奈尔大学的校园里有一个凯约嘉湖,附近有山有瀑布,风景优美。在 1915 年的夏天,来了几个暑期学校的男女同学,那里的中国女学生很少,所以男学生就忙着租船,请了两个女同学游湖。忽然起了大风,他们就赶快靠岸,船刚靠岸,风雨来了,大家又抢着上来,把船弄翻了,虽然没有出什么危险,却弄湿了一位女同学的衣服。他们就在岸上用了野餐,其中有一位同学却写了一首诗叫‘凯约嘉湖上覆舟记实’。那时候我已离开康奈尔大学到哥伦比亚大学去了,所以他把那首诗寄给我看。他作的是四个字一句的古诗,我看完之后就写信给他批评这首诗不好。因为将二千年前的死字和二千年后的活字用在一起,文字不一致,诗的文字是应该一致的。我那个朋友就提出抗议,这些事都是偶然的。来了女学生是一个偶然,租船游湖又是一个偶然,遇着风雨,弄湿衣服,也都是偶然。那个朋友作诗以及我批评他,都是偶然又偶然的事。那时哈佛大学有位姓梅的老朋友,见到我的批评就出来打抱不平,来信骂了我一顿,我又

回信驳他。①

在这段演讲稿中，胡适依然把翻船事件定位在1915年，这也造成很多学者在引述或是转述“凯约嘉湖诗波”时，往往“轻信”了胡适的自我陈述，错误地将事件定位于1915年。这次演讲的受众群体是学生，因而胡适并没有像对文学协会的专业人士那样细致陈述争论的来龙去脉，而是采取了较为简洁的语言讲述事件经过。他谈到的“二千年前的死字”和“二千年后的活字”一句，与其实际批评任叔永时言及的“三千年前的死字与活字”有措辞的差异，但并不影响主要意义的表达。

以上列举的三段演讲，应该是胡适演讲录中较为完整的涉及“翻船”诗波的材料。多次累加的重述，或可揭示事件本身在他心目中的重要性，也从一个侧面向读者证明：一次微小的行旅写作，竟然成为作家文学观生成过程中的重要节点，甚至衍化为文学变革的触发点，它被诗人不断“经典化”与“历史化”的过程和意义，也为后人留下了充足的再阐释空间。

第五节　写景诗观的延展与完善

借由“翻船”引发的论争，加上南社创作倾向对胡适的直接触动，胡适进而提出“八事”的主张，其形式层面的“不用陈套语”与精神层面的“不摹仿古人”“须言之有物”，或可理解为诗人对表现“明显逼人的影像”，即对“诗的具体性”②的重视。以这种反对形式主义和拟古主义的文学观为契机，他之后的创作基本遵循了“不更作文言诗词”的宣言。1916年夏末至1917年归国前后，胡适写下一系列韵律自由、白话为主的诗篇，其中颇多行旅观景之作。从体式上看，这些诗歌仍为再构的文言诗，没有脱离旧诗的框架，但它

① 胡适：《白话文的意义》，《胡适文集》第12卷，北京大学出版社2013年版，第76页。
② 胡适：《谈新诗——八年来一件大事》，《星期评论》“双十节纪念号”，1919年10月10日。

们贯彻了诗人“自己铸词”来描写“人人以其耳目所亲见亲闻所亲身阅历之事物”①的理念，更适于还原真实的现场感，贴合行旅者的心理节奏。如《早起》：

早起忽大叫，奇景在眼前。天与水争艳，居然水胜天。

水色本已碧，更映天蓝色：能受人所长，所以青无敌。②

再如《中秋夜月》：

小星躲尽大星少，果然今夜清光多。

夜半月从江上过，一江江水变银河。③

这两首诗的可贵之处，在于它们提供了一个完全回归现场的观察者视角，诗中景物都来自诗人直接感知的视觉经验。如《早起》四句，抒情者先是因奇景而震惊，进而阐明具体的景致，随即勘破美景的成因，最后道出“能受人所长，所以青无敌”的主体感思。诗歌的意义结构、时空架构与抒情者的观察视角、情绪层次形成契合，现场感十足。再看《中秋夜月》中的核心景观，依然取自诗人偏爱的水景。四句所写景物，既无陈言套语，也无仿古痕迹。抒情者的目光从星空移至水面，仿若摄影机一般，带给读者清晰的镜头推移感。两首诗中的观察者同处静观的角度，“他”通过视线的变化次第锁定了景物，使文本风景由流动的物象组接切换而成，没有过多抽象或想象的“造境”成分。又如《落日》《“赫贞旦”答叔永》等写景诗，《纽约杂诗》等介绍美国风俗的打油诗，皆是延用朴素白描的写景思路谋划篇章。既实现了清楚明白的表意初衷，也尽力“传达了一种对社会现象的敏锐感知”④，拓宽了诗歌的说理与叙事空间。

《“赫贞旦”答叔永》写于 1917 年 2 月 19 日，是胡适应和任叔永而作。

---

① 胡适：《文学改良刍议》，《新青年》第 2 卷第 5 号，1917 年 1 月 1 日。

② 胡适：《胡适留学日记》（下），安徽教育出版社 2006 年版，第 284 页。

③ 胡适：《胡适留学日记》（下），安徽教育出版社 2006 年版，第 288 页。

④ 姜涛：《“新诗集”与中国新诗的发生》，北京大学出版社 2005 年版，第 140 页。

同为写赫贞河美景的作品，二者文风对比殊异明显。任叔永的诗写赫贞河“赫贞着胜名，清幽独占断。冬积冰眣眣，秋浮月艳艳。朝暾与夕曛，气象复万变”①，文风趋古，所写风景类似普及介绍，而非实景观察，再看胡适的应和：

> “赫贞旦”如何？听我告诉你。昨日我起时，东方日初起，
> 返照到天西，彩霞美无比。赫贞平似镜，红云满江底。
> 江西山低小，倒影入江紫。朝霞都散了，剩有青天好。
> 江中水更蓝，要与天争姣。谁说海鸥闲，水冻捉鱼难，
> 日日寒江上，飞去又飞还。何如我闲散，开窗面江岸。（节选）②

自《纽约杂诗》起，胡适的诗文中经常出现类似打油诗的句子，《“赫贞旦”答叔永》也属此列。这类“做诗如说话”的句子诙谐幽默，表意清楚直白。文中所涉赫贞河景，正是他在纽约居所推窗即视的日常景象。③ 与任叔永的文字比照，任叔永力求泛写湖景，对景物进行系统归纳，很难看出他对风景的采写来自直接经验还是间接经验。胡适则选择更为具体的某日清晨，他定格了抒情者开窗欣赏湖面朝霞的瞬间，依照在特定时间坐标上观察到的景物构筑画面空间，将风景完全限定在观察者的视阈内。不论是“赫贞平似镜，红云满江底”抑或“朝霞都散了，剩有青天好”，都是以当下的视觉经验忠实再现风景，尽力呈现自然景物的客观模态。诗中“海鸥奔忙”与“诗人闲散”相互映衬，也使自然景致氤氲着写作者的精神气息，凝聚了现代人的浪漫情愫。纵览这些清晰翔实、剪裁精巧的文本，能够体会到胡适逐渐摆脱了对修辞惯习的倚重，他的写景观念开始由体验风景趋向于认知风景，这一过渡环节为他的白话诗观成型奠定了坚实的基础。

---

① 胡适：《胡适留学日记》（下），安徽教育出版社 2006 年版，第 325 页。

② 胡适：《胡适留学日记》（下），安徽教育出版社 2006 年版，第 325 页。

③ 1916 年 7 月 16 日，胡适在日记《移居》中记载：“居室所处地甚高，可望见赫贞河，风景绝可爱。”1917 年 11 月 4 日，在《纽约杂诗》（续）中他也有“‘江边’园十里，最爱赫贞河”之句。参见胡适：《胡适留学日记》（下），安徽教育出版社 2006 年版，第 251 页。

1917年6月21日,胡适乘"日本皇后"号邮轮经日本回国,7月10日抵达上海。返回故土的胡适与积蓄已久的新文学语境合流,并持续思考着新诗内容与形式的改革方案。彼时诗坛写景纪实的风气正盛,抒写行旅风景体验的文本渐成规模,诸多诗文对风景之"真"的强调、对风景之"动"的呈现、对风景中之"我"的凸显,对应了"五四"时代的科学理性、动感精神和主体意识。诗学路径与时代精神之间的互喻共生联系,使胡适更为关注"风景"的发现对新诗成长方向的影响,他多以此作为写作和批评的焦点,其思考上的延展与完善体现在三个层面:

第一,套语和影像的关系。在"翻船"诗波中,胡适批评任叔永所用的都是前人写风浪的套语,因而把"不用陈套语"列入"八事"之一。需要注意的是,胡适把这一条列入文学"形式"的范畴,但他很快便觉察到此种分类的片面性,如其所述:

> 套语的本质不在于其形式,而在于其情味,也就是心理作用。一切套语在缘起之初,都是合理的,都是用具体的字引起"浓厚实在"的意象,"如说'垂杨芳草',便真有一个具体的春景;说'枫叶芦花',便真有一个具体的秋景。这是古文用这些字眼的理由,是极正当的,极合心理作用的。但是后来的人把这些字眼用得太烂熟了,便成了陈陈相因的套语。成了套语,便不能发生引起具体意象的作用了。"……所以单说"不用套语"是不行的,还需要说明要用诗文引出具体的现实的影象,这才是今人需要学习的目标。新鲜的影像用惯了也就陈腐了,所以胡适要"务去陈言",创造能发生新鲜影像的字句。①

这段论述清楚地表明胡适对待套语问题的新认识,他秉持一种历史主义的态度看待套语,指明所有套语在其兴起之初,并不存在表意上的失真现象。

① 胡适:《读沈尹默的旧诗词》,《每周评论》第28号,1919年6月29日。

最初的“套语”对应的是古人面对的具体风景，符合当时人们的心理活动状态，但今人对它们的过度滥用妨碍其“引出具体的现实的影象”，最终导致“情味”的失去。因此，当前去除套语、务去陈言的目的，就是为了引发“新鲜”的影像，这种影像必须是现代人可以感受到的具体的事物。透过《谈新诗》一文，胡适赓续阐释了具体新鲜的影像之必要，他把诗歌与散文的区别定位在具体和抽象两种趋向上，认为新诗除了诗体的解放以外别无他途。并且“须要用具体的做法，不可用抽象的说法”，“凡是好诗，都是具体的；越偏向具体的，越有诗意诗味。凡是好诗，都能使我们脑子里发生一种——或许多种——明显逼人的影像。这便是诗的具体性。”①诚然，以具体或抽象判定诗歌的优劣，其中的褊狭显而易见，但从观念接受的层面考量，为了“令主体感知与客体形质精确相符”，进而在对风景的理性度量中“凸显出主体的力量”②，初期白话诗人普遍响应了胡适的主张。他们注重采撷风景的细节，将追求逼真、客观的美学理念纳入诗思，既构成了白话诗写作的基本法则，也切中了“新文学以真为要义”③的美学旨归。

第二，新诗表述空间与新语体的关系。按照胡适的逻辑，由语言革新到诗体解放的“进境”，也是白话诗最终成为新诗的重要途径。新诗之所以能够将真实具体的风景和众多新事物纳入表述空间，正在于“诗体的大解放”源于这种变革，“丰富的材料，精密的观察，高深的思想，复杂的感情，方才能跑到诗里去。五七言八句的律诗决不能容丰富的材料，二十八字的绝句决不能写精密的观察，长短一定的七言五言决不能委婉达出高深的理想与复杂的感情。”④为

① 胡适：《谈新诗——八年来一件大事》，《星期评论》双十节“纪念号第五号”，1920 年 10 月 10 日。

② 万冲：《视觉转向与形似如画——中国早期新诗对风景的发现与书写》，《中国现代文学研究丛刊》2018 年第 8 期。

③ 玄同（钱玄同）：《随感录》，《新青年》第 6 卷第 3 号，1919 年 3 月 15 日。

④ 胡适：《谈新诗——八年来一件大事》，《星期评论》双十节“纪念号第五号”，1920 年 10 月 10 日。

了证明自己的观点，胡适特意列举了傅斯年和俞平伯的写景诗，认为“写景的诗，也须有解放了的诗体，方才可以有写实的描画”①。他以傅斯年的《深秋永定门晚景》为例，其中有一句“忽地里扑喇喇一响，一个野鸭飞去水塘，仿佛像大车音浪，漫漫的工——东——当。”依照胡适的看法，此诗若不用新体标点，就无法完全写实，也无法说得如此细腻。再如俞平伯《春水船》之类朴素清新的写景诗，“乃是诗体解放后最足使人乐观的一种现象”②。留美的罗家伦曾写过一首自由体新诗《凯约湖中的雨后》，文中所述风雨袭船的地点和过程与任叔永的《泛湖即事》几乎一致，但观其内里，便会发现诗文涵盖了湖景的层次、风浪的起伏、众人的反应、造物的深意。对比两种“泛湖”抒写，显然自由诗体更能拉近经验与表达的距离，创建出内蕴丰富的情思空间。这类写作印证并支撑了胡适关于诗体解放的论断，也生动说明只有从以“字思维”为本位的文言诗体过渡到以“词、句思维”为本位的现代诗体，才有可能对精神主体表达复合体验的要求应对裕如。

第三，风景诗的剪裁力。后人批评早期新诗的弊端时，大都将锋芒指向胡适倡导的“诗的经验主义”③观念。诸多写作者跟随胡适的旁观者视角，采用实录与直写的方法，刻意追求描写的具体明确，导致一些文本很难抵达诗的气韵境界，使读者只见“白话”却不见“诗”。即使如康白情那般“以写景胜”④的诗歌，往往也因单纯“把新诗底作用当作一种描摹”而产生“一览无余”的缺

---

① 胡适：《谈新诗——八年来一件大事》，《星期评论》双十节“纪念号第五号”，1920年10月10日。

② 胡适：《谈新诗——八年来一件大事》，《星期评论》双十节“纪念号第五号”，1920年10月10日。

③ 这一观念由胡适提出，最早出现在其诗作《梦与诗》的“自跋”中，胡适写道：“这是我的‘诗的经验主义’（Poetic Empiricism）。简单一句话：做梦尚需要经验作底子，何况做诗？现代人的大毛病就在爱作没有经验做底子的诗。”参见胡适：《尝试集》，华夏出版社2009年版，第185页。

④ 朱自清：《中国新文学大系·诗集·导言》，《中国新文学大系·诗集》，上海良友图书印刷公司1935年版，第3页。

陷①,匮乏自然和人生的共俱与同化。苛求详尽而缺乏提炼,是当时论者批评写景诗的焦点。为此,胡适提出了"剪裁力"的概念,结合他在留学时从印象派诗人那里汲取的"浓缩是诗的核心"等观点,我们可以将"剪裁力"理解为对景物的精心选择与重点呈现。诗歌是否具有剪裁力,是胡适评价古今诗歌的重要标准。他曾用章炳麟的《东夷》比照黄遵宪的《番客篇》,认为前者的剪裁力更强。② 关于新诗剪裁力的评述,主要集中在胡适对康白情诗集《草儿》的鉴赏。他认为中国旧诗的体式不适宜作纪游诗,因此好的文本极少,而《草儿》大部分篇幅均写纪游,正所谓新诗的一次"大试验",也是这部诗集"在中国文学史的最大贡献",它的长处在于颜色的表现和自由的实写,而弱点则是写作者机械地理解了"诗的具体性",特别是对景物不加拣选地罗列,如同"记账式的列举",造成当前写景诗"好的甚少"。胡适进一步解释说:好的写景诗"第一须有敏捷而真确的观察力,第二须有聪明的选择力",不然便"只是堆砌而不美"。③

与理论创构相对的是,胡适自身对剪裁力的运用并不像他的预设那般完美,纯粹客观的景物罗列或是文辞过于浅白的表述,也能在他的一些诗歌中寻见。比如他写于 1918 年的《看花》《乐观》等记录行旅见闻的作品,按照胡适自己的理论,的确是打破了旧诗的形式藩篱,描写也堪称具体,但诗歌的诗味和想象的理趣却在繁复的意象堆砌中消散了,落入了"胡适之派"④的个人趣味里,难以为新诗树立起普遍有效的标准。怎样从拍摄记录风景到讲述乃至发明风景,从直观感相的外部摹写深入物、情、意三境的综合创构,这种思维转换不仅属于早期新诗如何处理现实经验的核心问题,还是新诗发展自身的必

① 俞平伯:《草儿·俞序》,康白情:《草儿》,上海亚东图书馆 1922 年版,第 2—3 页。

② 胡适:《五十年来中国之文学》,《胡适文集》第 3 卷,北京大学出版社 2013 年版,第 233 页。

③ 胡适:《评新诗集·康白情的〈草儿〉》,《读书杂志》第 1 期,1922 年 9 月 3 日。

④ 胡适曾总结胡思永的诗歌"明白清楚""注重意境""能剪裁""有组织,有格式",并将此四项归为"胡适之派"的特征。参见胡适:《〈胡思永的遗诗〉序》,《胡思永的遗诗》,亚东图书馆 1924 年版。

要途径。审视胡适在新文学第一个十年中的创作,他还是尽力摆脱留美写作中那类刷洗过的文言诗风,多选取长短无定的白话去还原鲜活的影像,将写实主义视为经验表达的最佳向度。这些思想与方法对后继者起到了深潜的影响和制约。对胡适这代诗人而言,在形式上摆脱与古典格式的周旋、发现独立于文人传统之外的风景后,进一步把诗歌从诗体解放引入诗质建构的层面,打通外在现实景观与内在生命诗情的通道,逐渐衍生为新诗发展中的一个常态化命题,构成了新诗传统的重要组成元素。

第四章　行旅体验与新诗精神主体的形成

域外留学、考察、旅游、访问的经历为现代诗人提供了大量异于本土的感觉经验，如乘坐新兴交通工具的“速度”体验、跨越大洲的“世界”体验、对现代科技的“惊羡”体验、对城市文明的“异化”体验、回望中国的“怀乡”体验等。这些体验均参与了新诗人的精神空间建构，其表现出的知性、感性因素之消长，为新诗现代精神主体的生成供给了充足的养分，促成新诗人惯习的改变和精神的转化。按照刘再复的定义，精神主体指的是“在认识过程中与认识对象建立客体关系，人作为主体而存在，是按照自己的方式去思考、去认识的，这时人是精神主体”①。从这个意义上说，现代诗人乍履他乡，所观多为陌生的风景，崭新的文化要素和知识因子渗入他们的认知空间，不断涤荡着陈旧的观念积习，使作为实践主体的抒情者具备了前所未有的、多元化的观察视角和情感体验。特别是行旅的精神功能激活了他们的文化感受力，并对精神主体的感觉结构和表达方式产生了综合性的影响。在精神主体介入世界的方式、感悟时空的模式、观察现实的角度等方面，域外行旅体验的“塑形”作用尤为突出。本章将聚焦这些精神向度，考察早期新诗人如何受到传统的风景观念与

① 刘再复：《论文学的主体性》，《文学评论》1985年第6期。

域外旅行理念的双重激发，确立起蕴含比较意识的文化视野，以及“游”之观念怎样参与了精神主体“体验”现代性的生成过程。

第一节　“游”之观念的现代精神转化

在精神主体介入世界的方式上，传统文化中“游”的观念与域外行旅文化交流融合，开启了现代意义上的精神转化，在心理功能上激发诗人于旅行中发现自我，并通过创作彰显主体意识，为独立的精神空间赋形。大塚幸男曾将异国旅行对文人的影响化为四种情况：第一，由于产生了新鲜感，因而作家的创作活动旺盛起来；第二，作家往往叹服他所访问的国家，这种叹服有时甚至达到“海市蜃楼”（Mirage）式的错觉地步；第三，如歌德的意大利之行，给作家本人以自我发现的机会——启示作家发现自己的真正姿态；第四，作家往往把自己的祖国与访问国作对照，因而作家成为祖国的批判者，或相反成为“国粹”者的情况，屡见不鲜。[①] 以上几种影响，也普遍适用于中国早期新诗人。

与晚清一代出洋文人相比，早期新诗人的学问见识更为博大通彻，他们对于新事物虽也有叹奇惊羡之感，却不像前人那般眼界乍开的激烈，而是将震惊体验从容消化为日常经验，不再充当单纯的猎奇者或是屈辱体验的承受者，看待异域的心态趋于淡定和缓。诚然，缘于出游国度的文化背景和诗人个体性格、趣味的差异，他们对当地人文风土、社会百态和制度器物的感受并非整齐划一，而是纷然杂陈，各臻其态，如留英美的诗人普遍比留日、留法诗人融入当地文化的程度更高。不过，行旅中遇到的优美风景（多为自然景观）可以引起诗人的广泛共鸣。风景对身心的调节功能尤其是精神愉悦等遣怀功效，引渡诗人在品味赏心悦目之美时，也获得了正向的精神提升。他们带着审美的态度去旅行，与蛰伏在精神传统中“游”的观念遇合，突破了很多晚清行旅者“游

① ［日］大塚幸男：《比较文学原理》，陈秋峰、杨国华译，陕西人民出版社 1985 年版，第 94 页。

必以致用”①的功利心态，着重贴合其轻盈、洒脱、自由的精神本相，并以此为契机反哺他们的创作，为新诗以更为开放的姿态抒写风景带来可能。

域外风景带来的如画之美可以使人在精神层面摆脱现实烦恼的羁绊，它“高过任何体力上的辛劳，亲情的呼唤，或国家责任的压力，让人摆开一切，尽情尽兴地投入其中，欣赏观览一番，去发掘山水之美；或在日常性的无聊生活中，品味、经营出美感来。”②留德初期，宗白华便颇为推崇在山水间的徒步旅行，并在静寂的自然之夜觅得灵感的源泉：“民国十年的冬天，在一位景慕东方文明的教授的家里，过了一个罗曼蒂克的夜晚；舞阑人散，踏着雪里的蓝光走回的时候，因着某一种柔情的萦绕，我开始了写诗的冲动。”③诗人的心坎深处始终萦绕着莱茵河的“故垒寒流”与“残灯古梦”，这驱使他“常时做做古典的浪漫的美梦”④。如他的《生命之窗的内外》一诗，正蕴藉了诗人内心的神秘节奏。《流云小诗》中的大多诗篇，所写也都是诗人身处静谧的夜与晨之中“与自然人生最亲密的接触”⑤。再如慰冰湖之于冰心，康桥之于徐志摩，博多湾之于郭沫若……这些“有意义的风景”均成为诗人造梦的温床。以郭沫若为例，他是朝而登山、夕而落谷之人，喜好将身体托付于自然。1914 年 8 月，当他第一次领到留学生的官费（奖学金）后，立即选择去房州（属东海道，今日本千叶县南部）度假，尽情享受房州北条的海水浴。在无风的天气下，北条的镜之浦如明镜般清澈平静，此般风景带给诗人极大的喜悦：“当我一跃入海中时，我不禁回忆到四川幽邃峨嵋山麓，我好象游入峨嵋山麓的水里。”⑥在自然情调的激发下，郭沫若作《镜浦真如镜》《飞来何处峰》《白日照天地》三首五

① 关于“游以致用”的论述，参见苏明：《“游以致用”：近代域外游记文学审美价值的缺失》，南京大学博士学位论文 2009 年，第 10—23 页。

② 龚鹏程：《游的精神文化史论》，河北教育出版社 2001 年版，第 197 页。

③ 宗白华：《我和诗》，《文学》第 8 卷第 1 期，1937 年 1 月。

④ 宗白华：《我和诗》，《文学》第 8 卷第 1 期，1937 年 1 月。

⑤ 宗白华：《我和诗》，《文学》第 8 卷第 1 期，1937 年 1 月。

⑥ 郭沫若：《自然底追怀》，《中国现代文艺资料丛刊》第 4 辑，上海文艺出版社 1979 年版，第 228 页。

言绝句，以骋游历欣悦之情。这位从山区走出来的诗人极其热爱大海，如成仿吾对他的追忆，说他“常说大海能唤起他的激情，一看见海，什么忧郁和烦闷都没有了”①。

值得注意的是，在诸多歌咏大海的诗文中，郭沫若特别视博多湾为“思索的摇篮”和“诗歌的产床”②。如其在《泪浪》一诗中所咏唱的：“我忘不了博多湾里的明波，我忘不了志贺岛上的夕阳，我忘不了十里松原的悠闲，我忘不了网屋町上的渔网”。博多湾水色明媚，岛影绰约，这富有诗意的风光直接触发诗人的创作灵感：“博多湾水映在太阳光下，就好像一面极大的分光圈，划出无限层彩色。几只雪白的帆船徐徐地在水上移徙。我对着这种风光，每每想到古人扁舟载酒的遗事，恨不得携酒两瓶，坐在那明帆下尽量倾饮了。”③跃动的海涛、喷薄的太阳……使诗人体会到自然的伟力和万物的神性，《女神》中直接抒写博多湾风景的诗篇就达 21 首。甚至谈及弃医从文的缘由，诗人还特意提及此地：“所以至此的原因，我的听觉不敏固然是一个，但博多湾的风光富有诗味，怕是更重要的一个吧。”④

与郭沫若沉浸在博多海景不同，同样留学日本的穆木天、陈豹隐、郑伯奇等，都寄情于日本的乡野情致。穆木天曾陈述自己的一次游历见闻：

> 夜是静静的。涛声和山中的微风声相应合着。一湾碧海。遥遥地，海面上，散布着一些渔火，在闪烁着……
>
> 我一边望着渔火，听着风声，一边默默地往前走着。在那一条平滑的灰白仄道上，往前奔着心里象有无限的憧憬……⑤

---

① 成仿吾：《怀念郭沫若》，《文汇报》1982 年 11 月 24 日。

② 郭沫若：《泪浪》，《郭沫若全集》（文学编）第 5 卷，人民文学出版社 1984 年版，第 391 页。

③ 郭沫若：《残春》，《中国留学生文学大系 · 近现代小说卷》，上海文艺出版社 2000 年版，第 368 页。

④ 郭沫若：《追怀博多》，《郭沫若全集（文学编）》第 19 卷，人民文学出版社 1992 年版，第 335 页。

⑤ 穆木天：《秋日风景画》，《良友》第 82 期，1933 年 11 月。

诗人游走在静谧的夜空之下、山海之间，体悟着人与万物的和谐相生，他的文字间也氤氲着清新的自然气息。受中日两国言咏自然的文化传统熏陶，穆木天逐渐形成了崇尚自然的人生观，并树立起“美化人生，情化自然”①的文学宗旨，以之贯穿自己的文学写作。他在20世纪20年代中期写下的很多诗篇，如《山村》《薄暮的乡村》等，皆出自诗人对日本自然山水的天然热爱和心理感应。可见，以自然审美为主导的“游”哺育了诗人的直觉世界与灵感时空，疏解了他们对海外环境的陌生感，使他们可以较为顺畅地适应异国的氛围、释放想象的灵性，并为观察视野的进一步打开酝酿着可能。

比照传统文化中“游”的经验世界，现代意义上的旅行空间更为宽广，既包含了乡土田园的自然空间，同时又容纳了都市的文化空间。现代旅行与古典旅行最大的区别在于“城市游”的地位愈发突出。凭借现代化的物质技术手段，城市文明丰富了人类的感官体验，与古朴静态的乡野文明形成显著的差异。对甫经接触异邦城市文明的诗人而言，如博物馆、电车、咖啡厅、舞厅、高楼大厦等都会意象符号，不断冲击着他们的感觉系统，使其获得了过往知识谱系中无法觅得的新锐经验。郭沫若便是在东京银座的咖啡馆感受到“五蕴皆充”与“五蕴皆空”交错转换的“咖啡馆情调”，才将“色香声闻味触的混成世界”视为“仙境”②，表达新兴消费空间带给青年人的精神震撼。留美的闻一多和孙大雨分别身处纽约、芝加哥两座不夜城，他们体验着都市喷薄脉动的节奏，受其影响而扬弃了单纯崇尚古典艺术的审美情趣，为创作融入了更多的都会意绪和现代气息，开始表现城市人错综纷繁的意识变化。

在各类城市景观模态中，现代博物馆对诗人的文化洗礼尤为值得重视，它甚至在很大程度上奠定了作家的艺术方向。1920年，宗白华游览了巴黎的罗丹博物馆，他从一件雕刻作品上生发顿悟，察觉艺术能够定格自然的真实与优

---

① 穆木天：《秋日风景画》，《良友》第82期，1933年11月。

② 郭沫若：《创造十年》，《郭沫若全集（文学编）》第12卷，人民文学出版社1992年版，第114页。

美。这番邂逅如诗人所言,是他生命迷途中忽然遇着的"一刹那顷的电光"。在这道光的烛照下,宗白华找到并坚定了自我的艺术信仰。[①] 与宗白华的经历相似,李金发第一次游览巴黎卢森堡博物馆时,醉心于一座美丽的石像,"那个石刻带有醉意,微笑及肉情的雕像的羡慕之印象",使得他"决定从事这个美术的命运"。[②] 再如 1925 年,邵洵美驻留那不勒斯期间,特意考察了市立考古博物馆,一张壁画的残片使他"惊异于希腊女诗人莎茀的神丽"[③],自此走上了追寻她的道路,并在日后阅读莎茀(即萨福)作品的过程中萌发了创作新诗格的愿望。通过现代博物馆的游历,诗人们各自找准了艺术的目标,足见这类体验对他们的观念触动之深。

以上诸例,可以证明都市之"游"对诗人现代审美意识产生的积极影响。在胡适那里,都市的氛围还能对诗人的哲学观产生作用力。当他初到美国时,精神上并不适应现代都市的氛围,甚至内心满怀悲观思乡之情,但过了不久,诗人便被美国人的乐观精神与充满活力的朝气所感染了。如胡适在《我的信仰》中所记录的,就读康奈尔大学期间,他曾第一次观看了足球比赛:"我坐在那里以哲学的态度看球赛时的粗暴及狂叫欢呼为乐。而这种狂叫欢呼在我看来,似乎是很不够大学生的尊严的。但是到竞争愈渐激烈,我也就开始领悟这种热心。随后我偶然回头望见白了头发的植物学教授劳理先生(Mr.W · W · Rowlee)诚心诚意的在欢呼狂叫,我觉得如是的自惭,以致我不久也就热心的陪着众人欢呼了。"观看球赛的经历,使胡适切身体会到美国人"对人生持有喜气的眼光"。[④] 看似平常的一件生活小事,却成为激发他乐观主义人生哲学的直接来源,足见现代城市经验对域外文人的精神影响之巨。

---

① 宗白华:《看了罗丹雕刻之后》,《宗白华全集》第一卷,安徽教育出版社 2008 年版,第 309 页。

② 李金发:《邂逅》,《美育杂志》第 2 期,1928 年。

③ 邵洵美:《诗二十五首 · 自序》,上海时代图书公司 1936 年版,第 6 页。

④ 胡适:《我的信仰》,《胡适文集》第 1 卷,北京大学出版社 2013 年版,第 13 页。

异邦的自然风光与都市景观,开阔了新诗人的观景空间,平衡了写作者的文化心态,以“观看”为中心的海外体验,也为他们的“游”之理念增添了跨文化语境下的比较意识,使“游”步入了现代的层面,主要可以从两个方面来把握。诗人通过游历获得了开放性的文化视野。得以出洋留学,是他们人生中的重大转折,一定意义上改变了他们的成长轨迹,也为其提供了更为广博的培养想象力、磨砺文学思维的环境。郁达夫便直接表露过留学之于他的重要作用:“是在日本,我开始看清了我们中国在世界竞争场里所处的地位;是在日本,我开始明白了近代科学——不问是形而上或形而下——的伟大与湛深;是在日本,我早就觉悟到了今后中国的运命……”①出洋留学为知识分子提供了学识增长的助力,无论是留日的郁达夫还是留美的胡适等人,都是这方面的受益者。担任驻美大使时,胡适曾在日记中提到比他大五岁、辈分是其叔叔的胡近仁,写道:“忘友堇人先生遗诗三册,海外读毕,颇感觉失望。堇人少年时有才气,可以造就,不幸陷在窄小的环境里,拔不出来,就无所成而死,可惜。”②按照胡适的理解,环境对于一个人的造就力异常重要,如果他的叔叔像自己一样改换环境,出洋求学,则人生可能又是另一番面貌了。

1927 年 4 月中旬,胡适从美国归来,中途在日本住了二十三天。游历箱根、京都、奈良、大阪等城市期间,他曾拜访著名的经济学家福田德三。当时福田德三刚刚旅欧归来,胡适便借此话由,询问他出国后的思想主张是否有所改变。福田德三表示,自己从前主张社会政策,这次游欧回来后,便觉得未来只有社会主义或资本主义两种道路。胡适建议福田德三去美国游历一番,或许能在那里看到第三条路,而福田却说想等自己六十岁“思想定了,不会改变了”之时,再考虑去美国一览。这番谈话给了胡适极大的刺激,他感到“世间的大问题决不是一两个抽象名词(如‘资本主义’、‘共产主义’等等)所能完

① 郁达夫:《雪夜(日本国情的记述)》,《郁达夫全集》第 4 卷,浙江文艺出版社 1992 年版,第 370 页。

② 胡适:《胡适全集》第 33 卷,安徽教育出版社 2003 年版,第 146 页。

全包括的。最要紧的是事实”，而事实的取得，又需要借助“走出去看看”的旅行视野才能实现。胡适认为，这种认知上的“世界意识”可以帮助我们打开思路，不至于让我们陷入用简单概念诠释一切问题的迷信。① 在胡适这代文人看来，跨国的文化之“游”不仅是一个简单的文化交流和学习新知的过程，同时也是一个扬弃旧我、再造新我的契机。可见，异国的语言习俗、生活习惯、思想观念、行为方式对海外学人形成了多向度、多视点的启示，从生命意识到文学观念，新诗的精神主体都获得了充分生长的机遇，形成了带有比较意识的文化视野。

凭借自觉的比较意识，一些诗人开始调整文化的参照物，反思传统文学的述景策略，进而寻求变革之可能，这构成了现代意义上“游”之观念的第二重功用。频繁游览域外的风景，为诗人建立起了现代意义上的景色比较意识，激发了他们对文学抒写传统的反思。当胡适游览了尼格拉大瀑布（今译为尼亚加拉大瀑布）之后，他回到国内反观庐山瀑布，便有了新的感受：“看庐山三叠泉瀑布，觉得景色不出色，也许是观察角度问题，也许‘是因为我曾几次看过尼格拉大瀑布’。”②无论如何，他都感到前人书写庐山瀑布的文字过于失真。这种“失真”的判断，源自诗人真切地感受过庐山瀑布和尼格拉瀑布（今译作“尼亚加拉瀑布”），见识过美景之外的美景，因而才会产生对古典写景诗语的质疑。同样，郭沫若登临日本高山、观赏九州海景后，对梦中偶得的“俯瞰群山小”的诗句以及“无风不起浪”的俗语进行了质疑。特别是谈及风浪的这句俗语，在诗人看来“大约是不曾见过海的古人所造出来的谣言”，因为根据他的实地观察，无风起浪恰是日本海的常态，诗人的头脑中由此浮现出“举世浮沉浑似海，于无风处浪头高”的文字。③ 登山与观海的实地游历经验，更新了诗人旧有的风景参照体系，并且“揭示了他‘内心世界’的发现和新

---

① 欧阳哲生编：《胡适文集》第4卷，北京大学出版社1998年版，第35—36页。

② 胡适：《庐山游记》，《新月》第1卷第3号，1928年5月10日。

③ 郭沫若：《浪花十日》，《文学》第5卷第1号，1935年7月。

诗创作的起点”①。

经由风景体验的激发,郭沫若在观景中逐步形成了文化比较的观念,这也助益了诗人的思想成长。如前所述,古人之“游”多为自然山川美景,而现代之游既包括了自然万物,又涵盖了都会景观。当游览者交替穿梭在自然与都市之间时,一种文化交错的杂糅体验便生发而出。1920 年,郭沫若与田汉乘火车前往二日市,路过一个小站时,郭沫若的车票被风吹出窗外,在他下车捡拾车票的过程中,列车却徐徐启动,把诗人独自留在了车站,于是他只能沿铁道线步行,前往五英里之外的目的地。这般经历给予诗人独特的经验,他穿行于田畴之中,感慨“在火车中观察自然是个近代人底脑筋”,而行进在麦苗与溪流的环绕下,自己就成了米勒田园画中的人物,甚至变成陶渊明笔下的“五柳先生”了。② 在诗人的视野中,眼前是一条“健康”的道路,他念诵着惠特曼的《坦道行》,内心充满了精神的自由,并在明媚的风光中收获到“健康的倦意”。③ 一场错过火车的小意外,使郭沫若暂时与火车所指涉的城市机械文明拉开了距离,他毫无准备地行入乡野,却从中读解出自由的精神元素,使自我意识得以充分显扬。

由城入乡,体验乡野,并在城乡文化的对比中收获顿悟,这种思维轨迹不止一次地闪现在郭沫若的脑海中。1924 年 10 月,诗人携全家渡川上江沿小副川出游,几日下来,他对清静恬淡的田园生活感触颇多。他写信给成仿吾,言及自己从日本熊川的乡野古风中体悟到国内文化之所以有新旧之争,都是由于“生活的关系”。这些文字读之颇有意味:

---

① [日]藤田梨那:《郭沫若的留学体验——“风景”与“内心世界”的发现》,《现代中文学刊》2012 年第 5 期。

② 《郭沫若致宗白华》,信中落款日期为 1920 年 3 月 3 日,按照孙玉石据信中所述活动日程的推算,此信应写于 1920 年 3 月 30 日。见郭沫若:《郭沫若全集(文学编)》第 15 卷,人民文学出版社 1990 年版,第 124 页。

③ 《郭沫若致宗白华》,《郭沫若全集(文学编)》第 15 卷,人民文学出版社 1990 年版,第 128 页。

> 我们国内除几个大都市沾受着近代文明的恩惠外，大多数的同胞都还过的是中世纪以上的生活。这种生活是静止的，是悠闲的，它的律吕很平匀，它的法度很规准，这种生活的表现自然不得不成为韵文，不得不成为律诗。六朝的文人为甚么连散体的文章都要骈行，我据我这几天的生活经验来判断，我知道他们并不会故意矜持，故意矫揉的了。他们也是出于一种自然的要求，与他们的生活合拍，他们的生活是静止的，是诗的，所以他们自不得不采取规整的韵律以表现他们的感情。而我们目下的新旧之争也正表示着一种生活交流的现象。新人求与近代的生活合拍，故不得不打破典型；旧人的生活仍不失为中世纪以上的古风，所以力守旧垒。要想打破旧式诗文的格调，怕只有彻底改造旧式的生活才能办到吧。①

从日本的乡野生活中，诗人竟能觉察出眼前的静态文明与中国新旧文学的关联，并把国内文化新旧之争的关节点定位在“生活方式”的体验层面。当时国内学界多从文化和思想的角度论析新旧文学之争，相较之下，郭沫若的考察思路堪称新颖，而这种启示的获得，又与诗人的观景体验密不可分。

郭沫若的例证说明了一个问题，当诗人深入了解异国的人文风景，亲自接触并融入当地生活之后，他的比较意识便不再单纯局限在景物的层面上，而是延伸到更为深邃的文化观念层面。因此，文化比较意识的确立使诗人的观景理念迈向了立体和多元，不仅扩展了他对景物状貌的认识，还指引他从对风景内在精神的灵性领悟延伸至对深邃复杂的文化内涵的智性解读，从而切实显示出这一理念的文化功能。在《漫游的感想》中，胡适记录了自己第二次赴美的见闻与心得。他一路北上由黑龙江出境，途中不断将中西百姓的生活进行比对。路过哈尔滨时，他说自己“得了一个绝大的发现：我发现了东西文明的交界点”。“道里区”的电车、汽车与“道外区”遍行的人力车，形成物质文明层

① 郭沫若：《行路难》（下篇），《东方杂志》第22卷第8期，1925年4月。

面的视觉差异。胡适由此想到:“这不是东方文明与西方文明的交界点吗?东西洋文明的界线只是人力车文明与摩托车文明的界线——这是我的一大发现。”①他认为这种“摩托车的文明”显然是物质文明,“却含有不少的理想主义,含有不少的精神文明的可能性。”②1927 年 3 月,胡适到达费城,随后去位于乡间的朋友家小住。他看到木匠、泥水匠都要乘汽车或是驾驶摩托车来做工,一个乡镇的摩托车竟有一二百辆之多。这般物质文明的壮阔景观,极大地激发起胡适的感想:“摩托车的文明的好处真是一言难尽……如今有了汽车,旅行便利了,所以每日工作完毕之后,回家带了家中妻儿,自己开着汽车,到郊外去游玩;每星期日,可以全家到远地旅行游览。例如旧金山的‘金门公园’,远在海滨,可以纵观太平洋上的水光岛色;每到星期日,四方来游的真是人山人海!这都是摩托车的恩赐。这种远游的便利可以增进健康,开拓眼界,增加智识,——这都是我们在轿子文明与人力车文明底下想像不到的幸福。”③轿子、人力车文明与西方的摩托车文明构成交通出行方式的对照,摩托车等现代交通工具不仅为人们提供了生活上的便利,而且为他们带来“增加智识”的机会,甚至可以训练人的官能。因此,都市的物质意象便具备了向精神意象转化的可能,而西方城市文学中都市意象对人的异化效应,还有机械文明对人性的倾轧等主题,则在诗人热烈的正向情绪中暂时被掩盖了。在早期的留洋文人中,像胡适这样从物质文明之中生发出文化比较的观念的情况并不少见,但我们不能简单直接地沿着他们的内心状态去思考,或者完全以他们的描述文字为中介,形成对异国文化形象的建构。

王独清刚刚踏上巴黎土地的时候,“两眼几乎是要眩晕了去”,第一次在

---

① 胡适:《漫游的感想》,欧阳哲生编:《胡适文集》第 1 卷,北京大学出版社 1998 年版,第 29 页。

② 胡适:《漫游的感想》,欧阳哲生编:《胡适文集》第 1 卷,北京大学出版社 1998 年版,第 30 页。

③ 胡适:《漫游的感想》,欧阳哲生编:《胡适文集》第 1 卷,北京大学出版社 1998 年版,第 31—32 页。

塞纳河旁走过，心胸"填满着说不出的一种膨胀的快感"①。萧三穿越乌拉尔山脉终于抵达莫斯科之后，激动地表达自己"终于到了另一个世界，一个崭新的神圣的革命的地面上"②。蒋光慈更是在诗歌中反复咏唱"贝加尔湖的碧滴滴的清水，洗净了我的心脏"(《红笑》)，"贝加尔湖的清水，把我的心洗净了；乌拉尔的高峰，把我的眼界放宽了"(《新梦》)。由此可见，彼时的文人出洋，大都出于对目的地国家的文化景仰和物力艳羡，因此他们刚刚到达异国时，便多少会在原有的认知习惯影响下，放大自己对域外风情的正向感受，而当他们逐步深入当地生活并产生更为广泛的游历体验之后，他们对异邦的认识便逐渐趋向客观立体。就像王独清似的，巴黎既是唤开他"生命上另一境界的一个都市"，又是自己亲近的目标，同时，随着对巴黎人文生态了解的深入，诗人感受了城市光鲜背后"世纪末的残病"，认识到资本主义最高度的发达之下的社会竟然"是一个深坑，是一座坟墓，是一所真正的地狱"，进而与城市一道陷入"颓废的氛围"，醉心于耽美派的艺术之中。③ 这种原初想象与现实体验的情感偏离，使得诗人的域外体验与抒写展现出更为丰富的张力。其中蕴含的具体情况，值得继续深入比对和反思。

第二节　"独游主义"与精神主体的自我发现

上一节谈到"游"之观念的现代转化，除却地理迁移对诗人心灵施加的影响外，还应充分考量中国人的游历习惯如何与异国的相应文化产生融合，进而在域外旅行文化的"他方传统"之中综合审视中国诗人的文化行旅。例如，王独清、徐志摩、李金发、邵洵美都有去意大利旅行的经历，且旅行线路均包含了

① 王独清：《我在欧洲的生活》，辽宁教育出版社 1998 年版，第 1 页。

② 高陶：《天涯萍踪——记萧三》，中国青年出版社 1991 年版，第 112 页。

③ 王独清：《我在欧洲的生活》，辽宁教育出版社 1998 年版，第 80 页。

威尼斯、罗马、佛罗伦萨，他们在但丁故居追慕诗人的行迹，在罗马怀想古都的荣光，在佛罗伦萨膜拜文艺复兴的遗产。与他们生活的西欧环境相比，意大利位于南欧，诗人们选择去这里旅行，一方面是受到厚重的古典文化气息吸引，另一方面还缘于两个当地性因素的影响：一是当时欧美人最青睐的旅行线路就是意大利之旅，各大旅行社均投入大量精力运营这条线路，使之愈发趋向成熟；二是欧洲知识分子普遍将意大利视为古典精神的聚集地，像济慈、拜伦等先贤均游历过意大利，并为其写下不朽的诗篇，后世的欧洲知识分子往往也追慕大师的足迹，主动加入这场文艺复兴的怀旧之旅，这种源自欧洲的“修业旅行”风气自然会对中国诗人产生精神触动。再如徐志摩频繁拜谒欧洲文人的墓地，既接续了中国诗人的慕古传统，又契合了欧洲“文学旅行”中自中世纪便已开启的“文人墓地游”的旅行风尚。还有郭沫若、田汉、成仿吾等人的日本都市之旅，他们在日本体验到了新兴的现代消费文化，纷纷浸淫在都会的景象里，感受物质文明蓬勃的朝气。从表象上看，他们的旅行是一种私人行为，实际上却又参与到彼时日本的主流旅行热潮之中。当时，日本人颇为钟情“东京都会游”，东京“充满了‘大正罗曼’的‘都会化’‘近代化’的各种景象，汽车、电影院、咖啡店都使日本的城市风俗逐步走向欧化”①。因此，当分析诗人的现代旅行时，既要把握他自身的“游”之观念与中国文化传统的联系，还需要厘清当时异域旅行观念和旅行风尚对诗人的启迪，而诗人如何在“游”之中更进一步地发现自我，沟通自我与文学的心灵联系，是本节着重探讨的问题。

以郭沫若为例，“风物纪游”是其早期诗歌写作的侧重点。他在日本的游历主要围绕自然与都市两方面展开，而自然游又以“浴海”和“登山”为重心。海面的平静与奔腾，在诗人头脑中形成泾渭分明的两重印象，特别是风暴席卷之下的汹涌海浪，一改诗人之前对大海形成的静态印象，他将这般风景体验写

---

① ［日］小谷一郎：《田汉与日本——以在日时的田汉及其与日本作家的交流为中心》，见［日］伊藤虎丸监修，小谷一郎、刘平编：《田汉在日本》，人民文学出版社1997年版，第471页。

入诗歌之中,形成了《立在地球边上放号》《浴海》等文本。而登山体验与诗人内心的自我发现勾连更为紧密,在《自然的追怀》和《樱花书简》等文章书信中,他记载了自己在冈山第六高等学校登东山和操山的经历,并劝说父母也去登一登峨眉山。有意味的是,郭沫若曾说自己幼年面对峨眉山时"并不感觉着它的美"①,反倒是留学日本之后,诗人仿佛突然爆发了对家乡山川的热爱,如他在《今津纪游》中说的:"我是生长在峨眉山下的人,在家中过活了十多年,却不曾攀登过峨眉山一次。如今身居海外,相隔万里了,追念起故乡的明月,渴想着山上的风光……"②藤田梨那曾有专门的文章论述"登山体验"与郭沫若"内心世界"发现的关系,她认为郭沫若留日期间最大的收获在于对"风景"的发现,而"登山"在其中扮演了重要的角色:一是诗人从日本的山景怀想起家乡的山水,从而"打开了溯源自己原初风景的窗口",使"故乡的风景第一次出现在他的内心世界,与他的意识相遇";二是借助登山抵达自由的心境,诗人进一步地发现了自我,这里既有日本"大正登山热"的现代体育风尚渲染,又有卢梭《忏悔录》和《新爱洛依丝》中"回归自然"等观念对彼时日本产生的文化影响。③

关于"大正登山热",可在郭沫若1917年给父母的书信中得到确证,如他指出"欧洲人最喜登山,近来日本亦大奖励此举。"④而《今津纪游》一文则记录了诗人在九州登山时的联想,他由自己的登临想到卢梭在安奴西山中邂逅雅丽、格拉芬里德两少女的场景。⑤ 经由日本的文化中介,诗人与卢梭相遇,

---

① 郭沫若:《峨眉山下》,《郭沫若全集(文学编)》第20卷,人民文学出版社1992年版,第202—203页。

② 郭沫若:《今津纪游》,《郭沫若全集(文学编)》第12卷,人民文学出版社1992年版,第305页。

③ [日]藤田梨那:《郭沫若的留学体验——"风景"与"内心世界"的发现》,《现代中文学刊》2012年第5期。

④ 唐明中、黄高斌编注:《樱花书简》,四川人民出版社1981年版,第126页。

⑤ 郭沫若:《今津纪游》,《郭沫若全集(文学编)》第12卷,人民文学出版社1992年版,第317页。

并通过攀登日本的山峰，悟解出人性与自然的内在韵律。这种异国“风景”的发现对应了作家“‘内心世界’的发现，它使人们将意识的眼光转向自己的内心世界，现代自我意识的形成当经过这样的一个过程”①。如同诗人在《登临》一诗中的内心自况，这首诗的副题为“独游太宰府”，记述了郭沫若在1919年登太宰府天满宫身后一座小山时的情景。文本中的抒情者历经攀爬之苦，却还不断呼喊着“我要登上山去”“我快登上山去”。“登山”象征着对精神自由之境的企慕，然而诗人又时常吐露着思念家人的凄楚，从而使其登山者的形象带有双重的精神品性：一方面追求纯粹的自由，一方面无法摆脱情感的牵绊，这种“灵魂久困在自由与责任两者中间”②的心境，借由登临的观景体验得以激发。诗人在登山过程中确证了心灵的矛盾状态，可谓在风景中发现了自我，这便印证了柄谷行人的观点：参与现代文学史研究的文学史家们以为“现代自我”是在脑子里生成的东西，但实际上“自我”的存在还需要另外一些条件。观物毋宁是产生在风景之中的，主观或自我也是如此。主观客观之认识论的场所成立于“风景”之中，也就是说二者都派生于“风景”。③ 这番论述不仅适用于郭沫若，而且普遍存在于早期旅外诗人自我意识的生成过程中。

相比于郭沫若的旅行与“大正登山热”的关系，徐志摩则直接受到欧洲文人“修业旅行”风俗的影响，他在欧洲的游历之旅如同去赴一场美的宴会，也是追随拜伦、济慈等先贤足迹的朝圣之旅。在诗人的心目中，“自然”既是美之风景，还是启发他“官觉”的老师：“我生平最纯粹可贵的教育是得之于自然界。”④无论是少时求学还是出洋读书，“自然”都扮演了极其重要的角色，它

---

① ［日］藤田梨那：《郭沫若的留学体验——“风景”与“内心世界”的发现》，《现代中文学刊》2012年第5期。

② 郭沫若：《三叶集·郭沫若致田汉》，《郭沫若全集（文学编）》第15卷，人民文学出版社1992年版，第66页。

③ 参见［日］柄谷行人：《日本现代文学的起源》，生活·读书·新知三联书店出版社2006年版，第20页。

④ 徐志摩：《雨后虹》，韩石山编：《徐志摩全集》第1卷，天津人民出版社2005年版，第159页。

对诗人性灵和想象力的激活与打磨,于知识层面和心理体验层面给予他充足的养料,使他怀有对“自然”特殊的亲近感,并在诗文中不断邀请人们步入自然的怀抱。例如,1925年春,徐志摩沿西伯利亚大铁路乘火车赴欧,每当列车逢小站停车时,无论外面的天气如何寒冷,诗人都要下车去散步,因为清洁的空气可以“给你倦懒的性灵一剂决裂的刺戟”,甚至能够“激荡你的志气,加添你的生命”①。同年夏天,在佛罗伦萨的山间闲居时,徐志摩充分地将自我融入自然中,甚至感觉到“伟大的深沉的鼓舞的清明的优美的思想的根源”②就藏在那风籁中、云彩里、山峦间、花草中。他将秀逸的英伦自然风光视为思想的来源,将人生悲观的病根归结于主体中断了和自然的联系。这种观念的获得,与他在剑桥大学的修学之旅密不可分。沉浸于优美、宁静、谐调的康桥风景,诗人读解出自然与人生的灵性殊缘:“我的眼是康桥教我睁的,我的求知欲是康桥给我拨动的,我的自我意识是康桥给我胚胎的。”③他以悠闲纡徐、从容自适的“游”的态度感受行旅,在日常景致中锁定了美的存在,在季节运转中发现了微妙神秘的心灵脉动,最终从耳目的觉悟抵达生命的觉悟。

初到剑桥大学时,徐志摩与妻子张幼仪居住在沙士顿,这是一个距离康桥六英里的小村。徐志摩每日在学校与居所之间奔波,未曾充分体验康桥的风景。直到他一个人迁到剑桥城生活后,才“有机会接近真正的康桥生活”,同时“也慢慢地‘发见’了康桥”④。他经常站在皇家学院桥边的树下,凝视校友宿舍苍白的墙壁、永远直指天空的哥特式教堂,眺望克莱亚学院的方庭以及三

---

① 徐志摩:《欧游漫录——西伯利亚游记》,韩石山编:《徐志摩全集》第2卷,天津人民出版社2005年版,第76页。

② 徐志摩:《翡冷翠山居闲话》,韩石山编:《徐志摩全集》第2卷,天津人民出版社2005年版,第114页。

③ 徐志摩:《吸烟与文化》,韩石山编:《徐志摩全集》第2卷,天津人民出版社2005年版,第331页。

④ 徐志摩:《我所知道的康桥》,韩石山编:《徐志摩全集》第2卷,天津人民出版社2005年版,第335页。

一学院那古朴的轮廓,或是在"晚钟撼动的黄昏,没遮拦的田野,独自斜倚在软草里,看第一个大星在天边出现"①。学院建筑的古朴典雅,康河风景的清澈透逸,成为诗人反省内心的参照物,而他凝视学校景观与自然风物的观察视角,已然内化在抒写康桥的一系列诗歌中。诗中的抒情主体扮演着旅行者和观察者的双重角色,同时也是诗人自我存在的象征。徐志摩以自然培育性灵,滋养人格,反哺写作,正契合了宗白华对诗人与自然关系的精辟论述。宗白华认为,在读书穷理和广泛参与社会活动之外,诗人如要培养人格,还应多在自然中活动,直接观察自然,因为"'诗的意境'就是诗人的心灵,与自然的神秘互相接触映射时造成的直觉灵感,这种直觉灵感是一切高等艺术产生的源泉,是一切真诗、好诗的(天才的)条件。"②

显然,徐志摩的作品始终尝试把自然的谐乐引入意识空间,真正步入了宗白华所说的"诗的意境"。在康桥谐调匀称的建筑与浓荫绿草的自然面前,诗人寻得了可以滋润心灵的纯粹神奇的美感,同时他发现这种美感体验的获得与"独游"有着紧密的联系。于是,他不断肯定着个体在自然间独自漫游的精神价值,发现了"孤独"的妙处,如《翡冷翠山居闲话》中,徐志摩特意渲染了独行于秀丽山水间的情趣:

> 你一个人漫游的时候,你就会在青草里坐地仰卧,甚至有时打滚,因为草的和暖的颜色自然的唤起你童稚的活泼……你的心地会看着澄蓝的天空静定,你的思想和着山壑间的水声,山罅里的泉响,有时一澄到底的清澈,有时激起成章的波动,流,流,流入凉爽的橄榄林中,流入妩媚的阿诺河去……③

---

① 徐志摩:《我所知道的康桥》,韩石山编:《徐志摩全集》第2卷,天津人民出版社2005年版,第344页。

② 宗白华:《新诗略谈》,林同华主编:《宗白华全集》第一卷,安徽教育出版社2008年版,第169—170页。

③ 徐志摩:《翡冷翠山居闲话》,韩石山编:《徐志摩全集》第2卷,天津人民出版社2005年版,第114页。

“一个人漫游”便是独行，也是诗人在旅行观念上宣扬的“独游主义”①。既然要坚持“独游”，那么选择游伴，进而与游伴沟通经验、分享感想便不那么重要了，因为在独游主义者那里，旅行的目标就是游历本身，而非其他——“同样一个地方你独身来看，与结伴来看所得的结果就不同”②。在理想的同伴难以觅得的情况下，“独游”反而能够使旅行者保持对景物的专注度，从而增加了他与风景产生精神共鸣的机遇。诗人甚至认为，当一个人有机会独自闲游自然的时候，“那才是你的肉体与灵魂行动一致的时候”，这种感受就“像一个裸体的小孩扑入他母亲的怀抱”一样③。

从徐志摩的“独游主义”里，我们仿佛看到了他所仰慕的济慈形象。济慈第一次发表诗歌《哦，孤独》时，便表达了远离城市、回归自然的拙朴愿望。完成《安狄米恩》的写作后，济慈曾为自己安排了一次四十多天的英国湖区和高原之旅，按照傅修延的理解，游览北英格兰湖区和苏格兰高地的这段经历“对其精神发展有重大影响”④。纵览济慈写于这次旅行期间的文字，凡是涉及自然之美的观点，如“大自然的神工鬼斧定然超过任何一种想象”，“我要从这里学诗，要比过去任何时候都勤于动笔”⑤等等，大都出自他独自一人对“自然”的专注凝思。诗人的肉身完全融入自然的博大之美，正所谓徐志摩所感悟到的肉体与灵魂的行动一致。虽然学界并无明确证据阐明徐志摩的旅行观念和自然意识受到济慈的直接影响，但从他在《济慈的夜莺歌》中对济慈诗学思想

---

① 徐志摩在《欧游漫录——西伯利亚游记》中曾说：“我的理论，我的经验，都使我无条件的主张独游主义——是说把游历本身看做目的。”见徐志摩：《欧游漫录——西伯利亚游记》，韩石山编：《徐志摩全集》第2卷，天津人民出版社2005年版，第69页。

② 徐志摩：《欧游漫录——西伯利亚游记》，韩石山编：《徐志摩全集》第2卷，天津人民出版社2005年版，第69页。

③ 徐志摩：《翡冷翠山居闲话》，韩石山编：《徐志摩全集》第2卷，天津人民出版社2005年版，第113页。

④ 傅修延：《济慈诗歌与诗论的现代价值》，北京大学出版社2014年版，第286页。

⑤ ［英］约翰·济慈：《一八一八年六月二十七日致托姆·济慈》，载《济慈书信集》，傅修延译，东方出版社2002年版，第142页。

的全面论析，还有对济慈感官世界与大自然和谐关系的深邃揭示，或可看出徐志摩很大程度上受到了济慈诗学观念的正向激发，特别是在依靠大自然构筑想象力的"纯粹境界"向度上，他和文学先贤达成了观念上的一致。济慈诗歌中对"孤独"意识的不断赋值，同样在徐志摩那里得到呈现。和济慈一样，徐志摩在诗文中不断强化着"孤独"的精神效能，肯定了"孤独"的正向价值："对有创造力的头脑来说，孤独就像是吹向那尚未显露的色彩与美丽的世界的春风；尽管它们都没有实体，但它们都以各自的方式，带有最强大的力量和最有生命力的气息。"①诗人揭示出在游览中保持"孤独"的诗性价值，它凝聚着艺术家内在的生命力量，促进了抒情者独立精神和想象空间的生成。《我所知道的康桥》里，徐志摩着重笔墨强调人在欣赏风景时，首要的条件便是"绝对的单独"：

> "单独"是一个耐寻味的现象。我有时想它是任何发见的第一个条件。你要发见你的朋友的"真"，你得有与他单独的机会。你要发见你自己的真，你得给你自己一个单独的机会。你要发见一个地方(地方一样有灵性)，你也得有单独玩的机会。我们这一辈子，认真说，能认识几个人？能认识几个地方？我们都是太匆忙，太没有单独的机会。说实话，我连我的本乡都没有什么了解。康桥我要算是有相当交情的，再次许只有新认识的翡冷翠了。啊，那些清晨，那些黄昏，我一个人发痴似的在康桥！绝对的单独。②

无论是"绝对的单独"还是这篇文章后文出现的"甜蜜的单独"，都强化了在自然间"独游"的重要作用。借助它的心理效能，诗人得以纯粹地融入康桥乡野，把握景物飘忽无定的细微神妙；借助"孤独"，诗人在一个个古墓坟茔前

① 徐志摩:《翡冷翠日记》，韩石山编:《徐志摩全集》第5卷，天津人民出版社2005年版，第296页。

② 徐志摩:《我所知道的康桥》，韩石山编:《徐志摩全集》第2卷，天津人民出版社2005年版，第336页。

独自徘徊，憬悟时光，于精神时空演绎生与死的循环；借助“孤独”，诗人沉浸于幽静的夜空星象，辨出黑夜的脉搏与呼吸，等待心灵深处的神秘冲动。因此，只有理解了诗人的孤独，才能更深入地体会他的诗歌。比如那首早已被经典化的《再别康桥》，孤独的撑篙者消失在康河的夜波里，写作者于寂寞中沉思，在记忆中漫游，从而陶醉在“甜蜜的单独”之中。无论是“轻轻”还是“悄悄”，都点染着徐志摩式的潇洒与轻盈，诗歌抵达了精神的自由之境，这也是现代人才会生出的感受，而非某些论者不断强调的那份古典的“沉重”与“哀愁”。也如诗人在《春》中的叙写：

雀儿在人前猥盼亵语
人在草处心欢面赧，
我羡他们的双双对对，
有谁羡我孤独的徘徊？
孤独的徘徊！
我心何尝不热奋震颤，
答应这青春的呼唤，
燃点着希望灿灿，
春呀！你在我的怀抱中也！

“孤独的徘徊”成为抒情个体与诗性感受缔结关联的前提，亦是新诗精神主体现代性存在的显性标志。如同海德格尔在《人，诗意地安居》中所说：“大都市中，人们像在其他地方一样，并不难感到寂寞，但绝对想像不出这份孤独。孤独有某种特别的原始的魔力，不是孤立我们，而是将我们整个存在抛入所有到场事物本质而确凿的近处。”①对于徐志摩这样的诗人，“独行于自然”既是他的行旅习惯，同时也构成一种稳定的诗歌运思方式，它将精神主体从现实物质社会（主要是城市经验）的规束中暂时解放出来，通过对亘古不变、不假言

① ［德］海德格尔：《人，诗意地安居：海德格尔语要》，郜元宝译，广西师范大学出版社 2000 年版，第 67 页。

说的自然风景的观察与凝视，在自然中疏解了精神世界的冲突，从而收获内心的平衡，并以自然为镜，使精神主体的存在意识更为显扬。可以说，“独游”之路便是精神主体的自我发现之路。

以“独游”中的外部观察为前导，海外诗人深切体会到异域风景对旅行者心性的雕磨。他们从容调动、组织情感元素，追求以境悟理的思维境界，推动观景理念发生“向内转”的倾向。这既是徐志摩的审美选择，也在新诗人中具有一定的共通性。很多早期新诗人都如徐志摩那样，主动为精神主体邂逅独游体验制造良机，并将“独游”上升到艺术审美的高度，以之作为文学创作的重要信条。当郭沫若还在冈山第六高等学校读书时，他便时常到冈山第六高等学校对面的东山散步，“在月夜我独自徘徊于东山的山阴……在那时候，我曾吟下《晚眺》与《新月》二绝”①。同样是一个黄昏，他独自穿越了操山的松林，望见“遥远的西方山顶上正有睡眠着一个太阳，但是已经仅剩半规了。这浓红的夕阳弥漫天空，像飞洒着的血流”，诗人“置身在这伟大的时空间”，招致了“汹涌澎湃的灵感”，因此写下古体诗《登操山》。② 看他的《新阳关三叠》《岸上》等诗篇，其中不时闪现出“我独自一人”③的诗句。从日本的“物之哀”精神中，诗人寻得创作的新径，他所设置出的观景者形象已然将自我完全沉入自然，进入独游的神奇境界。再看王独清的诗歌，他写下“我寻味着孤独的寂寞在苦恼我的时刻所带来的那种似涩似甜的滋味”④的长句，试图为“孤独”解析出更具思辨色彩的信息，勾勒现代人对城市投合与疏离并行的复杂心态。

留美期间，胡适也曾多次选择独自出游，并逐渐发现了独行的妙处。1926

① 郭沫若：《自然底追怀》，《中国现代文艺资料丛刊》第4辑，上海文艺出版社1979年版，第231页。

② 郭沫若：《自然底追怀》，《中国现代文艺资料丛刊》第4辑，上海文艺出版社1979年版，第232页。

③ 郭沫若：《新阳关三叠——宗白华兄砚右》，《时事新报·学灯》1920年7月11日；《岸上三首》，《时事新报·学灯》1920年8月28日。

④ 王独清：《我在欧洲的生活》，辽宁教育出版社1998年版，第30页。

年游欧期间,他还写信给徐志摩,说自己在伦敦无事可做,因而来巴黎住几天,还想到瑞士去游玩:“我这回去国,独自旅行,颇多反省的时间。我很感觉一种心理上的反动,于自己的精神上,一方面感觉depression,一方面却又不少的新的兴奋。”①1935年,他在《新年的梦想》一文中再次谈及这个话题:“新年前的两日我正在作长途的旅行。寂寞的旅途是我最欢迎的,因为平常某日有应作的事,有不能不见的客,很少有整天可以自由用来胡思乱想的;只有在火车和轮船上,如果熟人不多,大可以终日关在一间小房间里,靠在枕头上,让记忆和想像上天下地的自由活动,这在我们穷忙的人是最快乐的一件事。”②无论是“独自旅行”还是“寂寞的旅途”,都给予诗人一个难得的自我反省的精神空间。他可以集中处理观察所得的异国景观和文化见闻,也可以专心安排自己的记忆碎片,使之有序排列,形成条理清晰的思维链条,这正是独自旅行的作用。

最后需要强调的是,“独行”这一诗学举动不仅为诗人开发出独立的情思空间,而且充分放大了自我的存在意识,甚至造就了他们的美学感悟力。1929年夏天,梁宗岱曾到瑞士南部的阿尔卑斯山避暑,他住进一座意大利式的古堡,每晚都在阁楼上独自俯瞰高山夜景,聆听大自然的音响,最终领悟到歌德《流浪者之夜歌》中的“峰顶”体验,方才生动译出这首诗的真意。③ 虽然梁宗岱的游历时间超出了本著的研究范围,但这个例子却证明了一个问题,即域外行旅特别是“独游主义”为诗人注入了精神的补剂,也使他们在与自然风景心无旁骛的交流中,发现了内心深处的自我存在。随着新诗的发展,“独游”于

---

① 胡适:《新自由主义》,《晨报副镌》1926年12月8日。

② 胡适:《新年的梦想》,《胡适文集》第11卷,北京大学出版社2013年版,第532页,原载1935年1月6日《大公报》星期论文。文中所言“新年前的两日”指的是1934年12月29日和12月30日,笔者注。

③ 梁宗岱的译文如下:“一切的峰顶/沉静/一切的树尖/全不见/丝儿风影。/小鸟们在林间无声。/等着吧,俄顷/你也要安静。”这里的“峰顶”体验既属于歌德,也应属于作为译者的梁宗岱。参见[德]哥德:《流浪者之夜歌》,梁宗岱译:《一切的峰顶》,上海时代图书公司1936年版,第8页。

海外风景演绎成一类稳定的象征模式，它暗合了作家观景理念中对精神内宇宙的侧重，强化了“孤独”的诗性意涵，也深化了新诗对“言我”与“言景”交互关系的思考。

第三节 外在之我：时空体验模式和观物方式的新变

西风东渐的文化渗透，使中国经历了前所未有的开创性变化，其标志便是现代时间观念的形成，以及一代人在“世界”这一空间范围内对风景的想象。“世界图景”的显现，使得诗人对自我身份产生新的认知，拓展了他们的精神视野和思想格局。王一川曾论述道：“对诗人来说，自己所置身其中的生存体验世界的变化及其语言表现才是真正至关重要的：从以中国为中心的古典‘天下’体验到现在的‘全地球合一’的全球体验，这一转变对诗人及其他普通人造成的生存震撼是真正致命的。”①也如李怡所说，在诗人的诸多域外体验中，最为“重要的是自我空间意识的变化，重要的是自我与世界的‘关系’的调整。跨出国门、进入国际空间的实感击碎了一位传统文人的‘天朝上国’梦幻，异域他乡同样威仪的文明秩序令人不得不接受国家民族的平等观念，在另一个活生生的世界里，那些使人已经无法拒绝的万千新奇都在改变着诗人的知识结构与价值取向。”②

行旅的深入开阔了梁启超的文化眼界，使他获得了带有比较意识的宏观视野，更触发他诞生了“世界人”的自我认知，这对于时代转型期的文人重新认识自我、把握精神个体与外在时空，乃至世界的联系起到了决定性的影响，也使他们感受到脱胎换骨之感，继续看梁启超的自述：

---

① 王一川：《全球化东扩的本土诗学投影——“诗界革命”论的渐进发生》，《北京师范大学学报（社会科学版）》2008 年第 2 期。

② 李怡：《日本体验与中国现代文学的发生》，北京大学出版社 2009 年版，第 70—71 页。

> 余频年奔走海内外，未尝有所终三年焉。其尤奇者，则年年今日，必更其地。十年来无一重复。自癸巳在家乡一度生日，诸母犹噢以饴饧枣栗之类。尔后甲午此日在黄海舟中，乙未此日在京师，丙申此日在上海，丁酉此日在武昌，戊戌此日在洞庭湖舟中，己亥此日在日本东京，庚子此日在夏威夷岛，辛丑此日在澳洲雪梨市，壬寅此日在日本东海道汽车中，今年癸卯今日，在太平洋。①

“十年来无一重复”，看似简单的七字陈述，却涵盖了诗人极为繁复的行旅历程。频繁的出行打乱了时人传统的生存节奏，将行旅者置于复杂交错的时空之间，反而给予精神主体成长的机会。正如杨波的论述：“纵横四海的海外行游让梁启超体会到了19世纪世界风潮的冲击颠荡，终将他从一个了然无大志的‘乡人’，一变而为‘国人’，再变而为‘世界人’。”②论者进一步引述李欧梵的观点，指出这种先知先觉的蜕变是“中国进入世界的开始”③。的确，“乡人——国人——世界人”的视野演进，使诗人确立起一种超越前代文人的全球意识，当他们以这种在行旅中被激发的观物视角再次反观“国”与“乡”时，自然会产生迥异于前的认识，唤醒全新的视界。

无论是梁启超的世界旅行，还是后起文人的越洋求学，我们都能把握到一个清晰的线索，即从晚清的诗歌改良运动到留学欧美、东洋的海外学子，他们均广泛地探求诗体变革之道，并多以全球意识反观“自我”，重新诠释认知习惯中的风物人情。这正是中国诗学在精神主体建构和观物方式层面实现现代转型的关键一环。域外行旅的时间变换与空间位移对诗人施加的最大影响，应该还是文化视域上的变换。这种变换造成的各种冲击，不断地内化于他们的创作，形成对早期新诗精神观念与艺术内质的双重支撑。前文曾经分析过

① 梁启超：《新大陆游记节录》，张品兴主编：《梁启超全集》第9卷，北京出版社1999年版，第1126—1127页。

② 杨波：《域外行旅与晚清文学变革》，《河南大学学报（社会科学版）》2011年第2期。

③ ［美］李欧梵：《中国现代文学与现代性十讲》，复旦大学出版社2002年版，第91页。

黄遵宪的《今别离》,这是新派诗中抒写域外时空感受的佳作。1915 年 7 月,当胡适读到这首《今别离》的第四章"汝魂将何之"时,认为其中意涵颇新,却"惜其以梦为题,而独遗月",认为"千里远别,犹可共婵娟之月色,今之去国三万里者,其于国中父老骨肉,日月异明,昼夜异时,此夜绮色佳之月,须待一昼夜之后始可照吾故园桑梓,此'今别离'之月色也"。他进而写成英文小诗两首,并自译为白话文,其白话诗文亦以《今别离》命名,录之如下:

忆昔别离,已有数载,
山川河流阻隔吾与汝,
但这就是一切。
这同一轮圆月曾照过汝,
也曾照过吾,尽管我们远别离;
此轮圆月,如同今夜之月,
我们彼此用心阅读此月之书,
惟有吾与汝才读得懂。
今夜之月又圆了!——
吾与汝相距半个地球;
这些星星不似从前,
再也不能点缀汝之天空。
我们各自心头之话,
再也不能请月亮来传递,
因为此时汝所在之山谷,
正被夏日正午之骄阳暴晒着。①

"吾之星夜"与"汝之骄阳",写到了黄遵宪诗中未曾提及的时差体验。古人言及"但愿人长久,千里共婵娟",乃是设置在同一时间体系之中,而跨越大

① 胡适:《胡适留学日记》(下),安徽教育出版社 2006 年版,第 103 页。

洋的域外之旅，使胡适这代文人亲自感受到时间坐标与观物体验的错置感，发现传统诗文对“古别离之月”的抒写无法涵盖他此刻感受到的现实，即同一时刻相聚世界两端的彼此，却因时差的影响无法达成古人“共婵娟”的感受。胡适言说了古典审美体验在域外行旅中的失效，并以更为形象的文字将自我的所观所感精确呈现，对黄遵宪的《今别离》之“今”实现了升级和更新。①

再以胡适的《夜过纽约港》为例，诗人写道：“我们驻足甲板，半侧身子淋着雨，/聆听冬日之风狂暴地怒号，/静听那海浪缓缓地拍击，/纽约这座大都市之海岸。/我们搜寻一地球之星，/她映衬在广袤、漆黑之苍穹里。”诗中景物与观察者都被置于清晰、具体的时空语境下。地球、天空、城市、雕像和抒情主体对照叠合，构成由远及近、自上而下互相嵌套的清晰层次，标志着诗人对精神主体与世界关系的新知。再如《一念》中的抒情主体笑地球“一日夜只打得一个回旋”，笑“千千万万大大小小的星球”“总跳不出自己的轨道线”，笑“一秒钟行五十万里的无线电”却“总比不上我区区的心头一念”，这“一念”“忽在赫贞江上，忽在凯约湖边”，这“一念”甚至可以“一分钟绕遍地球三千万转”。诗人将心头倏忽间的闪念与宇宙星辰、现代科技联结一体，“闪念”自身涵载的宏阔信息（赫贞江指纽约，凯约湖指伊萨卡）超越了自然界与科学的运行极限，彰显出人类想象力的博大以及精神世界的宽广。像地球、世界、宇宙这类空间语象频繁出现于早期新诗文本，彰显出写作者诗学想象资源的新变。

随着现代交通条件的改善和洲际旅行线路的成熟，传统意义上“咫尺天涯”的空间远景很可能成为便于观看的现实近景。特别是漫长的旅程带给诗人特殊的时空感受，触发他们在相对独立的交通工具空间内驰骋诗情、构筑文本。一个显在的现象是：很多文学家的写作就是在行旅交通过程中完成的，诸

① 就后人对黄遵宪这首《今别离》的仿效之作而言，胡适对自己英文诗歌的自译文字更为接近日后白话诗的要求，但从诗歌的内涵上看，早在1898年，刘大白便有仿照黄遵宪《今别离》作成的《新相思》两首，有“此夜彼为昼，星球方右旋”的句子，写到时差对男女诉说衷肠带来的影响。如果将这类仿写黄遵宪《今别离》的诗文归纳为一个序列，或可发现很多有趣的话题。所录诗句出自刘大白：《新相思》，《旧诗新话》，开明书店1929年版，第194—197页。

如“道中所作”或是“写于某某轮船”“写于某某海上”的作品层出不穷。1899年底，梁启超乘船赴美，途中无聊，于是“忽发异兴，两日内成十余首”①，“蓦然忽想今夕何夕地何地，乃是新旧二世纪之界线，东西两半球之中央”②，这种同时处于新旧时间与中西空间叠合的关节点上的“时间与空间体验在千年中国诗史上是绝无仅有的”③。再如，郭沫若的《海舟中望日出》、康白情的《一个太平洋上的梦》和《天乐》、孙大雨的《海上歌》、周无的《过印度洋》、邵洵美的《漂浮在海上的第三天》、徐志摩的《再别康桥》等作品，都是远渡重洋途中的乘兴之作。在充满变动的行旅过程中，交通体验给予诗人难得的时机，便于他们在与既往经验拉开足够的距离之后，利用相对封闭的环境展开诗思。同时，现代交通体验还提供给诗人全新的观物视角。胡适曾有《飞行小赞》一诗，叙写他乘坐飞机观看城市风景的感受：“看尽柳州山，/看遍桂林山水，/天上不须半日，/地上五千里。//古人辛苦学神仙，/要守百千戒，/看我不修不炼，/也凌云无碍。”④虽然诗歌的写作地点并非海外，但诗人的观物方式在当时的旅行抒写中非常具有代表性。乘飞机高空观景，人与风景便不再是以往那般平视的关系，而形成了人对风景的纵向的、由上自下的俯看视角。人眼检视到的风景成为地图般的微缩景观，瞬间就被观察者收入眼中，这自然和前人那种动辄数日方能览遍城市的体验截然不同了。

与邮轮和飞机相比，诗人搭乘列车时体验到的“加速度风景”，往往会对新诗的意境生成和美感传递影响更甚。郭沫若曾向宗白华讲述自己在日本的旅行经历，1920年3月，他和田汉从博多乘火车前往二日市、太宰府，诗人感叹：“今日天气甚好，火车在青翠的田畴中急行，好像个勇猛沉毅的少年向着

---

① 梁启超：《夏威夷游记》，张品兴主编：《梁启超全集》第4卷，北京出版社1999年版，第1219页。

② 梁启超：《二十世纪太平洋歌》，张品兴主编：《梁启超全集》第18卷，北京出版社1999年版，第5426页。

③ 李怡：《日本生存的实感与中国诗歌的近代变革》，《社会科学研究》2004年第1期。

④ 胡适：《南游杂忆》，《胡适文集》第5卷，北京大学出版社2013年版，第637页。

希望弥满的前途努力奋迈的一般。飞！飞！一切青翠的生命灿烂的光波在我们眼前飞舞。飞！飞！飞！我的‘自我’融化在这个磅礴雄浑的 Rhythm 中去了！我同火车全体，大自然全体，完全合而为一了！”①受泛神论思想的洗礼，诗人将火车、自然与精神主体融汇一身，走向心灵的律吕。此时此刻的乘车经验，使诗人充满了欢欣和愉悦。值得说明的是，在赴日之前，郭沫若已有过铁路旅行的经历，然而他的体验却异常糟糕。1913 年 11 月 4 日，他乘火车走京汉线北上天津，诗人记载道：“和火车见面是有生以来的第一次，论理应该有些新奇的记忆，但无论怎样的搜索，所能记忆的却只是过磅时的麻烦，车站上的杂沓，车厢中的污秽。而尤其使人失望的是车行中所接触到的窗外的自然。”令其失望的“窗外的自然”，大概指的是车道两侧衰黄的枯草，光秃的沙丘，坟墓般的建筑。这些毫无美感可言的景物是“沙漠化的进行曲，坟墓的进行曲，颓唐了的大地的葬歌”②。如果将这段体验定格为一个坐标，那么七年之后，郭沫若看到的“窗外自然”不仅不再令他失望，连大地的风景也换了一番模样，葬歌的调子被另一种音响所置换：“我凭着车窗望着旋回飞舞的自然，听着车轮鞺鞳的进行调，痛快！痛快！”③诗人“观看”的焦点不再是景物的具象和细节，激活其心灵的反而是景物之间联动变换的速度，这种速度既是现代科技的象征，也勾连着他与西方立体派诗人的观念契合，因此才会觉得只有在运行的火车上念诵麦克司·韦伯（Max Weber，今译作“马克斯·韦伯）的《瞬间》一诗，方能体悟其“时间底记录”和“动的律吕”④之妙味。诗人倾心于火车观物，正是看中了火车所象征的不断流徙变化的“动”之经验。1921 年 4

① 郭沫若：《郭沫若致宗白华》，《郭沫若全集（文学编）》第 15 卷，人民文学出版社 1982 年版，第 121 页。

② 刘元树主编：《郭沫若创作精编　郭沫若自传（上）》，安徽文艺出版社 1997 年版，第 227 页。

③ 郭沫若：《郭沫若致宗白华》，《郭沫若全集（文学编）》第 15 卷，人民文学出版社 1982 年版，第 121 页。

④ 郭沫若：《郭沫若致宗白华》，《郭沫若全集（文学编）》第 15 卷，人民文学出版社 1982 年版，第 123 页。

月，他在门司与成仿吾会合，两人一道乘船回上海，郭沫若又写下《新生》一诗，重述了在日本乘火车的这次体验。

紫罗兰的，
圆锥。
乳白色的，
雾帷。
黄黄地，
青青地，
地球大大地，
呼吸着朝气。
火车
高笑
向……向……
向……向……
向着黄……
向着黄……
向着黄金的太阳
飞……飞……飞……
飞跑，
飞跑，
飞跑。
好！好！好！……

在诗人笔下，古老观看模式下的静态风景被列车的速度带起，在观看者面前形成流动的卷轴，律动着奔放的画面节奏感，而火车自身的运动轨迹也借由视觉效果奇特的诗行得以拟现。成仿吾写过一首《归东京时车上》，对“光阴”飞逝的微妙捕捉和幽婉再现，都源于现代交通带来的速度体验。这一体验为新诗开创了从科学汲取灵感和想象的途径，它强调流徙创化的变动之美，从而与古人注重淡泊明净、精神相对守恒的静态美拉开了距离，甚至打破了传统经验中时空的连续性与稳定性，为抒情者带来观景方式和感觉形式的巨变，使他们无论是观察自然还是发现自我，都与往昔的"景随境迁"有所不同。柄谷行人曾把"风景的发现"视为本国现代文学诞生的一大标志，就因为在重新发现的风景里，我们可以看到一个全新的思想、全新的社会和全新的人生，这一论断可以帮助我们反观中国新诗自身。对习惯在稳定、静态的自然文化语境里寻求诗意的诗人来说，多元繁复的时空体验更新了他们对"世界"的感性理解，促成其观物方式乃至想象视域的现代转换，使外在的观察者抑或行旅者视角得以形成，早期新诗中的"外在之我"也愈发显扬。

20 世纪 20 年代初，郭沫若、康白情、李金发、徐志摩等都有涉及现代交通体验的诗作，以交通工具作为观察外在风景的基点。当然，也有文人醉心于交通工具的"内部风景"，尤以张资平最为极端。他每日搭乘电车往返时，为了近距离观察日本的女学生，甚至有时"乘电车的振动，故意扑身前去"，和她们发生身体接触，以"实地领略"日本女性之美。[①] 这当然属于留学文人中的个别现象，就大部分诗人而言，他们更为关注"外在风景"的存在，特别是面对交通工具带来的流动风景时，其对景物的捕捉便无法像山水田园诗那样进行提前预设。一切复杂的、毫无联系的景物纷至沓来，难以预期，古典诗歌意象自我循环的传统和情感对应的法则失去了效力，写作者们无法刻意拣选那些能够切中即时心情的自然景物，他们只能以过客的姿态面对匆匆景色，在连续的画面中捕捉瞬间的意识流动，注重营造抒情主体与所观察之"物"的心理距离感。这种对外物风景的观察和表现，"已明显有别于古典诗歌'以物观物'、'物我同一'的表达方式，同时也超越了新诗草创期那种简单、粗糙的'咏物诗'（如胡适的《鸽子》、《一颗星儿》）——从根本上说，那种'咏物诗'也还没

---

① 参见朱寿桐编：《张资平自传》，江苏文艺出版社 1998 年版，第 197—198 页。

有逸出古典诗词的意境和托物言志或借景抒情的路数……作为观察者的外在之‘我’在诗歌中的确立,恰恰是中国现代新诗‘现代性’特征显现的标志之一。”①

乘坐交通工具的体验和行旅生活带来的种种精神刺激,深刻改变了诗人对外部世界的感觉结构。从本体论的意义层面看,它还触及新诗对传统“主客体”等概念的重新认知。在中国古典诗学的观念里,文学关注对“道”的熟参与体现,“悟道”是文学的核心内容,主要探讨的是人和自然的关系。所谓“道生一,一生二,二生三,三生万物”②,“道”在老庄哲学体系中是居于万物之上的纯粹、自然之境,而文学的目的则是不断向“道”靠拢,最终实现人与“道”的大和谐。像陶渊明“采菊东篱下,悠然见南山”的情境,正切合了文人对人和自然同一之美的想象。在这样的文化传统中,人的主体与客体趋于融合,而意象、韵律等要素则是实现“融合”的重要媒介。基于此,古典诗歌讲求“以物观物”,不是强加心灵于物,而是将自我圆融无间地化入事物中,使物象得以自然呈现。物象与主体精神相互映衬又独立存在,即所谓“物我同境”。在具体的操作中,传统文人多讲求诗与画的统一,为了构建足具审美性的“诗”的意境,他们使用指向优美、浪漫的意象和韵律,使“诗”带给人典雅正统的“画”一般的审美感受。这种抒写传统和诗学理念并未被早期新诗人完全弃置,像郭沫若写作《霁月》一诗时,便将自己化入森林幽寂的优美情景之中,将景象拟人化,使抒情者能够与明月交谈、和银海唱和。诗人也在人与自然的汇合中表达了瞬时的心境,从而做到了人与诗、画的融合统一。

---

① 参见张桃洲:《沪杭道上》,《读书》2003 年第 2 期。此外,王国璎在《中国山水诗研究》一书中认为中国的山水诗中存在着三种“物我”关系,即“物我相即相融”“物我若即若离”“物我或即或离”。按照他的观点,“物我相即相融”是诗人以物观物的态度,也是诗人对自然现象本身即自成“道”、自成“理”的领悟;“物我若即若离”是因为“诗人虽已浑然忘却社会人生中之我,但其‘观照者’的意识并未泯灭”;“物我或即或离”则缘于“美感经验是浑然忘我的,因此可以使得物我之间从相对立而变为相融即。”见王国璎:《中国山水诗研究》,中华书局 2007 年版,第 299—330 页。这些观点可以为我们理解古典行旅文学中的“物我”关系提供参考和借鉴。

② 梁海明译注:《道德经》,书海出版社 2001 年版,第 100 页。

相较于古典诗学中的“物我同境”，新诗中“外在之我”的出现，并非是将传统的“物我观念”视为扬弃抑或颠覆的目标，而是在此基础之上，从现代性体验的层面丰富了人和外在世界的“物我”关系。诗人不再刻意将精神主体融入物象世界，也不拘泥于古典诗歌的“静观”模式以及“物我相融”“神与物游”等自然审美范式，他们以相对独立灵活的抒情视角介入语象世界，为表达现代情感体验开辟出新的路径。甚至在王独清那里，他把抒情主体与“庞贝城附近的火山”拟化为彼此精神相对独立的朋友，抒情者希望从火山那里汲取斗争的精神，以“改正我这生活上的消沉，痹麻”。（《火山下——吊 Alice》）像这类“物我”关系的多重实验，大多诞生于新诗人的行旅过程，使他们找到了利于抒发各自的游历感受、构筑情思空间的观察点。这种观察的“自觉”，彰显出诗人抒情角度和运思手段的变革。

同时，在借镜西方的过程中，一些诗人采取“互文”的阅读方式，将西式观物理念与自身文化经验结合，催化出域外行旅者特殊的心理机制和精神情调。这些影响有些为间接发生，如欧洲浪漫主义绘画对风景尤其是天空的描绘、后印象派艺术对景物色彩和光影的强调，触发闻一多、徐志摩等着力打磨意象的视觉性，使写景诗与风景画联姻，为“绘画美”的艺术旨向赋予深度。而直接影响的情况则更多，能够引起新诗人震惊体验的风景多为都市景观，缤纷跃动的声光电影丰富了他们的器物层知识，更激活诗人对现代主义文学中“漫游者”身份的认同与反思，进而加深对“外在之我”的精神塑造。王独清的《我漂泊在巴黎街上》《我从 CAFÉ 中出来……》便拥有闲逛的漫游者眼光，抒写游离于异己文化中的痛疮与哀愁。旅途的颠沛、环境的陌生、人际关系的冷漠，构成现代主义意义上的窘困感受和生存焦虑。抒情者无法把握住生命存在的根基，他只能选择一个异域游荡者的精神形象，以此将精神主体的漂泊无依感沉郁托出。正如李金发的《我背负了……》一诗饱含对“简约之游行者”形象的细腻打磨和孤寂沉思，其中既吸收了波德莱尔的精神要义，又能将诗人“无根的异乡人”心态与异域游历产生的新奇感觉两相结合。这类在行旅过程中被发现，进而意义持续增殖的“外在之我”，带有浓郁的异国色调，同时融合了写作者本土的精神习俗。借助这些意蕴多维的抒情形象，现代诗人开启了各自的观察之门。尽管他们的游学经历各有殊异，投入旅行的热情和对域外经验的摄取力度也不尽相同，但他们普遍自觉地吸纳了海外“文化/文学”的要素，融汇现代旅行观念和西方美学理论，并主动调整了写作的方向，以作为旅行者的外在之“我”深入风景的内部结构，在风景的主体形态、意象框架、修辞策略等向度上持续发力，最终将风景的“物象”沉淀为精神主体的“心象”，为外部感觉经验、内在心理经验以及诗歌表达经验之间的联络与转化建立起有效的通路。此类尝试不仅促进了新诗精神主体的生成，而且实质上影响了新诗抒情视角、意象结构、语体风格等内质要素的审美嬗变。

第五章　“异域感”影响下的情感空间建构:以象征派诗人为例

对留洋诗人而言,地理时空的位移使他们的生命进入了一种悬置状态,“身体/精神”的“流散”与“震惊”的双重体验,为这些写作者提供了前所未有的感觉经验,也为他们带来了融汇传统与现代、熔接中国与西方的全新视野,便于他们在新的情感空间中开拓诗学疆土。可以说,包含流散体验、怀乡体验、都市体验、情爱体验、旅行体验等在内的异域体验模式,均可用“异域感”加以涵盖。域外行旅的行为核心正在于“异域体验”,它是一个从环境到情境,再到意境和心境的动态心理传导过程。异域感的存在,使诗人的精神主体、观物方式、认知过程都会发生连动式的相互影响,导致他们对先前积累的观念与惯习产生对应性的改变。就其情感层面来说,行旅者们往往喜欢将眼前的景物与原住地的惯常环境进行比对,当其中的差异性因素过大时,他们最初对异域的探奇之心便很有可能会被另一重的焦虑意识所覆盖,使其产生对原住地抑或故乡的怀恋与向往。当他们逐渐意识到归乡心愿不能立刻实现时,敏感的诗人就会通过诗歌的方式表达他们在异域文化中渴望归乡又难以回归的情感矛盾,进而凝聚成一个带有普遍性的情感空间模态,其中尤以早期象征派诗人表现得最为突出。缘于其情感空间的丰富性与独特性,本章即以他们的域外经历和诗歌创作为中心,探析“异域感”对其情感空间建构施加的影响，定向追踪这类情感空间在城市及乡村情境内的具体展开方式。

第一节　都市空间：浪荡子的哀愁

中国早期象征派诗人与西方象征主义理论的接触，大都发生在其域外留学过程中。王独清和李金发留法时，象征主义已发展成国际性文学思潮，以法国为中心；穆木天在日本专攻法国文学，系统学习了象征主义的文艺理论，为诗歌创作奠定了基础；冯乃超出生于日本，在东京帝国大学文学部广泛涉猎了高蹈派和象征派的作品，如日译魏尔伦的诗集等，对他形成了初步的启发。从留学国别或写作发生地观察，中国象征派诗人的文学实践分别从“欧洲”和“日本”两个地域展开。前者以李金发、邵洵美等作家为代表，后者则包含穆木天、冯乃超等创造社一脉的文人，特别是王独清有着由日本到法国的学习经历，文化视野相较他人更显开阔。地理场域的差异造成在不同国别留学的诗人接受象征主义的方式、深度乃至文学表现既有契合点，也保持着相对的独立性。并且，他们各自的家庭背景和童年养成的审美习惯使得诗人们看待域外风物的态度及行旅体验所给予的获得感也非完全统一。在认清这种内在差异的基础上，我们再对早期象征派诗人的行旅体验和写作实践进行归纳就可发现，无论身处西洋还是东洋，与其他流派的留学诗人相比，早期象征派诗人普遍难以融入异域的生活环境。他们的生活条件非常有限，甚至一些人时常陷入穷困凄苦的境地，而当他们目睹外国城市“缤纷多姿”与“纷繁芜杂”交织而成的具象后，便很容易产生对异域的矛盾感受：一方面艳羡发达的都市文明，希冀深入都市体悟现代气息，沉醉于生命极致的狂欢状态；另一方面，“物欲”对精神自由的诱惑以及“身体”在都市中失控的现实，令这些孤独忧郁、多愁善感的灵魂对自己的精神世界生发出深恶痛绝的态度。这时，西方象征主义诗学中的“颓废”“唯美”等要素，正唤醒了他们心中沉睡的诗神，触发其灵性调用新奇的观念联络、谐美的音节效果和丰富的语言色彩，积极勘察众多物象之后的神秘精神情调,谋求与日常事物的共振交响,以期获得心理的平复。诗人们运思的焦点大都定位于都市环境,他们结合自身的家国之思和游子之情,把城市人的生存状态拟现为一个个“空间”化的存在,推动着新诗对城市的想象与再现。

新诗诞生之初,“诗与城”的经验联络就在早期新诗人笔下得到集中反映。朱德发曾指出:“漠视五四文学的现代城市文学特质便是漠视中国新文学的现代性。”他认为“‘以现代城市文学’来衡量五四文学,它并未达到完善化的程度,而且也不够典型更不成熟,只能说它是二十世纪中国城市文学现代化过程的良好开端”。① 其“开端”所具有的划时代意义,在于它对“动”之人生观的追求和对现代都市意绪的初探。审视早期象征派诗人的创作,关于都市“动”的一面,即早期新诗中对城市工业科技文明的赞颂,并非这一抒情群落的关注焦点。写作者们更多表现的是物质文化空间中“城市人”的精神状态,他们尝试以先锋的艺术理念夸张复现都会文化节奏,在诗歌内部大胆展开情调、色彩与音律的实验,尤其是擅长捕捉那些带有高度凝聚力的、能够反映海外游子城市情绪的意象,并通过对这些意象群组的洗练、加工,雕磨出熔铸象征诗意与浪漫情思的都市情感空间。

都市情感空间的生成,离不开物质文化对写作主体的心灵催动。像城市交通文化、消费文化、建筑文化等,均从空间向度上为诗人提供了新生活的体验场和新诗语的实验场。以交通工具空间为例,现代交通工具(如轮船、飞机、火车、汽车等)给予文人持续观察窗外移动景物的机会,高速的物象移动和频繁的空间转场自然激活了作家的诗情,助力他们成为现代意义上的“观景者”。早期象征派诗人表达这类交通体验时,多结合乘坐“电车/列车”的经历进行叙说。按照冯乃超的回忆,留日期间,他住在神田区,穆木天则居住在东京帝大附近的本乡区。他们“每天上课总是乘坐同一条高架线电车,却一

---

① 朱德发:《城市意识觉醒与城市文学新生——五四文学研究另一视角》,《东岳论丛》1994 年第 5 期。

直没有碰过头”。① 冯乃超没有在诗歌里直接刻画过“电车”，但这般体验却润物无声般浸入了作家的情感世界。他的短篇小说《无彩的新月》和《Demonstration》，便都以日常生活最常见的“电车”空间作为文本故事的策源地。前者描述了电车还有五里到达Y车站时，主人公任夫内心从踌躇一步步走向坚定、通透的过程，趋向终点的电车，构成了主体完成精神自省的通道。后者则先后五次重复“在车中，我有观察同车乘客的习惯”，以“我”的眼光推测、揣想着车上一张张陌生面孔背后的人生冷暖。由这两部作品可见，电车空间内部的封闭性、运行路线的单向性、乘车人员的流动性等特点，均被敏感的作家纳入文学空间，形成对某种特定人生状态的隐喻。在象征派诗人的文本中，具体涉及交通空间书写的诗歌，当以李金发的《里昂车中》为典型。

细弱的灯光凄清地照遍一切，
使其粉红的小臂，变成灰白。
软帽的影儿，遮住她们的脸孔，
如同月在云里消失！
朦胧的世界之影，
在不可勾留的片刻中，
远离了我们，
毫不思索。
山谷的疲乏惟有月的余光，
和长条之摇曳，
使其深睡。
草地的浅绿，照耀在杜鹃的羽上，
车轮的闹声，撕碎一切沉寂；

---

① 冯乃超：《忆木天》，李伟江编：《冯乃超研究资料》，陕西人民出版社1992年版，第23页。

远市的灯光闪耀在小窗之口，
唯无力显露倦睡人的小颊，
和深沉在心之底的烦闷。
呵，无情之夜气，
卷伏了我的羽翼。
细流之鸣声，
与行云之漂泊，
长使我的金发褪色么？
在不认识的远处，
月儿似勾心斗角的遍照，
万人欢笑，
万人悲哭，
同躲在一具儿，——模糊的黑影
辨不出是鲜血，
是流萤！

列车空间为抒情者创造了“远市的灯光闪耀在小窗之口”的观景体验，近景是法国女郎的装束和车内旅客的疲态，远景是车外朦胧的“世界之影”与月夜下的山谷。景物空间看似拟真，实则“用了不同于写实的诗人的方法做了处理”，“诗人的情绪被织在他那非同一般的自然和人文景物的描写当中了”。[①] 相对封闭的时空场景，将众多旅人锁定于此，“人群”的组合保持了临时性的稳定，形成“当代人个体及其与社会关系的一个截面”[②]。貌似充盈的表象下，是现代都市人之间彼此陌生、冷漠的人际关系。因此，孤寂的抒情主体才从“疲乏的山谷”“月的余光”“草地的浅绿”等景物中生发出暗示、幻觉

① 孙玉石：《中国现代主义诗潮史论》，北京大学出版社 1999 年版，第 83 页。

② 徐敏：《汽车与中国现代文学及电影中的空间生产》，载朱大可、张闳主编：《21 世纪中国文化地图》（2005 卷），上海大学出版社 2006 年 8 月版，第 182 页。

和联想，感慨人世间遭遇的种种不公，以及由此导致的孤独寂寥。交通工具带来的速度与时间感，涤荡了诗人的感觉系统，促使他将列车奔走的形态同青春流逝的速度相互联结，在意象交响与心理交响之间实现了经验混融，想象力也得以跃升。车厢空间内外的光线、声音、色彩瞬间变化，闪烁不定，与抒情主体的都市漂泊感受相互融合，形成诗与画的协调。如王独清的说法："这种'音''色'感觉的交错，在心理学上叫作'色的听觉'。在艺术方面，即是所谓'音画'。"①物象与心象的平滑转接、多重感觉联络的通达互联，艺术化地抵达了象征派诗人都市空间的情感核心，即"离群索居"者无根浮萍般的飘零感。

新诗中的城市书写一般塑造了两类主体形象：一类是快乐的都市人，重在彰显现代精神主体在都市新兴文化中的获得感与成长感，洋溢着时代新人的朝气；另一类则是失落的漫游者，即象征派诗人倾心塑造的"离群索居"者。如同威廉斯（Williams）论述"城市文学中的人物"时所说的："从一开始，人们对现代城市新特征的感觉就与一个男人在街上独自行走联系在一起。"②看李金发的"背上重负在街心乱走，/全不顾栖息之所在"（《巴黎之呓语》），"在漫漫的长夜里，/我独自与我心跑着"（《狂歌》）；王独清的"我漂泊在巴黎街上/任风在我底耳旁苦叫/我迈开我浪人的脚步/踏过了一条条的石桥"（《我漂泊在巴黎街上》），"黑夜底浓色才由空中缓地落下，我一个人在暗光的街灯旁与冷空气抵抗地立着。"（《NEURASTHÉNIE》）；冯乃超的"冬天　蹑足舞在虚寂的夜心"（《冬夜》）……均在形式上贴合了威廉斯论及的人物形象特质。这种建立在经验层面（笔者理解为一种现代孤独意识）之上的对城市人"内面"的书写，对漫游者形象的赋值乃至强化，带有浓重的主观色彩。孤独的人

① 王独清：《再谭诗》，《创造月刊》第1卷第1期，1926年3月。

② Raymond Williams：*The Country and the City*，New York：Oxford University Press.1973.p.233.原文为 Yet perception of the new qualities of the modern city had been associated from the beginning，with a man walking，as if alone，in its streets.

在城市漂泊,几乎构成了一个标志性的事态,它是抒情主体的自我生存身份认定,亦是他们取法波德莱尔那种都市“夜行人”或“Flaneur”①视角的有效渠道。法语“Flaneur”一词描述的是流连于城市的“漫游——探索者”,如波德莱尔的理解,他们是居于世界中心,却又躲着这个世界的人。为了反抗被城市寓言放逐的命运,诗人需要一种便于穿透既往与未来体验、传统精神与现代空间的形象,或者说以这样一种形象作为投射主体精神的立足点和观察视角,进而捕捉到“一见钟情”与“最后一瞥之恋”(本雅明语)之间的郁结。观察中国象征派诗人的书写,“漫游”则多停留在较为浅层的精神层面,作家们似乎无心主动改变与“人群”主流经验的速度,去窥测那些与俗常人群经验相关、却在心灵上又高于这种经验的城市秘密。多数情况下,“漫游者”关联的是近乎病态的“精神不健全的人”与“个性和孤独的人”(王独清:《圣母像前》),抒发着潜藏在精神“无籍的人”心中的那些“说不出的寂寞”(王独清:《ADIEU》)。这些“漫游者”或者说“离群索居者”的“离群”,表现在两个层面:先是肉身离开故土之乡,然后心理又游离于异国之城。主体因而滋长出难以纾解的文化隔绝感和内心孤独感,萌发“离群索居感”。此外,还有一个不容忽视的文化动因,即主体之“漫游”与城市消费文化空间的联系。

与交通体验、建筑体验等并行,早期象征派诗人的城市文化体验还涉及消费空间。诚然,受制于并不宽裕的物质条件,他们很难享受到奢侈的物质生活。不过,在有限的体验里,他们依然通过与消费文化符号的接触,产生了城市生活的获得感,并将这种获得感有机转化为诗情。例如,冯乃超和穆木天留日期间,经常光顾东京的一家音乐咖啡店。冯乃超曾回忆说这家咖啡店搜罗了很多西洋音乐的唱片,他和穆木天等朋友“只爱到这家咖啡店”,这是他们“生活情趣的点滴”。② 作为文化符号的咖啡店一方面促成了文学社团交流空

① Flaneur 一词在不同学者那里被翻译成都市浪荡子、城市游民、闲逛者、游荡者或漫游者。

② 冯乃超:《忆木天》,李伟江编:《冯乃超研究资料》,陕西人民出版社 1992 年版,第 23 页。

间的形成;另一方面,咖啡店、酒吧、舞场这类城市消费意象大量涌入象征派诗人的文本,映衬出作家自身与城市时尚文化的融合。穆木天便说自己昼间都要“去茶店喝咖啡,吸纸烟”①,王独清也表示过“拉丁区底咖啡馆每天都有了我底足迹”“我吃酒,意识地去吃酒”②。借助消费空间带来的感官与心理上的刺激,诗人可以使用“变形”技艺雕琢漫游者的精神世界,营造戏剧化的效果,如王独清的《我从 CAFÉ 中出来……》所写:

我从 café 中出来,
身上添了
中酒的
疲乏,
我不知道
向哪一处走去,才是我底
暂时的住家……
啊,冷静的街衢,
黄昏,细雨!
我从 café 中出来,
在带着醉
无言地
独走,
我底心内
感着一种,要失了故园的
浪人底哀愁……
啊,冷静的街衢,

① 穆木天:《我的诗歌创作之回顾——诗集〈流亡者之歌〉代序》,蔡清富、穆立立编:《穆木天诗文集》,时代文艺出版社 1985 年版,第 220 页。

② 王独清:《我在欧洲的生活》,辽宁教育出版社 1998 年版,第 80 页。

黄昏,细雨!

城市如同舞台,扮演主角的抒情者在酒精的作用下摇曳于欧洲街头,衔着哀愁,独自彳亍。诗人将精神主体置于无所依靠的极端状态,刻意使用不够均齐的韵脚表现主体“沉醉”的感官体验,记录醉酒者断续起伏的幽微情思。吊诡的是,当抒情者沉溺于灯红酒绿的喧嚣世界时,他却召唤出更为无尽的迷茫和空虚,甚至不知道“向那一处走去,才是我底/暂时的住家……”。这不仅是醉酒者的个人忧思,更是形而上意义上现代人“无家可归”的整体命运写照。此类由消费情调渲染出的悲哀之美或可说明:出于对现实语境及其话语压力的逃避,抒情者纷纷借助消费行为构筑欲望幻象,以之寄托个体情感,缓解精神困顿,谋求在城市幻境中获得某种平衡。因此,明知经验的不可靠,却有相当一部分节俭清苦的诗人主动迎合这种消费文化。就像李金发在柏林时,曾一反常态地频繁光顾咖啡馆、电影院,遁入对消费空间的沉浸式体验,陷于难得的狂欢状态甚至是颓废之中。经由都市消费文化的点化,诗人所表现出的“欲望之力”便有了更深层次的象征意味。冯乃超的《酒歌》写道:“夜半的街头无人走”,“银光的夜色/银光的愁寂/合照着天涯落魄人/牵他临终的喘息”。消费空间构成中介,诗人由此从现实语境抵达一个变形变异的、任由欲望、愁绪自由发散的城市梦幻情境,凭借被放大的官能感受筑造诗意,使得街景、夜色、月光等意象符号相互叠合、彼此转化,共同指向“天涯落魄人”的情感空间。只不过,片刻的物质享受并不能抚平青年人们的精神苦闷,消费场所仅能给他们提供一个于特定场域内颠覆自我的机遇,令其将压抑的精神状态引入一个富含幻觉色彩的、极端化的释放空间。一旦清醒之后,难以抑制的落寞感便会再次袭来。或是引导他们借助下一场的感观刺激,于文本内部的街道上持续游荡、宣泄,谋求精神自慰;或是专心修缮“漫游者”或“离群索居者”的精神形象,为其注入浓烈的“自贬”意识,以戏剧化的方式为自我造像。诗人们纷纷陷于王独清的“漂泊者”抑或李金发的“弃妇”那般挣扎的情境之中,特别是作为超验性意象的“弃妇”,集中体现了诗人对自我价值的主动“自贬”，而且这一比喻还是“诗人身份自贬的极致体现”①。孙玉石先生评价《弃妇》时曾指出：“作者在自己创作的最初动因里，已经将弃妇的意象赋予了自身命运不幸与悲苦的感慨的内涵。作者是在个人的人生存在意义上思考着不公平的世界带给自身生命的痛苦悲哀和孤独的。”②与同时代诗歌中张扬突进的动感抒情相比，早期象征派诗人则在完全相异的精神维度上做出了深入的开掘。这种情况的出现，与他们在域外的命运遭际和实感体验是分不开的。

刚刚抵达异国城市的时候，诗人们往往对这些资本主义都市怀有深切的期待，认为自我经由其文化的感召与塑造，必会有所收获。王独清曾经这样描述抵达欧洲的兴奋心情：“一个久处在文化落后的东方的青年，一旦能走到资本主义发达的中心，他底愉快，是怎样也禁止不住的。”③穆木天也曾在《秋日风景画》中提及在京都吉田山上的感受：“夜色是朦胧的，心地更是朦胧的。心里永远是充满着爱的憧憬。理想是能实现，倒是有点诗意。秋天的薄雾像是微笑着在安慰我。”④这大概是当时大部分留学青年的心理写照，他们把留学视为人生的新起点，心中满是对资本主义社会的认可与期待。希冀“改造自我”的初心同复兴中华的愿望叠合一身，使得象征派诗人们的早期作品多洋溢着激情，像王独清、穆木天、冯乃超等创造社作家一样，带有浓厚的浪漫主义色彩。随着域外体验的深入，诗人们方才发现资本主义城市光鲜外表下的种种不堪——世风日下的城市风气、冷漠功利的人际关系、两极分化的贫富阶层、破败萧索的城市郊区，以及更为切近诗人自身的、他们所处的底层位置和起伏的情感经历（大都是失败的情感）。这些导致其实际生存体验与行前预

---

① 张德明：《异域生存的深刻理解与审美表达——论李金发诗歌的现代性》，《四川大学学报（哲学社会科学版）》2004 年第 1 期。

② 孙玉石：《中国现代主义诗潮史论》，北京大学出版社 2010 年版，第 81 页。

③ 王独清：《我在欧洲的生活》，辽宁教育出版社 1998 年版，第 1 页。

④ 穆木天：《秋日风景画》，蔡清富、穆立立编：《穆木天诗文集》，时代文艺出版社 1985 年版，第 205 页。

想之间的差异不断拉大。① 彼时的中国知识分子选择海外留学,大都因为“文化势差”的存在,认为国外环境必然优于母国,目的地国家理应是文明与进步的代表。然而,现实的城市体验没有契合他们的预想之美,加上由文化迁徙触发的身份焦虑,情感无所依托的心理现实,很可能催生他们萌发“自贬”意识,种下悲观的人生观,并将其引渡至文学创作,书写理想的幻灭与情感的哀歌。彼时,国内诗坛的关注焦点在于现实主义与浪漫主义两端,“坦白奔放”的风格盛行一时,推崇四平八稳的抒情格调和浅直清简的描摹技艺,此类诗风无法承载象征派诗人的诉求,也难以涵盖现代都市文明冲击下人的复杂情绪。当异国城市不再是理想的企慕对象之后,他们迫切需要一种能够有效排遣自我感受、确立主体精神形象的诗学工具。恰逢此时,波德莱尔、魏尔伦那种依托瑰奇意象和神秘情境寄托愁绪哀思的诗歌,以及他们所塑造的充满“审丑”意味的都市情感空间,正契合了东方学子对彼岸之都的文化认知,引领他们找到了自我遣怀乃至读解城市的视角。看王独清的自我分析:

> 关于我,那是很明显的:自己接触到欧洲资本主义社会的时候,便正是这个社会要破产的时期,这自然是可以立刻感觉到的;而同时自己又是负着东方半殖民地底卑贱的命运,处处又和目前所接触的社会发生着冲突,这样,我底倾向便在不自觉的状态之中决定了起来,我像是一个在这个世界上找不到安栖处的流浪者一样,我底意识竟对于这个世界起了无限的嫌恶。不能自制地我走到一种病态的生活方式里面去,“为艺术而艺术”的艺术便在这种情形下面紧紧地抓住我了。②

诗人自况为“找不到安栖处的流浪者”,他在象征主义文学中寻得了情感

① 比较典型的例证是李金发在巴黎美院学习期间,看到了“为了面包出卖肉体”的裸体模特、霸凌他人的法国学生以及青年人堕落、放任的生活方式,不由发出了“自诩文明的法国人也不过如此”的失望叹息。见李金发:《李金发回忆录》,东方出版中心 1998 年版,第 36 页。

② 王独清:《我在欧洲的生活》,辽宁教育出版社 1998 年版,第 81 页。

的依托，最终“从过去浪漫的行踪中渐渐地拉近了颓废的氛围”①，沉潜于唯美主义和波德莱尔“病态美”的文学风格之中。像他这样的青年诗人，往往都会选择从个体角度出发，在象征主义的艺术氛围内，以“过渡、短暂、偶然”（波德莱尔语）等非理性化的心灵状态表现人与城市的疏离关系，注重反映游移不定的漂泊感，进而唱出现代都市人“对于生命欲揶揄的神秘，及悲哀的美丽”②，支撑起带有海外游子心理特质的都市情感空间。

整体考量早期新诗人对城市文化的态度，为了呼应“五四”时代的动感精神，张扬民族国家的富强理念，写作者们着力于凸显城市“力之美”，肯定其中蕴含的破旧立新之创造精神。至于如何呈现城市中的负面因素，不同诗人的处理方式各有殊异。比如，在郭沫若笔下，他的都市批判还是远景式的，抒情主体投射出的都市情结，乃是诗人个体浪漫国家理想的化身，其审美现代性依附在启蒙理性之上。再观诸多左翼诗人的创作，他们自觉运用阶级观点和阶级分析方法审视城市文明，认为都市之力指涉了丰沛的物质成果，但本质上也掩盖了众多底层被压抑的生存本相。宏观而视，现代诗人感触和表现都市时，多会秉持“力之美”与“恶之花”并行的复合文化态度。如李金发在《忆上海》开篇，便一语道出现代上海的本质是“容纳着鬼魅与天使的都市”，应和了凡尔哈仑对现代都市“进步与罪恶并存”的总体判断。以李金发为代表，诸多早期象征派诗人对城市物质文明保持了既追逐又拒斥的态度，情感游移难定，形成矛盾的纠结，这也正是中国新诗人面对都市最普遍的认知模式和情感意识。

源自对异国都市和自我人生境遇的失望，早期象征派诗人似乎有意弱化了对资本主义城市“力之美”的表达。甚至稍显武断地说，他们没有逡巡于都市的声光电影等“有形”的物质文化，不会对某一栋具体的现代建筑、工业厂房、城市街道、交通工具作出细微的描述，去喟叹“物态城市”本身蕴含的伟

① 王独清：《我在欧洲的生活》，辽宁教育出版社 1998 年版，第 80 页。

② 黄参岛：《〈微雨〉及其作者》，《美育》第二期，1928 年 12 月。

力。诗人追逐与拥抱的不再是现实城市的物质文化，而是它既往的历史辉光。“力之美”与“恶之花”由此演绎为“历史城市之瑰奇”与“现实城市之罪恶”，指向文化之城与罪恶之都两类形象。谈及王独清的诗集《圣母像前》《威尼市》时，穆木天特意分析了他的两种主要写作动机，即“对于过去的没落的贵族的世界的凭吊”和“对于现在的都市生活之颓废的享乐的陶醉与悲哀”①，恰能为这一论点辅以佐证。自谓在意大利“浪游”的王独清曾表示，他在旅行中一面“感着了一种对于智识的追求的无上的快乐”，一面“从那些古代文明的墟墓中烟士披里纯到 Nostalgia 的夸张的诗意上面去……向吊古的情怀中放进了民族的伤感”。② 资本主义城市的机械化、工业化、商业化符号被诗人淡化了，取而代之的是古罗马、那不勒斯、威尼斯等名城的古典魅力。诗人化身为拜伦那样的文学先贤，于行旅中揭示城市馥郁而古老的文化气质，彰显主体自身的智性存在。从城市现实的“力之美”过渡到城市过往的“古典之美”，体现了作家城市情感的位移。“资本之都”的崇拜弥散过后，诗人们更愿意相信“追想往昔的去，/胜于明天的来”（李金发：《不相识之神》），于是开启了对文化故都的寻访之旅，凭吊异国城市的过去，进而推衍至“凭吊他的过去，他的祖国的过去”③。荒凉的废墟、陈旧的雕像、看似衰败的文化之城，勾连着死亡般的沉静和寂寞。“城”与“人”在情感空间的层面实现互文，共同指向诗人的异国怀乡症。

从规模上看，早期象征派诗人的城市“吊古”诗文数量有限，远少于表现“城市之恶”的篇章。大概是源自《恶之花》的影响，诗人们也如波德莱尔似的，将恐怖、丑恶的幻象纳入城市形象建构的范畴，拟现梦幻化的都市异空间。④在他们的笔下，对幻象的摹写成为抒发潜意识的特别通道。如李金发的《寒

---

① 穆木天：《王独清及其诗歌》，《现代》第5卷第1期，1934年5月。

② 王独清：《我在欧洲的生活》，辽宁教育出版社1998年版，第97页。

③ 穆木天：《王独清及其诗歌》，《现代》第5卷第1期，1934年5月。

④ 关于城市“审丑”，王独清的话比较具有代表性，他曾说：“我喜欢都市，但是我喜欢的几乎是被冬天底混雾所笼罩，工厂的烟突耸在发霉的空气里面，马路上堆积着已死的落叶的那种都市。”见王独清：《我在欧洲的生活》，辽宁教育出版社1998年版，第85页。

夜之幻觉》便细致描绘了城市的阴暗面，为后世留下了巴黎书写的经典篇章。

巴黎亦枯瘦了，可望见之寺塔
悉高插空际。
如死神之手，
Seine 河之水，奔腾在门下，
泛着无数人尸与牲畜。
摆渡的人，
亦张皇失措

寒冷夜色下的巴黎，如《恶之花》中的“恶浊之黑夜”，乃是一幅恐怖的景象——死者堆积在丑陋的塞纳河水中，张惶不安的生者犹如被欲望操纵的虫豸，惶惶不可终日，宗教建筑的尖塔枯瘦如手指，扼住世人的咽喉。王独清的《塞因河边之冬夜》同样写到巴黎，与《寒夜之幻觉》奇诡地形成了姊妹篇式的呼应结构。“象死了一样的卧着不动”的贫民与咖啡店里“在猥抱紧拥/短发半裸的黑奴”的妖女交错呈现，文字间流动着抒情者对“文明都市不过是罪恶的深坑”的哀叹。两首诗都夸张渲染了巴黎塞纳河边的街景，且均放弃了对现实的写真还原，更偏向于以“梦幻”叙事的方式介入城市形体和内部人群，塑造城与人共同拥有的世俗、堕落、空虚形象，使得都市情感空间内部涌入了大量即时、跃动的视听元素，最大化地实现了城景与人心的交响。相较之下，冯乃超的《岁暮的 Andante》也是在城市的夜晚展开幻象，但笔法又不似欧游诗人那般变形夸张，诗人写道：

烟雾迷涤地迷涤的烟雾
街头　落叶　歪首的街灯
人去人来　浮动的风景
车往车来　点抹的画图
SantaMaria 蹑足走过了
忧愁夫人展开广阔的衣襟
冬天　严肃的冬天到了

带着宿命的幽暗残酷的沉吟
教堂的尖塔放弃了现世的苦痛
十字架高蹈地飞升到上层的天空
Holy night Holy night
All is calm All is bright
教堂照得天国一样光明
街头的夜色沉淀如墨

作家从“物哀”美学中汲取养分,没有过多明言城市的“罪恶”,而是逐层烘托冬夜的萧索氛围,把城市拟造为一个边缘漫漶不清的舞台。理应出现在中央的演员,亦即诗歌中的浪荡子,则隐身在舞台边缘窥测“浮动的风景”“点抹的画图”,以之联通人类自身“现世的苦痛”。这样一来,凝滞的冬夜、城市的街景、幽暗的命运便不断向着一个难以言明却又勾连着“永恒的死亡”的意义空间靠拢。文本的“审丑”效果虽不突出,却依然透过物象和心象的“共振”将都会的残影投射至属于游子的哀愁时空。轻绡一般的文字,透着唯美朦胧的画风,既关联照应了留欧学子的城市幻思,又延展出切近东方美学的寂静清幽情调,从而彰显了异域诗风与古典诗韵的内在调和。

综上所述,早期象征派诗人构建的都市情感空间中,蕴含的情思大致分为三个向度:一是诗人从以农业文明为主体的乡土社会抵达以工商业文明为主体的城市社会后,凭借朴素的阶级观念和国家富强意识的召唤,对城市形成的“艳羡”与“厌恶”并存的情感,偏向探勘都市“丑陋”的面影。① 二是在这种复

---

① 与此相关的例证是作为农家子的李金发留欧前,曾负笈香港,对贫富悬殊的现象保持了特别的关注,他这样回忆当年的观感:“从小就听惯了我父亲说过香港的情形,因此在船上望到这火柴盒一般的房子,一点不惊奇,一经看到码头上的紊乱拥挤,小艇夫和苦力的为生存而挣扎的情形、使人想到吃饭之难,不是在乡下日出而作日入而息之安逸可比。后来逛游中环,摩洛街,海皮,大菜市等,益令人厌恶,无论先施、永安陈设得如何整洁美丽,贫富阶级的鸿沟益是显出得明白。”(李金发:《三十六年前在香港》,香港《文坛》月刊第 115 期,1954 年 10 月。)这种理解和判断虽与明确的阶级观念无关,但此类倾向的生成,使得诗人来到巴黎后,仍然“能对那个资本主义大都市的丑恶一面有一定的体察和认识”。(陈厚诚:《死神唇边的笑:李金发传》,百花文艺出版社 2008 年版,第 19 页。)

合性情感的导引下,生发出的对异国城市既往历史和中华故土古典文化的怀恋,以之承载知识分子的主体意识。三是在城市消费文明中发掘能够激活精神主体的质素,以便游离于凡俗的都市经验,在超现实的境界中吐露游子难以消散的幽怨,以及生命不可捉摸的神秘,完成对个体生命变异感的捕捉与呈现。当然,殊异于西方诗人的生存体验和跨文化的身份焦虑,使得中国象征派诗人朝着正统的象征主义观念汇集的同时,也在自身美学惯习的影响下,或多或少地产生认识或理解上的偏离。就都市情感空间而言,波德莱尔等诗人使用丑恶意象抑或调用幻觉意象的原因,不仅停留于表现颓废情绪,或是对城市既往之病的机械复述,还在于他们要穿透熟悉的现实表面,将诗歌提升至超验的哲思层面。而中国诗人多停留在对自我即时、变异的官能感受的表达,其哲思深度同波德莱尔等先贤相比,差异自是明显。这些"流血之伤兽"(李金发:《小诗》)极致彰显了特定环境下的个体情绪,将新诗的抒情焦点从外部社会拉回内心世界,其对都市眩惑、梦幻场景的调用,乃是拟建出了一个城市幻景,使浪荡子的自我情感在暂时性的空间内有所附丽。其内充盈的幻灭语象和忧郁气氛,不像西方诗人那样具有对人类生命整体的形而上反思,也极少展现出更为精美的、面向未来的拯救性力量,从而与超验性的哲学境界无缘。因此,与其说中国象征派诗人在诗歌中"复制"了西方先贤的城市情感空间,不如说他们是从象征主义诗歌的"颓废""浮纨"等观念中,摘取到利于架构去国之情与怀乡之思的语料,他们所展开的都市情感空间,实则包含着对城市的态度和对自我的期望,二者结成了互喻式的密切联系。正如龙泉明对中国象征派诗人的评价:"李金发、王独清笔下的'巴黎的忧郁',穆木天、冯乃超笔下的都市的忧郁,就是他们悲哀、病态的情感世界的写照。"①城市的悲情与个人的不幸,均统一在他们对城市的态度中,其情感空间和感觉结构既有世界文学的经验元素,亦有着挥之不去的"中国性"特征。

---

① 龙泉明:《中国新诗流变论(修订版)》,人民文学出版社1999年版,第259页。

第二节　乡情空间:无根者的幻梦

伴随着早期象征派诗人城市体验的展开,写作者们接触到发达社会的城市风物文化,逐步调整并找准了诗思路径,开始在异域城市中探寻由物质文明激发的现代意绪,对这种奇特感受加以表达。空间上的位移和全新的社会、文化环境,使他们或多或少会遭遇心理上的空虚与文化的冲击感,滋生出同故土体验迥异的现代性新感觉。当诸多新锐的体验超过他们的情感负载力时,有形或无形的压力便积聚在其内心深处,令其产生相应的精神负担,进而形成消极抑郁的情绪,一系列生成于现代都市生活特别是消费文化中的“哀歌”“酒歌”“呓语”,正是这种情绪的文本体现。从都市的“浪漫”空间到精神的“颓废”空间,身在他乡的诗人们不断寻找着宣泄自我、释放情绪的可能。在都市情感空间之外,他们不约而同地走向了对“原乡”的怀恋之路,从无根的漂泊状态中缅想遥远的故乡,将域外的生命体验与先在的文化经验两相融合,刷新了传统“游子思乡”的书写模式,为新诗中的乡情空间塑造、乡情书写提供了来自海外的观照视角。

“怀乡”并非象征派诗人的专属主题,因为几乎所有负笈海外的诗人都会经历流离失群的孤独体验,他们普遍抒写漂泊者的落寞与空虚,眷恋自己的故土和母国,此类诗篇不胜枚举。留美的闻一多便说自己是“不幸的失群的孤客”“孤寂的流落者”(《孤雁篇·孤雁》)、“年壮力强的流囚”(《我是一个流囚》)、“飘簸在海涛上的一枚钓饵”(《太平洋舟上见一明星》)。留日的成仿吾则慨叹“故乡何处?/让我回去了罢!/一个人行路无依,/我心凄惨,我愁,我怕!”(《故乡(Religious emotion)》)。无论是“不幸”还是“凄惨”,均是出洋诗人典型的心理特征。在这些言咏乡愁的情感空间内,早期象征派诗人所表现出的特质更为独特,他们的文本切合了象征主义诗歌回避现实、悲观厌世、专注于修缮心灵内宇宙的特性,又与中国诗人难以磨灭的现实爱国情怀时刻呼应,其内在的丰富性值得深入探究。

如上一节所述,考量象征派诗人情感空间的建构,需要留意“欧洲”和“日本”两类影响模式。尽管他们都产生了对都市文明的不适感,但这种“不适感”本身,依然有着各自复杂的内部构成。李金发、王独清等留欧诗人起先怀抱着对都会文化的欣羡,希望从中觅得激活人生的机遇,然而城市现实带来的视觉陌生感以及由此造成的心理阴霾,使得他们的“异域感”牵涉了更多的“无根”体验。亦即说,诗人们遭遇到足够的“震惊”之后,没有对城市视觉印象进行持续的消化乃至转化,他们秉持一种反视觉呈现的言说思路,所描绘的城市少有实景,多为幻象,表达方式趋向于决绝。像王独清的《NEURASTHÉNIE》,其间虽不乏对意大利城市美景的刻画,但本应愉情悦性的异国风景仍无法平复诗人的情绪,反而使他生发出“不愿在这地球上住了!”的慨叹。在《遗嘱》一诗中,这种自况的语调更为决绝:“我,我是一个孤独的,一生飘泊的人,/还没有完全离去所谓青春的年龄。/正当是孩童时便走出了我底故乡,/就这样,就这样一个人飘泊在四方。/我底生活,完全是,是不健全的生活,/我底生活,是尽被无谓的伤感埋没。”“孤独”未能转化为诗人可以依靠的精神力量,恰恰相反,由孤独连带而生的心理压力,不时折磨着诗人,导引他走向极端,发出了“啊,今晚我,我就要死了,我就要死了”(王独清《遗嘱》)的哀鸣。再看李金发的《我背负了……》写到抒情者“向完全之‘不识’处飞腾/如向空之金矢”,情思走向与王独情的风格不完全一致,却依然透露出因身心无所依傍而产生的“逃离”意识。无论是逃离地球还是走向未知,对城市现实环境的不适应及不安全感,使写作者产生“虚空”的认知,甚至把城市视为精神困束。这也就抛出了一个“娜拉出走后怎么办”式的问题,即诗人从文本中“逃离”城市之后,他们的精神出路又在何方?

一般谈到早期象征派诗人的异域感,往往侧重于论析风物文化(主体是建筑文化和消费文化)带来的差异性体验。有了差异性存在的出现,主体才有可能因始终无法克服此般差异,陷入矛盾纠结的状态,进而萌生心理漂泊之感，这种情况主要存在于留欧诗人群体中。与之相比，留日诗人的体验则较为特殊。中国的病痛点和日本的阴暗面，以及中日两国关系的变化，常常使他们“在日本感受到强烈的民族危机，由此产生的‘怀乡病’或曰‘中国体验’则是‘两重失望，两重痛苦’之后的结果”①。再者，从景观类型、建筑风格、人文风俗、文学风气上看，虽是离开国门身至东瀛，但诗人的“异域感”肯定不若留欧者那般强烈。文化体验方式的趋同感，导致“异域感”在留日诗人的作品里表现得并不突出。尤其是在物象选择上，如果不是特意标明自然物象或都市人文意象的位置、名称，则很难让读者意识到这是写在日本的诗篇，从而与李金发、王独清那般遍布新锐都市景观的诗文形成了显在的不同。特举一首穆木天的《鸡鸣声》，作者持续渲染了颓败的心情：“鸡鸣声/唤不起/真的/哀悲/我不知/哪里是家/哪里是国/哪里是爱人/应向哪里归。”按照一般的解读，这首诗重在沟通外在的残景与作家内心的孤寂，景象虚幻而朦胧。不过，推究“我不知”的缘起，正在于“鸡鸣声”，此处隐含了观察者对周遭环境的认知态度。无论是在国内还是域外，鸡鸣声都是类似的，复现这一声响本身，并不能强调诗人所处的域外空间位置。究竟是在异国还是在故乡，诗人的时空感发生了紊乱，各种情愫才会随之而来，交响碰撞。再看冯乃超的《阴影之花》，诗歌原题为《阴影里的花》，分为三段，写夏夜中的美梦、淡烟、阴影、泪痕，充斥着惨淡、迷离的情绪。诗歌末节言道：“细腻的鸟声吐异国的清音/阳春的序曲奏来世的哀韵/甜美的感伤的面绡笼罩深深/荏弱的苍白若含愁又若带恨。”一方面，文本的情绪哀婉忧叹，美感构成与“物哀”文化密切相关；另一方面，作家对异国的生命感知难以透过新奇的意象来完成，只能强行为诗文增添“异国的清音”这样的表述，以此彰显文本生成语境和诗人所处环境上的“异域感”。

---

① 张立群：《心态史的研究与进路》，广西师范大学出版社 2017 年版，第 42 页。所谓“两重失望，两重痛苦”，出自郑伯奇：《〈小说三集〉导言》，见刘运峰编：《1917—1927 中国新文学大系导言集》，天津人民出版社 2009 年版，第 102 页。

由不同的异域感出发，分析早期象征派诗人拒斥城市现代文明的原因，则可发现，留欧诗人多是因喧嚣浮躁的都市环境而产生了心理上的隔绝感，留日诗人的生活环境偏向于平淡空寂，但依然有可能诱发另一重的文化隔阂体验。在京都法善寺山下居住时，冯乃超每日聆听附近清水寺的暮鼓晨钟，便产生了"出世"的念头，向往三木露风在北海道修道院所过的每日"沉默、祈祷、劳动"的生活，心态也一度滑向苦闷和孤寂，后来不得不离开对他而言如"死木"般的京都。同样是在日本求学，郭沫若、田汉、成仿吾等身在东京的作家可以沉浸在"大正都市热"的文化熏染之中，较为自然地融入现代都会语境，而像冯乃超、穆木天这样有着京都经历的诗人，则受文化古都中蕴含的物哀、侘寂、幽玄美学点染更深，因而观察世界、感受人生的方式也和留学东京的诗人形成对照。他们仿佛更容易陷入个体的悲哀之中，常会立足静态、自然的视角去构建诗歌的情境。因此，当我们考察象征诗人的创作时，既要考虑欧洲因素和日本因素，又要细致处理日本因素中的"东京"和"京都"。尤其是后者对早期新文学家汲取日本传统美学经验的影响更为深刻。①

无论身居东瀛还是西洋，诗人们都远离了自己的故乡，他们置身于"他者"的文化环境内，脱离了对故土时间与空间的依附感。时空感知系统的变化，使得行旅者很难在短时间内重建体悟现实和感受自我的认知结构，他们走向象征主义，正是要依靠这一美学资源修复自己的感觉系统，其中一个强烈的心理内驱力，便是从异国的"乡土/自然"体验内被激发出的"恋乡""怀乡"

---

① 关于东京和京都，陈方竞曾指出，这两个城市是"创造社作家在日本留学的两个主要栖息地，可以作为我们认识创造社作家的内部差异的一种标志。东京作为在日本最早面向西方而流行着'欧风美雨'的沿海大都市，与坐落在腹地有'千年古都'之称的京都，在文化特征上有明显差异，这种差异更是在近代以来西学东渐背景下拉大的，这近于我们对上海与北京的明显不同的感觉。青春期东渡日本，经历了在我们今天看来过于漫长的留学生活的创造社作家，不仅与日本文化结下不解之缘，而且日本文化内部东京与京都的明显文化差异在他们身上也打上了清晰的烙印，这更主要体现在创造社作家内部与地缘因素不无关系而形成的不同文学倾向上，更主要体现在创造社的更植根于'京都'的作家与更附着于'东京'（沿海）的'三鼎足'（成仿吾、郭沫若、郁达夫）之间的不同上。"见陈方竞：《文学史上的失踪者——穆木天》，北京大学出版社 2007 年版，第 49—50 页。

感。在都市体验之外，诸多诗人都利用假期旅行、田野调查、探亲访友等方式，实现了在异国他乡的田园行旅，且几乎都对乡野生活体验流露出正向的态度。如李金发在巴黎居住期间，自况为“久困巴黎拉丁区的人”，“无日无夜的在担心着自己的将来”，一次“乡下小住”的机会，却令他感受到“意想不到的趣味”和生命的美好。① 穆木天的表述则更加直接，他自谓诗集《旅心》中的大部分诗篇都写于1925年，但“其中的诗感则是一九二四年暑假期间在伊东的那两个月的生活所培养成了的”，诗人进一步陈述道：

> 那两个月的海滨的生活，给了我不少的兴奋和刺激，而那种兴奋和刺激直造成了我的那些诗歌。那一个近于原始的农村，那一道海湾，那些山，那些水，那些人家，而特别地是那一个肥胖的少女，真是给了我深刻的印象，尖锐的刺激，而使我永远地不能忘怀的哟。我追求她，她不理我。以后到了我发现我的旅伴S君和那位少女成为知己，天天出去漫步的时候，我真是忍无可忍了。我没有别的，我只有沉痛地唱吟我的哀歌。那一次失恋，使我认真地感到了自己的没落和身世凄凉了。
>
> …………
>
> 伊东之两个多月，使我感到没落，感到深的悲哀，使我感受了哀歌的素材。同时，在伊东，我读了诗人维尼(Alfred de Vigny)的诗集。那两月间，好象是决定了我的作诗人的运命了似的。②

在第三章中，谈及胡适新诗观念的生成，我们曾引入“凯约嘉湖翻船”事件，用以说明微小的行旅体验对作家写作引发的深远影响。此处看到穆木天的自述，也能感受到他在伊东海滨乡间的两个多月时光的确造就了诗人重新

① 李金发：《忆法国海滨》，中国现代文学馆编，陈坚编选：《李金发代表作　异国情调》，华夏出版社2009年版，第263—264页。

② 穆木天：《我的诗歌创作之回顾——诗集〈流亡者之歌〉代序》，蔡清富、穆立立编：《穆木天诗文集》，时代文艺出版社1985年版，第215—216页。

组合原乡记忆和现实经验的机遇。对岛国乡村风景的实地观察，对当地少女的情感投射乃至对未开即凋零的一份“爱情”的浪漫守护，被他以诗歌的方式①调和在稳定的情感空间之内，加上象征主义诗学对多重感觉的点化、统合效应，文本的诗义结构与诗人的情绪结构在相互支撑中逐步达到平衡。

以穆木天、冯乃超、李金发、王独清的作品为主体进行分析，早期象征派诗人均为诗文注入了浓厚的“异乡”意识。要么是透过“异乡人”身份，强化自我的漂泊命运，如李金发《残道》中所述：“我在生强之从里，/张惶，战慄而短气着，/懊悔，需求和记忆，/永为不速之客。”要么是潜藏在物象背后，借助空灵、孤寂的意象群组吐露游子的哀愁，逃避“生物拥挤之闹声”（李金发《失败》）。再有便是像穆木天的《我愿》那般，漫步海边，寂对古树，遥望松原，梦想“天边的孤岛”，憧憬“虚无的家乡”，释放着传统主义的情绪。综合而观，他们的“乡情空间”至少包含了三个抒情向度。或者说，诗人借助三条互相交通的路径，建构起游子对文化乡土的海外想象模式：

首先，勾陈主体记忆中对故乡的生活印象，描绘并呈现故土真实的面貌。机器的轰鸣与人流的挤轧，使诗人的感觉产生错位，以“静”为核心的、融合规范化与和谐美的农业文明被都市“不平衡”的美学形态所取代。现代人器官感觉的混乱给写作者带来的颤栗感、由时间变动和生存困境激发出的不适感、生命主体与城市的疏离感，自然而然地触发他们在异国空间内缅想既往经验，产生难以抑制的怀乡冲动和对中华乡野文化的追思。冯乃超便擅于利用观念的清奇联络，将富有色彩感的故乡实景纳入文本。如《南海去》中，不断复现着“我的故乡在南海里”的诗句，咏叹“蜜柑甜橙装满筐/叶色墨绿橙色黄”的“南国的颜色南国的光芒”。幽香的茉莉、灰蓝的屋宇、花岗岩的石柱、龙眼的果树、七月的阳光……诸多实景被诗人汇聚在故乡想象之中，形成清晰的画面感。在《乡愁》中，他又写道：“静悄地飞过了的哀愁　今宵荡回我空寂的心

① 如穆木天的《夏夜的伊东町里》、《伊东的川上》等。

墟/我爱橙黄的月影　怀抱着故乡底淡青的情绪//我爱石砌的环拱的桥头与桥底的缓慢的浊流/橙黄的月亮照着黄色的小船　我念木版画里的苏州。”诗人参照象征主义诗歌在感觉上的交流与契合，一面吟念着“放浪异乡的哀愁”，一面令色彩感、音乐感和味道感交叉流动，勾勒出一幅色彩斑斓的故乡图。

像李金发这样倾心塑造异国形象的诗人，也在着重书写城市生存体验之外，留下了情思指向高度集中的“怀乡”诗篇。他有两首题名为《故乡》的诗歌，其中一首聚力于追忆青春时期和妻子在晨光的山间玩耍、嬉戏的场景，其中写道：“日光含羞在山后/我们拉手疾跳着/践过浅草与溪流”，“和风的七月天/红叶含泪/新秋徐步在浅渚之荇藻/沿岸的矮林——蛮野之女客/长留我们之足音”。身在巴黎的诗人收到家人寄送的照片，由此牵动他对少年时代的怀想。诗中没有直接书写故乡风物，却通过一个个片段的连缀，组接起作家的青春记忆。过往的欢欣和现实的悲苦相互映衬，袒露了海外游子思念故土与亲人的真切心声，读之令人感动。另一首《故乡》则趋向于对家乡地理环境和人文现场的再现与反思，切中了那些远在梅县的、充满乡土风情的家乡风物。诗歌开篇就揭示了故乡的真实环境：“我的故乡，远出南海一百里，/有天末的热气和海里的凉风，/藤荆碍路，用落叶谐和/一切静寂，松荫遮断溪流。”或许读者还在等着诗人继续书写故乡的美好风物，不料写作者却笔锋一转，走向了对乡里“械斗”野蛮习俗的鞭笞。愚昧的风俗导致村落中人亡室空、断桥生苔，越来越多的人离开了故乡，想去寻找乐土，却始终无所得。而诗人自己，也是这些“离乡者”中的一员——“使命或说尽了，/忽地来了一诗人，/——一个命运预言者，/他伤心了，/以为是不可救药，/遂毁了其所欲写之笔，/骞地走了，逃向何处？”故乡既清丽又腐朽，使得作家在回忆它的种种风物时，有如看待都市一般，生出了拥抱与拒斥并行的矛盾心理。渴望归乡，却知现实之乡已不可归；企慕乐土，然而乌托邦亦难寻得。“故乡”本身和诗人自体形成了彼此呈现的交互关系。故乡的未来应该走向何处？诗人的精神又应附丽何方？

凡此种种，均引导诗人从风物表象入手，于实体化的故乡中透析可以指涉理想人文精神的诗学因子。

无论是冯乃超还是李金发，他们拟造乡情空间的思路大都一致，即远离城市文化语境，较少与当下环境对话，转而借助“暗示”的成分，发掘故乡蕴含的丰富内质，赋予其诗性的象征功能。这也构成了“乡情空间”的第二重抒情向度。对乡村情境进行运思时，一些诗人如李金发在创作《下午》时那样，视乡村为与城市文化属性相反的、带有自然属性的精神投射物，以对故土的思念弥补都市中缺失的道德伦理。在《春城》中，诗人进一步将这种伦理具体化，他歌颂了南国劳动女性的勤劳、质朴、乐观，凭借特定的人物形象定格故乡的人文精神，号召人们从中汲取精神力量。即使选择呈现实景物象，诗人们也更愿意去找寻它们与颓废、阴暗、梦幻等象征因子之间的共振点，试图搭建一个典雅精致抑或是神秘寂寥的隐喻情境，渗透出一种带有唯美色彩的整体性感伤情调。冯乃超在他的自叙传短篇小说《故乡》中曾言及“故乡”空间的两重指向，“故乡”一词“发散着牧歌的感伤的情绪。对于青春初发的人们，这是多感的，怀念的，而且美丽的词藻。但是，对于把青春消磨于异国天空下的我，又是厌倦放浪生活的我，故乡是对于古代的追怀，又是童年的漠然的梦”①。可以看出，作家有意为故乡奏响牧歌般的调子，以之作为激活主体感知能力、摆脱空洞无味的“放浪生活”的心灵依靠。经由故乡情感空间的转化，诗人将异域忧思夸张、放大般地加以呈现，把残花、夜雨、墓园等带有终结色彩的意象纳入怀乡语境，纵容伤痛与哀愁在特殊的诗学场域内肆意狂奔，从一个特殊的维度确立起主体的存在感。他强调故乡是“对于古代的追怀”和“童年的漠然的梦”，似乎延展了这一情感空间的丰富性，仔细揣度，又可发现“故乡”被他赋予了更多的诗性特征。它往往是虚体化、精神化的存在，其景物自身的表征并不明显，多指向过去的时间，而非切近当下。这种倾向不仅属于冯乃超，而且

① 冯乃超文集编辑委员会编:《冯乃超文集》，中山大学出版社 1986 年版，第 117 页。

原于穆木天,甚至其特性更为鲜明。对此,冯乃超评价道:

诗歌变成他寄托个人忧思、失恋的悲哀和身世凄凉的工具。《旅心》集里留下诗人不尽的乡愁,故国的思念。诗篇中反复出现乡村的景色,富有牧歌情调,象是印象派的风景画,但画面中总不免有些荒凉的山丘、乱冢,老年的翁妪等等点缀其中;山村常常笼罩在渺渺的冥濛中,是朦胧的,梦幻般的,寂寞而恬静的……他对家乡的印象,大概是幸福童年时期留下的东西,并不完全是颓唐的,却带有自然主义的色彩。①

《旅心》集中遍布乡野的雪景、荒凉的村落、田间的农人……从视觉上烙印着穆木天的东北故乡的现实特征,对应了冯乃超提及的“自然主义的色彩”。这些文本确如“工具”一般,寄寓着穆木天对故土人文品格的思恋,以及“异乡客”那多感纤弱之心上深深蚀入的伤痕。从艺术角度而论,穆木天将诸多类型的意象杂糅一体,试图从错杂的物象中找到灵魂“交响”的可能。“故园的荒丘我们要表现它,因为它是美的,因为它与我们作了交响(Correspondance),故才是美的。因为故园的荒丘的振律,振振的在我们的神经上,启示我们新的世界;但灵魂不与它交响的人们感不出它的美来。”②为此,诗人不再局限于使用传统认知里的“优美”意象,而是如马拉美对象征主义的诠释,“力避对客观事物的直陈”,去“追求事物的本质及理念在具象中的呈现”③。受教于这样的诗学理念,诗人从芜杂的信息中探寻记忆空间与梦幻空间的交互感应和超验契合,为悲观沉郁的个人神经振动与外部世界那“荒秋的振律”确立另一重的联系,发掘重建心灵平衡感、疏解纯粹诗歌与国民诗歌矛盾的机会。因此,他凝望日本的乡野,“问遍了点点的村庄,青青的菜圃,满目的农

① 冯乃超:《忆木天》,李伟江编:《冯乃超研究资料》,陕西人民出版社1992年版,第23页。

② 穆木天:《谭诗——寄给郭沫若的一封信》,蔡清富、穆立立编:《穆木天诗文集》,时代文艺出版社1985年版,第265页。

③ [法]马拉美:《诗歌危机》,袁可嘉等编:《现代主义文学研究》(上册),中国社会科学出版社1989年版,第341页。

田”，呼喊着“旅人呀，哪里是你的家乡？哪里是你的故园？”（《与旅人——在武藏野的道上》）苦苦寻觅着一个能够让他停止漂泊、终结流浪的港湾。这个“港湾”究竟身在何方，或许正是《北山坡上》《江雪》《苏武》等诗篇中缅怀的神州的光辉历史，故而他才会持续地以“旅人”身份自况，鼓励自己向前探问。诗人并非真的想要即刻离去，返回地理故乡，而是希望借助文学的手段或是精神调控的策略，摆脱异域的落寞感对自我的侵袭，找到重塑主体意识、回归母体文化的适宜途径。

考量穆木天诗文中的乡土情感空间，其间固然保留着童年记忆的痕迹，但诗人毕竟在日本文化环境中浸淫多年，因此他所拟现的那个人类、自然、宇宙永久契合的、稳定的乡村世界，既蕴含着来自文化记忆中的浪漫情愫，也包孕着日本现实体验对其思维的浸染。理解了这一点之后，我们反观他的《山村》一诗：

辉阴的松杉，
起伏的山田，
抱住了小小的村庄，
逶迤参差，低矮矮的几十的茅檐。
风声飘飘
和着流水的潺潺，瀑布，山泉……
水车激激地旋转，
打打的吐着泡沫，石砌的河边。
散乱的干草，
狼藉在道上，村间，桥头，河岸……
挂着红色烟草看板的草舍的阶前，
咕咕咕咕鲜鸡散叫的庭园。
堆石的低低的短墙，
爬着牵牛花的枝蔓。

石隙间丛丛的生着青草,
墙脚下静静地卧着一只黄犬。
茅檐下,一个老妇徐徐地抽烟,
裸着怀,流着汗,呆对着玉蜀黍的梢尖,
汽水……饼干……煎茶……卷烟……
微笑着,好象说:行人! 休息! 谈闲!
板桥上过着汗喘的乡人……
游散的村儿,徘徊的野犬……
这是我读《投到海上的浮瓶》,到河边,幽径,林间,
那日右岸的山村,蜘蛛渊畔。

诗人调用了对东北乡村的记忆,描述的却是日本伊东山畔的乡野景致。这首趋于写实的诗歌仿佛让我们看到了“一个未受任何‘现代化’也即‘西化’淫染的纯粹东方民族的自然生活场景”,有如“日本的‘浮世绘’一般富于人性的生活画面”①,混融了故土印象与异国风景。借助象征主义的诗学策略,经由原乡记忆和日本文化思想的彼此化合,作者以“怀乡”的语调再现了日本乡土的自然生态,使乡情空间多义、复合的文化特质得以彰显。“异国的薰香”与“自我的反映”经由声音、色彩的纤动传导,在乡情空间内搭建起了一个理想化的抒情结构,一步步启示出他在《谭诗》中论及的“无限的世界”。

再看“乡情空间”的第三重抒情向度,笔者将其定义为“都市的乡野化”。在留日诗人中,穆木天、冯乃超也曾写到城市实景,且风景类型几乎与现代工业文明无关,多为城市中的自然景观。穆木天曾回忆说:“不忍池畔,上野驿前,神田的夜市中,赤门的并木道上,井头公园中,武藏野的道上,都是时时有我的彷徨的脚印。”②位于东京郊外的“井之头”公园,便频频出现在他的诗文

① 陈方竞:《文学史上的失踪者:穆木天》,北京大学出版社 2007 年版,第 183 页。
② 穆木天:《我的诗歌创作之回顾》,见陈惇、刘象愚编:《穆木天文学评论选集》,北京师范大学出版社 2000 年版,第 419 页。

中。无论是《雨后的井之头》还是《我愿作一点小小的微光》,“井之头”或是诗人写作的策源地,或是参与了文本的意象构成。诗人言咏的重心不在于凸显“公园”之于现代城市的空间意义和休闲功能,他将情感倾注在公园周围的冷池、森森的墨树、漾漾的细雨、轻轻的薄雾,用富有音乐性的调子打开一片朦胧纤丽的乡野幻景空间,将城市的自然实景联结至绵远、悠长的怀乡时空之中,从娇丽的小花、幽睡的水涯望到“远国的灰色的小花”(《雨后的井之头》),由都市中的自然想象精神中的乡土。涉及此类例证,还可留意冯乃超和穆木天关于“不忍池”的书写,前者写有散文诗《不忍池畔》,后者则写下了《不忍池上》。不忍池是日本东京上野公园的名湖,当地人称之为“小西湖”,池中央有祭祀辩才天女的辩天堂,栖息着鸭、鹈等许多鸟类,景色秀美。对照两篇题目类似的作品,可见其情思向度上的一致性:

> 今夜抱着中酒的心情,欲把情热的夜歌低唱,却潮滚起愁恶的哀伤——荡不尽的那孤愁的哀伤。柔软的钟声片片传来,柔软的记忆悠悠地展开。然而,深夜垂在人生的路上。
>
> ——冯乃超《不忍池畔》

一声一声的幽睡的钟声
滴滴的凝入了细雨的濛濛
微振　寂飘　旋摇　徐散　薄凝……
和应着交响的千声万声
反响的同声　无限的合鸣
…………
无限的朦胧
荡漾的憧憬
我心里……
愿时时振荡着
若聚若散

玲珑的钟声

——穆木天《不忍池上》

两位诗人都写到了“钟声”,借由音响的律动通入了心灵律动的梦幻时空。与“不忍池”相关的自然风景,同诗人的孤独、寂寞以及对美好的向往相互呼应,交融相生,化为一种统一的、如烟雾般朦胧的诗化情境,把人引入带有隐世性和神秘主义色彩的生命世界。虽然写作者没有直接表达对乡土的追忆,但这种情思生成方式本身,和早期象征派诗人追求情景交响共振的主张、拟建乡土情感空间的方式乃至印象主义的影响,形成了深刻的对应与契合。他们都在描写东京的景物,但这些景物的色调又明显带有京都的印痕。尤其是穆木天,他的“京都特色”是通过钟声、细雨这类意象符号拟现的,情感空间内部的意象构成带有极强的自然主义倾向,从而“滤除了他所置身的都市外在的浮华和喧闹,使眼前的世界乡野化了,呈现出乡间牧歌的旋律,以此表现自己特有的心境和情感”①。“世界的乡野化”或“都市的自然化”,助力诗人们确立了主体浸润于自然之中的理想抒情形象,进而营造出整体化的象征氛围。

回顾早期象征派诗人的留学经历,他们最终都要结束“诗中怀乡”的状态,复归真实的故土田园。当“旅人”有朝一日终于可以踏上归程时,写作者们又应当如何表现呢?王独清的一首《动身归国的时候》颇为值得玩味,诗人以散文诗的结构记叙了一场来自“昨夜”的梦境:

我回到了已死的世纪,我故国底已死的世纪——我看见了治水的大禹,我看见了三千门徒围着的孔子,我看见了在江边行吟的屈原,并且我看见了建造万里长城的那些不留姓名的大匠……

哦!天是那样的清!风是那样的温……

哦!好伟大的山!好壮丽的河……

---

① 陈方竞:《文学史上的失踪者:穆木天》,北京大学出版社2007年版,第183页。

我底灵魂充满了荣耀的陶醉,我底肺部涨满了自傲的呼吸,我把身子浸在那洁净的阳光中,受着健全的空气底爱抚。

梦境中的诗人回到了故乡,这个故乡是穿越时空的古老的中国,并非诗人身居的现实地理空间。深入探究王独清的“怀乡”书写,它已经演绎成为诗人对文化原乡不断的内在抚摸,其间的大禹、孔子、屈原和万里长城,皆为留存千年的中华文化之根,“怀乡梦”便是一场怀恋中华的文化梦。然而,诗人随后的抒写情境却发生了巨大的转折,“我”的眼前突然变成“一片荒坟”和“望不尽的焦土”,耳边“忽变成了可怕的寂静”。显然,“荒坟”和“焦土”指涉了作家对超验元素的视觉想象,而“可怕的寂静”作为超验的听觉想象,道出了“我”在异国语境中的文化失语和隔绝体验。一场梦醒,陷入的却是另一重噩梦,由“梦中之梦”的嵌套结构,或可揣测诗人当时的心理状态。在这首散文诗的后文,诗人吐露了心绪:“今日我终要走了,决心地走了。——我何尝不知道我可以在这儿追求快乐?我何尝不知道我已对这儿生了难舍的情意?不过,我既然得了 nostalgia(乡愁、怀乡病,作者注),就须当服从 nostalgia:这儿底一切虽然都好,但终竟不是我的!”都市生活的享乐气息诚然能够使人陶醉其中,但文化异己者的身份和始终难以融入异国的悲哀,最终触发诗人动身归国,并写下赤诚的文字。其间涌动的对古代先贤和英雄的凭吊,在穆木天等人看来,潜在驱动力在于王独清本人的贵族意识。他的诗文空有“归乡”之情,却未能与中华民众水深火热的生存现状缔结联系,故缺乏更富有现实主义精神的“归乡”之思。

从某种意义上说,穆木天写于 1925 年的《告青年》一诗带有更为清晰的向现实主义“转场”的意味,甚至“最能集中体现其归国之前‘日本体验’下的爱国现实精神”①,诗人呼唤道:

诗歌不是在九霄天外,诗歌就在人间的国里;

① 张立群:《心态史的研究与进路》,广西师范大学出版社 2017 年版,第 43 页。

北风刮来的黄土,春暖化出的淤泥,

农夫闲话时的心肝,内战时军人的哀泣,

找出来,用最单纯的言语,缀成最新的诗。

从“九霄天外”到“人间的国里”,对现实主义诗歌的倡导、对回归大众的呼吁,显然和《旅心》的主导倾向不同。诗人意识到自己留学期间的创作即使在音乐性等技巧上有所拓进,但“那种非现实的世界的招引”,只是“使沦亡者之群得到一时的幻影的安慰,对于真实的文学的前途,大的帮助可以说没有的”①。再有,“象征主义的手法,我们是可以相当地应用的,但我们不能作一个颓废的象征主义者。而到象征主义中去寻蔷薇美酒之陶醉,去找伽蓝钟声之怀乡病,则是大大不可以的”②。以回国为契机,诗人一再于道德伦理层面忏悔缠绵的感伤情绪,开始尝试改弦易辙,更多地面向故土现实,唱响时代和民族的强音。这既是穆木天的选择,也是早期象征派诗人的普遍倾向。复原他们的创作轨迹,能够注意到其开启象征主义诗歌创作的时间都集中在旅外时期。异域生存感受的激发和象征主义灵感的召唤,促使远涉重洋的游子形成独特的心理体验:一面哀叹着乡土的崩溃,一面追求着感官的愉悦。诸如意象的“审丑”、潜意识、通感等运思技法也进入了中国新诗的内质,推动了“怀乡”抒写的古今转换。归国后,作家们多把这段写作视为一个“特殊状态”下的经历,面对民族存亡的空前危机,他们又迅速归于现实主义的诗学体系之中,告别了象征主义的诗思方式和幽微远渺的情绪氛围。可见,早期象征派诗人的写作和他们的留学生涯一样,更像是人生中的一个独立的“板块”。他们充分发掘词语的暗示力量,将情感空间向精细的向度持续打磨,不断发散绝望、死亡等极端之美。然而在他们自己看来,这些诗更像是“无聊的呓语”,是

① 穆木天:《什么是象征主义》,蔡清富、穆立立编:《穆木天诗文集》,时代文艺出版社 1985 年版,第 324 页。

② 穆木天:《我与文学》,蔡清富、穆立立编:《穆木天诗文集》,时代文艺出版社 1985 年版,第 242 页。

“极端的技巧化，无限度的伤感的享乐主义的扩张”①。诗人应把生活关注的焦点转移到“大众”层面，将“所有的放浪，颓废，青春的狂欢以及苦恼，一切一切，都留给欧洲，我自己出发去迎接我新的生命”②。在诗集《红纱灯》的序言里，冯乃超也说自己写于域外的诗是“畸形的小生命”，是“一片羽毛，一个蝉蜕”，引不起时代更多的回响。③ 他们的返乡之旅，正意味着要向更宏阔的精神格局迈进，因而自觉扬弃了象征主义的情绪。回望早期象征派诗人在异国他乡建构起的乡情空间，其中融合了游子思乡的古老主题和对“异国薰香”的奇趣求索。“故乡”化为“仙乡”，从具体之形抽象为一个文化符号，既充当着诗人逃避现实的心灵避难所，还是维系诗人精神自信的文化圣迹。他们巡游在“归乡”与“无法归乡”的矛盾心结之中，为早期新诗的乡情表达创造了独特的情感张力结构。

---

① 王独清：《我在欧洲的生活》，辽宁教育出版社 1998 年版，第 116 页。

② 王独清：《我在欧洲的生活》，辽宁教育出版社 1998 年版，第 124 页。

③ 冯乃超：《〈红纱灯〉·序》，冯乃超文集编辑委员会编：《冯乃超文集》，中山大学出版社 1986 年版，第 3 页。

第六章　风景的“发现”与新诗内质要素建构

从个体角度看，每位诗人从行旅经验中受惠的美学观念和心理体验不可能全然一致，但整体而观，正是行旅的过程给予了他们吸纳跨文化经验的机会，这种体验也会直接或间接地表现在诗人建构新诗内部要素的过程中。作为诗学行为的“行旅”在诸多层面上与新诗内质的美感构成方式形成合鸣，如跨体式的语言、蒙太奇式和速写式的意象结构、个体化的象征模式等，进而参与到诗歌意象选择、语言节奏、分行排列等蕴涵诗学美感特征的运作流程。由此，与新诗行旅抒写相关的文本不仅具备了专属性的情感主题和意象群落，而且也拥有与这些主题相匹配的现代诗形和美感传达方式。本章即从观察“装置”与行旅意象的生成、风景结构和诗意结构的关系、景观节奏对诗歌节奏的影响等角度入手加以论析。

第一节　异国风景的意象谱系和观看“装置”

立于意象层面观察，抒写域外是中国知识分子汲取异域营养、表达现代观念的重要方式。众多诗人有意识地将“行旅”行为以及与之相关的域外风物作为诗歌的语象资源，以新名词、新意象入诗，打破了传统隐喻系统的稳定性，为“行旅”做出意象化的诗意呈现。这些创新性的尝试，具有新诗意象美学探索的开创性意义。可以说，新诗的语体建构和情感空间建构都与行旅意象的谱系生成关系密切，如与行旅交通相关的火车、飞机、轮船等意象，凭借其蕴含的现代时间意识，刷新了现代诗人的观物方式。尤其是在清末民初，诗人们的跨域行旅均需依靠洲际轮船，漫长的航程、海上的风光触动了不少文人心怀，轮船、大海等意象往往也成为诗人抒发怀乡幽思抑或寄托超现实情思的载体。再如山岳、清风、江海、流云等自然风景，培养了现代诗人的审美灵性，他们将域外自然风景与传统文人精神视野中的自然审美观融合互渗，在风景的意象结构和意义结构上大作文章。对甫经登陆异国的诗人而言，令其最为惊羡的还是异邦都市意象，它们或是富含古典人文气息的历史古迹，或是发达城市中的高楼大厦、工厂、咖啡馆……这些人文物象冲击了诗人固有的认知空间，因而多成为他们踏足域外城市之后，首先被其纳入诗篇的意象。写作者纷纷把都市意象视为涵载“现代情绪”的重要原料，如邵洵美所说：“新诗人到了城市里，于是钢骨的建筑，柏油路，马达，地道车，飞机，电线等便塞满了诗的字汇。”①在现代诗人笔下，城市作为崭新的意象资源，不断涌入其文本的形态与精神之中。郭沫若便以对日本城市的咏叹，呈现出都市工业乌托邦的想象；在邵洵美的足音下，踏出的是颓废者的迷情与疲乏；在蒋光慈、王独清的血液里，流淌的是先觉者对都市下层民众的体怀；在李金发的微雨中，坠落的是孤独灵魂离群索居的现代意绪。《微雨》出版后，有人就在评论中说，李金发诗的一个特点是“异国情调的描绘”②，孙玉石先生则进一步指出这种“异国情调”追求的结果是“大量富有异国色调的意象的创造”③。作为意象的异域城市在新

① 邵洵美著、陈子善编：《洵美文存》，辽宁教育出版社2006年版，第96页。

② 博董（赵景深）：《李金发的〈微雨〉》，北新周刊1927年第22期。

③ 孙玉石：《异国的与城市的——李金发诗歌意象创造之一侧面》，《嘉应大学学报（哲学社会科学）》2000年第5期。

诗中频繁登场,成为"现代诗歌意象自觉接受外来影响,不同于传统意象而具备的最显著的现代性特征"①。这些新意十足的意象群落不断闪现在诗人的行旅文本中,使他们获得了更为丰富的、可供选择的原材料,不仅扩大了新诗题材的表现范围,而且拓展了新诗意象的创新空间。

诸多诞生于行旅过程中的意象聚合一起,共同构成了新诗人对各自相对应的"异国形象"的理解。就本土文化身份来说,作为"他者"形象的"异国"是如何被想象进而被呈现的,它承载了抒情者何种情绪,都与诗人自身的文化感知方式和跨界身份观念以及对景物的观察方式关联紧密。1914 年 9 月 13 日,胡适在日记中写下《波士顿游记》,记载他 9 月初去安谋司参加学生年会并游览波士顿的经历。年会于 5 日结束,胡适离开安谋司转赴波士顿,道中游唐山(Mt.Tom)。他对此记载道:

> 登唐山之楼,可望见数十里外村市。楼上有大望远镜十余具,分设四围窗上,自镜中望之,可见诸村中屋舍人物,一一如在目前。此地去安谋司不下二十里,而镜中可见安谋司学校之体育院,及作年会会场之礼拜堂。又楼之东可望东汉登城中工厂上大钟,其长针正指十一点五十五分。楼上又有各种游戏之具,有凸凹镜无数,对凸镜则形短如侏儒,对凹镜则身长逾丈。楼上有题名册,姓氏籍贯之外,游人可随意题字。余因书其上曰:危楼可望山远近,幻镜能令公短长。我登斯楼欲叹绝,唐山唐山真无双。②

在胡适的文字里,他谈到自己使用了"望远镜"观察唐山的风景,镜中的风景记录了真实的景观状貌,但它对风景的缩放和变形,还有圆形镜框将物象作出的分割与锁定,使诗人此时观看到的风景并非是"真实"的,而是经过"装置"二次呈现而出的,因此方有"幻镜能令公短长"之效。就好比今天很多人在异国旅行时,非常热衷于用照相机或是手机的取景框(或是取景屏幕)观察

---

① 王泽龙:《中国现代诗歌意象论》,中国社会科学出版社 2008 年版,第 224 页。
② 胡适:《胡适留学日记》(上),安徽教育出版社 2006 年版,第 251 页。

风景，这类游客似乎更习惯于透过成像装置去观看，而不是用眼睛实际地和风景发生凝视关系。取景器中的“风景”既有着人为选择的痕迹，又结合了现代的成像与美图技术，此般风景自然不再是纯粹的“现实”，而具有了人文性的特质。就文学写作与风景认知的联系，柄谷行人已有过精辟的论述，他指出：“所谓风景乃是一种认识性的装置，这个装置一旦成形出现，其起源便被掩盖起来了。”①在他看来，“装置”给予风景以人文性的意义，文人需要以对风景的认识性装置颠倒为前提，才有可能找寻到适合记录观景体验、建构独立自我的现代视角。从早期新诗人的海外写作中，也能发现他们持有各自的“装置”，用以观察和处理域外的风景影像。正如18世纪后期欧洲贵族出门旅行携带的“克劳德镜”一样，新诗人持有各种不同的“克劳德镜”，也拥有尺寸各异的“取景框”②。如果脱离了对这些“装置”的理解，便很难洞彻域外风景抒写的意义内涵。

为了利于分析，笔者将早期新诗人观察异域的“装置”归纳为四种类型。一是中国古典诗学的文化传统。新诗人在接受西方诗学理论之前，大都经历了系统的中式“文学/文化”启蒙教育，他们在体验外国风物时，经常会受到传统诗学的影响，把风景纳入固有的文化体系，将“情境交融”的述景手法、“天人合一”的哲学思想，以及山水宴游、羁旅行役等传统题材移至现代诗境，使他们的经验贯通中西，并有所侧重地形成相应的审美态度。如苏雪林游历瑞士等地后，写有一组《村居杂诗》，诗中景语多为此类模态：“残梦回时/听窗外一阵一阵潇潇秋雨/推枕一望/月光如水/只风吹着树头飒飒的枯叶！/……/半月清游/又须驱车归去/问红树青山/当我再来时/还能相识否？”③“残梦”“秋雨”“月光”“枯叶”等意象，寄托着作者的离愁别绪。东方自然审美观的绵长

---

① ［日］柄谷行人：《日本现代文学的起源》，生活·读书·新知三联书店出版社2006年版，第12页。

② “克劳德镜”是一种涂上了颜色的凸面镜，能够将景物构成、形状和色彩压缩收拢，便于人们从整体上观察和描摹风景。关于与它相关的西方“如画美学”，将在下一节中集中讨论。

③ 雪陵女士（苏雪林）：《村居杂诗》，《晨报副刊》1923年11月19日。

推力，使得诗人依旧奉行传统的观景风尚，没有刻意挖掘景物的“异国感”。她从风景中提炼出的诗情，内蕴道家无为而治的幽思，兼有唐诗的余韵。此时，异国风景中充盈的却是传统文人的情绪，诗人的现场经验需要经过古典诗学的文化滤镜这一观看“装置”的处理，“以中国传统文化的运思来容纳异域的相异性”①，然后才能得到呈现。偏重古典抒怀而疏于述异，彰显了文学惯习对作家创作心理的深刻浸染。

诗人与传统的写景模式遇合，源于异国风景激活了他们关于同类景物的个体记忆，为其打开了追溯故园风土的窗口，也契合了“追怀”这一古典抒情主题。身居他乡而怀恋故土，借他乡景色企慕精神原乡，成为很多诗人的遣情方式，而现代意义上的怀乡情结，构成海外诗人第二种观看“装置”。他们较少探析物质景观的独特状貌，而是从相对熟悉的自然景物入手，对自身的感受作出即时体认，这种情况多发生在留学之初。以宗白华为例，他在回忆童年经历时，说起过“湖山的情景在我的童心里有着莫大的势力。一种罗曼蒂克的遥远的情思引着我在森林里，落日的晚霞里，远寺的钟声里有所追寻”，尤其是到了夜里，“深切的凄凉的感觉”和“说不出的幸福的感觉”结合在一起，令他的内心达到快乐的极致。1921 年的一个冬夜，身在德国的学子偶然滋长出少时“罗曼蒂克”的情思，并“因着某一种柔情的萦绕”有了写诗的冲动。② 异邦的晚景雪色唤醒了诗人心中原初的风景记忆，在德意志的雪夜里，他看到的却是童年时代的浪漫景致，还有现实视野外的文化中国。诗人与风景所生发的意识互动，正是“古典”和“故乡”两种装置共同施力的结果。

除去“古典”和“故乡”这两个装置，第三种装置是诗人受域外文学与文化陶染形成的“异国”文化视角。体现在美学观念上，如波德莱尔、魏尔伦那般用神秘的意象寄托情绪，在城市的边缘摄取丑恶之美，引起李金发的真切共

---

① 杨汤琛：《文化错位下的书写——晚清首部域外游记〈西海纪游草〉分析》，《华文文学》2016 年第 3 期。

② 宗白华：《我和诗》，《文学》第 8 卷第 1 期，1937 年 1 月。

鸣，并唤醒了沉睡在他内心深处的诗神，使他操起两位先贤的声调，抒写巴黎“枯瘦”的一面和现代人窘困的挣扎群象。再如日本文化中的禅学精神，强调从耳闻目睹的景物实体中去寻找“虚妄”的“实体”。靳明全对此曾总结道：“岛国风光的深层意念之一就是视岛国风光的实体为‘虚无缥缈的境地’，从中引申出禅学和审美的价值。”①由这类物观意识入手，郭沫若结合自身的风景体验，从日本禅学和景色实体中参悟到“赋与自然以生命，使自然再生”②的理念，写下《岸上》等禅意浓厚的诗章。这充分说明诗人的观物视角之获得，与其游学国家的文化传统密切相关。

异国文化视角的确立，使一部分诗人主动进入信息交流的语境，他们汲取着域外文化中对风景业已形成的知识资源，从心理和想象层面读解现实、构筑诗境。例如，在欧洲的风景美学中，希腊与阿尔卑斯、北欧与南欧均具有稳定的象征意义，构成西方文学的风景想象传统。前者代表典雅之美与雄壮之力，后者则对应着纯粹的自然美和奔放的人性美。这种西方风景想象的固型化传统与中国诗人发生精神联系之后，一定意义上拓展了新诗人认知风景的视界，便于他们深入而具体地理解当地的文学与文化。在信函中，郭沫若曾与友人探讨无锡惠泉山的风景是否具有“希腊的风味”③，还尝试以西方人文精神中的北欧美、南欧美观照他所看到的日本风景。彼时，郭沫若并没有到过欧洲，却以欧洲的“风味”理解现实的风景，着实值得品味。再如徐志摩、王独清、郭沫若等诗人尚未去过埃及，却都留有言咏埃及文明的诗篇。1922 年 9 月，徐志摩乘船经过地中海时，写下《梦游埃及》和《地中海中梦埃及魂入梦》两首。古埃及的精灵“点染我的梦境”，“尼罗河畔的月色/三角洲前的涛声/金字塔光的微颤/人面狮身的幽影！/是我此日梦景之断片，/是谁何时断片的梦

① 靳明全：《文学家郭沫若在日本》，重庆出版社 1994 年版，第 7 页。

② 郭沫若：《自然与艺术——对于表现派的共感》，《郭沫若全集（文学编）》第 15 卷，人民文学出版社 1982 年版，第 215 页。

③ 郭沫若：《创造十年》，《郭沫若全集（文学编）》第 12 卷，人民文学出版社 1982 年版，第 125 页。

景?”(《地中海中梦埃及魂入梦》)是典型的“神游”之作,切合了中国诗歌的传统想象模式。英国艺术史家马尔科姆·安德鲁斯(Malcom Andrews)曾在一次采访中谈到这种“神游”(安德鲁斯称之为“卧游”),他认为这种“卧游”“指的是由某个意象所激发的精神上的漫游,也就是在想象中游山玩水。我觉得它是对风景效果和自然世界的一种内化,一种沉思方式。而在西方传统中,人们更像真正的游客,他们想实地参观,想要拍照,想到处亲自走走看看。我觉得‘卧游’这种理念是非常有益的,可以为西方传统所采纳”①。安德鲁斯对中国的“神游”保持了足够的好奇,而徐志摩在“神游”中对埃及的深奥遐想,或者说专门针对埃及的“神游”,恰恰也是西方诗歌的一类想象母题,在济慈、拜伦等诗人笔下便吟哦不绝。埃及的国家形象和历史兴衰,融汇了西方人对古典文明的神秘辉煌与颓败萧索的宏大联想。以异国的埃及想象作为观察的“装置”,徐志摩捕捉到了西方诗维中的这条线索。借助中国诗歌“神游”的方式,他构建起超验性的语境,沉入其中发掘古文明的奇异风景,吐露文化穿越者的即时情思。智性的思考与浪漫的幻想,都被诗人融入“文学梦”的内部空间,彰显出他对西方风景美学和中国古典诗学两种想象经验的驾轻就熟。

最后一种“装置”是诗人自身具有的“民族——国家”观念。本尼迪克特·安德森(Benedict Anderson)曾指出民族国家是一种建构性的存在,它的产生依靠思维的想象和现实的创造,两者相互推动,并行不悖。无论是在想象维度还是实体建构维度,“民族——国家”观念都刷新了国人关于自我与时代、世界的关系认知,作为观察风景的“装置”,这种认知也影响了诗人阅读风景的态度。姜涛曾在《公寓里的塔:1920 年代中国的文学与青年》一书中专设一章“新诗‘装置’的内外:早期白话诗的政治与美学”,其中特意提到新诗“装置”的生成“在一定程度上也伴随了空间、场景的疏离”。如郭沫若置身东瀛,

① 摘自“第一财经”网站对安德鲁斯的采访,由熊钰采访、翻译。《中产阶级买家构成的新市场出现后,英国风景画才真正兴起》,第一财经,2018 年 6 月 15 日,https://finance.sina.com.cn/roll/2018-06-15/doc-ihcyszrz5605299.shtml

远离“五四”的真实现场,反而获得了一个外在的观察视角。论者从新诗发生的特殊现场角度理解“装置”的作用,并引用了宗白华在1920年1月30日写给郭沫若的信。信中,宗白华对郭沫若所处的空间状态表达了羡慕之情:

> 你住在东岛海滨,常同大自然的自然呼吸接近,你又在解剖室中,常同小宇宙的微虫生命接近,宇宙意志底真相都被你窥着了。你诗神的前途有无限的希望啊!①

根据宗白华的文字,论者指出无论是“海滨”还是“解剖室”,都远离了“五四”新文学的直接现场。在郭沫若所处的空间中,“不仅大小宇宙的‘风景’能被窥探,现代诗歌的‘装置’与‘前途’也有了无限展开的可能”②。由此可见,域外行旅的经历,使诗人在空间上与中国文学的现场保持了距离感,他们在文化比较视野中对新文学乃至中国发展道路的认知,也会殊异于国内的学人,并影响到“民族——国家”观念的构成。有论者指出:“在晚清至民国时期,中国人走到域外的时候,其个体、自我意识,更多的还不是那种沉潜于内心,自成一体的内面自我,他们总是背负家国抱负的主体,自我身份与民族身份同时发挥作用,实际上是自我主体与民族主体的双重建构。”③对照郭沫若和成仿吾的写作,郭沫若可以在北九州的海浪面前“立在地球边上放号”,想象出凤凰凌空翱翔的姿态和天狗跃动呼号的步伐,而成仿吾对日本乡村、海洋、田野等风景的描绘和对物象的咏叹,仿佛总笼罩着一层旧时代的阴影。两位诗人的写景情调彼此殊异,却都偏向对民族主体的身份建构,为光明和黑暗并存、希望与忧患角力的现实留下了精神面影。甚至在某些时候,诗人会受“民族——国家”的观念驱使,对异国景象作出极端化的反应。1923年夏天,东京遭遇特级地震,回到此地的穆木天看到触目凄凉的残垣破瓦,竟然觉得这是“千载不

---

① 郭沫若、宗白华、田寿昌:《三叶集》,上海亚东图书馆1923年第3版,第13页。

② 姜涛:《公寓里的塔:1920年代中国的文学与青年》,北京大学出版社2015年版,第83页。

③ 陈璐:《中国早期新诗中的“留学生海外写作”现象论》,西南师范大学硕士学位论文,2003年。

遇的美景”①,爱国者的逆反心理,导致诗人走向偏狭与盲目。再如张资平初到日本时,认为日本的风物虽然精巧,但并不值得过分崇拜。他乘火车欣赏沿途的幽雅景色,却“看不出一点伟大的东西来”,因为自己毕竟是“从有长江大河的大中华来的人物”②。言外之意则是日本的风物仅有精巧,始终无法与华夏文化的博大相比拟。无论是穆木天还是张资平,他们的观景“装置”安插了太多“民族主义”的零件,这使得他们的观景体验受“五四”一代青年人的文化焦虑意识影响,往往伴随着情感上的矛盾纠结,很难从对民族主体的塑造和想象中抽身而出,纯然以审美角度建立风景的认同。随着时代文化的演进,来自“民族身份”一方的压力趋于缓解,行旅者的“内面自我”才有了进一步延续生长的可能。

通过论析以上四种“装置”,能够窥见早期海外诗人的“观看”本身不仅是在视觉经验范畴内感知、还原景物现场,而且是一种有意识的文化选择行为。正如曾军为“观看”作出的定义:“从文化学的角度来说,‘观看’不仅仅是‘目之所见’,更是‘人的文化之见’。”③旅行者观看到的风景也不再是“观看的对象,而是植根于意识形态的一种观看方式”④。此时,风景便“成为有效的社会化媒介和知识媒介,认知一隅风景就是认知我们的身份、我们的生存方式以及我们的归属。我们的个体及社会身份在风景以及构成风景的种种地域中一一得以展现”⑤。身在异国的诗人观看外部世界时,大都会根据相应的旅行心态、文学理念和思想观念遴选观察的“装置”,对其内部组件进行各有侧重的调配,因此他们观察到的“异国形象”便有了不同的表现模式。

---

① 戴言:《穆木天评传》,春风文艺出版社 1995 年版,第 14 页。

② 张资平:《张资平自传》,江苏文艺出版社 1998 年版,第 189 页。

③ 曾军:《观看的文化分析》,《文学评论》2008 年第 4 期。

④ Denis E. Cosgrove, *Social Formation and Symbolic Landscape*, Madison: University of Wisconsin Press, 1998, p.35.

⑤ ChristopherTilley, *The Materiality of Stone: Explorations in landscape Phenomenology*, Oxford: Berg Publishers, 2004, p.25.

从宏观角度考量，早期新诗人的异国形象建构主要集中在英国、意大利、法国、德国、苏联、美国、日本这七个国家。徐志摩、刘半农、邵洵美等留英诗人往往偏重上文言及的第三种“装置”，特别是徐志摩汲取了华兹华斯、骚塞、济慈等诗人的浪漫主义诗风，他所涉猎的英国风景多为自然风光，他的文字洋溢着对优美与崇高的精神向往。同样受“异国”文化视角的牵引，徐志摩、王独清、李金发、邵洵美等游历过意大利的诗人，普遍汲取了西方文化经典中认知意大利风景的传统，将它诠释为象征古典主义精神的美与艺术之都，甚至发出“恨何不早来此乐土，或心愿永久居此，以终余年”①的感叹。新诗人似乎并不看重意大利的现实风情，他们更为属意那类指涉抽象的、代表永恒的人类文化价值，故而才把意大利视若古典美的对应物。

相较于英国的优美沉静和意大利的古典厚重，早期新诗中的法国形象在李金发、王独清等诗人那里常以病态的样貌出现。城市意象被某种神秘的情绪牵引着，以破碎的形式排列组构，丑陋的图景和腐朽的气息让人感到压抑不安。类似的审丑意识与感伤色调，也被李金发移接至对德国的描述中。如同《柏林之傍晚》里的奇诡诗句：“屋尖渐团深黑/制造出多少不可思议的诱惑”。“故乡记忆”和“异国文化”两种“装置”作用于诗人，使抒情者游走在都市现实与乡土记忆之间，海外景象和个人的寂寥感受融合相生。与李金发诗歌中的不安情绪相比，宗白华则将柏林城市景观化入宁静和谐的氛围里。德国的雪与柏林的夜，都平添了古朴的东方韵味，令人领略到一颗传统之心对异乡风景的点化之力。

在诸多的观景“装置”中，“民族——国家”这一心理模式更具有普泛性，尤其是诗人对苏联和美国的形象再现，均紧密贴合了此种“装置”运作的轨迹，且在情感表达上流向两端。早期新诗中的苏联形象主要出现在蒋光慈、萧三等人的作品里，诗人多采撷带有标志性的景观。如蒋光慈的《红笑》《新梦》

---

① 陈厚诚：《死神唇边的笑：李金发传》，上海文艺出版社1996年版，第105页。

等文本中，赤色的莫斯科、壮美的贝加尔湖与乌拉尔山频频现身，凝聚着作家对革命圣地的衷心礼赞。诗人借助风景来实现自己的民族国家远景，异国抒写本身成为一种承载想象的符号，而关于景物的真实细节则在宏大叙事中变得漫漶不清。相似的情感结构也出现在留美诗人的文本中，无论是闻一多还是孙大雨，他们都对现代都市吐露着反感和抵牾的情绪，其诗文虽然技巧殊异，却共同指向都市文化批判。如闻一多，他承认“纽约之繁华为人梦想所不及者”①，但对美国的城市文明仍然保持了一定的心理距离。彼时芝加哥煤烟污染严重，房屋多是通体黑色，这般景象经由诗人的思维加工，曾以“黑暗底严城”或是“阴城”（《寄怀实秋》）的描述得以呈现。由景象到意象再到心象的过程，投射出写作者对城市文明的拒斥。《孤雁》一诗中，抒情主体对美国展开控诉：“啊！那里是苍鹰底领土——/那鸷悍的霸王啊！/他的锐利的指爪，/已撕破了自然底面目，/建筑起财力底窝巢。/那里只有铜筋铁骨的机械，/喝醉了弱者底鲜血，/吐出些罪恶底黑烟，/涂污我太空，闭息了日月。”诗人笔下的美国成为罪恶的渊薮，它与机械文明同构，破坏着人类的生存秩序和人文生态。孙大雨则突出了纽约城“森严的秩序，紊乱的浮嚣”，揭示物质社会的怪诞、畸形与病态。他们赞颂“力之美”，却更愿意盘诘“恶之花”，反思器物文明和商业文化对人性的反噬，这构成留美诗人抒写城市的主要情感取向。

观察郭沫若、成仿吾、张资平等留日诗人笔下的日本形象，诗人一方面描绘着大海、松林、山岳等自然景观，肯定风景体验带来的遣怀之趣和愉悦忘忧之感；另一方面，诗人于景物中寻找故乡的面影，透过日本回望中国的本土处境与文化现实，其视觉经验贯通了故土情思和时代忧怀。需要注意的是，缘于中日自近代以来的国家关系，中国文人心中的日本形象往往是复杂的：一方面

① 闻一多曾描述纽约城“在天空者有高架电车，架铁为桥，高出屋顶，车行其上，可通全城……交通如此之多，而行人之拥挤犹数百倍蓰于上海。来此半月矣，尚未见一层之房屋，十层楼者常事耳……真所谓‘不夜之城’也”，这是他为数不多的肯定美国面貌的言论。见闻一多：《致家人》，《闻一多全集》第12卷，第206页。

它是国人谋求国家富强的学习目标;另一方面,它则受到中国人“三棱镜”(Prism)心态的影响,不时被国人所轻视。如胡适乘船赴美时,首站停留日本,他对日本的印象便非常糟糕:“过日本时,如长崎、神户、横滨皆登岸一游。但规模之狭,地方之龌龊,乃至不如上海、天津远甚。居民多赤身裸体如野蛮人……”①这就是典型的“三棱镜”心态,而“这三棱镜的组合,是传统华夏天朝中心观之下对日本的鄙夷之心,以及他当时强烈的爱国心”②。由此可观,现代诗人对日本的形象建构既包含了他们对日本风景的内在观看,也时刻离不开“民族——国家”“装置”对其思想的导引。这样一来,他们观看到的风景既来源于日常现实,又超越了风景的日常性意义,在外张式想象的层面,异国风景(以现代都市景观为主体)被视作文人设想中国应然形象、即现代富强国家的理想化目标,也充当了他们建构“五四”一代主体性人格的重要媒介。

从几组具有代表性的异国形象中,我们可以捕捉到异国文化的主体色彩——英国的浪漫、意大利的古典、法国的颓废、德国的沉静、苏联的激荡、美国的浮躁、日本的自然等。这些异国形象生成的历史,也是诗人观察和思考“域外”这一话语资源、不断更新观看“装置”的过程。法国形象学研究学者布吕奈尔就认为,形象是加入了文化和情感的、客观的和主观的因素的个人的或集体的表现。③ 异国想象来自诗人个体的创造活动,当这些个体的视线形成共性的交集时,对异国形象要素中某些向度的偏重,便很能反映出一类群体的情感认同和价值态度。考察早期新诗人笔下的异国意象,正可从中提炼出几个基本的特点:首先,诗人自身的家庭背景、受教育状况特别是经济因素,在很大程度上决定了他们对观景“装置”的选取。像徐志摩、邵洵美、胡适等诗人大都没有经济上的负担,因此能够保持怡情悦性的态度,纵情于西方的风景。

---

① 《胡适致胡绍庭、章希吕、胡暮侨、程士范》,信件发自美国绮色佳的邮戳日期是1910年9月25日,具体写作日期无考。见胡适:《胡适全集》第23卷,安徽教育出版社2003年版,第23页。

② 江勇振:《舍我其谁:胡适》第1部,新星出版社2011年版,第173页。

③ 孟华:《比较文学形象学》,北京大学出版社2001年版,第113页。

他们强化了精神主体在风景之中的个性体验，希冀借助文化的“他者”发现自我的精神存在。而李金发、萧三等诗人的域外游学受经济条件影响较大，他们在异国经历了底层的艰辛生活，对异国的理解自然也会与徐志摩他们有所不同，较多偏重从社会性的观察视角开启对异国形象的认知。首先，他们对自我文化身份的确证，往往也伴随着情感上的忧郁和迷惘，甚至“陷入一种极为尴尬的境地：一边是对祖国的赤子之情，一边是对西方异族的亡我之恨；一边连着封建社会传统文明的记忆，一边连着资本主义社会的现代文明的感受、体验”①。其次，诗人对异国形象的早期建构往往是抽象的粗线条勾勒多，细致具体的描述少，而日常生活叙事与公共空间更是没有得到充分的展开。随着新诗的逐步发展和诗人域外体验的逐渐加强，观景者择取“装置”以及认识风景的情况都发生了不同程度的变化，使得早期新诗中的异国形象经历了一个“由主观感受型向具体客观型转换，由冷漠、灰暗到友善、斑斓的形象演绎过程”②，显露出生动直观的当下性特征，为早期写景诗的写实化、具体化方向增添了注脚。

此外，诗人在对异国形象的两大意象序列（即自然和城市）进行采撷时，也存在自然意象多、城市意象少的特点。检视构成异国形象主体的那些自然意象，又能发现诗人普遍喜欢选择夜幕、秋色、寒冬、月光、西风等自然景观作为言说对象。这类意象群组本身，便构成了诗人对自我生存状况的一种隐喻。单锁定“冬”作关键词，便可观得宗白华的《冬景》、冯乃超的《冬夜》、成仿吾的《冬天》、罗家伦的《一个柏林的冬晓》等文本；而以“夜”为题的诗歌在多数有留学经历的诗人那里几乎都能寻到，如成仿吾的《静夜》、蒋光慈的《月夜的一瞬》、徐志摩的《夜》《翡冷翠的一夜》、李金发的《夜之歌》《寒夜之幻觉》《初夜》、罗家伦的《普林斯顿的秋夜》、宗白华的《夜》《柏林之夜》《雨夜》……他

① 周晓明：《多源与多元：从中国留学族到新月派》，华中师范大学出版社 2001 年版，第 186 页。

② 方长安：《1920 年代初中国新诗中的“西方”》，《河北学刊》2011 年第 6 期。

们时常拟现着异国梦境和夜色幻景，以梦幻的感性思维将诗歌引入充盈主观情绪的非理性世界，吐露对故土的怀恋以及精神上的漂泊感。

无论是季节意象，还是写作者对“夜”之经验的持续赋值，很多诗人笔下的异国风景多发挥着“提示性”的作用。抒情者向人们展示他所处的时空背景，却不去发掘与背景相关的异国文化细节，而是将真实的风景作为追溯情感的引线。要想让诗人与海外风景达成情感认同，往往就需要从视觉乃至心理上唤起他们的故国记忆，从异国的近景向写作者的记忆深处延伸，缅想出一个带有鲜明意向性的故国远景。这样一来，异国风景虽然在场，却无具体之形，“异国”在诗歌中实际上是缺席的存在。即使它的面影偶尔闪现，大都也是经由诗人特定观看“装置”折射或衍射之后的“去异国情调”的风景。近景开始变得模糊，故国的远景反倒清晰起来，就自然意象而言，这种倾向更为突出。换言之，诸多诗人在调动异邦自然意象和都市意象两大群组的同时，多将自身的启蒙与家国之思纳入意象塑造中，由“异邦”回望“本土”，使意象空间与现实经验之间既有同步，也有偏离。这种情况几乎在每一位有域外行旅经历的诗人身上都有所体现。精神主体能够主动融入异域文化，并从中汲取良性的养料。如胡适笔下的绮色佳（今译作“伊萨卡”）、徐志摩诗中的翡冷翠（今译作“佛罗伦萨”），对城市名称雅译的背后，寄寓着诗人对异邦城市和异国文化的倾慕与投合，景语与情语和谐相融；而李金发在《柏林之傍晚》《巴黎之呓语》《卢森堡公园》中的意象群落透射出的是诗人无法融入城市文明的精神焦虑与内心苦楚，他对异国情调“恶之花”似的批判性再现，潜藏着这一代知识分子对本土文化的眷顾与反思。由此，由异邦意象组成的文化“他者”空间，就构成诗人反思当下、回溯传统的一个渠道。从表述策略上看，写作者或是如王独清那样，将罗马视为“长安一样的旧都”（《吊罗马》），由欧洲古典精神的没落反观华夏文明的兴衰，或是如闻一多《秋色》一般，将芝加哥的风景与本土的“紫禁城”等影像杂糅混融，以此纾解知识分子内心的去国焦虑。由这类风景意象衍生的，是诗人在文化“他者”面前产生的认同危机和反思意识，这也为新诗开启了又一稳定的抒情母题。

第二节　“风景结构”影响下的“诗义结构”

域外风景充当了新诗人重要的写作资源，风景抒写也为诗人设置出一个课题，即如何组织他们看到的各种层次的“风景”，并将既往文化记忆与新锐视觉经验熔铸于诗。这涉及了两个重要的问题：一是风景的观察者，即旅行者；二是新诗的结构意识，而新诗的“风景结构”如何向“诗义结构”转化并发挥作用，成为本节讨论的焦点问题。

谈到风景的结构之前，首先需要对风景的概念作出框定。英文中的风景一词 Landscape 的词根来源于德语语系的荷兰，原意指值得描述的迷人事物，进而与能够打动人心的自然景观联系起来。《风景与认同：英国民族与阶级地理》的作者温迪·J.达比把“风景”定位在这样几种元素之中：“风景中古旧或衰老的成分（可能是人物也可能是建筑物），田间颓塌的纪念碑、珍奇之物如古树或‘灵石’，以及言语、穿着和举止的传统，逐渐加入这种世界观的生成。”①他眼中的风景不仅包含自然与人文景观，还涵盖了个体意识对景物的排列与筛选，特别是他指出景观并非天然形成的，而是人类认识的产物，契合了西蒙·沙玛在《风景与记忆》一书中阐述的核心观点——“风景首先是文化，其次才是自然”，它是“投射于木、水、石之上的想象结构”②。在两位风景美学家看来，如果人们遇到了难以被视觉经验直接统合的景象，往往就会根据自身所熟悉的文化习俗和知识体系，为风景制造出可供阐释的结构。这个结

① ［美］温迪·J.达比：《风景与认同：英国民族与阶级地理》，张箭飞、赵红英译，译林出版社 2011 年版，第 81 页。

② ［英］西蒙·沙玛：《风景与记忆》，胡淑陈、冯樨译，张箭飞校译，译林出版社 2013 年版，第 67 页。

构凝聚了那个时代人们的文化习俗和认知习惯。在这样一种认知的过程中，旅行者的身份、他的眼光、他的心态、他所观察的“装置”，都是构成风景的重要元素，甚至直接影响着风景被“人文化”解读的方向。

关于新诗的“内部观察者”和域外风景的联系，本著在之前的章节中已论述颇多，如“漫游者”的形象，曾被我们作为关键词介入对早期象征派诗人的分析。在早期新诗的文本空间内，总有一位漫游于街头田间的青年人形象，作为“漫游者”（或称闲逛者）的主体试图借助对异国都市的散点观察，进入物质符号表象下的内部结构。“只有那些城市的异质者，那些流动者，那些不被城市的法则同化和吞噬的人，才能接近城市的秘密”①，并从纷乱的都市景观中搭建起主体的精神世界。其情感表现如孙大雨的《自己的写照》、李金发的《悲》《失败》、王独清的《圣母像前》《我从 CAFÉ 中出来》、成仿吾的《故乡(Religious emotion)》、闻一多的《孤雁》，诗篇中的抒情主体都持有“漫游/观察”的视角，他们借助内向性的自我言说，以漫无目标的旅行者形象自况，倾诉身处异乡的迷惘与忧郁，诗中氤氲着倦游的气息。在他们的视线中，城市成为碎片化的存在，难以聚合成统一的整体，而这种观察经验的获得，正是借助漫游者的形象实现的，因而风景中的漫游者本身，便也成为风景的组成部分。

在成仿吾那里，“漫游”被视作改变现有生活现状的一条通路，即使它仅能在诗人的想象中存续：“啊，让我作一个 Wanderer！/我这有限的生涯/不能长为社会的马车而终老。/啊，不尽的潮流！/我不堪再同你跑；/我要于你的范围以外，/求我的真存在；/啊，让我作一个 Wanderer！”（《我想》）“Wanderer”即漫游者，从旅行的角度观察，这位漫游者本身就是旅行者，旅行带给诗人超越性的力量，使他们有机会在虚构的空间内信马由缰，探求现实以外的精神世界。从更广阔的视野言说，新诗中旅行者视角的形成，缘于作家亲身参与到世界性的时间与空间架构之中，他们对陌生的异域社会和文化产生了全新的体

① 汪民安：《城市经验、妓女和自行车》，载《身体、空间与后现代性》，江苏人民出版社 2006 年版，第 131 页。

认，进而通过对海外现场的文学还原与诗性想象，催化了现代意义上精神主体的诞生。“旅行者”既是视角，也是形象，作为早期新诗发展过程中的重要质素，“旅行者”的眼光之变化，体验之完善，观念之立体，也推进了新文学的格局变化。如周宪所说：“自近代以来，中国文学中最有冲击性和震撼力的著述往往是以下两种，一种是西方科学或文学的翻译著作……再一类恐怕就是旅行文学或游记文学，从晚清以降的旅行文学中，我们大致可以看到一个旅行者眼光逐渐变化的轨迹。”①从行旅主体的身份背景来看，晚清时人的行旅偏重官方背景，而民初文人的行旅多建立在个人出行的背景上，无论是行走的方式还是旅行的目的，更偏重于私人的需要，这就使得旅行者的眼光变化汇聚了更多“个人化”的特质，也使得作家可以自由选择不同的“装置”，将观察到的“风景”作出各臻其态的丰富呈现。因此，当我们讨论早期新诗人的异国想象与相关抒写时，也应该注意他们如何刻画“旅行者”的形象，以之组织视觉经验和文化记忆，进而搭建起风景的结构。

梳理域外诗文中的此类“旅行者”文化形象，至少可从三个向度把握：首先，勘察抒情主体的身份与“旅行者”的功能，这一形象能够帮助诗人直接组合视觉信息，“他”穿梭在诗歌的字里行间，履行着记录景物的使命，视风景的真实样态为表现的主旨。其次，旅行者还随时充当着外界和心灵间经验流通的中介，助力于文本情感层次的提升。如宗白华的《德国东海滨上散步》、郭沫若的《晚步》所叙写的，诗人化身为独行的旅者，寄情于自然景观。他们摹写着风景的细节，体悟观景中偶得的妙思，显现出由物象走入心象的诗思流动。李金发的《游 Wansee》《游 Posedam》更是直接将早期新诗中较少出现的“游”纳入诗题，以此记载他的德国体验。旅居柏林期间，诗人经常游历近郊的万湖（Wansee），也曾到柏林以西的波茨坦旅行。当时他正与屐妲相恋，情感处于激越期，其诗文虽仍存《微雨》的晦涩余绪，但相较于巴黎时期的写作，

① 周宪：《旅行者的眼光与现代性体验——从近代游记文学看现代性体验的生成》，《社会科学战线》2000 年第 6 期。

已有可观的改变。在具体的操作中,李金发着力打磨了旅行者的形象。“他”穿行在柏林郊外的浅草与瘦堤,引领人们观看宫殿的陈迹、水中的柳条、消瘦的芦苇……透过旅行者的眼光,诗人把自然所观和心理所感置于特定的述景框架内,尝试探索生命的幽微经验。沿着他所开创的视野,读者可以洞察异域的景物风貌,并且读解出抒情者的心灵面影。他还写有一首《秋兴》,从题目观察,诗文仿佛沿袭了中国传统的“悲秋”主题,所叙经验大概也与诗人经常营造的忧郁气息相符。不过,诗歌的开头却颇有意味:“我遨游屋之四角,/但神驰物外,/任我游戏!”恐怕李金发受到了法国作家马斯特《室中旅行》的启发,“通过思维内在的活力,展开自由的想象,击败室内的怪物”①,是这种“旅行”的方式及旨归。最后,旅行者从“室外”回到“室内”,风景的“观看方式”及“观看主体”这两个要素指向了新锐的经验,使诗歌也衍生出奇特的内涵。

除了这类从“旅行”本义出发展开实践的诗人外,在诸多写作者笔下,旅行者更多扮演了“社会观察者”的角色,进而形成第二类的旅行者视角与形象。诗人们普遍注意撷取风景中的“人”,将其定格为画面的焦点。里尔克在《论风景》中说过:“人形神祇所不住的山脉是陌生的,连一尊从很远看得见的立像都没有的丘陵,找不到牧人的山坡——就更不值一提了。处处都不过是空荡荡的舞台,只要人没有出场,以他的身体的欢乐或悲惨的行动充满场景。”②特别是进入现代社会,风景的人文性特质更为突出了。行走在异国的城市边缘,旅行者视域里的“人”多处于社会底层,他们是“一对赤着脚的小儿女”(康白情《紫踟躅花之侧》)、青年工人的“沉重而笨之步”(李金发《街头之青年工人》)、蹑足而来的“红鞋人”(李金发《红鞋人——在 CAFÉ 所见》)、“一个小农家的暮”(刘半农《一个小农家的暮》)、“赤脚的孩儿满街走”(刘半

① 姜涛:《公寓里的塔:1920 年代中国的文学与青年》,北京大学出版社 2015 年版,第 206 页。

② [奥]里尔克:《里尔克散文选》,绿原、张黎、钱春绮译,百花文艺出版社 2009 年版,第 109 页。

农《柏林》)、劳动家“凄凉的面目”(田汉《一个日本劳动家》)、“小黑眼闪荡着异样的光”的乞食小童(徐志摩《在不知名的道旁》)、“手弹残旧的琵琶”的盲人乞丐(宗白华《柏林市中》)……旅外诗人在建构旅行者形象的文学实践中,不断释放着对社会底层民生的关注。他们普遍摆脱了那种“庸俗旅行者”①的心态,很多诗人如李金发、萧三等,都受限于勤工俭学的艰苦条件,亲身体会到底层民众的辛劳,所以才自觉采用社会性的观看视角,即便揭示了现实的阴暗面,也大都出于纯然的悲悯和同情,而非刻意搜异猎奇或对异国有意排斥和贬低。闻一多的《洗衣曲》正是这类文本的代表,其题记写道:“美国华侨十之八九以洗衣为生,外人至有疑支那乃举国洗衣匠者。国人旅外之受人轻视,言之心痛。爰假洗衣匠口吻作曲以鸣不平。”文本深刻揭示了底层华人的生存艰辛:“年年洗衣三百有六十日,/看不见家乡又上不了坟。/你们还要笑我是洗衣匠,/你们还要骂我是支那人。/好狠的心! 好狠的心!”诗人采用了具体、写实、社会性的观看视角,自然风景抒写中没有尽然展开的日常生活场景和人文空间,都在这类诗文里得以呈现。借助“社会观察者”的角色,闻一多展示了美国的底层人民生存困境,表达了对同胞的人道主义关怀。这一角色的频频登场,一方面定向强化了旅行者的观察维度,使异国的社会人文风景在新诗中得以集中展现;另一方面切合了早期新诗人关注民生、同情底层的集体情感,在描摹“社会文化之景”的过程中,与国内的声音形成和鸣。

第三类旅行者存在于域外诗歌的精神层面,旅行者形象有时没有直接现身,或是诗人设置了这一形象,却不让它承担拍摄景物、描摹状貌的功能,而是在精神范畴为它赋予整体性的意涵。如穆木天的诗集《旅心》,单从诗题上去

① 关于庸俗旅行者的心态,苏雪林曾谈道:“文明人到野蛮国度里去旅行,很愿意看见那所谓真正的裸虫在芳团土窟中生活的状况……他取出手携灵巧的摄影器,将这些裸虫的影像摄去,再打开日记簿,将这些裸虫如何蠕动如何生存的状况,记述一二,寄回本国便成为一篇趣味浓厚的游记”,旅行中的人只有“看见各地方人民生活状况愈和自己的不同,或者优劣的程度,和自己相差愈远,便觉得此行之为不负。”参见苏雪林:《在海船上》,傅一峰选编:《苏雪林文集》,北京燕山出版社 1998 年版,第 253 页。

感受，已能猜测出它与旅行者内心世界的密切联系。《〈旅心〉集献诗》写道："我是一个永远的旅人永远步纤纤的灰白的路头/永远的步纤纤的灰白的路头在薄暮的灰黄的时候。"长句内部存有一个回环往复的结构，不时向世人昭示着旅行者的身份，放大了抒情主体始终无力摆脱的、宿命般的"无根"之感。怀着一颗流浪的旅心，诗人一面肯定着旅行的兴味："我爱寂寂的漫步在田间的道上"（《夏夜的伊东町里》），一面又主动把旅行的意义向未来延伸："旅人呀　前进　对茫茫的宇宙。/旅人呀　不要问哪里是欢乐　而哪里是哀愁。"（《与旅人——在武藏野的道上》）此刻，保持行走状态的"旅人"被抽离为纯粹的符号，它汇合了诗人对自我精神情形的全部体认，同时也积聚成一个象征美学图式，指涉着写作者身心俱在路上的"漫游"情态。

整体而观，不管流于抽象还是落在具体，"旅行者"形象在域外文本中的存在方式都蕴含了诗人对异国文化和心理经验的综合性思考。文学旅行者对风景的呈现、再造以及控制，向人们"展现出一个交织着思想观念、社会权力及其运作的话语网络"，作为思想表达的媒介，风景如同寓言一般"或明或暗地展示出特定时代的社会政治动向和意识形态"①，它的结构即是社会人文结构和人类精神结构的缩影。同样，反映在新诗文体内部，由旅行者视线组织而生的"风景结构"，也影响到新诗"意义结构"的生成与展开。其中，风景结构指诗人以何种布局方式呈现他们行旅所观物象，而诗义结构意指写作者对诗义停顿的安排，即诗人在抒情过程中对不同的意义层次（在诗义结构中被称为"环节"）所作的相对独立的暂时性中止。早期新诗中的写景诗作颇多，已构成一个丰富的门类，尽管其中大多数文本都未能充分摆脱古典诗歌的感知方式和描述语调，②但它们一定意义上还是突破了古典诗学中的"诗中有画"

① 潘红：《哈葛德〈三千年艳尸记〉中的非洲风景与帝国意识》，《外国文学评论》2017年第1期。

② 参见万冲：《视觉转向与形似如画——中国早期新诗对风景的发现与书写》，《中国现代文学研究丛刊》2018年第8期。

“气韵生动”等固型化观念，以精确、具体的景物描写扬弃了传统山水诗歌追求“神似”的美学方向。在告别“田园景象”或“宋元山水”之后，诗人以海外文明熏染下形成的现代意绪和旅行者眼光介入对风景的观察，推动了早期新诗的“风景结构”与“诗义结构”的互动。万冲曾将“‘视觉转向’和‘如画追求’”作为早期写景新诗主要的艺术趋向，他的观点精准概括了早期写景诗的特质：

> 从观看方式而言，从风景中独立出来的诗人，站在某个固定的视点，设定了观看的距离，集中捕捉、描绘风景的颜色和形体。从人与自然的关系而言，诗人既自满于刻画风景的细节，流露出沉浸其中的喜悦，又不自禁地对风景之后更为隐秘的秩序充满了困惑，并隐约显示出形而上的焦虑——风景处于无所依傍的流动性中，成为难以把握的对象。从美学追求而言，真确地捕捉、描绘眼前所见之景，达到如在目前的绘画效果，正是诗人的审美追求，正如胡适所说，“凡是好诗，都能使我们脑子里发生一种——或许多种——明显逼人的影像。”①

源于对“明显逼人的影像”的重视，胡适主张以“朴实无华的白描工夫”达到“诗体的大解放”和“言之有物”②，从而引领早期新诗人把风景看作理性认知的对象，而不是某种道德观念的象征物。当时的写作者多响应并实践了胡适的主张，专注于采写完整的视觉信息，以确证自我的主体性。与国内的诗坛相呼应，海外诗人也多从旅行者的视角出发，选取了类似的述景策略。罗家伦写有一首《荷兰道中》，完全就是对景物的直接摄影。

　　几条淡白的村烟。

---

① 万冲：《视觉转向与形似如画——中国早期新诗对风景的发现与书写》，《中国现代文学研究丛刊》2018年第8期。所引论述出自胡适：《谈新诗——八年来一件大事》，《星期评论》“双十节纪念号”，1919年10月10日。

② 胡适：《〈尝试集〉自序》，《胡适文集》第3卷，安徽教育出版社2003年版，第118—127页。

一望平芜，
屋顶成闪烁的金片。
一层水，一层云，
中间夹着花背的牛羊几点，
历落的远接天边。
逼近有的是瀏鵝，
斜翅上挂着一半橙子的金，
一半深黑的靛。
豁喇喇的落处，
轻推动痴立的老头儿，
水里的斑斓笑脸。

这首诗在早期新诗中鲜被提及，但它构想风景的思路，充分证明了写实主义对国内外新诗人产生的广泛影响。文中的远近场景切换，符合旅行者真实的视线移动，观察主体的情感隐藏在景物的细节背后，彰显出人和风景的分离，而景物自身的异国感并不突出，使得我们难以区分《荷兰道中》和彼时一系列写于国内的"道中"诗的景致差异。与罗家伦的经验类近，郭沫若也经常有在"道中"散步的经历。一次他与田汉行走田间时，忽然触景生情，即兴谈吐，谈了不少关于诗歌创作的妙诀。听到空中有清脆的鸟鸣声，"闻声而不见影"，郭沫若便对田汉说这是"绝妙的诗料"，进而口占四句："鸟儿！你在甚么地方叫？/你是甚么鸟儿？/你的歌声怎样地中听呀！/你唱得我的灵魂怎样地陶醉呀！"诗人认为把"甚么"和"怎样"这些滋养加些"想化"的力量，便能成一首好诗。田汉却觉得"这样便是实感，已经好了，不用再发展了"。[①] 两位诗人对"实感"与"想化"的争论，恰恰牵涉到旅行者与风景的关系问题。

---

① 《郭沫若致宗白华》，信中落款日期为1920年3月3日，按照孙玉石据信中所述活动日程推算，此信应写于3月30日。《郭沫若全集(文学编)》第15卷，人民文学出版社1982年版，第129页。

按照万冲文章中的观点，人从风景中获得独立，是诗人重新与之建立默契联系的第一步。现代人的情感和心理结构使风景的内在主体产生了相应的变化，借助与以往不同的观景体验，新诗人的主体性得到凸显。“诗的经验主义”理念的渗入，使一些新诗人侧重于逼真再现客观景物，渲染时代气息，由此形成抒写风景的一类范式。如周作人的《画家》，正以纯客观的视角渐次呈现小溪边的儿童、田间耕作的农夫等五幅画面，康白情在评价这首诗中“具体的描写”时曾说：“勿论唐人的好诗，宋人的好词，元人的好曲，日本人的和歌俳句，西洋人的好自由行子，都尚这种具体的描写。”①此种具体的写生风格带来的“画意美”，既是对中国“诗中有画”传统的继承与化用，又因其“容纳了新的思想内容和新的意境，在写实主义指导下具体描绘社会生活和人生感慨，使得‘诗中有画’更有时代气息，更臻完美。”②特别是诗人能够将“五四”一代的“动”的体验纳入对风景流动性的叙述中，使得传统意义上的静态风景获得了动态的速度感呈现。

不过，即使是如周作人、康白情那般根据观察角度的真实变化，能够将风景切分为多个动态的画面，以精确捕捉其细微变化，这类诗文依然存在客观描绘过多、诗境单薄的问题。如康白情那样“记账式的列举”③，或是俞平伯《冬夜之公园》似的纯粹写景，并非“新诗正当倾向”④。大多数诗人对风景的呈现方式都拘泥于具象，滞留于事实，导致部分诗歌质轻情浅，诗歌的意义结构过于单薄，即使有主体性元素的参与，也很难抵达更为复杂细腻的深度体验。在周作人的《画家》末段，诗人的表达颇有意味，他写道：“这种种平凡的真实的印象，/永久鲜明的留在心上；/可惜我并非画家，/不能用这枝毛笔，/将他明白写出。”诗人和他想要表达的经验之间，依然存有文字上的隔阂，如果抒情

---

① 北社编：《新诗年选》，上海亚东图书馆1922年版，第86页。

② 江锡铨：《略论初期白话诗的“画意美”》，《江苏教育学院学报》1988年第3期。

③ 胡适：《评新诗集·康白情的〈草儿〉》，《读书杂志》第1期，1922年9月3日。

④ 俞平伯：《做诗的一点经验》，《新青年》第8卷第4号，1920年12月1日。

者仅仅停留在风景的记录者层面，那么便很难抵达反思性的自我建构，也无法触及更深的人性命题。1919 年，罗家伦为傅斯年写于海外的诗歌《心不悸了！》作下一条按语："我们《新潮》上的诗，总觉得写景的太多；像这样'Humanized'的诗，实在很少……"①在罗家伦眼中，新诗的"写景"与"人性"表达之间存有明显的距离感。尤其是在海外诗人那里，如果他们仅仅停留在风景的记录者层面，限定于单纯写实的表达，就不易精准反映异域的文化情调。因此，如何搭建可以呈现风景多面性的结构，由外部的物象展示抵达深刻的人性剖析，便成为他们反复琢磨的一个话题。而旅外的文化体验，一定意义上促成并引领了诗人对旅行者形象的安排、意象的组织以及风景结构和诗义结构的关系这些问题的思考。

在早期新诗的诸多域外文本中，诗人对风景的描述依然延续了"意在言外"的传统空间隐喻形式。身处海外奇观，其情思所对应的却为故国景象和怀旧意绪，诗义结构由"现实风景"与"故国风景"两次停顿构成，情景转换较为直接、简单，但其中也并非全无新质。陆志韦曾写下一首《九年四月三十日侵晨渡 Ohio 河》，从语感上说，这首诗并非佳作，部分语词尚显生硬，行与行的意义过渡也不够平顺，但从结构角度言之，又有一些新意可供揣摩。诗人在肯塔基州渡江南望，发出"江南好，也在梨花开得早"的感慨，美洲大陆的景色颇与古人"又见江南春色暮"的景致相似，诗人本能地向传统的文化表述惯习靠拢，将域外美景转换为中国情调。同时，诗人对风景的观察是双重的，它既是模山范水、天人合一之古典美学的现代版呈现，同时也氤氲着诗人的当代玄思。诗歌末尾写道："所以我依旧是自由人，/来看江南梨树。"在古典式的观察之外，诗人用现代人的眼光发现了当下与自我，从而为诗歌构筑起双重的意义结构，前者描写的江南是文化记忆中的景观原型，后者则熔铸了观察者自身的当下视角，使诗歌"意在言内"的当下性意义得以显扬，也切中了白话诗对

① 欧阳哲生主编：《傅斯年全集》第 1 卷，湖南教育出版社 2003 年版，第 314 页。原载《新潮》第 2 卷第 2 号，1919 年 12 月 1 日。

“达意状物”的审美要求。

广泛观照域外诗人的风景抒写，能够发现他们大都和陆志韦选择了一致的方向，即将眼前的现实视界与遥远的家国想象共置一堂，切近的景象与记忆中的联想构成交叠状态，形成一种典型的内在张力秩序。在笔者看来，在早期域外新诗作品中，从结构和艺术上将这种秩序作出精当呈现的，应当首推闻一多。如他的《孤雁》一篇，诗人化身为“失路的游魂”，渴望着归乡，而故乡的景色是“霜染的芦林”“校猎的西风”“茸毛似的芦花”，由此才能温暖“你的甜梦”。再如《秋之末日》中“吼个不休”的西风，《晴朝》中“淡青的烟云”和“皎皎的白日”，以及诸多诗篇中出现的小溪、稚松、夕阳、寒雁等等，均蓄积了“近与远”叠合生成的张力。尤其是写于 1922 年 10 月的《秋色——芝加哥洁阁森公园里》，诗歌的题记使用了陆游的诗句“诗情也似并刀快，剪得秋光入卷来”，正文则充分契合了西方风景和中国想象的二重张力结构，全文如下：

紫得象葡萄似的涧水
翻起了一层层金色的鲤鱼鳞。
几片剪形的枫叶，
仿佛朱砂色的燕子，
颠斜地在水面上
旋着，掠着，翻着，低昂着……
肥厚得熊掌似的
棕黄色的大橡叶，
在绿茵上狼藉着。
松鼠们张张慌慌地
在叶间爬出爬进，
搜猎着他们来冬底粮食。
成了年的栗叶
向西风抱怨了一夜，

终于得了自由，
红着干燥的脸儿，
笑嘻嘻地辞了故枝。
白鸽子，花鸽子，
红眼的银灰色的鸽子，
乌鸦似的黑鸽子，
背上闪着紫的绿的金光——
倦飞的众鸽子在阶下集齐了，
都将喙子插在翅膀里，
寂静悄静打盹了。
水似的空气泛滥了宇宙；
三五个活泼的小孩，
（披着桔红的黄的黑的毛绒衫）
在丁香丛里穿着，
好象戏着浮萍的金鱼儿呢。
是黄浦江上林立的帆樯？
这数不清的削瘦的白杨
只竖在石青的天空里发呆。
倜傥的绿杨象位豪贵的公子，
裹着件平金的绣蟒，
一只手叉着腰身，
照着心烦的碧玉池，
玩媚着自身的模样儿。
凭在十二曲的水晶栏上，
晨曦瞰着世界微笑了，
笑出金子来了——

黄金笑在槐树上，
赤金笑在橡树上，
白金笑在白松皮上。
哦，这些树不是树了！
是些绚缦的祥云——
琥珀的云，玛瑙的云，
灵风扇着，旭日射着的云。
哦！这些树不是树了，
是百宝玲珑的祥云。
哦，这些树不是树了，
是紫禁城里的宫阙——
黄的琉璃瓦，
绿的琉璃瓦；
楼上起楼，阁外架阁……
小鸟唱着银声的歌儿，
是殿角的风铃底共鸣。
哦！这些树不是树了，
是金碧辉煌的帝京。
啊！斑斓的秋树啊！
陵阳公样的瑞锦，
土耳其底地毡，
Notre Dame 底蔷薇窗，
Fra AngeLico 底天使画，
都不及你这色彩鲜明哦！
啊！斑斓的秋树啊！
我羡煞你们这浪漫的世界，

这波希米亚的生活！
我羡煞你们的色彩！
哦！我要请天孙织件锦袍，
给我穿着你的色彩！
我要从葡萄，桔子，高粱……里
把你榨出来，喝着你的色彩！
我要借义山济慈底诗
唱着你的色彩！
在蒲寄尼底 La Boheme 里，
在七宝烧的博山炉里，
我还要听着你的色彩，
嗅着你的色彩！
哦！我要过这个色彩的生活，
和这斑斓的秋树一般！

闻一多曾在《色彩》一诗中集中赞颂色彩，甚至认为自己精神的各个层面都是拜其所赐，这首《秋色——芝加哥法阁森公园里》同样是一首充满了对"色彩"的渲染和调和的诗篇。诗人谈到过美国作家弗莱契唤醒了他对色彩的敏感，加之他自身对西方风景画技法的理解，都体现在这首《秋色——芝加哥法阁森公园里》之中，可以说这首诗就是一幅色彩鲜明的风景画卷，展现了诗人难得的轻松心情。自登陆美国开始，喧嚣芜杂的都市气息便让闻一多表现出极度的精神不适，甚至当他走在大街上时，也总是感到仓皇无措，突兀不安。"林立的烟囱开遍了可怕的'黑牡丹'；楼下是火车、电车、汽车、货车（trucks，运物的汽车，声响如雷），永远奏着惊心动魄的交响乐。"①这般怖人的景象和嘈杂的节奏，使诗人处于持续紧张的状态，进而对异域产生强烈的拒斥

① 闻一多：《致梁实秋》，《闻一多全集》第12卷，湖北人民出版社2020年版，第175页。

情绪。他经常在诗歌中表现出“这不像我的山川，太阳！/这里的风云另带一般颜色/这里鸟儿唱得调子格外凄凉”（《太阳吟》）的哀思，只有在美术馆、电影院、公园等场所，诗人才能体验内心的平静，进而才有可能与审美的境界相通。步入《秋色——芝加哥法阁森公园里》中的芝加哥洁阁森（又译结克生，今译杰克逊）公园，这里的风景尤佳，诗人经常来此散步观景。写作这首诗的前几日，闻一多曾给梁实秋致信，信中写到自己游览公园的经历：“芝加哥结克生公园底秋也还可人。熊掌大的橡叶满地铺着。亲人的松鼠在上面翻来翻去找橡子吃。有一天他竟爬到我身上从左肩爬到右肩，张皇了足有半晌，才跳下去。这也别是一种风致不同于清华的。昨日下午同钱君①复游，步行溪港间，藉草而坐，真有‘对此茫茫，百感交集’之慨。‘万里悲秋常作客’，这里的悲不堪言状了！”②显然，《秋色——芝加哥法阁森公园里》中的橡叶、松鼠等物象，均是诗人真实可观可感的风景。一方面，他在现实的风景中收获了精神的闲适和愉悦，另一方面又承续了中国古典诗学“悲秋”的文化传统。无论是《秋色——芝加哥法阁森公园里》还是《秋深了》《秋之末日》等诗篇，都点染着诗人的离国愁思，因而他看到的风景便很自然地从实景转移到“黄浦江上林立的帆樯”“北京紫禁城里的宫阙”。真实的风光演绎为古典的景色，写作者对色彩进行修饰的词汇也经历了由纯粹现实到古典修辞的过渡。如同《太阳吟》一诗的言咏，诗人认定美国的太阳是从家乡来的，抒情者透过阳光看到的，乃是“北京城里底官柳裹上一身秋”。在给吴景超的信中，闻一多也说《太阳吟》所怀想的是“中国的山川，中国的草木，中国的鸟兽，中国的屋宇——中国的人”③。从《太阳吟》反观《秋色——芝加哥法阁森公园里》，即使诗人陶醉于芝加哥的公园景物，也并不能证明他彻底认同了美国的风景。诗人能够与眼

① “钱君”即钱宗堡，曾与诗人在美国合居。

② 闻一多：《致梁实秋》，孙党伯、袁謇正主编：《闻一多全集》第12卷，湖北人民出版社2020年版，第103页。

③ 闻一多：《致吴景超》，孙党伯、袁謇正主编：《闻一多全集》第12卷，湖北人民出版社2020年版，第77页。

前的景色产生精神投合,是因为异国风景形似于诗人文化记忆中的中华景观,唤起了他的故国情感,方才使他产生对美国风景的认同意识。因此,诗人观察风景、抒发情感的支点在于中国文化,而风景的结构和诗义的结构也依然属于"现实——记忆"相对应的模式,正如许芥昱所说:"闻一多早期诗歌常将中国跟西方的想象并列与平行起来,在这里得到了充分的证明。"①难怪朱自清在《中国新文学大系·诗集·导言》中称他是"爱国诗人,而且几乎可以说是唯一的爱国诗人"②,虽然这一评价不足以完全涵盖闻一多的创作特性,却也切中了诗人海外写作的基本情感特征——"思乡"和"爱国"是一个情感上的统一体。③

继续读解《秋色》一诗,公园风景的现实性和超越现实的神秘感,对应了"画"与"诗"两种艺术形式,前者出现在诗歌的前半部分,后者则集中在诗歌后半部分对中国的幻象抒写之中。闻一多认为真诗无不产生于"炽烈的幻象"④,这幻象"由幻想和情感共同凝聚而成"⑤,它是属于"诗"的文字,内蕴着诗人强烈的主观情感。1922 年 10 月 30 日,闻一多给吴景超和梁实秋的信中谈到自己的游历体验,言及"秋来洁阁森公园甚可人意",他说自己写完《秋色》后,"心里又有了一个大计划,这便是一首大诗,拟名《黄底 Symphony》。在这里我想写一篇秋景,纯粹的写景,——换言之,我要用文字画一张画。"⑥

---

① 许芥昱:《从调色板到诗——〈闻一多〉第三章留学(1922 年—1925 年)》,见方仁念编:《闻一多在美国》,华东师范大学出版社 1985 年版,第 35 页。

② 朱自清:《中国新文学大系·诗集·导言》,良友图书印刷公司 1935 年版。本文引自上海文艺出版社影印本 1981 年版,第 7 页。

③ 只有当诗人即将结束留学生活,启程返回祖国之前,他的《大暑》中才出现了少见的、游子关于家乡风景的具象化想象。如他写到了"湖上飘满紫鸡头""家乡的黄昏里尽是盐老鼠"等等。此刻,"故国"的虚体逐渐实体化,风景也从诗人惯于使用的抽象粗线条勾勒,转变为对景观独特状貌的细致描绘。

④ 闻一多:《评本学年〈周刊〉里的新诗》,孙党伯、袁謇正主编:《闻一多全集》第 2 卷,湖北人民出版社 2020 年版,第 40—41 页。

⑤ 王桂妹:《"诗中有画"的界限与适度——对闻一多〈秋色〉的另一种解》,《贵州社会科学》2005 年第 2 期。

⑥ 闻一多:《致吴景超、梁实秋》,孙党伯、袁謇正主编:《闻一多全集》第 12 卷,湖北人民出版社 2020 年版,第 110 页。

可见,对于“诗与画”同构的“风景——诗义”结构,闻一多似乎还有实验性更强的计划,用“画”的文字表现“诗”,究竟能达到什么程度,色彩和节奏是否能够实现均衡的调和? 从目前的资料来看,诗人的这首“大诗”应该没有完成,为后人留下了一个遗憾。

以闻一多的《秋色——芝加哥法阁森公园里》为代表,风景结构和诗义结构在“当下的现实”向“远方的风景”的过渡中,完成了自我的建构。一般情况下,“远方的风景”隐喻了诗人对家国故乡的诗性憧憬,但它亦存有多种变体。如郭沫若的《电火光中》塑造了典型的旅行者形象,“他”在日本城市的街道上孤独前行,观瞧的却是现实之外的幻景——苏武牧羊、瑞士湖光、加州飞瀑……中国、欧洲、美国的画面,历史、传说、现实中的故事彼此交叠映照,汇入旅行者的视野。错位的时空机制,渗透着诗人超逸的想象,风景拥有了明确的纵深感,其意蕴也趋于多元。再如《晨安》中的抒情主人公从大海、旭光、白云看起,他的观照视点由近及远,向南方的扬子江、北方的黄河、万里长城、雪的旷野扫视。如果诗人的观察就此停止,那么诗义结构便契合了“异国——中国”或是“现实——故土”的常见组合模式,然而抒情者的视线继续游移,先后驻留在苏伊士运河、埃及金字塔,华盛顿、林肯和惠特曼的墓园……以“日本——中国——文明古国——欧洲——美国”的想象中的风景结构,串联起“律动的自然精神——故国的悠久历史——人类的文化底蕴——欧洲的现代气息——美国的自由意志”这一思想渐次飞升的诗义结构。诗人没有单纯依靠回溯式的经验复归故土记忆,而是凭借面向未来的突进性力量,从容驾驭着东西方两类想象素材。无论是风景结构还是诗义结构,它们都抵达了更为精密复杂的境地,涵载精神信息的幅度也愈发宽广。像郭沫若这样将风景内化为思维的方式,以超验式的诗义结构设计出一场遐想中的宏大旅行,在立体化的表意空间、隐喻式的表述风格等向度上,为新诗提供了适宜的参照系。

以上所举各例,皆论证了“风景”的“远”与“近”和新诗诗意生成之间的内在联系。随着新诗人在域外生活体验的逐步加深,他们的诗文开始表现出更多的“当下性”特征,即使产生抽象的超验式言说,往往也指向未来的经验,而非像闻一多那样返回文化记忆的深处。如刘半农的《夜》,便是一首注重将漂泊经验转化为正向价值的诗歌,它的副题是“坐在公共汽车顶上,从伦敦西城归南郊”。因为伦敦市中心房租价格高昂,刘半农只得把家安在近郊的克拉珀姆(Clapham),每日从城外到位于布鲁姆斯伯里的伦敦大学学院,需换乘电车、地铁以及双层巴士。诗人所写正是1920年7月的一个月夜,他从伦敦大学学院归南郊寓所的乘车观感:

白濛濛的月光,
懒洋洋的照着。
海特公园里的树,
有的是头儿垂着,
有的是头儿齐着,
可都已沉沉的睡着。
空气是静到怎似的,
可有很冷峻的风,
逆着我呼呼的吹着。
海般的市声,
一些儿一些儿的沉寂了;
星般的灯火,
一盏儿一盏儿的熄灭了;
这大的伦敦,
只剩着些黑矗矗的房屋了。
我把头颈紧紧的缩在衣领里,
独自占了个车顶,
任他去颤着摇着。
贼般狡猾的冷露啊!

你偷偷的将我的衣裳湿透了！
但这伟大的夜的美，
也被我偷偷的享受了！

在刘半农留英期间的作品里，很少能够感到这首诗中流露出的轻松情绪。繁重的学业、经济的压力、劳苦的奔波，使刘半农笔下的英国形象多半勾连着伤感与愁绪，伦敦多是一个“岑寂”的存在，生活在诗人理想世界的“反面”。然而，一个人在夜间“独占”公交车空间的时空体验，使诗人远离了嘈杂的日间人群经验，他从“人群”之中抽身而出，在巴士上意外获得了属于自我的精神空间，并借助内敛的语词释放出蕴积于心的情绪。海特公园(Hyde Park，今译作“海德公园”)的树木，沉寂的市声和渐次熄灭的街灯，与诗人此刻的寂寥感形成同构，“冷风”与“冷露”映衬了这种孤独，却没有将其无限放大。相反的，诗人借助孤独体验发现了“伟大的夜的美”，从而将孤独的心灵经验引入诗意审美的宏大境界。值得注意的是，这首诗受诗人即时性的体验激发而成，写作者并未选择回溯式的经验沉入自我的记忆，而是以一种面向未来的意义建构，赋予情感以正向的价值，一定意义上缓解了他在日间经验中对伦敦城市文化的心理隔膜感。

从诗质上说，刘半农的语言较为通透，表意也不复杂，他的诗并非是那种从先在的观念出发进行自释的文本，而是像《夜》一般，注重此时此地的即兴感发。诗中观察者所看到风景形成了自足的意义世界，蕴含着精神主体突然勃发的、从当下向未来时间突进的力量，诗歌意义结构的层次也趋向多元。随着异域体验的加深，很多诗人都扬弃了质直单纯的表达风格，他们频繁动用多重的象征符码，为新诗筑造立体的诗义结构。李金发、王独清便重视诗歌与电影、绘画、音乐等艺术形式的共通性，如李金发的《寒夜之幻觉》《巴黎之呓语》等诗篇，综合运用了蒙太奇的手法，动态呈现错时片段的空间景物，从整体上为现代人迷离、焦虑的心态赋形，并巧妙地将诗与画结合起来，用不同的颜色渲染意象。据统计，在李金发的三本域外诗集中，黑色、白色、金色、紫色和灰色出现的次数最多,其中黑色意象出现的次数高达 106 次,白色意象则为 67 次,金色、紫色和灰色的意象分别出现了 34 次、33 次和 30 次。熟稔西方油画技法的诗人为色彩赋予情感的内涵,将其融入对事物象征品格的建构过程。相比于李金发,王独清更是突破诗、画、乐的界限使之有机组合。在游历佛罗伦萨的圣吉奥瓦尼教堂后,他写下《但丁墓旁》。全诗两段,首段写诗人在"天国之门"面前感受到自我的渺小,希冀像文学先贤那样求得灵魂的提升,第二段的诗行排列则饶有意味——婀恼河、老桥背、教堂顶、全城市四个意象渐次展开,又与重复循环的"钟声荡"错次排列。景物在诗歌中出现的次序遵循着由低至高的渐进抬升视角,仿若摄像机一般带给读者直观的方位感。再看他的散文诗《NEURASTHÉNIE》,神经衰弱者眼中的地球是一个"已经腐败了的土块",遍布着只有"饥饿"和"情欲"的"可厌的男女"。文本中亦存有一个摄像机般由上而下的跟踪拍摄视角,如"黑夜底浓色经由空中缓缓地落下,我一个人在暗光的街灯旁与冷空气抵抗地立着。向我复仇的狂风把地上的枯叶一一吹起……"两首诗都拥有层次分明的风景结构,在诗义结构上紧随灵魂"飞升"抑或人性"下降"的主题,影像与文字相互支撑,形成彼此互喻的关系。

与诸多象征主义诗人的美学观念一致,徐志摩的域外景物诗也注重空间内的构图与色彩的渲染。受益于英国"如画"(the Picturesque)美学①和现代

---

① 如西蒙·沙玛在《风景与记忆》中对亨利·皮查姆的木刻画边框的重视,人们往往关注画作本身,而将它的框架认识为一种可有可无的装饰,它是画作之外的、与画作无关之物,而沙玛则认为皮查姆画作那些精巧的边框"起到视觉提示的作用,告诫人们这幅画是诗意的,而非写实。它圈封起来的联想和情感赋予了这片风景以意义"。沙玛进一步指出,这种边框最极端的例子就是风靡于 18 世纪艺术家和旅行家之中的"克劳德镜"(Claude-glass),它使人们可以轻松获得"如画之美"。这种小巧的、背面粘着深色箔片的凸透镜以法国画家克劳德来命名,他擅于将古典建筑、自然界的森林、河流巧妙而和谐地置于同一幅画作之中,为风景画建构起一种"美"的典范。因而,如果被克劳德镜收入的风景看似克劳德的画作风格,那么这般风景则具备了被描述的资格,因为它具备了"如画之美"。后人还对克劳德镜施加了一系列的改造,如为它涂上红色,以此制造晨光和夕阳的效果。在英国艺术史家马尔科姆·安德鲁斯看来,正是从克劳德镜开始,人们观景的眼光被收束到取景框中,景色则被做成了人造物。参见[英]西蒙·沙玛,胡淑陈、冯樨译:《风景与记忆》,译林出版社 2013 年版,第 10 页。

派艺术的滋养,他在英伦的旅行如同一次如画风景美学的教育,也如骚塞、华兹华斯、拜伦等文学先贤一样,以旅行的方式提升了个人的审美感和道德价值,将主体情怀寄寓在对异域风光的景色描写之中。诗人描述的景观均有实际的现实坐标对应,并从此般观察体验出发,建构起康桥、翡冷翠等独具象征意味的意象群组。他尤其推崇华兹华斯,在 1922 年作的诗歌《夜》中,便把华兹华斯隐居的格拉斯米尔湖区(Grasmere)称为"柔软的湖心",视之为神往的境界。华兹华斯曾将自我的情感和想象注入湖区的风景,从田园荒野混融的景物样态中,发掘出这片地域的民族情感和地方精神,从而契合了欧洲 18 世纪以来兴起的"如画美学",特别是优美(the Beauty)与崇高(the Sublime)等风景理念,成为诗人发现自然之美的重要"装置"。从风景美学的角度观察,"如画美"是西方文人观察自然的重要方法,即把自然视为图画,以画家之眼与自然相遇,这种美"游离于'优美'与'崇高'之间,兼具两者特点,却没有绝对属性。它是无规则的、复杂的、多变的和多样的,与崇尚规整与比例的古典价值大相径庭"①,其灵动的特质,又与诗的本性相通。

1802 年,华兹华斯写下《My heart leads up》,诗歌以彩虹意象为支撑,诉说诗人看到彩虹后产生了孩童般的兴奋感,希望将这种源自童年的冲动保持下去。对应观看徐志摩的散文《雨中虹》,无论是情感主题还是写景方式,都与华兹华斯形成了契合。诗人如先贤一般,喜欢从自然美中发现"力"的神奇与纯粹的美感,以之作为心灵的净化剂。如他所说:"我们爱寻常上原,不如我们爱高山大水,爱市河庸沼,不如流涧大瀑,爱白日广天,不如朝彩晚霞,爱细雨微风,不如疾雷迅雨。"②诗人认同的自然界虽然静寂无声,却拥有强烈的表意能力,它对灵魂形成遥远的提示,具有涤荡心灵的神圣意味。虽然徐志摩并未直接言明自己对"如画美学"的吸收与借鉴,但从他的诗作中,我们仍然可以找到与这种美学方式类近的构建风景的法则。看他的《康桥西野暮色》

① 杨丽:《华兹华斯与英国湖区的浪漫化》,武汉大学博士学位论文,2016 年,第 91 页。
② 徐志摩:《雨后虹》,韩石山编:《徐志摩全集》第 1 卷,商务印书馆 2019 年版,第 160 页。

《春》等一系列景物诗，景深层次鲜明，色彩浓淡相宜。诸多无序的风景语象经过诗人的组织渲染，形成彼此之间的谐调共生。诗作中的各类风景元素如同透过“克劳德镜”绘制的英式风景画一般，在风景结构上暗合了宗白华言及的油画之“光影的透视法”与“空气的透视法”①。如《康桥西野暮色》一诗的第一节：

一个大红日挂在西天
紫云绯云褐云
簇簇斑斑田田
青草黄田白水
郁郁密密鬅鬅
红瓣黑蕊长梗
罂粟花三三两两

写《康桥西野暮色》时，徐志摩正沉迷于阅读《尤利西斯》，无标点的语句和貌似散点呈现的景物，暗合了乔伊斯的创作法则，但诗歌的风景结构依然保持了“如画”的完整与统一。诗人借鉴了油画的透视法则，围绕一个中心点构造风景的图画式结构，并从中“幻出一个锥形的透视空间，由近至远，层层推出”②。以色块的构图区分风景的层次，用缤纷的色彩区分不同的物象，在理念上践行了“如画美学”的线性透视法，又注重突出太阳的明亮，使整个画面都统合在明亮鲜艳的氛围中，与诗人所推崇的西方印象派绘画形成契合。景色由远及近，形成三重层次，远景由红日、天、云构成“斑斑田田”的大型色块，中景为青草、黄田、白水，近景则是三三两两的罂粟花朵。每一个层次的风景内部都富含多种色彩的组合呼应，且明暗对比效果明显，具有强烈的视觉冲击力。风景的三层次结构分别包容了不同的景物元素，却共同指向优美与宁静，

---

① 宗白华：《中西画法所表现的空间意识》，林同华主编：《宗白华全集》第二卷，安徽教育出版社 2008 年版，第 142 页。

② 宗白华：《中西画法所表现的空间意识》，林同华主编：《宗白华全集》第二卷，安徽教育出版社 2008 年版，第 148 页。

景物意象彼此谐调，达成一种风景结构上的和谐共生，同时在意义结构上彰显出诗人对纯粹澄明之美的艺术诉求。诗文中的行旅者形象虽然时隐时现，但从这些景物的组合关系中，我们仍能解读出诗人造境之目的，乃是从自然中发现精神的灵性，诗文也洋溢着浓重的主观写实色彩。

再看他的《再别康桥》，诗篇开头的“轻轻的我走了/正如我轻轻的来，我轻轻的招手/作别西天的云彩”仿佛让人缅想起华兹华斯《水仙》的首句：“我独自漫游，像山谷上空/悠悠飘过的一朵云彩。”无论是视线的聚焦点——云彩，还是观察主体的精神状态——独游，两者都在认识与感悟层面形成了紧密的对应联系，达到自身和经验对象同化的神圣境界。沿着“如画美”的角度开启这首诗歌，会发现诗人对景物的观照依然采取了由远及近的透视法则，从“西天的云彩”到“河畔的金柳”，再到“软泥上的青荇”“榆阴下的一潭”，观景者的视线从上至下，焦点不断向画面的近端收缩，而撑篙者“向青草更青处漫溯”使这首诗的风景结构经历了由旅行者看到的“实景”向梦幻者想象的“虚景”的衍变。读者们大都认为文中的“撑篙者”就是诗人自己，然而细读徐志摩的相关散文，会发现他并不精于驾船，也没有独自撑篙的体验。那个遁入青草深处、向自然母题回归的“撑篙者”是诗人因情所造之景，熔铸了他从西方浪漫主义诗歌中体悟到的构思方法，即把意象和情绪集中在“归去”这一动作的焦点，以凝聚式的构思应和“旅行”作为“自我风景发现”这一西方浪漫主义写作传统。由此，《再别康桥》的诗义结构便不再是由“康河风景激发的愉悦”向“难以纾解的现实忧愁”之转移，自从诗人与自然遇合之后，他便从“无依无伴的小孩/无意地来到生疏的人间”（《我是个无依无伴的小孩》）之寂寞走向一种专属诗人的审美孤独。孤独给予诗人心灵成长和自我发现的机会，如他所谈到的：“一颗处于悲伤之中的心是一颗正在成长的心。一个人的悲伤的能力是衡量他成长的能力的尺度。”①因此，与其说《再别康桥》的诗义最终走

① 徐志摩：《翡冷翠日记》，韩石山编：《徐志摩全集》第5卷，商务印书馆2019年版，第297页。

向忧郁,倒不如说是诗人沉入了对自我的再次发现。逐渐消失在黄昏中的"撑篙者"形象,有如济慈在自然面前的自我隐遁,本身凝聚着回归自然美学的象征意味。

总之,风景结构与诗义结构的关系构成了新诗风景美学的根基,如果没有域外诗人这般中西交融的空间体验,以及他们所掌握的足够丰富的文化资料(包括对异域景观的先期认知和负笈海外汲取的知识),就不利于"发掘眼前景物的异质性的因素",也几乎不会产生"基于现代自我对新的空间关系的发现"①。上文以诗和画的关系为证,分析了徐志摩诗歌的结构问题,这种"诗与画相统一"审美思维,也广泛存在于早期新诗人的思想视域中。宗白华认为,要想在诗的形式方面有高等技艺,就要学习音乐与图画,"使诗中的文字能表现天然画图的境界"②对西方绘画艺术特别是风景美学的早期接受和心理期待,加上国外光景的视觉刺激,引发诗人对宗白华言及的"文字"与"画图"的关系有了各自独到的解读。初出国门,闻一多见到的日本便是"一幅幽绝的图画"、一个"picturesque 的小国"③,他继而发觉郭沫若的《女神》"所描写的日本并不真确……应该用实秋底笔来描写"④。印象派画艺的影响,令徐志摩眼中的康桥如画一般清澈秀逸,"可比的许只有柯罗(Corot)的田野"⑤。中世纪美术的熏陶,使郭沫若乘船途经黄浦江口时,发现"黄浦江中的淡黄色的

① 陈琳:《空间重构与五四新诗的发生》,《现代中文学刊》2019 年第 3 期。

② 宗白华:《新诗略谈》,林同华主编:《宗白华全集》第一卷,安徽教育出版社 2008 年版,第 169 页。

③ Picturesque 即为如画美,摘自闻一多:《致吴景超、顾毓琇、翟一夫、梁实秋》,孙党伯、袁謇正主编:《闻一多全集》第 12 卷,湖北人民出版社 2020 年版,第 45 页。

④ 闻一多:《致吴景超、顾毓琇、翟一夫、梁实秋》,孙党伯、袁謇正主编:《闻一多全集》第 12 卷,湖北人民出版社 2020 年版,第 46 页。

⑤ 柯罗即法国印象派画家卡米耶・柯罗(1796—1875),他确立了抒情风景画派的基本风格,尤其是对光和空气的描绘,常常被认为是印象主义画家的先驱者。他一反过去画家把暗部画得很暗的做法,而努力使暗部画得透明、鲜艳,从而使整个画面的亮度大大提高。徐志摩的风景诗写作,很可能受到他的影响。徐志摩:《我所知道的康桥》,韩石山编:《徐志摩全集》第 2 卷,商务印书馆 2019 年版,第 337 页。

水，像海鸥一样的游船，漾着青翠的柳波的一望无际的大陆，真是一幅活的荷兰画家的风景画”，当船继续前行，路过工厂、烟囱、起重机之后，中世纪的风景画“一转瞬间便改变成为未来派”①。凡此种种，皆印证了安德鲁斯的论断：“比起没有文化的观景人，画境游的游客就有了更多的美学特权。”②在有些情况下，诗人没有真实抵达过“风景画”中的现场，但这也不妨碍他们依照西方艺术鉴赏风景美的方法，以间接知识为依据，采用“以画观景”的眼光，进而尝试各类“以画为诗”的方案。“诗画统一”的运思路径，在中国古典诗论中并不稀奇，细究其新意，在于“画”的范围已由本土延展至世界，诗与画的空间结构也面临各种新的组合可能。西方风景美学推崇的“如画美”经过中国诗人的创造性悟读，正有效拓展了“观景”与“写景”的情境资源，加速了新诗中的风景从被“呈现”到被“发现”的艺术嬗变，推动了新诗风景结构和诗义结构的更新与嬗变。

第三节　从景物的外在节奏到新诗的内在节奏

从语言节奏层面来看，新诗创作的一个基本趋向是诗体自由化和诗语散文化。在早期新诗中，自由诗体作为新诗的基本形态，不再拘泥于传统的格律形式。为了获得具有表现力的语言节奏，以匹配现代行旅者奇异敏锐的感觉和急遽变化的思想，增强文本对风景现实的表现力，诗人需要透过声音在语流中的“时间段落”之规则和变化，在时的延伸与力的压强中形成有意味的节奏，使其文本想象和情感表达借助诗歌的内在韵律得以展现。因此，由生存实

① 郭沫若：《创造十年》，《郭沫若全集》（文学编）第12卷，人民文学出版社1982年版，第88—89页。

② ［英］马尔科姆·安德鲁斯：《寻找如画美：英国的风景美学与旅游，1760—1800》，张箭飞、韦照周译，译林出版社2014年版，第4页。

感导致的情绪的“瞬时性”和“真实性”,往往就与诗歌的“音乐性”相契合。在这种情绪和节奏相匹配的“内在韵律”发生过程中,行旅经验起到了何种作用,又扮演了什么样的角色?在这方面,郭沫若的创作可以作为典型范例。

如前文所述,在博多湾的风景游历激发了诗人“我的血和海浪同潮”(《浴海》)的生命体验,《晨兴》《新阳关三叠》《心灯》等诗篇,均为诗人与博多湾风景的自然节奏精神同体后写成。1919年9月,诗人第一次遭遇大型台风,目睹变化无穷的大海“狰狞”的一面,他对大自然的认识和观察的视角发生了显著的变化。悠闲宁静的“如镜的海面”“光海”“晴海”,还有“博多湾水碧琉璃,/银帆片片随风飞”(《博多湾海琉璃色》)的景色被《立在地球边上放号》中恣情舒展、狂放不羁的流动风景所取代。抒情者不断地惊呼、频繁地感叹,将“力的律吕”之运动的节奏尽情吐露。

无数的白云正在空中怒涌,
啊啊!好幅壮丽的北冰洋的情景哟!
无限的太平洋提起他全身的力量来要把地球推倒。
啊啊!我眼前来了的滚滚的洪涛哟!
啊啊!不断的毁坏,不断的创造,不断的努力哟!
啊啊!力哟!力哟!
力的绘画,力的舞蹈,力的音乐,力的诗歌,力的律吕哟!

诗人为此自释:“没有看过海的人或者是没有看过大海的人,读了我这首诗的,或者会嫌它过于狂爆。但是与我有同样经验的人,立在那样的海边上的时候,恐怕都要和我这样的狂叫罢。这是海涛的节奏鼓舞了我,不能不这样叫的。”①这里清晰阐释出诗人的诗情直接来自在行旅中的“观海”体验,写作者不仅抒写了所看之景,还用语言的节奏模拟、复现出景物的节奏,这不能不说是一种大胆的创造。更进一步考量,对景物节奏的体验与再现甚至直接影响

① 郭沫若:《论节奏》,《郭沫若全集(文学编)》第15卷,人民文字出版社1982年版,第357页。

到郭沫若诗观的生成与建构，他认为好诗不是刻意做出来的，而是写出来的，所谓“写”，正是情感的自然流露。如他所说：“我想诗人底心境譬如一湾清澄的海水，没有风的时候，便静止着如像一张明镜，宇宙万汇底印象都涵映着在里面；一有风的时候，便要翻波涌浪起来，宇宙万汇底印象都活动着在里面。这风便是所谓直觉，灵感（Inspiration），这起了的波浪便是高涨着的情调，这活动着的印象便是徂徕着的想象。这些东西，我想便是诗底本体，只要把它写了出来的时候，他就体相兼备。”①沿着这个思路前行，郭沫若提出了他的“诗=（直觉+情调+想象）+（适当的文字）”的经典公式。如果不关心诗人的旅行行为，我们很有可能会认为他所举例的“海水”与“风”乃是出自想象，但事实上，正是实际的观景体验，尤其是对海之“节奏”的感悟发生变化，才导致了这种诗歌观念的生成。初到房州时，郭沫若感到这里的海湾风平浪静，甚至“比太湖的湖水还要平稳”②，于是有了“镜浦平如镜，波舟当月明”的诗句。如镜般美丽的海面留给诗人最初的美好印象，使他不敢相信当年元朝的军队竟会在此折戟沉沙，还是张资平告诉他元军的溃败是因为遇到了“二百十日”的大风，才使得郭沫若对大海的另一面影有了初步的了解。当他亲自观睹“二百十日”台风之后，诗人受到了变化无穷的大海景象的刺激，他对大自然的感受和观察的视角也发生了显著的变化。波涛翻滚的景象给予诗人力量的启迪，他把这种灵感寄托于万丈的光芒、新生的太阳、狂跑的天狗等意象上，诗风为之一变。因此，当我们强调文化、观念的大变动之于诗人创作观念的影响时，也应观照到其涉及行旅体验的相关要素，正是缘于实际的观看，诗人才逐渐被激发了“压不平的活动之欲”（闻一多语）③。

从观海体验的变化中，郭沫若发现了诗歌的生成法则，进而抓住了诗境提

---

① 郭沫若：《郭沫若致宗白华》，1920 年 1 月 18 日，《郭沫若全集（文学编）》第 15 卷，人民文学出版社 1982 年版，第 14 页。

② 郭沫若：《创造十年》，《郭沫若全集（文学编）》第 12 卷，人民文学出版社 1982 年版，第 44 页。

③ 闻一多：《女神之时代精神》，《创造周报》第四号，1923 年 6 月 3 日。

升的机遇，可见实感体验的重要性。与此相类近，《雪朝》也源自诗人在博多湾观雪景的真实经历，诗歌写道：

雪的波涛！
一个银白的宇宙！
我全身心好象要化为了光明流去，
Open-secret 哟！
楼头的檐溜……
那可不是我全身的血液？
我全身的血液点滴出律吕的幽音，
同那海涛相和，松涛相和，雪涛相和。
哦哦！大自然的雄浑哟！
大自然的 symphony 哟！
Hero—Poet 哟！
Proletarian poet 哟！

诗人"同那海涛相和，松涛相和，雪涛相和"，从运动着的"音响的节奏"中创造出独特的诗歌节奏。他在《创造十年》中曾提到，当时他把诗寄送给成仿吾后，成仿吾非常喜欢这首《雪朝》，但唯独认为诗歌的第二节写得不好，说是"在两个宏涛大浪之中那来那样的蚊子般的音调"①。显然，成仿吾是从诗歌的节奏角度批评郭沫若，认为第二节相对放缓的节奏与前后文雄浑奔涌的情绪节奏无法形成一致，从而破坏了整首诗的节奏统一。对于成仿吾的批评，郭沫若如此解释说："那首诗是应着实感写的。那是在落着雪又刮着大风的一个早晨，风声和博多湾的海涛，十里松原的松涛，一阵一阵地卷来，把银白的雪团吹得弥天乱舞。但在一阵与一阵之间却因为对照的关系，有一个差不多和死一样沉寂的间隔。在那间隔期中便连檐霤的滴落都可以听见。那正是一起

① 郭沫若：《创造十年》，《郭沫若全集（文学编）》第 12 卷，人民文学出版社 1982 年版，第 44 页。

一伏的律吕，我是感应到那种律吕而做成了那三节的《雪朝》。我觉得要那样才能形成节奏，所以我没有采纳仿吾的意见。”①因风声造成的间隔，给予观看者强烈的感官印象，由此在景物音响的节奏激发下，形成了语言化的声韵节奏，实现了诗歌文本与行旅生活在“节奏”单元上的奇特对接。从景物语象的自然韵律，到诗人情绪的韵律，进而转化为文本的内在韵律，实则是一个如何使被观看之物空间化、文本化的过程。像《立在地球边上放号》那样，醒目的叹词、核心的物象不断起伏、闪回，如同一波又一波的海浪持续冲击海岸，与抒情主体所持有的欢欣、跃动的心情形成合鸣；而《雪朝》的三段式结构正以对景物节奏的密切契合，使“言文一致”在“节奏”的维度上得以实现。

在第四章谈论“外在之我”的问题时，我们曾引用郭沫若的《新生》作为主题例证，意在阐明乘坐火车的动感经验对诗人自我之“发现”的影响，这首诗同样适用于对风景节奏话题的讨论。受立体派和未来主义诗歌的影响，诗人听着车轮鞺鞑的进行曲，将世界定格在飞跑般的变动之美中，甚至想在车厢里念诵美国诗人麦克司·韦伯的《瞬间》一诗。韦伯诗歌的末句“涌，涌，涌，涌，涌……”在郭沫若看来正是“借河流自然音律表示全宇宙之无时无刻无昼无夜都在流徙创化，最妙，最妙，不可译，不可译”②。原诗中的“涌”其实是英文介词“on”，难以用确切的直译方式加以表现，这大概是郭沫若认为其不可译的原因。而英文原句中“on，on，on，on，on……”的连用，意在取其形态，模拟自然音律的动感节奏，正所谓郭沫若在介绍未来派诗约中提到的“信号式的形容法”和“不定形的动词”。显然，这首《新生》也借鉴了韦伯的思路，诗歌中轻盈快速的节奏与诗人的活跃情绪相映成章，凝定成主体对未来的憧憬与乐观。

① 郭沫若：《创造十年》，《郭沫若全集（文学编）》第 12 卷，人民文学出版社 1982 年版，第 83 页。

② 郭沫若：《郭沫若致宗白华》，信中落款日期为 1920 年 3 月 3 日，按照孙玉石据信中所述活动日程推算，此信应写于 3 月 30 日。郭沫若：《郭沫若全集（文学编）》第 15 卷，人民文学出版社 1982 年版，第 124 页。

文本中的景物节奏包含两重向度:一是车厢内的观景者透过车窗看到的风景,此般景致有如一幅不断流动的卷轴,在飞速的时间内展示给乘车人极其充盈的信息,且视觉信息之间是即时的、断裂的、印象式的。观景者只能捕捉到景物的大致轮廓和主体色调,正如"紫罗兰的圆锥"或是"乳白色的雾帷"一般。第二重节奏是火车运行的节奏,诗人用多组"向"与"飞"的叠合推进,演绎出火车奔行时的动感之音。旅行者感受到的景物节奏和他乘坐的交通工具运动的节奏共同作用,内化于诗,形成这首诗的音律节奏。短促重复的句式,又从视觉形象上为读者建构起火车这类现代交通意象的速度之美。从表象上看,文本以动态的节奏呈现出火车不断奔向目的地(即现代都市)的"进行时"状态;同时,它还与抒情主体所持有的欢欣、跃动的心情形成合鸣。这既是诗人自身的审美现代性追求与机械文明体验的契合,也是其诗歌"内在律"的典型表现。郭沫若不再倚重传统诗文那种音乐式的韵语,而开始重视语言自体的表现力,加上他对自由节奏愈发从容地运用,使旅行者的新奇观景体验和交通体验才真正被"诗"表达出来。在新诗的诸多表现形式中,也许只有未来派的诗歌才能较为完美地容纳郭沫若的所观之景、所遣之情。徐志摩曾概括过未来派的艺术手法:"极自然的写出,极不连贯,这便是未来派诗人的精神。他们觉得形容词是多余的,可以用快慢的符号来表明,并且无论牛唤羊声,乐谱,数学用字,斜字,倒字,都可以加到诗里去。"他认为"现有的文字不能完全达出思想",因为很多妙景都是难以被现有的诗歌写作方式所描绘的,必须用未来派诗歌来写,才能保证对风景的言说有声有色。①

---

① 谈到必须要由未来派诗歌才能写成的"妙景"时,徐志摩举过三个例子,读来颇为值得思考。一是北京大学的石狮子搬家,狮子很重,工人抬不动,便用木排垫在狮子脚下,捆绳子在狮子身上,拉着绳子缓进,道中小狗看到这种场面,起初先被吓跑,而后又过来在狮子面前吠叫。第二个例子是轮船停在新加坡时,有人丢钱到海水里,马来土人便下水去捞钱,他入水时浪花四溅的画面与他的黑色皮肤和赤色的阳光叠合相映。第三个例子是两个肥军官在桥上打斗,两边的士兵只是呐喊却不敢近前,忽然"扑通"一声,两个肥军官全掉到水里了。参见徐志摩:《未来派的诗》,韩石山编:《徐志摩全集》第1卷,天津人民出版社2005年版,第334页。

当然，在很多情况下，早期新诗人并非如《雪朝》或《新生》似的，直接将风景节奏纳入文本框架，或是刻意追求徐志摩等人论说的未来派理念，他们往往依靠知性智慧和自觉的文体意识，用意象的组合与叠加，建立起和景物风貌或是行旅生活同步的语感节奏，并借助视觉效果明显的诗行布局抒发现代意绪。一些诗人选择将同一景物或景物序列在诗歌时空内进行“复制”，以不断加强的景物节奏实现对构成文本的“时间”与“力”①的强化。如郭沫若的《新阳关三叠》中，诗歌每段的开篇都是“我独自一人，坐在这海岸边的石梁上”，孤独观察者的形象在三段诗文中被反复呈现，强化了诗人对内在主体形象的身份建构。再如他的《日出》一诗，各段都采用了同构的开篇句式：“哦哦，环天都是火云！”“哦哦，摩托车的前灯！”“哦哦，光的雄劲！”“哦哦，明与暗，同是一样的浮云。”诗人化身为引导读者进入文本风景的导游，不断指引着风景的方向，充满昂扬奋进精神的时代新人形象跃然纸上。在每一段中安插形式和结构相仿的主题句，使每段开篇的意义指向保持一致。因而，主题句每复现一次，景象的持续时间都会被延长，而景象所凝聚的意义也得到再次的强化，既凸显了诗歌的主题，又使文本的诗质得到阐释。

还有一些诗人意识到：诗歌可以从图画当中直接汲取视觉经验，以便更形象地反映现实。由此，他们将对景物的描述进行了有意识地断裂分行，将各种物象和材料组接，使词语和词语、语象和语象、行与行之间形成相互的作用力，既承载了现实的视觉形象和抒情者纷繁复杂的情绪，也契合了诗人在凸显“抒情自我”的过程中骤断又续的内在心理节奏，亦可导引读者不断接近诗歌的精神内核。如穆木天的《苍白的钟声》和《朝之埠头》，前者写于东海道，后者作于神户，均记载了诗人在日本的旅途所观。特别是《苍白的钟声》以新诗史上具有开创性意义的独特结构，为新诗的视觉艺术提供了创新性的范本。

---

① 在《论节奏》中，郭沫若指出构成节奏需要两个重要关系，一个是时间关系，一个是力的关系。节奏也可分为“时的节奏”和“力的节奏”。参见《论节奏》，《郭沫若全集（文学编）》第15卷，人民文学出版社1982年版，第355—356页。

诗歌写于1926年1月2日，彼时穆木天正置身于日本东海道的一艘客轮上，迷雾蒙蒙的海面与诗人压抑、凝重的心绪遇合，触发他萌生出对故土的怀恋，如诗歌前两段所写。

苍白的　钟声　衰腐的　朦胧
疏散　玲珑　荒凉的　濛濛的　谷中
——衰草　千重　万重
听　永远的　荒唐的　古钟
听　千声　万声
古钟　飘散　在水波之皎皎
古钟　飘散　在灰绿的　白杨之梢
古钟　飘散　在风声之萧萧
古钟　飘散　在白云之飘飘
——月影　逍遥　逍遥——

诗行熔铸了图像诗（也称具体诗）的思维模式，营造出虚幻缥缈的境界。每一行的完整句型被打乱之后，呈现给读者的是一个个孤立的词语，它们彼此留白，间隔排列，在视觉节奏上造成语象的中断感，从而在听觉上打造出断断续续的“钟声”的节奏，使人仅观文本，仿佛就能听见声音。透过视觉对听觉的节奏再现，诗人把让人捉摸不定的钟声“形象”与“音响”合二为一，引导文本步入整体性的精神境界。在喧哗与骚动的现实世界里，古钟的声音如同天外之音，明显与这个时代的整体节奏不相符，它在诗人的内心深处不断鸣响，演绎着颓废与虚无之声。然而，这首诗并未停留于本体意义上的孤独，而是在思想上更进一步，以“败墟的诗歌”给“中国人启示无限的世界”①，不仅表现了抒情者内心的压抑，还唱出他对家国乡土的怀恋与忧思，诗人强烈的现实观照精神可见一斑。正如他在《告青年》一诗中呼吁的：“青年，你们须看异国的

① 穆木天：《谭诗——寄沫若的一封信》，蔡清富、穆立立编：《穆木天诗文集》，时代文艺出版社1985年版，第265页。

荣华，你们也得发现故园的荒丘。”①诗人希望人们在钟声的哀音之外，捕捉到超越个体心灵的、更具有理性的声音。借助独到的视觉形态，诗歌的语言流和音响的节奏流在“通感”的层面达成一致，又与抒情者内在的感情流形成契合。因此，文本风景的“视觉排列节奏”同时加强了郭沫若曾言及的“时间的节奏”和“音响的节奏”，有力地推动了诗歌情感节奏的表达。

在前文论述的郭沫若的《雪朝》《新生》等文本中，我们可以发现一条从景物节奏（包括视觉的和听觉的）到文本内在节奏（包括音律的和情感的）的动态发展过程，景物节奏最终激发写作者编排出文本的内在节奏。穆木天的诗歌则强化了诗歌文本中和谐相生的视觉节奏与音律节奏，两者共同作用，对外在的物象进行了模拟式的呈现，《苍白的钟声》和《朝之埠头》都属于此类作品。同受象征主义诗学影响，王独清也喜爱运用断续的叠字叠句表现自我形象。如他在《最后的礼拜日》中对冬日颓废体验的抒发，对末日死亡情结的阐释，都是借助视觉形象显扬的字句叠合、排列实现的。他尤其擅长运用长短句，锻造反差极大的视觉观感，以此对应诗歌内在的音韵布局。如《我从CAFÉ 中出来》一诗借鉴了魏尔伦的《秋歌》中的音乐性结构，诗人以长短不一、时断时续的语句，模仿着醉汉从咖啡馆中摇晃走出的步态，将漫游者的运动节拍还原为诗歌的音律节奏，使视觉性和音乐性相互支撑。相较而言，留学美国的孙大雨，则专注于耕耘诗歌的视觉节奏艺术，并将其提升到了新的高度。

1928 年，孙大雨入耶鲁大学深造，身处世界都市文明的中心，他感受到物质文化的强烈冲击，特别是纽约等大城市的主流速度和现代人的心灵律动，被诗人组织到鲜明的诗歌节奏之中。从《纽约城》开始，孙大雨就如惠特曼似的，以词汇和语法结构相同的短句平行排列形象，以期达到回环垒叠的张力效

① 穆木天：《告青年（散文的韵文）》，蔡清富、穆立立编：《穆木天诗文集》，时代文艺出版社 1985 年版，第 55—56 页。

果，实现语言节奏和诗形节奏的统一，锻造异质同构的美感。他的《自己的写照》堪称典型诗例，为了用纽约城的风光衬托现代人的复杂观念，在精神上表现现代人千篇一律、死气沉沉的城市生活节奏，诗人有意识地移接了艾略特"荒原"的精神背景，将人海的拥挤、车潮的喧嚣、精神的空虚以及肉体的荒淫，甚至民族血泪史等内容都纳入诗行，一定程度上突破了早期新诗内容上的空泛和粗疏，体现出诗人追求的"想象与玄思的微妙"①。在诗形上，《自己的写照》每行的字数基本一致，在视觉上为读者勾勒出一座由"语词"组成的大厦，所有繁芜的意义细节和迥异的情感片段，都被压制在这座大厦貌似稳定的形体之中，而"平衡"的视觉结构恰恰反衬出隐含其中的意义"失衡"。这样一来，各种城市意象和人文事态便不得不在长度规整的诗行间错置杂陈，反喻的效果跃然纸上。诗人特意选取了具有动态节奏感的汽车、人群等物象，用每行四顿的节奏建立和谐的"音组"（朱光潜说的"音顿"与闻一多定义的"音尺"，被孙大雨统称为"音节"，后来被他称为"音组"）。诗歌首句是"森严的秩序，紊乱的浮嚣"，包含"四顿"，而其余诗行则遵循了这一节奏布局。从整体形式上看，诗人使用每行四顿的节奏模拟都市"秩序"之森严，而"紊乱的浮嚣"则通过意义的"跨行"得以实现。每一行的顿歇都结束于一个新的意象，并在下一行由这个意象继续展开意义联结，然后又遇到新的意象，如此周而复始，为读者进行意义联想预留了足够的时间和空间。诗人精心组合着这一新诗的节奏单元，追求音组的均齐，徐志摩说《自己的写照》是新诗第一个十年"最精心结构的诗作"，正是称赞它每行四音组的结构形式，这也充分达成了诗人表现城市节奏的写作预期："就像长江大河，停不下来，节奏很快，有很大的冲劲，每行四个音组，意思未完，又跳到第二行了，这样的形式对于表现大都市的脉搏是适宜的。"②进一步探索新诗节奏后，孙大雨又阐述道："在新诗里则根据

① 孙大雨：《我与诗》，《新民晚报》1988 年 2 月 21 日。

② 蓝棣之：《若干重要诗集创作与评价上的理论问题》，《中国现代文学研究丛刊》2002 年第 2 期。

文字和语言发展到今天的实际情况，不应当再有等音计数主义，而应当讲究能廛鲜明节奏感的、在活的语言里所找到的、可以利用来形成音组的音节。”①他在纽约城中选取的诸多物象，无论是喧闹的车流还是拥挤的人群，它们自身都具有动态的节奏感。诗人完全依照白话表意系统的需要，用“活的语言”制造出和谐的“音组”，以之隐喻都市僵化的法理秩序，并使它和纷乱的都市节奏形成对立，进而产生反讽的效果。此般运思方式符合了沃尔夫冈·凯塞尔对节奏之“功效”的论述：“在不妨碍节奏产生的所有特殊作用的情况之下，节奏自身同时也是达到目的的手段。它帮助创造那种富于表现力的对象性，那种意义的加强，正如我们还要粗率地说，这正是诗的语言的主要功能。”②

可以说，异国都市体验使诗人在感悟都市律动节奏的同时，也敏锐地发现了蕴含其间的负面因子，它最大限度地调动着城市物象符号的象征意义，采用精心的结构营造丰富的暗示效果，“从整个的纽约城的严密深切的观感中，托出一个现代人的错综的意识”③。通过自然的音节和独特的音组，诗人构想出合适的语言节奏，以此容纳他对城市文化的各种价值判断。这种语言化的声韵节奏，同时对应了抒情者所处时代的生活节奏以及他的主体心绪，也蕴含了诗人对现代生活和都市人内在情感的细腻省察。袁可嘉曾说：“现代诗人极端重视日常语言及说话节奏的应用，目的显在二者内蓄的丰富，只有变化多，弹性大，新鲜，生动的文字与节奏才能适当地，有效地，表达现代诗人感觉的奇异敏锐，思想的急遽变化……”④现代诗人正是在细致体察物象运动之规律变化的基础上，从景物展示出的视觉节奏、音响节奏等外部要素入手，觅得演绎情绪节奏、建立诗歌语言节奏的鲜活可能。视觉、音律、情绪节奏在文本中的同步对应，助力写作者完成了对行旅体验的“消化”乃至“转化”，拓展了现代诗歌的语感空间。

---

① 孙大雨：《诗歌的格律》，《孙大雨诗文集》，河北教育出版社1996年版，第92页。

② ［瑞士］沃尔夫冈·凯塞尔：《语言的艺术作品》，陈铨译，上海译文出版社1984年版，第172页。

③ 陈梦家：《新月诗选》序言，《新月诗选》，新月书店1931年版，第26页。

④ 袁可嘉：《新诗现代化——新传统的寻求》，天津《大公报·星期文艺》，1947年3月30日。

结　语

以上各章从早期新诗人域外行旅体验对新诗观念的生成、行旅意象与情感空间、行旅方式与观物“装置”的变化、行旅体验对新诗内质美学要素起到的影响等方面，探讨了域外行旅要素在中国新诗“发生”中的作用，以证明新诗成立的标准并非是单纯地从传统文言诗歌中解放。除了语言要素外，它的生成离不开实践主体的时空意识、风景理念、观察模式等转换，而诗人的海外经历在其中扮演了非常重要的角色。从普遍意义上说，中国现代文学的发生和发展均受益于中外文学的交流，而这些交流展开的基本路径，便是中国作家的一系列异域体验。对早期新诗人而言，他们在域外行旅中第一次跨越了家国的界线，其所感受到的异国情调和文明形式，磨炼了他们对多元文化样态的认知能力，激发了行旅主体的思想演进和观念更新。借助在旅行行为中获得的情感体验，现代诗人发现并不断确证着一个更加复杂深刻的“自我形象”。这种体验不仅涉及诗人的心理和经验层面，还与他们所处时代的政治、经济、文化及文学要素相关。因此，将域外行旅视为一种理论视野，或可串联起新诗发生学研究中的文白交锋、写实倾向、主体建构等线索，形成对早期新诗的精神情调与艺术内质的再认识。

旅行本身蕴含的对未来经验之追求，切合了诗人浪漫而富于幻想的思维特质，它能激发出诗人的主体创造力，将他们引入世界文化的宏观格局。特别是现代交通技术可以保证他们无须竹杖芒鞋,便能穿行在大洲之间,获得跨文化的时空体验,并将这种体验内化为精神之力,打造出集中的文化景观。无论是胡适、闻一多、冰心这些留美诗人,还是徐志摩、李金发、王独清等留欧诗人,以及郭沫若、穆木天等留日诗人,蒋光慈、萧三等留苏诗人,这些拥有域外游历体验的新诗人都在跨地域、跨文化的抒写中,或是定格新锐的视觉印象,或是抒写游子的文化忧思,抑或借异域奇景抵达自我的"文化乡愁",并与艾略特的荒原世界、波德莱尔的巴黎情结、华兹华斯的湖区美学、卢梭的阿尔卑斯印象、歌德的古典德意志记忆缔结了多重维度上的互文联系。部分诗人更是直接从异域诗思进行取材,将其演绎成融合本土经验的现代行旅诗学。

无论源自何种驱使,从诗人选择抒写旅行体验的那一刻起,一种基于群体文化想象的个体实践便开始生成,"进入现代社会的生存语境,作为世界的漫游者和内心漂泊的流浪者这一诗人本质显然是愈加突出了"①。雷蒙德·威廉斯曾在《乡村和城市》中指出:旅行,或者那种漫无目的的漂泊的过程,其价值在于它们能让我们体验情感上的巨大转变。英国作家阿兰·德波顿在其《旅行的艺术》里盛赞波德莱尔,认为他最完美地将旅行与艺术结合一身,因为波德莱尔认为旅行可以将他带到任何地方,使他远离陌生的人群和沟通不畅的苦恼。他视自我为沃土,对巴黎的街道、酒吧、交通工具进行着巨细无靡的观察以及无比繁复的描写,将平淡无奇的日常经验点石成金,构筑起高雅的孤独。② 可以说,波德莱尔将诗歌看作脚步在纸卷上的延伸,他让语词穿行于诗歌中,令抒情者扮演旅行家的角色,参与文学空间内部的游历与探险,其"旅行视野"和自身的"情感变迁"完美地熔铸一身,向人们昭示出行旅之于诗人的重要意义。朱光潜在《谈美》中也曾言及行旅对人生的激发作用,这段话

---

① 沈奇:《在游历中超越——再论张默兼评其旅行诗集〈独钓空濛〉》,《海南师范大学学报(社会科学版)》2009年第5期。

② 转引自[英]阿兰·德波顿:《旅行的艺术》,南治国、彭俊豪、何世源译,上海译文出版社2010年版,第57页。

至今仍被视为经典：

> 阿尔卑斯山谷中有一条大汽车路，两旁景物极美，路上插着一个标语劝游人说："慢慢走，欣赏啊！"许多人在这车如流水马如龙的世界过活，恰如在阿尔卑斯山谷中乘汽车兜风，匆匆忙忙地急驰而过，无暇回首流连风景，于是这丰富华丽的世界便成为一个了无生趣的囚牢。这是多么可惜的事啊！①

一句"慢慢走，欣赏啊"，恰切地揭示出旅行的功用，以及人应有的态度。当旅行本身成为想象的资源之后，我们又该如何去认识它？在《谈在卢佛尔宫所得的一个感想》一文中，朱光潜比较了观赏名画《蒙娜丽莎》的两种方式：一是带着对所有关于《蒙娜丽莎》的"前知识"，与这幅作品形成长时间的深度凝视；二是像一般游客一样，用不到三分钟的时间在画作面前匆匆而过，满足于那些人云亦云的导游词或其他拙劣的讲解。两种观看方式，涉及了如何读解艺术趣味的深邃命题，长时间的"凝视"与"慢慢走，欣赏啊"，实则都是观察美、开启美的途径。在旅行者那里，旅行的真意不在于地理的迁徙或位移本身，更重要的是"你在异国他乡获得哪些心理体验、在智慧上有何启迪、在精神上有何升华，这就需要在漫漫旅途中慢慢欣赏"②。"慢下来"既是实际的行为，又指向了主动去追求艺术性审美的思维。旅行中的人需要摆脱现实的功利性和审美的惯性，跳脱出芜杂的概念与规则的困缚，改变日常的观察视角乃至行为习惯，只有这样才能在"慢慢走"与"欣赏"之间确立审美的联络，进而发现所观事物的新奇之美。除了审美的视角，旅行还是一种空间视角，它在宏观上关注海外文化与本土文化的场域异同，注重对异质空间经验的捕捉和呈现，在微观上则聚焦于某一具体空间的细致结构与内部肌理，试图从中觅得新奇的成分。同时，这种"新奇"是即时的新锐经验，应该具有对文化传统的

① 朱光潜：《"慢慢走，欣赏啊！"——人生的艺术化》，《朱光潜全集》第二卷，安徽教育出版社1987年版，第90页。

② 王淑良、张天来：《中国旅游史（近现代部分）》，旅游教育出版社1999年版，第282页。

回溯力和对文化未来的前瞻性视野。波德莱尔在《恶之花》中也写有一首《旅行》，诗人告诉我们行旅者的目的就是寻找新奇，要到前所未有的深度中去发现新的东西。作为意象幻觉的激发点，“新奇”不单是调整、改写在生活中的表达方式，它还需要去指涉更为高远的、关系人类整体性存在的精神，这就在审美与空间视角之外，为旅行赋予了文化意识形态层面的崇高意义。由这个视点反观早期中国新诗，便能发现新诗已经借助自身与海外风景和文学观念的沟通，表现出更多“走在世界”的精神特征。进一步讲，早期新诗人的域外行旅写作为新诗赋予了别样而丰富的文学气质，纷繁的都市风情、奇妙的自然景观以及丰富的人文万象，都凝聚在他们的笔间风景之中，形成了域外抒写的汇集效应，其意义至少在三个层面有所体现：

一是在对风景的塑造中，发掘出“异国”意象的多维内涵，将“异国”从形象上升到诗学主题的层面。“异国”既是诗人体验现实行旅的具体场域，同时也是他们释放现代意绪的客观对应物。异国游历的独特经验，使写作者对“远方”的认知实现了从抽象概念到具体现实的深层转换，为其思想注入了新的活力。吴晓东曾说：“‘在异乡’既是一种人生境遇，一种生理体验，同时也是诗歌文本中一种具体的观照角度。”①论者分析的是现代派诗人的写作特征，但这一论断同样适用于早期海外新诗人。作为诗学主题的“异国/异乡”熔铸了诗人对故土的怀恋、对游子身份的忧思、对新锐文化样式的好奇、对域外人文精神的渴望，以及对都市文化投合与疏离并存的悖论式认知态度。同时，无论是出于自觉还是无意识，他们都不约而同地立于美学层面，为“异国”意象倾注了大量心力。如李金发、王独清那样，作家把欧洲的都市意象引入象征主义诗歌，其文本色调的朦胧与文字的奇诡，均超越了传统诗歌的修辞模式，丰富了新诗的美感构成。从新诗的历史发展维度考量，新诗人发现了异国的奇异风景（尤其是第一次进入中国文学视域的国家意象），并根据他们各自

① 吴晓东：《临水的纳蕤思：中国现代派诗歌的艺术母题》，北京大学出版社 2015 年版，第 54 页。

的知识储备与写作习惯，在借鉴域外诗学资源的基础上，普遍对异国形象进行了“本土化”的加工、改写，既充盈了早期新诗的意象空间，又丰富了新诗的美学构成。随着观察体验的深化，他们逐渐确立起基于全球观念和比较意识的风景认同，实现了想象空间的扩容，进而增强了新诗表达域外经验的能力，使“异国”风景切实参与了新诗的生成过程。

二是借助在异国游走的文化迁徙感受，建构起新文学中第一代“漂泊者”形象序列，触发后继诗人展开对“孤独”情结的集中抒写。近观早期浪漫主义诗人和象征主义诗人的创作，无论是郭沫若、徐志摩还是李金发、王独清、穆木天，他们的诗文里总会出现一个游走中的“漂泊者”形象，其抒情意绪大都指向“生之迷惘”带来的冷漠与哀愁。在陌生的、与先前文化结构断裂的时空中，社会主流价值观与伦理观的巨变，使诗人的“本我”与“自我”发生冲撞，抒情主体因感到拘谨而倍显不安，于是他们通过内向性的自我言说，表达身处异乡的迷惘和忧思，以及敏感的知识分子在异国城市中独自徘徊的苦楚、疲劳与颓唐，其间多氤氲着感伤情调和“倦游”气息。孙大雨曾以“寂寞又骇人的建筑的重山”（《自己的写照》）吐露自己深陷钢铁时代却又无法脱身的无奈，抒情者的失落情绪难以排遣。“异国”对他们而言既是诱惑，又是拒绝，这使得部分诗人流露出“倦行人”的孤独心态。作为一种与排斥、隔绝相关的心理体验和情绪状态，孤独的重要表征是主体（个体生命）与客体对象相疏离而导致的精神空虚感。在中国的传统诗文中，这一主题向来为诗人吟哦不衰，无论是伤情别离，还是羁旅之思、忧患之辞，其所指都是对生活幻灭和精神飘零的感怀。透视域外文本中的“漂泊者”形象，他们的漂泊心绪大都于旅途中诞生，尚未达到存在主义意义上的人格寂寞，也游离于波德莱尔式的、根植于个人体验之上的“行动的诗学”，反而更像马拉美所说的“隐遁之士”①，做着逃避都市的幻梦，保持了对现实的“游离”姿态。在以物质化为特征的异国经验面

① ［法］马拉美：《谈文学运动》，黄晋凯等主编：《象征主义·意象派》，中国人民大学出版社 1989 年版，第 39 页。

前，人不仅被强行取消了和自然经验交流的可能，更重要的是被剥夺了文化的精神归属感，其所导致的直接问题，便是因寂寞和虚无引发的生命漂泊感，而诗人对相关主题的开掘，正可宣泄这种感受。深入抒写“漂泊者”的诗歌，文本中往往存有一个田园诗般的自然空间，诗人与潜藏在生命深层的传统文化精神遇合，并在它的引领下，为主体皈依心灵寻觅到有效的途径，使之成为通往纷繁意义的情感起点，促进了抒情者现代精神主体的生成。后来者如戴望舒、废名、林庚、冯至等人皆沿袭这一写作向度，使新诗对漂泊者的抒写形成了稳定的脉络。需要言明的是，除去徐志摩、梁宗岱等诗人，其他大部分诗人对漂泊或孤独体验的表述多停留在对“孤独”情绪自身的渲染，以及群体性的文化失落，尚未触及“孤独”的深度模式，即从“迷失自我”的现象游移到它的本质，从对自我的精神抚慰上升到对全人类的群体关怀，使它成为艺术家获得生命底蕴的力量支撑。直到新文学的“第二个十年”，在现代派诗人笔下，这种情况才发生了明显的变化。

三是在建构“体验的现代性”之过程中，与域外诗学形成共时性的交流和对话，使新诗的现代性建设融入了世界文学的宏观格局。远洋跨洲旅行条件的改善，将世界各地联结成巨大的整体，中华传统的地域文学由此获得了对接世界文学的机会。中国新诗人可以拥有与西方现代诗人相同的观察视野，并通过诗文与之形成互文式的潜在对话。比如，当人们谈及里尔克的名篇《豹》时，大都将巴黎植物园中的这头困兽理解为诗人对人类命运的自谓。困兽与牢笼，人性与物质社会，达成了互喻的逻辑联系。从旅行视角考察，我们会发现中国诗人竟然也拥有和里尔克一样的游历体验。1923 年 10 月，留学法国的刘半农在游览巴黎植物园之后，写下了散文诗《熊》。诗中写到一只向游人乞食的白熊，还有另一只正在生病的黄熊。抒情者同情这两只处于困顿中的猛兽，但它们那“铁钩般的爪与牙”以及“火般红的眼”，又无时无刻不在提醒着怀有怜悯之心的观众——一旦这些困兽接近了人，无论它们是否处于饥饿和病困，都决不会像人同情它们一样去亲近人类。面对巴黎植物园中的熊，刘半农表达了对人性和兽性的反思，虽然与里尔克的观景所见以及形成的感思向度殊异，但他们在猛兽笼前驻足停留的那一刻，便在同一个旅行地标留下了空间叠合的印迹。诗人们对人性做出的不同向度的思考，使之在保持游历行为同一性的过程中，又各自开启了属于他们的精神空间。无论是刘半农还是里尔克，巴黎之于他们皆为异乡，他们都是跨越了自己国家和母语的行旅者，在共同的观看角度上获得了对自身生存境遇的清醒认知。共同性视角的获得，使王独清、李金发与波德莱尔一样遁入巴黎的都市，使徐志摩、邵洵美可以与拜伦、济慈一道缅怀古罗马的荣光，使郭沫若、穆木天、田汉可以和早期日本现代作家一起涌入“大正登山热”的潮流。借助类近的“物观”体验，抒情主体进入异国风景的内部结构，形成旅行者的“凝视”眼光。他们沉醉在异国经验之中，凭借对“震惊”感受的吸收与转化，建立起足以标明存在感的精神形象。这种观察异域的文化姿态始终存在于诗人的抒写实践中，并汇集成为他们读解异域、认识自身的一个清晰焦点，也为中西诗学的交流互渗提供了难得的机遇。

域外行旅之于新诗的激发意义，吸引人们主动关注行旅者的精神世界，细致洞察旅行文本的诗学空间。当我们从域外行旅抑或其他涉及域外的角度考量新诗文体时，还应该注意保持一种客观性，将现代中国新诗视作统一体，而不是把抒写域外体验的诗歌和其他产生于国内文化语境的文本作为相异的认知对象。

最后，在本论著已形成的一些研究结论之外，关于域外行旅与新诗发生的相关话题仍有继续探讨的空间，有些问题尚待深入掘进。比如，新诗在不断发展自身的同时，接续古典文学的文言体诗歌并没有完全告别历史舞台，尤其是旧体纪游诗，它依然活跃在“五四”以降的新文学空间内，演绎出连贯的诗学线索。这正说明古体诗与新诗对行旅经验的抒写并非简单的“以新易旧”，新诗不断对行旅经验进行着想象和表现的“现代性”转换，这种转换同样存续于旧体纪游诗中。在白话文学占据主流的新文学语境里，仍有一部分文人延续了晚清域外纪游文学的写作传统,在旧体纪游诗的路径上执着拓进,如20世纪二三十年代,诗坛涌现了吴宓的《欧游杂诗》、苏雪林的《旅欧之什》、李思纯的《巴黎杂诗》和《柏林杂诗》、胡先骕的《旅途杂诗》、吕碧城的《信芳集》等纪游诗集,都以旧体诗写成。以苏雪林为例,1921年,诗人赴法留学,期间曾与友人一起旅行,"看卢丹赫山,访古堡,观石窟瀑布,诗兴忽飚发,数日间为长短十余首"[①]。诗人将欧洲的奇山异景、名胜古迹乃至面包咖啡、公园喷泉都融入纪游诗作中,其文本脱胎于晚清域外纪游诗"新材料入旧格律"的实验传统,又深受"五四"文化浪潮和异域新奇体验的影响,文本情感醇厚,会通今古,具有深厚的文化和美学特质。像苏雪林这样兼用文言与白话进行写作的诗人并不少见,如郭沫若、俞平伯、郁达夫、刘半农等,都在从事新文学写作之外,时常以古体纪游诗"表达缠绵低回、惆怅婉转的域外体验"[②]。他们复归传统文人情怀,将异域风景化为中国情调,抒发怀古幽思,吐露惆怅乡情。郭沫若曾说自己"在学生时代对着博多湾时常发些诗思","在用白话写诗之外,也写过一些文言诗"。[③] 俞平伯乘船赴美经日本长崎时,同时作有新诗《东行记踪寄环·二、长崎湾》和旧体诗《长崎湾泊舟》。这种新旧"并行"的现象,值得研究者关注并加以分析。

当新诗人运用白话材料构筑新的语言空间时,是何种因素促使他们不时回归传统的文言抒写?或许正是独在异乡、愁绪难排的文化忧思,激活了诗人思想中的古典文人情怀。异邦的风吹草动,花鸟虫鸣,一点一滴都足以撩动他们的情思,使其不自觉地从旧体诗词中找寻情感上的慰藉,从而在现代中国诗人群体中形成一种具有代表性的集体无意识,即所谓"非陈诗何以展其义,非长歌何以骋其情"[④]。胡适曾有过如此的感受,说他"一到了写景的地方,骈文

---

① 苏雪林:《灯前诗草·自序》,台湾正中书局1982年版,第2页。

② 苏明:《域外行旅体验与中国近现代文学的变革》,南京大学博士学位论文,第36页。

③ 郭沫若:《追怀博多》,《郭沫若全集(文学编)》第19卷,人民文学出版社1982年版,第335页。

④ 张怀瑾:《钟嵘诗品评注》,天津古籍出版社1997年版,第96页。

诗词里的许多成语便自然涌上来，挤上来，摆脱也摆脱不开，赶也赶不去。”①穆木天也曾言及自己在京都的经历，说他和郑伯奇由石山顺濑田川奔南乡时，看到沿途的瑰丽风光，大家一致认为“当地景致用绝句表为最妙”，因为“自由诗有自由诗的表现技能，七绝有七绝的表现技能，有的东西非用它表不可……我们对诗的形式力求复杂，样式越多越好，那么，我们的诗坛将来会有丰富的收获。我们要保留旧的形式，让它为形式之一……”②。这“有的东西”究竟为何物，或许正是潜隐在诗人心中的田园精神和怀乡情结。当异邦的风物感染到诗人后，他们便情不自禁地运用起一种仿佛是与生俱来的能力，以此记叙身边的一切。他们将自然作为精神的寄托，把山水变成了另一重“自我”的载体，从异国的自然风景中，与中国的古典山水精神相逢。特别是当他们遭受到生活中的不如意，如感情的茫然无措抑或理想与现实的隔阂时，异域山水就成为他们愉悦身心的休养所、放飞自由的安乐乡，以及治愈心灵创伤的一剂良药。因此他们的山水抒写总是动人心魄，撩人心弦，就像一幅意蕴深长、栩栩如生的传统写意画。这种乐游山水的心态，延续了古人“游”文化的传统。诗人以审美的态度阅览风光、追求轻盈洒脱的美学意境。同时，他们的写作融入了海外风景美学和新鲜的观察视角，可谓用文言文写作的“现代的新诗”③。由此看来，旧体诗与新诗之间并不是截然对立的，两者有着共通的精神背景，也具有各自存续发展的空间和路径。早期新文学中的旧体纪游诗延续了晚清文学改良的观念，诗人们有意为之注入新的时代内涵，将古典诗学传统与现代文化发展尽力结合，从而推动了古典诗学的现代衍变，也为新诗提供了有益的

① 胡适：《老残游记·序》，季羡林主编：《胡适全集》第3卷，安徽教育出版社2003年版，第584页。

② 穆木天：《谭诗——寄沫若的一封信》，蔡清富、穆立立编：《穆木天诗文集》，时代文艺出版社1985年版，第262页。

③ 周作人在评价沈尹默由新诗转向旧体诗写作时，指出他的旧体诗与普通的新诗只是“内涵的气分略有差异”，实际上“他的诗词还是现代的新诗”。参见周作人：《扬鞭集序》，《语丝》第82期，1926年6月7日。

参照。

除了域外纪游诗在白话与文言两个向度上“新与旧”的并行，新诗人的域外行旅抒写往往还存在“诗与文”的互文，像郭沫若、徐志摩等诗人，常常将一次旅程体验用诗和散文的方式同时呈现。郭沫若曾写有散文《自然底追怀》，诗人回忆了早年行旅作诗的经过，以及在房州北条洗海水浴、游历冈山与东山、与成仿吾一起往东岛旅行等游览事件。散文文体的充裕体量，可以涵容诗人在新诗体式中难以述尽的情绪，全面阐释行旅的具体背景，以及景物的微末细节。再如徐志摩的《雨后虹》《我所知道的康桥》，两篇散文都写到诗人从幼时起对自然的热爱，并详细记录了他在康桥边按照由远及近的顺序观看自然风景的经历。文字中表露出的诗人对自然之美的倾慕，对天边云彩的迷恋，对康桥建筑的赞颂，与他的诗歌《康桥西野暮色》乃至《再别康桥》等经典名篇形成互文。只有读了徐志摩的散文，才能理解他在诗歌里描写的乃是康桥实景，也能深切感受到文本中景物渐次排列的秩序，正是来源于诗人在散文中描述的那种“实际观测”体验。如果对照徐志摩在特定旅行中的散文与诗作，则可梳理出一系列形成对应性的文本：如散文《欧游漫录——西伯利亚游记》对应诗歌《西伯利亚》，散文《翡冷翠山居闲话》对应诗歌《翡冷翠的一夜》……比较这类作品，可以发现诗人的“独行”体验正是借助了两种体裁、双向路径，方才得以自足。从早期新诗开始，以“散文+诗歌”记录旅行的写作模式被越来越多的文人借鉴，形成了广泛的示范效应。多数情况下，诗人侧重通过诗歌抒发观景时产生的瞬间思维感觉，在个体化的象征空间内打磨语词，现代气息浓重；而当他们试图详尽记述旅途中的交通和景物信息，乃至反思国民精神或文化差异等现实问题时，又会选择散文的体式，以之承担更多的信息功能和社会功能。我们往往要兼顾诗歌文本与散文（游记）文本，才能对诗人的行旅想象确立全面、立体的认识。

从行旅体验的精神流变与新诗发展进程的动态联系出发，还应宏观把握域外行旅对新诗的持续性影响。新诗现代性的一个重要环节便是体验的现代性，作为精神活动的行旅体验记录了现代知识分子自我想象与自我建构的心路轨迹，行旅者的文化心态、知识结构、主体身份、行旅目的和旅行方式等要素，都作用于“体验的现代性”之成长过程，进而助力了新诗的发生与发展，特别是在写作者的现代感受力生成、诗学精神主体形成、美学体系构成等方面表现尤甚。阅读富含异国情调的新诗文本，我们不仅看到了纷繁多姿的域外风景，也捕捉到兼具行旅者和文学家身份的诗人对域外行旅作出的差异性反应（包括心理的与文学的）。这些反应在不同代际的诗人笔下持续累积，不断强化，向未来延伸，在现实主义、现代主义乃至先锋性、现代性之外，形成了一条绵长清晰的线索，构成了一部鲜活的诗歌历史。

作为早期新诗研究的一个视角，异国体验与文化行旅是新诗发生的推动性要素，它与中国新诗的发生、发展形成同步，并在新诗运行的每一个重要节点上都留下了坚实的印记。

纵览新诗发展历程，以行旅体验为核心的异国文化要素对新诗的影响主要集中在五个时段，首先是本著着力探讨的新诗发生期。

再有便是伴随着域外要素对新诗影响的深入，从 20 世纪 20 年代后期开始，如艾青、戴望舒、冯至、辛笛等诗人，也将游学海外的所见所感融入诗歌创作。他们大都承续了早期新诗人抒写异国的思维路径，其观察风景、组织情感的方式也存有共通：或是捕捉对异域物质文明“歌颂”与“拒斥”并置的文化认识，抒发漫游者的孤独意识和怀乡情思，或是将观察海外风景的旨归定位于对故国文化的再次发现，潜隐着海外游子对现代化国家应然形象的期待。

由于战时背景对国人域外行旅造成的阻滞，直到 1949 年后，诗人海外出行的规模才有所恢复。受限于当时的内部条件和国际环境的种种限制，私人出游被官方机构主导安排的“集体出访”取代，围绕特定主题的群体创作，成为 1949—1966 年间诗人参与域外交流的主导形式，这也构成新诗域外行旅写作的第三阶段。如郭沫若、艾青、冰心、冯至、萧三等诗人，都在参与国际会议或是集体访问中，自觉或不自觉地流露出对个人立场和生命意识的潜在渴望，与现代文学中崇尚个体发现的思想传统形成暗合呼应。这种意识主体与经验主体的内在矛盾,在冯至、艾青等作家那里表现得更为明显。如冯至利用再次赴德的机会反思里尔克对他的精神浸染,艾青也在出访南美的旅行中回归了沉潜许久的"内面"自我。他写下的《在智利的海岬上》《礁石》等诗篇,视野宽广,洞察力强,兼具艺术和思想价值,成为"十七年"诗歌的文本典范。

20世纪之初至20世纪90年代末,异国行旅文化在新诗中强势复苏。一方面,大量的复出作家以官方身份参与海外访问,写下一系列"海外风光诗"或"异域抒情诗"。如艾青出访德国、奥地利、法国、美国、日本等国家,留有《特根恩湖的早晨》《维也纳的鸽子》《威尼斯小夜曲》《纽约》《银座》等数十篇作品。其述景、咏怀的方式,基本契合了诗人在当代文学初期的思维路径,在"归来"作家中具有很强的代表性。另一方面,随着改革开放的推进,国际旅行政策日益完善,为私人的出行提供了便利的条件。从20世纪80年代中后期开始,像杨炼、北岛、多多、严力、张枣、宋琳、翟永明、王家新、欧阳江河等诗人,都有长期旅居海外的经历。一些人选择了定居海外,或是以教师、驻校诗人等身份,频繁穿梭于中西之间,获得了与本土文化语境"互视"的跨文化视野。诸如多多的《阿姆斯特丹的河流》《在英格兰》,杨炼的《面具》,北岛的《旅行》《过节》《磨刀》等诗作,书写下文化迁徙者漂泊孤悬的生命状态,以及他们对母语的怀恋、对中国文化的缅想、对自我身份的持续辨认。潜藏在"异国风景"背后的,是国族、无根、恋地、在地、西方、东方这类话题。借助"海外"的文化镜像,新诗的话语空间得以延展。

21世纪以来,域外行旅文化与新诗展开了新一轮的互动。今天,几乎所有诗人都已参与到世界旅行的大潮流中,由地理位移带来的文化迁徙,构成了文学写作者必要经历的共性体验。正如王德威指出的:"在一个号称全球化的时代,文化、知识讯息急剧流转,空间的位移,记忆的重组,族群的迁徙,以及网络世界的游荡,已经成为我们生活经验的重要面向。旅行——不论是具体的或是虚拟的，跨国的或是跨网络的旅行——成为常态。”①“远涉重洋”“背井离乡”的“苦旅”意味疏淡了，“文化乡愁”也逐渐退出了域外抒写的情思空间。诗人们不再将旅行视若“重塑自我”的唯一契机，他们向多元文化场域敞开身心，广泛体验人类文明的多重样态，为诗歌文本植入了全球一体化的经验元素。

总之，频繁的文学行旅、移动的跨界想象、诗人在旅途中收获的与异邦文化的交流方式、由其触发的心理模式和摹拟风景的艺术形式，已经深深内化至新诗的肌理之中，关涉着新诗发展史中的述景策略衍变、精神主体建构、风景美学延展、比较视野生成等一系列重要的问题，成为百年新诗的重要传统。当然，中国诗人在接受、消化、呈现异邦经验时也往往具有主体意识不够自觉、功利性审美时而隐现等问题，对其还需理性认识和客观评估。

① ［美］王德威：《文学行旅与世界想象》，《悬崖边的树》，译林出版社 2019 年版，第 155—156 页。

附　录　早期新诗人域外出行及写作情况简表

说明：

（一）本表主要统计早期新诗人在20世纪20年代的域外游学与写作简况。

（二）部分诗人曾在本著研究时间范围内有多次出国的经历，本表仅统计其长期出游的情况，关于每位诗人所有域外游历的具体信息，可参见本著第二章第一节的论述。

（三）林徽因、方令孺等诗人均在20世纪20年代出洋留学，但其新诗创作主要发生在20世纪30年代，故不将其列为统计对象。

（四）本表按照诗人姓氏拼音排序。

作家姓名	生卒时间	出行时间	出行国家	涉及行旅抒写的新诗代表作
冰心	1900—1999	1923—1926	美国	《倦旅》《赞美所见》等
陈豹隐	1886—1960	1913—1917	日本	《飞鸟山看花 3/14》《和东林定湖同游东京郊外 2/8》《病后的街树 2/10》等
陈衡哲	1890—1976	1914—1920	美国	《人家说我发了痴》《散伍归来的“吉普色”》

续表

作家姓名	生卒时间	出行时间	出行国家	涉及行旅抒写的新诗代表作
成仿吾	1897—1984	1910—1921	日本	《海上吟》《房州寄沫若》《归东京时车上》《梦一般的》《静夜》《我想》《秋幕》《白云》《哦,我的灵魂!》《疲倦了的行路》《故乡》《冬天》《残雪》《冬的别辞》《春树》《一刻》等
冯乃超	1901—1983	1901—1927	日本	《泪零零的幸福升华尽了》《蛱蝶的乱影》《阴影之花》《幻影》《冬》《冬夜》《乡愁》《默》《短音阶的秋情》《十二月》《不忍池畔》《岁暮的 Andante》《礼拜日》等
傅斯年	1896—1950	1919—1926	英国 德国	《心悸》《心不悸了!》等
傅彦长	1891—1961	1920—1923	美国	《回想》
郭沫若	1892—1978	1914—1923	日本	《日出》《晨安》《笔立山头展望》《浴海》《立在地球边放号》《电火光中》《雪朝——读 Carlyle:〈The Hero as Poet〉的时候》《登临》《光海》《梅花树下醉歌——游日本太宰府》《夜步十里松原》《太阳礼赞》《沙上的脚印》《新阳关三叠》《巨炮之教训》《春愁》《新月与白云》《鹭鹚》《晚步》《蜜桑索罗普之歌》《霁月》《晴朝》《岸上》《晨兴》《春之胎动》《日暮的婚筵》《新生》《海舟中望日出》《南风》《雨后》《留别日本》《春寒》《泪浪》《夕阳时分》《新月与晴海》《博多湾海琉璃色》等
胡适	1891—1962	1910—1917	美国	《“赫贞旦”答叔永》《纽约杂诗》等,英文诗歌《夜过纽约港》等
蒋光慈	1901—1931	1921—1924	苏联	诗集《新梦》,诗作《红笑》《十月革命纪念》《太平洋中的恶象》《复活节》《新梦》《秋日闲忆》《自题小照》《莫斯科吟》《哭列宁》《临列宁墓》《月夜的一瞬》等
康白情	1896—1959	1920—1924	美国	《旧金山上岸》《和平》等
李金发	1900—1976	1919—1925	法国	诗集《微雨》《食客与凶年》《为幸福而歌》,诗作《里昂车中》《景》《夜之歌》《卢森堡公园(重回巴黎)》《巴黎之呓语》《街头之青年工人》《寒夜之幻觉》《故乡》《悲》《柏林初雪》《沉寂》《放》《明》《黄昏》《游 Posedam》《过去与现在》《完全》《秋》《柏林之傍晚》《秋兴》《Millendorf》《游 Wansee》《红鞋人——在 Café 所见》《柏林 Tiergarten》《韦廉故园之雨后》《海浴》《Am Meer》《海潮》《Fontaine - aux - Roses(巴黎城南)》《初夜》《重见小乡村》等。

续表

作家姓名	生卒时间	出行时间	出行国家	涉及行旅抒写的新诗代表作
梁实秋	1903—1987	1923—1926	美国	《海啸》
梁宗岱	1903—1983	1924—1931	法国	《白薇曲》
林如稷	1902—1976	1923—1930	法国	无涉及法国行旅的诗歌
刘半农	1891—1934	1920—1925	英国 法国	《牧羊儿的悲哀》《一个小农家的暮》《稿子》《夜》《教我如何不想她》《在一家印度饭店里》《耻辱的门》《战败了归来》《巴黎的秋夜》《劫》《巴黎的菜市上》《别再说……》《记画》《熊》《老木匠》《三唉歌(思祖国也)》《柏林》《我竟想不起来了!》等
刘廷芳	1891—1947	1911—1920	美国	《过落机山》《依路纯(Illusion)》《重游美南卓支亚省寄内子卓生》《依稀》《你的》《明珠》《过美洲新大陆即景》等
刘大白	1880—1932	1913—1915	日本	涉及日本行旅感思的旧体诗收入诗集《白屋遗诗·东瀛小草》,无涉及日本行旅的新诗
刘延陵	1894—1988	1922—1926	美国	无涉及美国行旅的新诗
陆志韦	1894—1970	1915—1920	美国	《航海归来》《九年四月三十日侵晨渡 Ohio 河》《忆 MICHIGAN 湖某夜》等
罗家伦	1897—1969	1920—1926	美国 德国 法国	《普林斯顿的秋夜》《一个柏林的冬晓》《赫贞江上游的两岸》《战场的自由女神》《凯约湖中的雨后》等
穆木天	1900—1971	1920—1926	日本	《伊东的川上》《雨后》《薄暮的乡村》《夏夜的伊东町里》《与旅人——在武藏野的道上》《雨后的井之头》《雨丝》《苍白的钟声》《朝之埠头》《鸡鸣声》等
邵洵美	1906—1968	1925—1926	英国	《我只得也像一只知足的小虫》《病痊》《漂浮在海上的第三天》《红海》《爱》《To Sappho》《To Swinburne》《花》等
沈兼士	1887—1947	1905—1911	日本	有新诗《小孩和小鸽》《寄生虫》等,但均未涉及其域外行旅见闻
沈尹默	1883—1971	1921—1922	日本	此间诗作在抗战期间遗失
苏雪林	1897—1999	1921—1925	法国	《村居杂诗》

续表

作家姓名	生卒时间	出行时间	出行国家	涉及行旅抒写的新诗代表作
孙大雨	1905—1997	1926—1930	美国	《海上歌》《纽约客》《自己的写照》等
田汉	1898—1968	1916—1922	日本	《黄昏》《败残者的胜利》《秋风里的白蔷薇》《暴风雨后的春朝》《珊瑚之泪》《落花》《月下的细雨》《落叶》《秋之朝》《一位日本劳动家》《东都春雨曲》《浴场的舞蹈》《银座闻尺八》《咖啡店之一角》《秋夜庵饮冰》《七夕》《镰仓别康景昭女士》等
王独清	1880—1940	1920—1925	法国	《圣母像前》《失望的哀歌》《我从 CAFÉ 中出来……》《最后的礼拜日》《我飘泊在巴黎街上》《吊罗马》《别罗马女郎》《但丁墓旁》《Seine 河边之冬夜》《来梦湖的回忆》《火山下》等
王光祈	1892—1936	1920—1936	德国	《去国辞》
闻一多	1899—1946	1922—1925	美国	《孤雁》《太平洋舟中见一明星》《我是一个流囚》《寄怀实秋》《晴朝》《太阳吟》《忆菊》《秋色——芝加哥洁阁森公园里》《秋深了》《秋之末日》《渔阳曲》《大暑》《闺中曲》等
萧三	1896—1983	1920—1924	法国 苏联	《过印度洋杂诗》
徐志摩	1897—1931	1918—1922	美国 英国	《夏日田园即景(近沙士顿)》《春》《沙士顿重游随笔》《私语》《夜》《康桥西野暮色》《康桥再会罢》等
叶公超	1904—1981	1920—1926	美国 英国	英文诗集《Poems》,现已遗失
郁达夫	1896—1945	1913—1922	日本	《最后的慰安也被夺去》
俞平伯	1900—1990	1922 年 7 月—11 月	美国	《东行记踪寄环(七首)》(包括《吴淞江》《长崎湾》《横滨》《China 船上之一》《Honolulu》《China 船上之二》《Berkeley 之圆月》)、《Clifton Park 中之话》《八月二十四日之夜》、《Baltimore 底三部曲》、《到纽约后初次西寄》、《车音》、《占有——游博物院后所感》、《去思——去纽约作》、《坎拿大道中杂诗》、《祈祷》、《飘泊者底愿望》等
张资平	1893—1959	1912—1922	日本	《海滨》
郑伯奇	1895—1979	1917—1926	日本	《别后》《落梅》《梅雨》等

续表

作家姓名	生卒时间	出行时间	出行国家	涉及行旅抒写的新诗代表作
郑振铎	1898—1958	1927—1928	法国 英国	无涉及欧洲行旅的新诗
周太玄	1895—1968	1919—1930	法国	《过印度洋》等
周作人	1885—1967	1906—1911	日本	《东京炮兵工厂同盟罢工》
朱光潜	1897—1986	1925—1933	英国 法国	无涉及欧洲行旅的新诗
朱湘	1904—1933	1927—1929	美国	无涉及美国行旅的新诗
宗白华	1897—1986	1920—1925	德国	《夜》《晨》《秋林散步图》《柏林之夜》《雨夜》《郊游》《柏林市中》《不朽》《自题德国海滨小照》《德国东海滨上散步》《黑影》《东海滨》《冬景》《夜中的流云》《大城的情绪》《生命之窗的内外》等

参考文献

文学作品

1. 许德邻:《分类白话诗选》,上海崇文书局 1920 年版。
2. 北社编:《新诗年选》,上海亚东图书馆 1922 年版。
3. 陆志韦:《渡河》,上海亚东图书馆 1923 年版。
4. 刘半农:《扬鞭集》,上海北新书局 1926 年版。
5. 王独清:《死前》,上海创造社出版部 1927 年版。
6. 王独清:《威尼市》,上海创造社出版部 1928 年版。
7. 苏曼殊:《苏曼殊全集》,上海北新书局 1928 年版。
8. 王独清:《圣母像前》,上海乐华图书公司 1931 年版。
9. 王独清:《独清自选集》,上海乐华图书公司 1933 年版。
10. 穆木天:《秋日风景画》,千秋出版社 1934 年版。
11. 赵家璧:《中国新文学大系》,良友图书公司 1935 年版。
12. 刘廷芳:《山雨》,上海北新书局 1946 年版。
13. 罗家伦:《疾风》,商务印书馆 1946 年版。
14. 萧三:《萧三诗选》,人民文学出版社 1960 年版。
15. 康有为:《欧洲十一国游记》,湖南人民出版社 1980 年版。
16. 沈尹默:《沈尹默诗词集》,书目文献出版社 1982 年版。
17. 刘大白:《刘大白诗集》,书目文献出版社 1983 年版。
18. 田汉:《田汉文集》,中国戏剧出版社 1984 年版。
19. 蒋光慈:《蒋光慈文集》,上海文艺出版社 1985 年版。

20. 钟叔河主编:《走向世界丛书:西海纪游草、乘槎笔记·诗二种、初使泰西记、航海述奇·欧美环游记》,岳麓书社 1985 年版。

21. 穆木天:《穆木天诗文集》,时代文艺出版社 1985 年版。

22. 冯乃超:《冯乃超文集》,中山大学出版社 1986 年版。

23. 朱光潜:《朱光潜全集》,安徽教育出版社 1987 年版。

24. 李小松选注:《黄遵宪诗选》,生活·读书·新知三联书店香港分店 1987 年版。

25. 李金发:《李金发诗集》,四川文艺出版社 1987 年版。

26. 谢冕、杨匡汉编:《中国新诗萃(20 世纪初叶—40 年代)》,人民文学出版社 1988 年版。

27. 郑伯奇:《郑伯奇文集》,陕西人民出版社 1988 年版。

28. 周良沛编选:《中国新诗库第一辑:冯乃超卷》,长江文艺出版社 1988 年版。

29. 陈孝全、周绍曾:《胡适　刘半农　刘大白　沈尹默诗歌欣赏》,广西教育出版社 1989 年版。

30. 康白情:《康白情新诗全编》,花城出版社 1990 年版。

31. 冰心:《冰心选集》,河北教育出版社 1992 年版。

32. 郭沫若:《郭沫若全集》文学编,人民文学出版社 1984 年到 1992 年陆续出版。

33. 郁达夫:《郁达夫全集》,浙江文艺出版社 1992 年版。

34. 俞平伯:《俞平伯诗全编》,浙江文艺出版社 1992 年版。

35. 林东海、史乐为:《郭沫若纪游诗选注》,上海文艺出版社 1993 年版。

36. 闻一多:《闻一多全集》,湖北人民出版社 1994 年版。

37. 王慎之、王子今辑录:《清代海外竹枝词》,北京大学出版社 1994 年版。

38. 宗白华:《宗白华全集》,安徽教育出版社 1996 年版。

39. 成仿吾:《成仿吾诗选》,中央党校出版社 1994 年版。

40. 黄淳浩:《创造社:别求新声于异邦》,社会科学文献出版社 1995 年版。

41. 萧三:《萧三诗文集》,陈冰夷、王政明编辑整理,北京图书馆出版社 1996 年版。

42. 朱自清:《朱自清全集》,江苏教育出版社 1996 年版。

43. 孙大雨:《孙大雨诗文集》,河北教育出版社 1996 年版。

44. 王独清:《我在欧洲的生活》,辽宁教育出版社 1998 年版。

45. 胡适:《胡适文集》,北京大学出版社 1998 年版。

46. 苏雪林:《苏雪林文集》,北京燕山出版社 1998 年版。

47. 郑振铎:《郑振铎全集》,花山文艺出版社 1998 年版。

48. 梁启超:《梁启超全集》,北京出版社 1999 年版。

49. 李金发:《李金发文集》,华夏出版社 2000 年版。

50. 任鸿隽:《科学救国之梦:任鸿隽文存》,上海科技教育出版社 2002 年版。

51. 刘延陵:《刘延陵诗文集》,复旦大学出版社 2002 年版。

52. 胡适:《胡适全集》,安徽教育出版社 2003 年版。

53. 傅斯年:《傅斯年全集》,湖南教育出版社 2003 年版。

54. 梁宗岱:《梁宗岱文集》,中央编译出版社 2003 年版。

55. 周太玄:《周太玄诗词选集》,陈应鸾、周孟璞、周仲璧编注,四川文艺出版社 2004 版。

56. 吴宓:《吴宓诗话》,吴学昭整理,商务印书馆 2005 年版。

57. 韩石山编:《徐志摩全集》,天津人民出版社 2005 年版。

58. 胡适:《胡适留学日记》,安徽教育出版社 2006 年版。

59. 丘良任、潘超编:《中华竹枝词全编 · 海外卷》,北京出版社 2007 年版。

60. 邵洵美:《花一般的罪恶》,上海书店出版社 2008 年版。

61. 刘半农:《刘半农文集》,线装书局 2009 年版。

62. 朱湘:《朱湘全集》,安徽文艺出版社 2017 年版。

理论著作

1. 区梦觉编:《王独清论》,上海光华书局 1933 年版。

2. 郑伯奇著、郑延顺编:《忆创造社及其他》,生活 · 读书 · 新知三联书店香港分店 1982 年版。

3. 孙玉石:《中国初期象征派诗歌研究》,北京大学出版社 1983 年版。

4. 方铭编:《蒋光慈研究资料》,宁夏人民出版社 1983 年版。

5. 钱锺书:《谈艺录》,中华书局 1984 年版。

6. 钟叔河:《走向世界:近代知识分子考察西方的历史》,中华书局 1985 年版。

7. 方仁念编:《闻一多在美国》,华东师范大学出版社 1985 年版。

8. 鲍晶编:《刘半农研究资料》,天津人民出版社 1985 年版。

9. 许毓峰、徐文斗、谷辅林等编:《闻一多研究资料》,北岳文艺出版社 1986 年版。

10. 孙玉蓉编:《俞平伯研究资料》,天津人民出版社 1986 年版。

11. 宗白华:《艺境》,北京大学出版社 1987 年版。

12. 史若平编:《成仿吾研究资料》,湖南文艺出版社 1988 年版。

13. 林毓生:《中国传统的创造性转化》,生活 · 读书 · 新知三联书店 1988 年版。

14. 李伯齐主编:《中国古代纪游文学史》,山东友谊出版社 1989 年版。

15. 朱德发:《中国现代纪游文学史》,山东友谊出版社 1990 年版。

16. 吴晓:《意象符号与情感空间》,中国社会科学出版社 1990 年版。

17. 孙玉石:《中国现代诗歌艺术》,人民文学出版社 1992 年版。

18. 王一川:《审美体验论》,百花文艺出版社 1992 年版。

19. 郑晓云:《文化认同与文化变迁》,中国社会科学出版社 1992 年版。

20. 王奇生:《中国留学生的历史轨迹》,湖北教育出版社 1992 年版。

21. 李伟江编:《冯乃超研究资料》,陕西人民出版社 1992 年版。

22. 靳明全:《文学家郭沫若在日本》,重庆出版社 1994 年版。

23. 喻学才:《中国旅游文化传统》,东南大学出版社 1995 年版。

24. 金丝燕:《文学接受与文化过滤:中国对法国象征主义诗歌的接受》,中国人民大学出版社 1994 年版。

25. 王泽龙:《中国现代主义诗潮论》,华中师范大学出版社 1995 年版。

26. 靳明全:《攻玉论——关于二十世纪初期中国文人赴日留学的研究》,贵州人民出版社 1995 年版。

27. 冯乃康:《中国旅游文学论稿》,旅游教育出版社 1995 年版。

28. 钟少华:《早年留日者谈日本》,山东画报出版社 1996 年版。

29. 王延晞、王利编:《郑伯奇研究资料》,山东大学出版社 1996 年版。

30. 金元浦:《接受反应文论》,山东教育出版社 1998 年版。

31. 杨守森:《二十世纪作家心态史》,中央编译出版社 1998 年版。

32. 张福贵、靳丛林:《中日近现代文学关系比较研究》,吉林大学出版社 1999 年版。

33. 龙泉明:《中国新诗流变论》(修订版),人民文学出版社 1999 年版。

34. 乐黛云、张辉:《文化传递与文学形象》,北京大学出版社 1999 年版。

35. 王淑良、张天来:《中国旅游史》(近现代部分),旅游教育出版社 1999 年版。

36. 孙玉石:《中国现代主义诗潮史论》,北京大学出版社 1999 年版。

37. 吴晓东:《象征主义与中国现代文学》,安徽教育出版社 2000 年版。

38. 郑焱:《中国旅游发展史》,湖南教育出版社 2000 年版。

39. 吕进主编:《文化转型与中国新诗》,重庆出版社 2000 年版。

40. 王一川:《中国现代性体验的发生:清末民初文化转型与文学》,北京师范大学出版社 2001 年版。

41. 逄增玉:《现代性与中国现代文学》,东北师范大学出版社 2001 年版。

42. 周晓明:《多源与多元:从中国留学族到新月派》,华中师范大学出版社 2001

年版。

43. 龚鹏程:《游的精神文化史论》,河北教育出版社 2001 年版。

44. 夏晓虹:《晚清社会与文化》,湖北教育出版社 2001 年版。

45. 张新颖:《20 世纪上半期中国文学的现代意识》,生活·读书·新知三联书店 2001 年版。

46. 徐复观:《中国艺术精神》,华东师范大学出版社 2001 年版。

47. 孟华:《比较文学形象学》,北京大学出版社 2001 年版。

48. 郑春:《留学背景与中国现代文学》,山东教育出版社 2002 年版。

49. 郑家建:《中国文学现代性的起源语境》,上海三联书店 2002 年版。

50. 罗振亚:《中国现代主义诗歌史论》,社会科学文献出版社 2002 年版。

51. 葛桂录:《雾外的远音:英国作家与中国文化》,宁夏人民出版社 2002 年版。

52. 蓝棣之:《现代诗的情感与形式》,人民文学出版社 2002 年版。

53. 蓝棣之:《现代诗歌理论:渊源与走势》,清华大学出版社 2002 年版。

54. 钟叔河:《从东方到西方:走向世界丛书叙论集》,岳麓书社 2002 年版。

55. 罗振亚:《中国新诗的历史与文化透视》,黑龙江教育出版社 2002 年版。

56. 方长安:《选择·接受·转化——晚清到 20 世纪 30 年代初中国文学流变与日本文学关系》,武汉大学出版社 2003 年版。

57. 郭汉民:《晚清社会思潮研究》,中国社会科学出版社 2003 年版。

58. 曹万生:《现代派诗学与中西诗学》,人民出版社 2003 年版。

59. 王光明:《现代汉诗的百年演变》,河北人民出版社 2003 年版。

60. 江弱水:《中西同步与位移——现代诗人丛论》,安徽教育出版社 2003 年版。

61. 陈方竞:《多重对话:中国新文学的发生》,人民文学出版社 2003 年版。

62. 夏林根主编:《旅游文学概论》,山西教育出版社 2003 年版。

63. 杨联芬:《晚清至五四:中国文学现代性的发生》,北京大学出版社 2003 年版。

64. 张新:《新诗与文化散论》,吉林文史出版社 2004 年版。

65. 靳明全:《中国现代文学兴起发展中的日本影响因素》,中国社会科学出版社 2004 年版。

66. 梅新林、俞樟华主编:《中国游记文学史》,上海世纪出版集团 2004 年版。

67. 王珂:《百年新诗诗体建设研究》,上海三联书店 2004 年版。

68. 张新:《新诗与文化散论》,吉林文史出版社 2004 年版。

69. 郭少棠:《旅行:跨文化想象》,北京大学出版社 2005 年版。

70. 王淑良:《中国现代旅游史》,东南大学出版社 2005 年版。

71. 蔡震:《文化越境的行旅——郭沫若在日本二十年》,文化艺术出版社 2005 年版。

72. 张桃洲:《现代汉语的诗性空间——新诗话语研究》,北京大学出版社 2005 年版。

73. 陈太胜:《象征主义与中国现代诗学》,北京大学出版社 2005 年版。

74. 龙泉明:《中国新诗的现代性》,武汉大学出版社 2005 年版。

75. 谢彦君:《旅游体验研究:一种现象学的视角》,南开大学出版社 2006 年版。

76. 汪剑钊:《二十世纪中国的现代主义诗歌》,文化艺术出版社 2006 年版。

77. 王德威、季进主编:《文学行旅与世界想象》,江苏教育出版社 2007 年版。

78. 陈方竞:《文学史上的失踪者:穆木天》,北京大学出版社 2007 年版。

79. 谭桂林:《本土语境与西方资源——现代中西诗学关系研究》,人民文学出版社 2008 年版。

80. 傅莹:《中国现代文学理论发生史》,上海文艺出版社 2008 年版。

81. 罗振亚:《20 世纪中国先锋诗潮》,人民出版社 2008 年版。

82. 王泽龙:《中国现代诗歌意象论》,中国社会科学出版社 2008 年版。

83. 李怡:《日本体验与中国现代文学的发生》,北京大学出版社 2009 年版。

84. 蒋寅:《古典诗学的现代诠释》,中华书局 2009 年版。

85. 谢永茂:《清末民初纪游诗研究》(增修版),天空数位图书有限公司 2010 年版。

86. 熊辉:《五四译诗与早期中国新诗》,人民出版社 2010 年版。

87. 萧斌如编:《刘大白研究资料》,知识产权出版社 2010 年版。

88. 刘福春编:《中国现代文学总书目·诗歌卷》,知识产权出版社 2010 年版。

89. 孟泽:《何所从来——早期新诗的自我诠释》,九州出版社 2011 年版。

90. 童晓薇:《日本影响下的创造社文学之路》,社会科学文献出版社 2011 年版。

91. 许霆:《中国新诗发生论稿》,人民出版社 2012 年版。

92. 陈晓兰主编:《想象异国:现代中国海外旅行与写作研究》,安徽人民出版社 2012 年版。

93. 赵思运:《诗人陆志韦研究及其诗作考证》,东南大学出版社 2012 年版。

94. 徐美燕:《"日本体验"与中国现代文学思潮》,中国社会科学出版社 2012 年版。

95. 吴赟:《翻译·构建·影响:英国浪漫主义诗歌在中国》,北京大学出版社 2012 年版。

96. 张松建:《抒情主义与中国现代诗学》,北京大学出版社 2012 年版。

97. 李岚:《行旅体验与文化想象——论中国现代文学发生的游记视角》,中国社会科学出版社 2013 年版。

98. 彭建华:《现代中国作家与法国文学》,上海三联书店 2013 年版。

99. 丁宏为:《真实的空间——英国近现代主要诗人所看到的精神境域》,北京大学出版社 2013 年版。

100. 黄丽娟:《构建中国:跨文化视野下的现当代英国旅行文学研究》,中国社会科学出版社 2013 年版。

101. 李章斌:《在语言之内航行:论新诗韵律及其他》,人民文学出版社 2014 年版。

102. 张治:《异域与新学:晚清海外旅行写作研究》,北京大学出版社 2014 年版。

103. 张德明:《从岛国到帝国:近现代英国旅行文学研究》,北京大学出版社 2014 年版。

104. 杨颖:《行行重行行——东汉行旅文化与文学》,中国社会科学出版社 2014 年版。

105. 傅修延:《济慈诗歌与诗论的现代价值》,北京大学出版社 2014 年版。

106. 吴晓东:《临水的纳蕤思:中国现代派诗歌的艺术母题》,北京大学出版社 2015 年版。

107. 王柯平:《旅游美学论要》,北京大学出版社 2015 年版。

108. 李萌昀:《旅行故事:空间经验与文学表达》,人民文学出版社 2015 年版。

109. 尹德翔:《晚清海外竹枝词考论》,中国社会科学出版社 2016 年版。

110. 陈太胜:《声音、翻译和新旧之争:中国新诗的现代性之路》,湖南人民出版社 2016 年版。

111. 张立群:《心态史的研究与进路》,广西师范大学出版社 2017 年版。

112. 姜涛:《"新诗集"与中国新诗的发生》(增订本),北京大学出版社 2019 年版。

113. 章清主编:《新史学(第十一卷):近代中国的旅行写作》,中华书局 2019 年版。

114. 刘凯:《帝国风景的历史性与内在性:国木田独步文学研究》,四川大学出版社 2020 年版。

115. 李思逸:《铁路现代性:晚清至民国的时空体验与文化想像》,台北时报文化出版公司 2020 年版。

116. 张德明:《旅行文学十讲》,北京大学出版社 2021 年版。

外国学者著作

1. [法]波德莱尔:《波德莱尔美学论文选》,郭宏安译,人民文学出版社 1987 年版。

2. [英]T.S.艾略特:《艾略特诗学文集》,王恩衷编译,国际文化出版公司 1989

年版。

3.［德］本雅明:《发达资本主义时代的抒情诗人》,张旭东、魏文生译,生活·读书·新知三联书店1989年版。

4.［美］吉尔波特·罗兹曼主编:《中国的现代化》,国家社会科学基金"比较现代化"课题组译,江苏人民出版社1988年版。

5.王跃、高力克编:《五四:文化的阐释与评价——西方学者论五四》,山西人民出版社1989年版。

6.［英］马尔科姆·布雷德伯里:《现代主义》,中国社会科学院外国文学研究所译,上海外语教育出版社1992年版。

7.［日］伊藤虎丸监修,小谷一郎、刘平编:《田汉在日本》,人民文学出版社1997年版。

8.［美］柯文:《在传统与现代性之间——王韬与晚清改革》,雷颐、罗检秋译,江苏人民出版社1998年版。

9.［英］安东尼·吉登斯:《现代性与自我认同:现代晚期的自我与社会》,赵旭东、方文译,生活·读书·新知三联书店1998年版。

10.［德］海德格尔:《人,诗意地安居:海德格尔语要》,郜元宝译,广西师范大学出版社2000年版。

11.［美］李欧梵:《现代性的追求:李欧梵文化评论精选集》,生活·读书·新知三联书店2000年版。

12.［加］查尔斯·泰勒:《自我的根源:现代认同的形成》,韩震等译,译林出版社2001年版。

13.［美］李欧梵:《中国现代文学与现代性十讲》,复旦大学出版社2002年版。

14.［美］阿里夫·德里克:《跨国资本时代的后殖民批评》,王宁等译,北京大学出版社2004年版。

15.［日］柄谷行人:《日本现代文学的起源》,赵京华译,生活·读书·新知三联书店2006年版。

16.［法］让·韦尔东:《中世纪的旅行》,赵克非译,中国人民大学出版社2007年版。

17.［英］彼得·伯克:《图像证史》,杨豫译,北京大学出版社2008年版。

18.［美］史蒂文·布拉萨:《景观美学》,彭锋译,北京大学出版社2008年版。

19.［加］施吉瑞:《人境庐内:黄遵宪其人其诗考》,孙洛丹译,上海古籍出版社2010年版。

20. [日]岩佐昌暲编著:《中国现代文学与九州》,李传坤译,南京师范大学出版社 2011 年版。

21. [美]温迪・J.达比:《风景与认同:英国民族与阶级地理》,张箭飞、赵红英译,译林出版社 2011 年版。

22. [日]实藤惠秀:《中国人留学日本史》(修订译本),谭汝谦、林启彦译,北京大学出版社 2012 年版。

23. [英]西蒙・沙玛:《风景与记忆》,胡淑陈、冯樨译,张箭飞校译,译林出版社 2013 年版。

24. [英]马尔科姆・安德鲁斯:《寻找如画美:英国的风景美学与旅游,1760—1800》,张箭飞、韦照周译,译林出版社 2014 年版。

25. [英]马尔科姆・安德鲁斯:《风景与西方艺术》,张翔译,上海人民出版社 2014 年版。

26. [美]W.J.T.米切尔编:《风景与权力》,杨丽、万信琼译,译林出版社 2014 年版。

27. [美]周海林:《创造社与日本文学:关于早期成员的研究》,周海林、胡小波译,上海社会科学院出版社 2016 年版。

28. [英]肯尼斯・克拉克:《风景入画》,吕澎译,译林出版社 2020 年版。

29. [英]保罗・雷德曼:《传奇的风景:景观与英国民族认同的形成》,卢超译,商务印书馆 2021 年版。

英文论著

1. Jaye, Michael C. and Ann Chalmers Watts, eds. *Literature and the Urban Experience: Essays on the City in Literature*. New Brunswick, NJ: Rutgers University Press, 1972.

2. Williams, Raymond. *The Country and the City*. New York: Oxford University Press, 1973.

3. Sharpe, William. *Unreal Cities: Urban Figuration in Wordsworth, Baudelaire, Whitman, Eliot, and Williams*. Baltimore: John Hopkins University Press, 1990.

4. Thum, Reinhard H. *The City: Baudelaire, Rimbaud, Verhaeren*. New York: Peter Lang, 1994.

5. Justin D. Edwards, Rune Graulund. *Postcolonial Travel Writing: Critical Explorations*. Palgrave Macmillan, 2010.

学位论文

1. 李怡:《日本体验与中国现代文学的发生》,北京师范大学博士学位论文,2003年。

2. 荣光启:《现代汉诗的发生:晚清至"五四"》,首都师范大学博士学位论文,2005年。

3. [日]宫下正兴:《以日本大正时代为背景的郭沫若文学论考》,山东大学博士学位论文,2006年。

4. 李岚:《行旅体验与文化想象——论中国现代文学发生的游记视角》,华中师范大学博士学位论文,2007年。

5. 苏明:《域外行旅体验与中国近现代文学的变革》,南京大学博士学位论文,2009年。

6. 王天红:《中国现代新诗理论与外来影响》,吉林大学博士学位论文,2011年。

7. 蒋磊:《在东方与西方之间:现代旅日作家的文化体验》,首都师范大学博士学位论文,2012年。

8. 林方:《中国现代作家的欧美体验及其审美追求》,北京师范大学博士学位论文,2012年。

9. 刘婉明:《日本留学与创造社作家的国家想象》,南京大学博士学位论文,2012年。

10. 杨丽:《华兹华斯与英国湖区的浪漫化》,武汉大学博士学位论文,2016年。

后　　记

雷蒙·威廉斯曾说过，旅行，或者那种漫无目的的漂泊的过程，其价值在于让我们体验到情感上的巨大转变。一直以来，我笃信自己就是热爱旅行之人，曾沉迷于读哈罗德·布鲁姆主编的“文学地图”系列书籍，希望与先贤一道去体会旅途中的情感转变，发现世界的多重面影。保持着对文学旅行的兴趣，当我开始关注早期中国新诗的发生这一论题时，自然地留意到诗人普遍具有的海外行旅背景。除留学生的身份之外，他们还扮演着观光客、旅行家，抑或漫游者的角色，这些负笈异乡的青年将行旅视为写作的资源，创作出了一系列海外特质显扬的作品。为此，我试图为行旅和新诗建立学术视野上的联系，思考其成为宏大论题的可能。一次偶然间对胡适传记的阅读，更坚定了我的想法。

传记中记载的事件发生在1916年夏季，胡适的好友任叔永与朋友泛舟凯约嘉湖上，小船遭大雨倾覆，幸而无人受伤。任叔永据此有感而发，写成一首四言古体诗《泛湖即事》，寄送给身在纽约的胡适。不料，胡适态度激烈地点明诗文中存在的“失真”“套语”等问题，就此与任叔永、梅光迪等人形成争论，进而确立了不作文言诗词，而开始作白话诗的思路。纵览各类文学史，普遍缺乏就“翻船”事件展开的论述，然而它在胡适的各种回忆性文字和讲演中却被反复提及，甚至成为作家自认的“文学革命”思维的起点，这或许给后人留下了勘探的空间。由此，我梳理了胡适留美期间的游历线路，探索他对异国景观的“看”与对白话诗观念的“思”之间的路径，这也是本课题诞生的起点。

继续深入阅读胡适、郭沫若、徐志摩等诗人的文本，可以发现正是在域外行旅中，早期新诗人体验到了现代意义上的时空转换。他们在审视和想象“异国”这一他者的同时，也建立起与本土文化语境“对视”的视野，从而激发了新的诗学想象力，开启了对民族文化心理和自我身份意识的反思。诗人的独特能力在于，他经过哪里，哪里就被他的精神力所吸收，转而内化为宝贵的情感资源和想象能力。和身居国内的文人相比，他们对旅行的“想象”不再单纯地拘泥于传统意义上的景观美学，而是演绎出一种思维运作的新模式，注重对行旅时空中的语象要素进行重新的编码与合成。亦即说，诗性的旅行缔造出诗意的精神世界，同时帮助诗人整合了记忆，使他们锻造出新的、属于新文学的想象空间。

如何在早期新诗人的体验和写作之间寻觅符合史实的逻辑联系，为早期新诗的生成找到来自域外行旅视角的解释可能。或者说，从行旅视角考察初诞期的新诗，以漫游者的形象定位绝大多数文本中的抒情主体，而不是片面地驻守在胡适、徐志摩等人的文学空间里，这种研究路径是否可行？是否构成了真实的命题？又是否对新诗形成了持续性的影响？这些问题困扰我许久，幸而得到导师罗振亚教授的持续点拨、鼓励和肯定，我才有了钻研下去的信心。

胡适曾说过，自己的文学革命思路来源于一系列偶然性因素的汇聚和推动，就我的课题而言，同样也存有很多值得铭记于心的“偶然”。2015 年，我陪同罗老师外出开会，本已在航班就座，却遇机场管制，迟迟无法起飞。彼时我欲申报社科基金，便利用这难得的机会，向老师咨询选题之道，看看是否有可能依照自己的兴趣，将域外行旅视角和早期新诗结合起来。老师沉思良久，点头明确跟我说，这个题目可以做。随即他又提醒道，不要孤立地看待问题，应有“再阐释”文学史的勇气。后来学院组织学术年会，我作主题发言，第一次宣讲了胡适对“翻船”事件的反应，以及行旅写作对他观念生成的影响等问题。在讲述的过程中，我不时留意着老师的表情，他始终专注于倾听和思考，直到汇报结束，还保持着如此姿态。会后，他特意跟我说：这个题目确实可做！也值得做大。这番话于我而言，可谓坚实的后盾。

2017 年，我在英国访学，其间把围绕域外行旅与早期新诗发生写下的一篇文章发给老师。老师在当年 7 月 29 日给我回复了几段长语音，肯定了文章的研究思路。这些声音始终保留在我的微信“收藏”中，每当遇到挫折或是心情晦暗的时候，我便会点开它们，让老师的声音回响在耳边。尤其是那些肯定的话语，不啻为精神的补剂，他说：“卢桢呐，文章我仔细读了两遍，写得还真是相当不错，特别是整个架势拉开了，然后第二部分和第三部分我觉得写得特别棒，把旅行与新诗的关系，这种关系造成的征象、表现写出来了，有一些新意。优点就不说了，有一些问题你还可以琢磨琢磨……”

当然，老师提出的需要“琢磨琢磨”的问题，显然才是更为重要的，但我每每重复收听的，还是那些充满鼓励的言语。因为老师的肯定，会让我体会到孩童般的幸福和满足。这些点点滴滴的“偶然”，浸润了老师对我们长久以来的关怀，授业、解惑、扶持之恩，早已汇成江海，而我能够在他身边学习、工作，可谓上天的恩赐。

感谢南开大学文学院陈洪先生、乔以钢先生和诸位老师的培养教导，感谢本书的责编、人民出版社的祝曾姿老师。本书中的部分章节以及与本课题有关的论文已在《文学评论》《文艺研究》《文艺争鸣》《南方文坛》等刊物上登载。限于本人的学力，论著中的不足和疏漏之处，还请读者给予批评。

卢　桢

2024 年 5 月

责任编辑：祝曾姿
封面设计：石笑梦
版式设计：胡欣欣

图书在版编目（CIP）数据

域外行旅与中国新诗的发生 / 卢桢著. -- 北京 ：人民出版社，2024. 12. -- ISBN 978-7-01-026908-5

Ⅰ. I207.25

中国国家版本馆 CIP 数据核字第 2024JC5366 号

域外行旅与中国新诗的发生
YUWAI XINGLÜ YU ZHONGGUO XINSHI DE FASHENG

卢 桢 著

人民出版社 出版发行
（100706 北京市东城区隆福寺街 99 号）

北京九州迅驰传媒文化有限公司印刷 新华书店经销

2024 年 12 月第 1 版 2024 年 12 月北京第 1 次印刷
开本：710 毫米×1000 毫米 1/16 印张：17.5
字数：260 千字

ISBN 978-7-01-026908-5 定价：68.00 元

邮购地址 100706 北京市东城区隆福寺街 99 号
人民东方图书销售中心 电话（010）65250042 65289539